养成一个习惯需要21天，戒掉对一个人的依赖需要多久？

或许五年根本不够。据说每七年，人的细胞血液与骨骼都会自我更新一次，然而即使脱胎换骨，记忆却是永恒的。

沈清夹在此刻发觉，原来有些人的存在刻骨铭心，并不能风吹叶落。

爱是那么短，遗忘却那么长。

怖铣

有爱的青春陪伴者

长津雪
周镜 著
上海故事会文化传媒有限公司
上海文化出版社

图书在版编目（CIP）数据
迷津雪 / 周镜著. -- 上海 : 上海文化出版社,
2025. 10. -- ISBN 978-7-5535-3246-2
Ⅰ. I247.5
中国国家版本馆 CIP 数据核字第 2025E1Y552 号

责任编辑　蔡美凤
特约编辑　蒋彩霞
装帧设计　Insect　孙欣瑞
印务监制　周仲智
责任校对　言　一

迷津雪
周镜　著

出　版　上海文化出版社
出　品　上海故事会文化传媒有限公司
（201101 上海市闵行区号景路 159 弄 A 座 3 楼 www.storychina.cn）
发　行　长沙大鱼文化传媒有限公司发行中心
印　刷　天津睿和印艺科技有限公司
开　本　880×1230　1/32　印　张 11
版　次　2025 年 10 月第 1 版　印　次 2025 年 10 月第 1 次印刷
书　号　ISBN 978-7-5535-3246-2/I.1263
定　价　45.80 元

故事会 大众文化出版基地 www.storychina.cn　上海故事会文化传媒有限公司 出品（01228）www.storychina.cn

本书如有印装问题，请与印刷厂联系调换。联系电话：0731-82755298

目录

MU LU

目录

MU LU

CHAPTER 01 /

没血缘的妹妹

——行知回国了，六点我去接你下班，今晚回家吃饭。

收到这条信息时，沈清央正在茶水间泡咖啡。银黑色的咖啡机源源不断地用蒸汽打着奶泡，乳白色的泡沫浸入意式浓缩咖啡中，杯口袅袅飘着咖啡豆的香气。

她垂眼，指尖在对话框中轻点几下，回复：好。

那边没再回复。

咖啡机的圆灯闪烁，显示一杯拿铁制作完成。沈清央收起咖啡，端上自己的马克杯回工位。

观越律所的工位以“田”字格分布，高级律师拥有一间独立办公室，沈清央工作不久，资历差得远，现在尚且还在高级律师团队中做事。

她拨开桌上堆叠的文件，寻到空处放下马克杯。与她工位相邻的蒋姝正手忙脚乱地寻找什么，头也不回地道：“抱歉，清央，短暂占用你的工位几分钟，我马上就好——”

“找到了！”沈清央还没应“好”，这风风火火的姑娘已经从犄角旮旯处抽出一份审查报告，她长舒一口气，“原来在这儿，我差点以为今天要挨女魔头的批了。”

沈清央笑了笑，帮忙把堆在自己工位上的文件挪回蒋姝的位置上。

蒋姝凌空给她一个飞吻：“谢谢宝贝。我先去送文件，等会儿回来再说。”

“好。”

话音刚落，有双贴着漂亮甲片的手按住了蒋姝：“你歇歇吧，邹律不在她办公室，没空搭理你。”

来人是林竹，另一个组的。她端着咖啡吹了吹：“远盛集团的成总来了，大客户，几个人一起接见着呢。”

蒋姝说：“所以你才‘摸鱼’？”

“合理休息好不好。”

沈清央用湿巾擦拭工位，闻言问：“成总来续约的吗？”

律所与集团的合约大部分都是一年一年续，远盛可是他们的大客户，也难怪几个律师一起接见。

“是呢。”林竹眼里突然冒出兴趣，“刚才我们组的实习生进去送咖啡，出来还跟我讲了个八卦。”

“什么八卦，什么八卦？”蒋姝瞬间兴奋起来。

林竹弯唇道：“当然是关于成总他女儿的了。成总老来得千金，逢人就谈起自己的女儿，这不刚才又在跟魏律探讨育儿经。”

蒋姝无语："成总的女儿二十多岁了吧？魏律的孩子才十几岁，有什么可探讨的？"

"这你就不懂了，可怜天下父母心。何况成总的千金追一个男人追去了美国，又为了心上人不肯回国继承家业……"林竹挑了挑眉。

下午时分，人有些倦，沈清央擦干净桌子，喝了口咖啡提神，注意力也被吸引过去，跟着听了两句八卦。

林竹的长指轻点，似感叹非感叹："她那心上人我还见过。年初我做成总公司并购项目的时候，跟着成总去了一趟美国，陪他们父女吃过一顿饭。"

"然后呢？"

"然后，饭吃到一半，成小姐追着一个男人出去了。我当时刚从洗手间回来，只望见一个背影。"

"帅吗？帅吗？"蒋姝彻底被勾起好奇心。

"帅。"林竹给出一个肯定的回答，似乎觉得不够，"很 Sexy（性感）。"

蒋姝对这形容不满意："只看背影就 Sexy？说不定是背影杀手呢？"

"你不懂，男人性感在气质不在长相。"林竹嫌她俗，"有的人脱光了也让人没欲望，有的人一个背影就能让人心旌摇荡。"

两人就男人的长相和气质哪个更重要争论了几句，律师的逻辑性在这种幼稚的小事上越发分明，最后她俩齐齐转过头，问局外人："清央，你觉得呢？"

沈清央将视线从电脑屏幕上移开，微微思忖给出答案："都挺重要的。"

蒋姝说道："鱼与熊掌不可兼得啊。"

林竹则说："所以这就是你清心寡欲过日子的原因吗？"

沈清央朝她们后面看了一眼，友善地提醒："成总他们出来了。"

林竹以迅雷不及掩耳之势回到自己的工位。

下午六点，沈清央收拾东西下班。离开写字楼，她照着定位找到停车点，上车后喊了一声"大哥"。

"安全带。"

她低头系上。

徐行恪注意着来往车辆。北城晚高峰将原本二十分钟的车程延长至半个多小时，排在长长的车流后等红灯时，徐行恪降下半边车窗。

初春晚风飘进来，带着点雾霾与车尾气。

他很快关上车窗，笑了一声："天气不好，行知又该过敏了。"

沈清央"嗯"了一声。

徐行恪侧头："你给行知发条信息，提醒他下飞机时记得戴口罩。"

沈清央没动："大哥，他又不是小孩，自己会看天气预报。"

"也是。我想太多了。"

她侧眸，微微无奈："大哥，我们都是成年人了，会照顾好自己的。"

徐行恪背靠座椅，无声地笑了笑："可我总觉得你和行知都是需要照顾的小朋友，毕竟你刚来我们家的时候才十三岁。"

沈清央应了一声"是"，转头继续去看窗外霓虹初上的夜景。

没多会儿，两人到家。徐家的房子是一栋家属院里的二层洋房，自爷爷那辈起就住着，装修有些复古。徐行恪把车停在院子里，沈清央先去开门。

“下班了。”客厅中，徐教授放下报纸，看向胜似亲女儿的干女儿，“你哥没去接你吗？”

“接了。”

沈清央话音刚落，徐行恪拾级而上出现在玄关处。

“行知呢？”徐教授向二人身后张望。

“行知的飞机晚点，半小时后到。”徐行恪走进去，看了一眼桌上的茶叶，“我同事送了我一罐都匀毛尖，改天我给您带回来，别老喝这旧茶了。”

徐教授拧眉：“你别作风不正收——”

“我没有。”徐行恪无奈地解释，“同事老家在贵州，过年带回来的，办公室人人都有。”

“那就好，你平时注意点。”

这边父子两人说着话，沈清央换了鞋上楼。她脱掉西装，挽起袖子进浴室，卸掉脸上本就不浓的妆。

如果不是为了见客户，她平时私下是真不喜欢化妆，总觉得糊了一层在脸上不透气。

冷水冲走混浊，露出一张清透文气的脸，用毛巾慢慢擦干水渍，沈清央闭着眼呼出一口舒畅的气。

她又用发圈把长发松松地扎了个马尾。

做完这一切，沈清央下楼喝水。客厅的茶几上有泡好的蜂蜜柠檬水，她刚弯腰倒了一杯，玄关处就传来门铃声。

清脆悠扬。

徐教授抬头，眼底冒出喜悦：“行知回来了。”

“我去开门。”长辈坐着，她主动揽起这活，穿着拖鞋走过去。手握上冰凉的门把手时，她有片刻的静默。

一秒。

两秒。

把手被按下，门向内打开。

一道颀长的身影投落在廊灯下。

他戴着蓝色口罩，穿着深色风衣，淡黄光线下的眉眼清绝淡漠。

一阵穿堂风从两人身边拂过，带来料峭寒意。沈清央身上只穿着一件白色的羊绒衫，她仿佛此刻才回神，微微侧身让路。

徐行知摘下口罩进门，还提着一只用来装行李的黑色飞机箱。

徐行知的出现在客厅里激起一阵波澜，就连一直在厨房里准备晚餐的方琴也洗了手，出来关心他路上如何，更不要提徐教授和徐行恪。

即使他只是简单应几个字，那些来自家人的问候也丝毫没有减少。方琴弯腰倒水递到他手里：“行知瘦了。”

“哪有。”徐行知淡笑道，“是琴姨太久没见我了。”

“她就这样，总觉得孩子瘦了。”徐教授问起儿子的工作，“你这次回来，那边的研发中心由谁接手？”

方琴拍了他一下，嗔道：“怎么一回来就说这些？先让行知去洗个澡吃饭，看把孩子累的。”

徐行恪也说：“去吧，吃饭我叫你。”

徐行知微微点头，臂间搭着风衣上楼。他里面穿的是一件黑色毛衣，肩颈线平直。沈清央抬了下头，脑海中无端浮现起林竹的形容——

“背影都 Sexy 的男人。”

徐行知就是这样的人。

沈清央十三岁那年来到徐家。

她父母同徐家夫妇是大学时认识的好友，后来父母离婚，沈清央的妈妈改嫁，爸爸沈崇这时被公司外派，他不想带自己娇养长大的女儿出国，怕她不适应，也怕耽误她的教育。然而，家里的亲人都不在北城。

沈崇自己是从小地方一路考到北城毕业工作，深知教育水平的差距，不舍得女儿放弃在大城市读书学习的机会。

他找到前妻，被她为难地回绝。

她做了多年的全职太太，掌心朝上跟再婚丈夫要钱，怎么可能把自己和前夫的女儿接过来养。

无计可施之时，徐教授找上门来，主动要照顾沈清央。

徐家两个孩子，再多一个也无非是多一张嘴吃饭。两人虽是大学时上下铺的兄弟，沈崇还是为难：“这是一个孩子，不是小猫小狗，我怎么能这么麻烦你？”

“什么麻烦不麻烦的。”徐教授不悦道，“清央出生时，我就认了她做干女儿，你难道还怕我不把她当亲女儿看待？我家那两个臭小子更不会不疼妹妹。再说了，你也想清央留在北城读书吧。有我在，保证她一路和行知上一样的学校。”

这句话说动了沈父，他不把女儿带在身边，原本就是想给她良好的读书和生活环境。

于是，沈清央这一住就是十多年。沈崇在海外成了技术骨干，每月寄给她的钱越来越多，就是人一时半会儿回不来。

徐行知上楼，客厅里的人散开，方琴去厨房，徐行恪则陪着徐教授看新闻聊时政。

沈清央无所事事，从冰箱里拿了几个水果洗切摆盘。方琴看了一眼，笑道：“给行知切的吗？”

“不是。”她的动作顿了下，“大家一起吃。”

“还是女儿好。”方琴笑着叹气，“你看你大哥，都不知道进来帮我一下。”

“我帮您。”

“没事，就剩一个汤了，也快煲好了。”方琴揭开砂锅搅了搅，“清央，你上楼去叫你二哥吃饭。”

火龙果鲜红的汁液自刀刃流下。

沈清央将水果刀冲干净："好。"

她和徐行知的房间一个在走廊东边一个在西边，上楼之后，沈清央朝陌生的方向走去，她已经很久没来过这边。

她伸手叩门，"咚咚"两声。

沈清央在门口耐心地等，地暖还未停，热气从脚下冒出，空气被蒸得微微干燥。

片刻，门突然打开，潮气涌来。

徐行知的黑发湿润，水珠落下，没入冷白的锁骨处。

"琴姨喊你吃饭。"

"知道了。"他淡声道。

摘下口罩的男人五官更为清晰，即使用热水洗过澡，气质还是冷的。

沈清央很熟悉他这种不加掩饰的冷。

"还有事吗？"见她驻足，徐行知撩起眼皮。

"没事。"沈清央转身想走。

"没事就好。"他的声音从身后传来，几分漠然牵住她的脚步——

"不然我还以为你贵人事多，忙到无暇开口讲话。"

这话徐行知从前也说过。

那会儿她刚来徐家，很像黛玉初入贾府，小心翼翼的，生怕自己哪句话说得不对。

避免错误最好的办法就是少说话。

她与徐行知第一次见面，是在书房。少年在找书，闻声回身看她，眸光淡漠清冷。

徐教授说："行知，这是清央妹妹，以后和我们一起住。"又对她说，"清央刚才见过大哥了，这是二哥。"

她点点头。

檀色书架前的少年已经回头专注于自己的事。他没有同她打招呼，自然也就给沈清央留下了一个不好相处的印象。

她以为他不喜欢她，不喜欢人打扰，于是处处避让。

直到某天她不小心在厨房打碎一个玻璃杯，慌乱收拾的时候，一道身影出现在她身后。

光亮的瓷砖被阴影覆盖，她蹲在地上，手滞住，整个人被笼罩。

"起来。"少年嗓音淡淡的。

她听话地起身朝后挪，他拿着扫帚清理完地上的玻璃碎片。

残留的玻璃碴，他取来吸尘器清理干净。

"对不起。"她道歉，声音低若蚊蚋。

彼时徐行知在料理台前洗手，淡淡道："原来你会讲话。"

她呆住。

他说："抱歉，第一次见你说话，我以为你有失语症。"

徐行知这个人说话就是这样，讲不出什么好话，骂人的话也叫人无从辩驳。

从回忆中抽离，沈清央已经走到楼下。

菜陆陆续续端上桌，最后一道汤就位，徐行恪摘下防烫手套。

“清央，”他喊她，“吃饭。”

“来了。”她应。

徐家的餐桌是长方形的红木桌，徐教授坐主位，方琴和徐行恪坐一侧，沈清央和徐行知坐一侧。

她右手边的位置常年空着，徐行知大学毕业就去了美国读书加创业，这几年回家次数寥寥，每次回来，琴姨的饭菜都会准备得格外丰盛。

一家人都宝贝他，徐教授是愧疚，琴姨更是。

身侧的人落座，空气中浮起洗浴用品浅淡的香气。

他换了件黑色长袖，家居服柔软休闲，握着筷子的手腕嶙峋，手指修长分明。

沈清央吃饭慢，不爱讲话，于是一边慢慢咀嚼，一边听徐教授问徐行知这次回来待多久。

“应该会挺久。”他回答，“国内要建新的研发中心，基地已经确定，差不多要开始动工。”

徐行恪插话：“选址是在天行路那块吗？”

徐行知点头。

“难怪，报审的时候还经了我的手。当初看到是维斯科技用地的时候，我还想问你，后来一打岔忙忘了。”

徐行知说：“正常走流程过了，就没想劳大哥操心。”

徐教授听了这一番话很满意：“这点做得对。你大哥职位特殊又在上升期，不能给人抓小辫子。至于行知，你们公司的想法也很好，研发中心迟早是要搬回国内的，一直在国外算怎么回事。”

维斯科技初创便是在北美，后面即使搬回国内运营，上市敲钟也是在纳斯达克，核心技术与研发人员都在 Laser 研发中心。

但徐行知只是点了点头，面色未变。

沈清央知道他是懒得讲话。

他这人就是这样，不爱争辩，不好为人师，比起循循善诱，更喜欢做点表面功夫敷衍对方。

是挺看不起人的。但别人看不出，还觉得他斯文讲礼貌。

沈清央垂眼，咬嘴里那块黏黏糊糊的糖醋排骨。

晚餐结束，大家各自去做各自的事。沈清央刚回卧室便接到一个工作电话。

来自她的上司，律所人称“女魔头”的律师邹瑾。

“邹律。”

“有空吗？”邹瑾问。

有不有空不由沈清央决定，她下班前提到要和很久没回国的家人吃饭，邹瑾还在这时候打电话来，显然那句“有空吗”不是询问只是开场白。

果然，还没等她回答，邹瑾已经语速飞快道：“你今晚加个班，把我们团队的业务介绍资料和报价表模板整理出来，再做个简要介绍的PPT，明天开会用。”

“好。”沈清央不假思索地回答。

挂掉电话，她掏出笔记本电脑开始加班，中途又接了邹瑾的几个电话，按照对方提出的要求完善。晚上十一点，沈清央将文件打包邮件发给邹瑾，起身去洗澡。

等她擦着头发再坐到电脑前时，邮箱里已经有了邹瑾回复的修改意见，效率之快让人赞叹。

好在沈清央已经习惯这种工作模式。简单修改后，她又向邹瑾确认了一遍，这次得到对方“OK”的回复。

于是，她安心地打开吹风机，“轰隆隆”地吹头发。

吹到八成干，她随手捞起一件开衫披在身上，下楼觅食。

沈清央的生活习惯还算健康，唯独爱吃夜宵这点不好，工作性质原因，她常加班到半夜，消耗太大很难不饿。

走廊上亮着昏暗的夜灯，处处都静悄悄的。

沈清央踩着静音地毯悄声下楼，转角走两步是厨房，还未靠近她便已经发现门边微弱的光。

徐家夫妇和徐行恪都是早睡的人，此时已接近零点，还没睡的除了她，就只有徐行知。

脚步停在门外，电话交谈声在静谧的深夜显得格外清晰。

“说事。”徐行知嗓音一贯冷淡。

“你这么凶做什么……”女声外放，但调低了音量，隐隐约约的撒娇意味。

“知道现在几点了吗？”

“你不是也还没睡嘛。”女声委屈道。

“我没空跟你调情。”

“徐行知！”对面的姑娘跳脚。

随后娇声消失，他耐心告罄，挂断了电话。

沈清央站在门外，听完了这一场好戏。在听到徐行知挂电话时，她心头就闪过不好，果然下一秒，他推开门将她抓了个现行。

两人一个在门内一个在门外，光线从他身后投来，蔓延至她脚下。

沈清央一身米白睡衣，披着的长开衫也是素色的，黑发披肩，活像个文弱的女鬼。

徐行知抱臂靠在门边。

深夜寂静，他抬眸看挂钟：“十一点五十八分。”

“在加班。”她解释。

他扯了扯唇：“这么上心？”

沈清央垂眼：“不对工作上心，对什么上心？”

片刻寂然，墙上的挂钟走过十二点，发出一声报时。

徐行知赞同道：“说得对。”

说完这句话，他站直身子，与她擦身而过时，微微停留，多问了一句：“刚才你听到什么了？”

“没什么。”

离得近，他身上洗浴用品的香气铺天盖地传来，佛手柑，温和冷调。

像他这个人，对外人都温和，内里再冷情不过。

“真话假话？”

“你难道在讲什么见不得人的东西吗？”她抬手抱上自己的胳膊，纵使有暖气，夜里还是有些凉。

“没有。”徐行知没什么情绪地笑了一声，撂下这句话就上了楼。

他走后，一楼彻底陷入安静。

沈清央站了会儿，打开冰箱拿了一片吐司和一瓶鲜奶。

卧室里的视频连线还在继续，徐行知回到电脑前，听那几个人说话的内容已经从工作转向没什么营养的闲谈。

“行知干什么去了？”褚少云问。

“谁知道？他不是回家了吗？兴许被他爸妈抓去问话了呢。”蒋序乐得调侃，“他爸不是教授吗？听说为人可古板。”

徐行知扶着椅子坐下，伸手点开自己的麦克风。动静一传来，褚少云和蒋序的注意力立刻就回来了。

“刚才说的想法，你觉得怎么样？”褚少云问。

他们三个是维斯科技的联合创始人。公司在硅谷创立两年后，褚少云和蒋序决定回国开拓市场，而徐行知则留在美国研发中心，同时接手分部。

至今六年，公司做到激光雷达行业的龙头，商业上遇到的麻烦事也越来越多。看着公司内部像草台班子一样的法务团队，褚少云想找专业的律所签固定长约。

徐行知对此没什么意见，他很少插手维斯商业事务，一律交付褚少云和蒋序，他的重心一直放在研发部。

“那就这么决定了。”褚少云拍板，“观越律所的邹瑾曾经是我校友，我对她的能力还是很信任的，明天我们去观越一趟。”

蒋序摸摸下巴：“听说邹律师团队成员全是姑娘啊，那明天可有眼福了。”

维斯作为一个科技公司，简直是和尚庙，加上这行业的熬夜特性，员工们一个两个长得实在不堪入目。

除了徐行知。

当年公司初创他们三个一起通宵的时候，清晨褚少云和蒋序油光满面，转头看徐行知，这人除了面露倦色，皮肤仍是干干净净的，反而那一分颓色为他平添了落拓感，让人显得越发清俊好看。

容貌是最一等一的天赋，后天再努力也羡慕不来。

“少云哥，”蒋序琢磨着，“能不能跟人力部说说，今年校招招点好看的？比着徐行知招。”

褚少云温和地说：“你是想让维斯招不到人倒闭吗？”

他俩又开始闲聊。徐行知坐了十几个小时的飞机，有点累：“没事的话，我先挂了。”

“你又干什么去？”

“睡觉。”

“睡这么早，你不倒时差吗？”蒋序问，“明天你去不去观越？”

"不去。"徐行知合上笔记本电脑。

这天夜里，沈清央两三点才入睡。

早起看着镜中的黑眼圈，她挤出点遮瑕擦上去。

吃早餐时，徐行知不在，琴姨在桌上念念叨叨说即使倒时差也不必睡这么久，胃饿坏了可怎么办。

人上了年纪都爱唠叨，沈清央已经习以为常，倒是徐行恪给琴姨剥了一个鸡蛋堵住她的话："妈，别操心太多，行知有分寸的。"

"你们年轻人照顾自己的身体有什么分寸？"琴姨叹气。

沈清央安静地吃完饭，擦擦手："徐伯伯、琴姨，你们慢吃，我去上班了。"

"我送你。"徐行恪抬头。

"不用，大哥，我坐地铁就好。"

徐行恪的单位跟她工作的律所不顺路。沈清央自己会开车，她爸前几年就打电话要给她买车，被她拒绝。徐家和律所离地铁站都不远，多走两步算是锻炼。

当代常坐办公室的打工人实在没什么锻炼机会。

到了律所，沈清央习惯性去茶水间冲咖啡。

她止不住困意，等咖啡的两分钟里，靠墙眯眼打盹。蒋姝从她身后过来，拍了她一下，差点没把沈清央吓死。

蒋姝"扑哧"笑道："昨晚你干什么了，这么困？"

"还能干什么？"她打哈欠。

"女魔头又让你加班？"

沈清央不置可否，把自己的咖啡杯抽出来。蒋姝跟着吐槽："别说了，我昨晚也加班到十二点呢。"

"这次又因为什么？"

"别说了，傻缺客户半夜找我挑错别字。"

她们干的这一行某种意义上就是服务业，非诉业务繁芜而精细，客户更是上帝，虽然不像诉讼要在法庭和委托人多方之间周旋，但客户往往更难缠。

沈清央安慰了蒋姝几句。她俩只差一岁，都在邹瑾手下做事，吃过的苦都相似。

简单聊了几句后，两人端着咖啡去开会。下午会有新客户到访，邹瑾让她俩上午把客户的资料摸透。

中午在楼下吃饭，林竹和她们一起，她端着沙拉坐到沈清央和蒋姝对面："听说邹律拉到了大客户，下午会过来，哪家公司啊？"

蒋姝边拆筷子边道："装什么？你肯定知道是哪家了。"

"干吗啦？"

"不知道你能这么兴奋？"

林竹撇撇嘴笑："那我不确定嘛，真是维斯？"

蒋姝挑挑眉。

林竹捶胸顿足："我们张律怎么没有这本事？啊啊啊，我也好想跟维斯的人对接。"

“那没办法了，听说女魔头和维斯创始人是校友。”

“放屁。邹律那年纪，明明我和徐行知才是校友。”

“你小点声，”蒋姝吐槽她，“恨不得让全世界都知道你暗恋徐行知是吧？”

林竹一脸痛心：“那怎么了？当年学校里谁不喜欢他？徐行知哎，你看，就连你不是A大的不是也知道？”

蒋姝毕业于一所政法院校，不像林竹和沈清央出身A大，有些事情知道得不是那么明白：“废话，人家的名头在商业圈子那么响，我不是你们学校的就不能知道了？”

林竹已经掏出手机翻到一张年代久远的照片，招呼：“快快快，给你看大学时期的徐行知。”

手机摆到二人面前，沈清央抬眸瞥了一眼。

那是一张偷拍的照片，毕业季，照片中的人一身黑色学士服，帽子拿在手里，他正俯身调试相机的角度。

阳光下，容貌清俊，如琢如磨。

蒋姝直接一句：“好帅！”她忍不住惊了，“我整个大学都没见过这么帅的，你们A大真是出人才。”

“那可不，这可是徐行知。”林竹颇得意，“他在我们那一届一直是佼佼者，后来出国留学，然后不是创立了维斯嘛。我上个月跟导师吃饭，导师还提到他。”

蒋姝摇头：“传奇人生，我要是A大的，高低暗恋四年。”

“所以啊！”林竹感慨着，话锋一转，问沈清央，“清央，你应该见过徐行知吧？我记得你比我们低两届，你在学校的时候，他还没毕业。”

沈清央拣着沙拉中的玉米粒吃，摇摇头。

“好可惜，不过我更可惜。”林竹捧心，“你们今天下午就能见到他了，我没机会了。”

“到时候姐们儿给你拍照，放心。”蒋姝拍拍自己的胸口。

吃完饭午休，沈清央戴着眼罩在椅子上躺了会儿，没睡着。

周围偶尔传来窸窸窣窣的动静，蒋姝在补妆。

她索性也揭开眼罩去洗手间洗了个脸。

手机上，林竹不知何时拉了个群，她们三个，发在群里的第一条信息就是刚才看过的那张徐行知的照片。

年代有点久，照片像素比现在低很多，然而照片上的人风姿难掩。

沈清央盯着手机屏幕看了会儿。

她记得那天。

每年盛夏，大四的学长学姐们都有一天集体穿学士服在校园里穿梭拍照。那天是周六，计科院拍毕业照的时间。

拍完照是班级聚会，徐行知很晚才回家。

沈清央上大学时，周末经常回家陪徐伯伯吃饭。那晚，她熬夜看美剧，中途下楼喝水，正好碰上回家的人。

徐行知身上有挺重的酒气，估计是聚会时沾染的。

他眼神清明，走过来也倒了一杯水喝，喝完上楼。

她在他过来时有点紧张，下意识退了一步。他瞥着她，没在那儿碰她。

然而，回卧室没多久，沈清央收到了一条信息：开门。

她穿着睡衣去开门，下一秒被他按在门板上亲。徐行知揉捏她的耳垂：“今天在做什么？”

“没做什么？”

“那怎么没看到你？”

“你拍毕业照……”她喘着气，“我过去干吗？”

这句话让徐行知有点不高兴，他解开她的睡衣，用漂亮修长的手碰她微凉的皮肤。

他就那么垂眼看着，不吻她，也不满足她。

她慢慢渗出眼泪，主动去抱他，带着哭腔喊“哥”。他弯腰给她擦眼泪：“难受吗？”

她点点头。

“说点话，就不让你难受。”

“说什么？”沈清央迷惘。

他说：“随意。”

最后，她想了想，送上四个字：“毕业快乐。”

毕业快乐。

水流声“汩汩”，沈清央回神，关了水龙头，随手抽出一张纸巾擦干手。

她关掉手机，出去之后没多久，办公区一阵骚动。邹瑾从办公室里出来，拍拍手说维斯的人快到了，让她们去最大的那间会议室做好准备。

“清央，”她点名，“你跟我下楼去接人，蒋姝带人去会议室做好准备。大家都打起精神，这是我们的新客户。”

蒋姝的妆都补好了，闻言对沈清央挤了挤眼，站直身子应是。

沈清央稍微理了下头发，跟着邹瑾下楼。

邹瑾今年三十七岁，五年前跳槽到观越成为合伙人，凭借着资历和人脉带来了许多客户，算得上圈子里一等一知名的女律师。

她长得出挑，一头短发，五官美艳，总是穿着西装风风火火，很符合传统意义上的律政佳人形象。

电梯里，邹瑾对镜补口红，口红不慎抹过嘴角，沈清央递上一张面巾纸。

邹瑾接过面巾纸，仔仔细细地擦拭口红，眼尾挑起一抹笑意：“还是你细心。”

沈清央笑了笑：“刚好我口袋里有。”

“那也是你习惯性备着的细心，她们几个就没这习惯。”

邹瑾说着整理衣角，满意地打量了几眼镜子里的自己，扭过头来：“客户资料你都看得差不多了吧？”

沈清央点头。

“维斯的 CEO 褚总是我留学时的校友，另外两个创始人我没打过交道，不过其中一个你应该认识，是你大学时的学长。”

沈清央“嗯”了一声。

“你们认识吗？”邹瑾问。

“听说过。”

邹瑾提点：“校友都是资源，打好交道很重要。我们这一行最重要的就是客户人脉。”

沈清央说“好”。

她一贯话不多，性格温和文静，邹瑾最满意的就是她这一点。

一听说维斯的人要过来，手底下的其他姑娘一个比一个激动。比维斯更大的集团，她们也不是没接待过，区别不过是后者的老总们个个油腻谢顶，而维斯团队的成员极为年轻。

更遑论其中还有徐行知这样的人物。

邹瑾很能理解这些年轻姑娘的激动，只是下来接人，她还是得带个稳重的。

两人在楼下等了十来分钟，维斯一行人抵达。的确是国内最年轻的科技大厂，领头的两位看着都不过三十出头。

“别来无恙啊，褚总。”

“邹律客气。”

几人客气地寒暄。维斯一行八人，褚少云和蒋序各自带了一个秘书，剩下的是他们的法务团队。

沈清央按了电梯，手在旁边挡着。

“这位是？”褚少云先注意到她。

“我姓沈。”沈清央弯唇微笑。

“沈律。”男人客气地对她点点头，没多留注意力，迈入电梯。

沈清央最后一个进电梯，按下“32”，站在最边上。

邹瑾在电梯里与褚少云闲聊，言谈间问起：“徐总是还在国外吗？”

蒋序爽朗地道：“他在家倒时差呢，晚上吃饭的时候再过来。”

沈清央垂眼，没什么表情。

她猜到了徐行知不会来，十几个小时的飞机，昨晚到家时他就没什么精神，再加上零点时都还没睡。

他最讨厌被人打扰休息，绝不会在精神不佳的时候委屈自己。

到了会议室，蒋姝和其他几个人已经准备好资料、咖啡和投屏。

目光扫过众人，与沈清央擦肩而过时，蒋姝碰了碰她的肩膀：“哪个是徐行知？”

“没来。”

蒋姝大失所望。

会议开得简单，主要是向维斯介绍他们团队的业务和报价。褚少云心里早有评估意向，全程态度挺好，只是偶尔针对性提一两个问题。相比之下，蒋序就挑剔得多。

“一个唱红脸，一个唱白脸啊这是。”蒋姝偷偷跟沈清央咬耳朵，“果然能创业成功的都是厉害角色。”

沈清央点头表示肯定。

“我更好奇徐行知了。”蒋姝有点儿兴奋，“晚上吃饭他会过来是不是？”

“是。”

她们三个人的群里早就聊嗨了。林竹对自己不能参加晚上的招待宴表示遗憾，蒋姝表示自己会全程实时给她播报。

开完会，行政订了律所附近的一个商务宴包厢。

收到地址时，徐行知刚醒，手机上一大堆信息和未接电话。

他挑着重要的回了，驱车往餐厅去，路上边开车边回电处理工作上的事。

晚上六七点，华灯初上。

北城三月天空雾蒙蒙的，CBD 华丽的写字楼在夜色中星罗棋布，上班族们穿梭其中，人影如织。

徐行知将车停在餐厅门口的停车位，进门后在侍应生的“欢迎光临”下，报出包厢号。

“二楼，您这边请。”

写字楼附近的餐厅，饭后需要加班熬夜的男男女女们借着这一点时间 Date 调情，个个穿得衣冠楚楚，香水味甚至盖过食物的香气。

推开包厢门，刚好听见褚少云和一个女人的笑声。

徐行知站在门口，微微一笑：“抱歉，路上有点堵车。”

菜还没端上来，大家原本在聊天，听见动静还以为是服务生，结果出现在门口的人叫人意外。

年轻男人，穿着白衬衣、黑大衣，颀长清贵，邹瑾手下的律师们无论男女都安静了一瞬。

得天独厚。

他们脑子里只能冒出这样的念头。

行业金字塔尖般的传奇人物，他们这群做公司业务的律师多多少少听说过，没有交集之前，最多感慨一句揭过，当真人出现在眼前，才知道那些传言都不算夸大。

难怪 A 大年年都出那么多厉害的人物，唯独他一再被提及。

蒋姝呆了好几秒才回神，用手肘碰沈清央，不甚确定的口吻：“徐行知？”

“嗯。”

“我天。”

蒋姝难掩激动，打开群聊“艾特”林竹抒发：竹姐，我以后再也不笑你了。

林竹秒回：见到徐行知了？

蒋姝：好有感觉啊，帅根本不足以形容。

蒋姝：那个那个，你之前那个形容很好，超级 Sexy。

蒋姝：真的好勾人，救命！他讲话那个语调，听得我浑身一震。

林竹像找到知音：是不是！是不是！

手机频繁振动，沈清央开启静音，端起面前的水喝了一口。

徐行知脱了大衣落座，邹瑾笑道：“北城晚高峰是堵，徐总在国外几年，很久没回来了吧？”

“是挺久的了。”

“那是不是感觉有点陌生？”

徐行知笑了笑：“刚回来是有点。下午我精力不太好，没能来贵所参会，真是抱歉。”

他的声音低沉温和，又是这样笑着讲话，邹瑾一时招架不住，突然理解了手底下那些小姑娘的心情。要再年轻十岁，在这样的男人面前，她也很难不紧张。

“徐总客气。”

寒暄完，有服务生过来醒酒。酒是褚少云点的，干红，用以佐餐。

“给女士们喝，”褚少云说，“白酒也上两瓶。”

点完，他低头问徐行知：“行知，你喝什么？”

徐行知敲了敲自己面前杯子里的白开水。这两天雾霾重，他不是很舒服。

蒋序凑过来调侃：“对面坐着一群美女，你精神还没好点吗？”

徐行知瞥他。

蒋序说：“瞧瞧多赏心悦目啊。比起咱们公司一群大男人，我这俗人就这点爱好……”

他说得倒也没错，邹瑾手下的人姑娘多，男的少，且个个姿态容貌都不错。

进门时也有挺多人看他的。

徐行知用食指叩着玻璃杯，神色清淡无波。

一张圆桌，灯光明亮，他斜对面的人在漫漫谈话声中安静地吃着面前的果切，时不时抬头应和几句同事的话。

包厢热，她脱了西装，身上只一件米色衬衫，偏修身的款式，薄肩细腰。

讲话间，她偶尔笑笑。

她身边的同事时不时朝这边看，唯独她一次都没看过。

徐行知淡淡地收回视线，手上的手机亮了起来。他在微信通讯录中，找到那个小羊头像，打开几年来一片空白的聊天框。

蒋序余光里瞥到，“哟”了一声，好奇地问：“这是谁啊？怎么备注还是个小羊 Emoji，看起来像姑娘啊。”

徐行知没说话，算是默认。

“真是姑娘？”

“家里的妹妹。”徐行知说。

蒋序惊讶道：“我怎么没听你说过有妹妹，从哪儿冒出来的？”

“没血缘的。”他简短回答。

蒋序从这四个字里嗅出点异样来。

徐行知抬手打字，发过去一条信息：晚上等我，一起回去。

手机静音，沈清央没注意到这条信息。

菜一道道被端上来，红酒也醒得差不多，服务生挨个倒酒时，她没有拒绝。

沈清央不是很喜欢喝酒，但一般和客户吃饭的时候不会拒绝。

蒋姝很喜欢，她轻嗅红酒的香气，跟另一个律师于卓然轻碰杯后，抿了一口。

两人在聊天，内容仍然是围绕维斯。

于卓然低声说："他们公司确实不错，我有个表弟在里面上班，工资待遇都挺好。"

"你表弟这么厉害？听说维斯招人挺严格的。"

"是啊，我表弟十五岁就上大学了，科大少年班，后来在国外读到博士呢。"

蒋姝惊讶："这么厉害！以前怎么没听你说过？"

于卓然"啧"一声："他不在国内，在维斯北美的研发中心任职。"

"可惜了。"

"可惜什么？你还想吃嫩草不成？"

蒋姝回嘴："滚滚滚，老娘有的是男人追，谁像你二十七岁了还单身？"

"单身不好吗？"于卓然说着，看了沈清央一眼，幽默道，"咱组里美女这么多，我哪还看得上别人？"

"是别人看不上你吧？"蒋姝嫌弃，转头去问沈清央，"清央，你和喻哲怎么样了？有进展吗？"

喻哲是蒋姝的发小，之前她们去他公司驻场一个并购案项目时蒋姝介绍给她认识的。

沈清央和喻哲互换过联系方式，微信上聊过几句。蒋姝认定自己发小对沈清央有好感，一直在从中撮合，实际上两人都没什么联系。

沈清央无奈地看了蒋姝一眼。

于卓然却警觉："喻哲是谁？"

"我发小，在追清央呢。"蒋姝有意帮自己发小，"人家在大厂工作，年薪百万。"

"真的假的？"

"她开玩笑的。"沈清央开口澄清。

蒋姝扶额，嘟囔道："喻哲是真没用啊。"

于卓然还想开口说话，一旁的邹瑾给他们使了个眼色，端着酒杯站起来："来，我们大家一起喝一杯，预祝以后合作顺利！"

几人立刻停止闲聊，端起酒杯随着邹瑾站起来。蒋姝笑嘻嘻地说了一句漂亮话："褚总体恤让我们女孩喝红的，您自己喝白的，可算是我们占您便宜了。"

褚少云笑了一声："听蒋律这话头是能喝，去给她倒点白的。"

"别别别，我就是开个玩笑，喝不来，喝不来。"

几句谈笑间，维斯的人也举杯，玻璃杯碰撞到一起，徐行知歉然地淡笑："抱歉大家，我今天不太舒服，就以水代酒了。"

邹瑾笑道："喝什么不都一样。"

蒋姝暗地里给了沈清央一个眼神。

喝什么当然不一样，商务招待宴，他们观越作为乙方可没有这样的权利。就是对面维斯的那几个秘书和法务，也不敢说不喝，毕竟，褚少云和蒋序杯中倒的都是酒。

这一桌子人，也只有他徐行知能全程滴酒不沾。

酒液轻晃，在一片其乐融融的祝词之下，沈清央喝完杯中红酒。

口感苦涩，干红甜度低，更多的是橡木发酵的醇香。

她放下酒杯，空腹喝酒有点刺激，于是盛了一小碗马蹄豆腐羹吃。

那边邹瑾在和褚少云几个人聊天，从市场聊到这几年来的私人生活，其中，徐行知的声音出现得不多，偶尔夹杂在其中，说不出的清朗好听。

听在耳边，语调、咬字都漫不经心的，偏偏有种很独特的味道。

包括蒋姝在内的几个女律师总是忍不住偷看，有大胆的跟徐行知说话，他都应了，温和绅士，挑不出一点错。

“说起来，徐总当年是我的直系学长呢，高我一届。”蒋姝旁边坐着的那个女律师主动说道。

蒋姝惊讶：“我记得你本科读的不是法学吗？”

“大二转的专业啦。我入学时是计算机系，后来觉得不感兴趣才转的。”说话的女律师面容微粉，“我入学的时候，徐总还是我们那一届的新生辅导呢。”

徐行知抬眸淡笑：“我有印象，你们那一届很优秀。”

女律师微微遗憾：“可惜我转专业了。”

他捏着杯子回答：“不可惜。能学自己喜欢的专业、做喜欢的事，更重要。”

短短几句话说得女律师耳朵泛红，眼眸亮起光。

沈清央豆腐羹吃到一半，觉得没什么味道。

这是家粤菜餐厅，清淡甜口，她爱吃辣，一眼望去胃口缺缺，夹了几筷子清炒时蔬后，她起身拿起外套去卫生间。

洗完手站在镜前，沈清央才看到手机里的信息。

Xu：晚上等我，一起回去。

暗色的头像，一男一女靠墙，栅格形状的灰光自监狱的窗户斜射到他们身上，女人夹烟，男人插兜，平静又漠然。

这头像徐行知用了挺多年，是一部美剧的剧照，他推荐给她，她很喜欢，翻来覆去看了挺多遍。

聊天框空白了好几年，这条信息突兀又平淡。

沈清央盯了几秒，酒精刺激得胃有点疼。

她没回复，收起手机。

饭吃到晚上八点多结束。

邹瑾喝醉了，由她家司机接走。大家乐于今天不加班，送走维斯的人后，纷纷心情愉悦地道别。

于卓然有车，走时问沈清央要不要捎她一程。

“不用，我得回律所一趟。”她婉拒。

“今晚还加班吗？”

“有个文件要收尾。”

“好吧。”于卓然无不遗憾，“那你晚上回去注意安全，一个女孩子，又喝了酒。”

沈清央笑了笑，温声道：“一杯红酒，不至于。”

等人都走得差不多了，沈清央从前台拿了一颗柠檬糖剥了吃，走出餐厅，看到右侧停车位上的一辆黑色奔驰。

她走过去，拉开车门。

车内飘着很淡的琥珀香，同音乐一样宁静舒缓。沈清央弯腰上车，视线掠过车前悬挂的车载香薰片。

徐行知背靠椅背，面容隐匿在阴影中。

车门关上，安全带“咔嗒”一声扣上，她开口问：“不走吗？”

他淡淡地回：“没看到信息，还以为你要自己走。”

沈清央咬碎口中的柠檬糖，垂眼：“我忘记回了，抱歉。”

“没忘记车牌号就好。”

徐行知抬手，握上方向盘。

车开得平稳，和他这个人做事一样，再危险再越轨的事，在他手中都变得笃定。

柠檬糖的咸酸味在口中化开。

路上徐行知的手机响了几次，他都忽略。等到红灯，他戴上蓝牙耳机，接了个电话。

沈清央听不到电话那头的声音，只能听到徐行知在讲话，她伸手将车载音乐关掉。

徐行知看了她一眼。

车厢内霎时变得寂静，他简单讲了几句话就挂掉电话。

沈清央听出是工作，说：“你要去忙吗？在路口放下我就好。”

车载香薰片晃荡着，徐行知摘了耳机，轻轻扯唇：“挺久没见，你还是跟以前一样。”

“还好。”

“是挺好。”

车依旧向前开着，她在暗色里偏头：“我是说真的，你忙，不用管我。”

徐行知看着前方：“我现在放你下来，你打算怎么回去？坐地铁、打车？”

“都可以。”

“都好过坐在这里，是吗？”

沈清央默然：“我没有这个意思。”

徐行知按下车窗，冷风灌进来，吹散香气与略显压抑的气氛。

他淡声说：“我没工作。沈律，不是人人都有压榨自己的爱好。”

这话挺讽刺的，她绷了下唇。

后半程，车窗又关上。到家时过了九点，方琴与徐教授都已回卧室，只有徐行恪还在楼下。

见到他们一起回来，徐行恪有些疑惑。

“他晚上在我公司附近办事，就顺路带我回来了。”沈清央解释，同时岔开话题，“大哥，你也刚下班吗？”

徐行恪身上的衬衫规整，还没来得及换。他掂掂臂间的外套，笑了：“今天有点忙。你俩都吃过晚饭了吗？”

她点头。

徐行知解大衣纽扣：“都吃过了。大哥早点休息。”

“你也是。”

兄妹三人简单聊了几句，各自上楼回卧室。家里带独立卫浴的房间一共有两个，一间徐教授和方琴住，另一间给了唯一的女孩沈清央。

另外兄弟二人共用走廊处独立的那间浴室。

晚上的商务宴没吃多少，洗完澡沈清央犯饿，生物钟促使她习惯性披上外套下楼找吃的，刚打开卧室门就撞上从浴室出来的徐行恪。

“大哥……”

“又吃夜宵？”

她心虚地垂头。

徐行恪头疼地叹气：“晚上吃东西对身体不好，跟你说过多少次了，你不是说吃过晚饭了吗？”

沈清央小声说：“晚饭吃得很少。”

徐行恪无奈：“那你别吃冰箱里的凉食了，煮个面或馄饨吃。”

“太麻烦了吧。”

“不麻烦，我去给你煮。”

沈清央想说不用，然而徐行恪已经转身带着她下楼。

他按亮客厅的灯，两人走到厨房门口，里面亮着灯。

徐行恪愣了下：“行知？”

徐行知在洗手，水流滑过冷白修长的手指。他抽出一张纸巾，一边擦拭着，一边转身：“大哥。”

“你这是……”

“晚上没吃饱，做个夜宵吃。”

“你俩……”徐行恪揉了揉额头，“那你给清央也做一份吧。”

徐行知“嗯”了一声，握着刀将三明治沿对角线切开，一分为二。

他将其中半块放入白瓷圆盘，连同一杯柠檬水，一同放在料理台上。

沈清央顿了几秒，上前想端走。

“就在这里吃吧。”徐行知说。

徐行恪赞同：“吃完早点休息，我先回去了。”

厨房里一时又只剩下两个人，沈清央喝了半杯柠檬水，垂眼慢慢吃着三明治。

吐司边被切掉了，她一向不爱吃吐司边，会这么做的只有徐行知。

方琴老一辈人，看不得这么浪费。

鸡蛋、培根、生菜，简单的三明治也做得很好吃。吸顶灯的白光落下，厨房安静到只剩细微的咀嚼声。

徐行知靠在门边，松着衬衫的第一颗纽扣。因为做三明治而卷起袖口，露出的手腕青筋突显。

他就这么注视着她吃三明治。

沈清央吃完，转身洗盘子和杯子。水流声“哗哗”，徐行知在她身后问：“好吃吗？”

“好吃。谢谢。”

“还有呢。”

“还有什么？”她回身，指尖因为凉水而变得有点粉。

他靠墙看着她，嘴角带着一点冷清的笑意：“这么久没见，你连一声‘哥’都不喊了吗？”

其实沈清央以前也很少喊徐行知“哥”。

为数不多的时候，大部分是在床上。

不过那都是之后的事儿了，十三岁刚来徐家的时候，沈清央尽可能地安静、听话。

那时候徐行恪在上大学，回家的次数不多。徐教授和方琴作为长辈，在生活上很照顾她，其他方面则注意不到。

徐行知大她两岁，算是她在这个家唯一的同龄人。

可惜他对她实在算不上热络，视她如空气。即使是在玻璃杯事件之后，两人的交流也是寥寥。

第一次喊他“哥”，是她不慎在楼梯上摔倒。那天是周末，徐教授和方琴出门会友，沈清央在浴室里洗漱完想下楼吃早餐，没注意到自己的鞋底沾了水，下楼的时候摔了一下。

摔得挺疼，她眼泪当即就冒出来。

手肘处擦破了皮，那会儿沈清央年纪小，坐在楼梯上，越想越委屈，好一会儿都没站起来。

徐行知从楼梯上经过，她听见声音，立刻起身。

“怎么了？”

她摇摇头，觉得很丢人。

少年瞥过她的胳膊，让她跟自己过来，他从电视柜下面找到消毒水、棉签与创可贴。

她蹲在一旁，小小少女，棉质白裙，眼眶泛着红。

徐行知将创可贴贴上她胳膊时，她小声说：“谢谢。”

他眼都没抬，只声未应。

她迟疑着，末了，又补道：“哥哥，谢谢你。”

那时谁也无法预料到后来两人的关系会一再越界。

越界到，黑白颠倒，哥哥这个称呼从白天移到了晚上。

沈清央手里握着杯子，手指冰凉。

气氛更冷，对面的男人面色平淡。

她低头将杯碟归位，而后，静静地说：“谢谢你，哥。”

CHAPTER 02 /

隐秘恋情

连续两晚睡眠不佳，周五上午，沈清央喝了两杯咖啡。

加上这段时间因为工作频繁熬夜，智齿隐隐有发炎的迹象，模糊又清晰的疼痛。

下午去维斯开会，路上蒋姝补了点口红，跟邹瑾聊天："褚总好大方，都不压价的，一口气就签了三年约。"

于卓然在驾驶座上插话："维斯有钱，我看过他们的财报，真漂亮。"

"你还看了这个？"

"毕竟是大客户。"

邹瑾低头翻过一页文件："卓然做得对。褚总信任我们，我们就要拿出满分的态度去对待。"

蒋姝被敲打，小声说"是"。

车里的空气有些闷，沈清央微微发晕，朝窗外看了一会儿后才缓解。

车驶入科技园区地下车库，来接他们的人是褚少云的秘书陈雪，上次吃饭时见过。

"邹律，请往这边。"陈雪长相很漂亮，西装长裤身形修长，她微微伸手拦住电梯，进去之后按了楼层。

电梯通体泛着银光，对比普通公司的电梯，科技感十足。

上升的时候甚至没什么超重感。

因为业务性质，沈清央去过很多或大或小的公司，但电梯门打开的时候，她还是不可避免地眼前一亮。

开阔、自由，这是维斯办公区设计风格给人的第一感受。

绿植很多，与白色的墙壁线条和橙色的摆件交相辉映，阳光洒进来，干净明亮。

原来这就是徐行知一手创办起来的公司。

陈雪把他们带到会议室，通体玻璃结构，会议桌上摆着依云矿泉水。片刻后，褚少云和维斯的法务负责人一同出现。

众人略微寒暄客套了一阵后，很快迈入正题。

沈清央抱着笔记本电脑上去。

五点多，会议结束，褚少云有意向收购一家公司，希望他们能尽快给出法律意见书。

窗外暮色正浓，褚少云将他们一行人送到电梯口，笑道："学姐晚上不一起吃饭吗？"

“今天回律所还有一堆事情要处理，改天我请你。”邹瑾语气里有几分亲近之意。

褚少云和她握手：“哪能让学姐破费，那就下次。”

闲聊之间电梯门合拢，沈清央站在后面，看见邹瑾的肩膀肉眼可见地松了半分。

蒋姝碰了碰她肩膀：“感觉褚总是个很随和的人哎。”

于卓然搭话：“看上去是。”

邹瑾侧眸笑了一声，似乎在笑蒋姝的天真。

“邹律，”蒋姝八卦地凑上去，“你们不是校友吗？有这样的大客户怎么今年才搞来？”

邹瑾又笑了一声，这回是实打实从鼻腔里溢出的嗤笑。

等几人离开办公楼，她才淡淡道：“我们是校友没错，但你以为人家一直没合作的律所吗？不过是之前的出了问题才想到我。”

蒋姝惊讶：“啊？”

邹瑾皱眉，用文件拍了她一下：“平时下班少看点韩剧多关注点新闻。”

蒋姝“嘶”了一声，又多嘴问：“那您刚才怎么不答应和褚总一起吃饭？今天周五不是不加班吗？”

“你哪有那么多问题。”电梯门打开，邹瑾率先走出去。

沈清央拉了下蒋姝，低声提醒：“褚总已婚。”

蒋姝恍然大悟。

快走到车边时，沈清央忽然接到一个陌生来电。

对方开口声音客气：“请问是沈律吗？”

“您是？”

“我是褚总的助理。”电话那头的陈雪说，“刚才整理会议室的时候，发现您的手表落在这里了，您还来得及回来取吗？”

刚才开会时在笔记本电脑上打字，她嫌手表碍事，就摘下来了，没想到忘在了人家会议室里。

沈清央有点懊恼：“来得及，麻烦陈秘书等我一下。”

“没关系，我把您的手表交给前台了，您直接去一楼拿就可以。”

陈雪不仅人长得漂亮，做事也细心妥帖，沈清央不由得对她心生好感。跟邹瑾说了一声之后，她折返回电梯，按了一楼。

前台取出手表递给她，沈清央道谢，正准备离开的时候，忽然听见一道骄矜的女声——“徐行知！”

她顿了下，转身看到男人从电梯里出来，而声音的来源是另一侧休闲区沙发上等待的年轻女孩。

女孩很年轻，一身MiuMiu，拎着只黑色Kelly包，从沙发上起身，朝徐行知小跑过去，隐约撒娇的语气：“你为什么又不回我信息？”

只看了一眼，沈清央就收回视线，于是也就错过了徐行知抬眸看过来的视线。

她不知道从前台那儿拿了什么东西，对人家笑了一下之后，转身往电梯走，穿着一套挺正式的杏色西装。
褚少云昨天好像提过观越的人今天会过来开会。
电梯门缓缓合拢，徐行知收回目光。
成嘉莹顺着他的视线看过去，只有一个年轻女人的背影。她嘟起嘴，伸手扯了扯男人搭在臂间的西装："徐行知，行知哥哥！"
徐行知淡淡地瞥了她一眼。
成嘉莹笑容一僵，收回手，嘟囔："知道了，不喊你哥哥。"说着，又倒打一耙，"你为什么不回我信息呀？"
徐行知垂眼，修长的手指轻抚过西装滑凉的面料："成小姐有急事吗？"
"没有啊，我就是想找你吃晚饭。"
"抱歉，"徐行知情绪微淡，"今晚我有事。"
刚认识的时候，他还总是对她温和地笑，现在却经常用这种口气跟她说话，成嘉莹不免委屈："徐行知……"
"岑川，"他转身叫秘书，"送成小姐。"

车里，沈清央收到徐行知的信息：回家吗？
她点开聊天框：不回，今晚约了孟希吃饭。
他没有再回。
孟希是沈清央的高中同学，也是她为数不多认识了许多年的朋友，上高中时她和孟希关系就好，孟希得知她喊徐行知"哥"时，还狠狠震惊了很久。
毕竟徐行知是附中最出名的人物。
斯文优异，品学兼优，更难得的是长了一副好皮囊。即使他大沈清央两届，在她的同学里，也是女生们都倾慕的存在。
就连他毕业后，老师们也经常提起。
那会儿有部爱情电影很火，提起徐行知，女生们总爱说那句经典台词——
斯人若彩虹，遇上方知有。
回律所打完卡，沈清央搭地铁前往和孟希约好的地方。进去之后，她嘴角抽动了一下。
竟然是一家川菜馆。
这两天智齿疼着，她午餐都没敢吃辣的，谁知道孟希说的新餐厅是川菜馆。
孟希已经到了，在靠窗的位置等她。作为财经频道的女主持，她比沈清央穿得更职业化，外边的西装脱掉，上身一件青果领白衬衫，头发在脑后扎成优雅利落的高马尾。
沈清央走过去。
"来啦。"孟希招手，"怎么样？新开的川菜馆。我认识的一朋友开的，开业前三天八折，是不是特别对你的口味？"
沈清央确实爱吃辣，奈何这几天不是时候，她放下包："你对我真好，怎么知道我今天智齿发炎。"
"What？"
沈清央抬脸给她看："都有点肿了。"

眼前的姑娘脸颊小巧白皙，孟希还真看不出来，乐了："没事，以毒攻毒说不定就好了。"

沈清央无语地白了她一眼："我是智齿疼，不是口腔溃疡，怎么以毒攻毒？"

"那换家店吃？"

"算了。"来都来了，沈清央也懒得挪地方，再说服务员已经上了餐前小菜，她翻开菜单，"我点两道清淡的菜吃。"

"好。"孟希捏着吸管喝橙汁，顺便与她闲聊，"听说徐行知回国了？"

"嗯。"

"他是打算留在国内了吗？"

沈清央掀了下眼皮。

孟希舔了舔唇："别这样，我就是好奇。通过一些小道消息听来的，找你求证一下。"

"我不知道，你去问他。"

"我哪敢？"孟希讪讪地笑了两声，观察着沈清央的神色，继续八卦，"你们现在住在同一屋檐下会尴尬吗？"

交际圈里，孟希是为数不多知道当年她和徐行知荒唐行迹的，人前兄妹，人后偷欢，有些事瞒得了其他人，瞒不了最亲近的密友。

沈清央把选好的菜单推过去让孟希选："你今天上班很清闲是吗？"

"累死了好吧。"

孟希摸了摸下巴感慨："不过说起来，我真的好多年没见过徐行知了。以前上学的时候他就出名，现在也一样，你不知道我们隔壁组搞财经人物访谈的女记者多想采访他，奈何维斯那边都是直接回绝，一点机会不给。"

沈清央没说话。

以她对徐行知的了解，应当是没什么机会的。他这人做人做事都无可挑剔，但就是很讨厌出现在公众面前。

大学时学校拍招生宣传片，徐行知那时候是学生会会长，摄制组想让他出镜拍几个镜头，被他婉拒。

这几年与维斯有关的商业报道和采访他也都未曾露面过，唯一一次，是在纳斯达克上市敲钟，彩带飘落时，他对在场的媒体笑了一下。

那是他事业和人生的新启程。

那张照片也在推特和国内社交平台被疯狂转评。

孟希把菜单交给服务生，在沈清央面前挥了挥手："你想什么呢？"

"没什么。"沈清央回神，喝面前的柠檬水，冰得她"嘶"了一声。

孟希给她递纸巾，调侃："怎么回事，刚才你不会是想到徐行知了吧？"

沈清央无甚表情地按着自己作痛的智齿。

"没关系，我理解。"孟希挑眉笑道，"毕竟，旧情人最难忘，任谁都一样。"

一顿川菜，让沈清央牙疼了一夜。

不过，不知是不是以毒攻毒真的有用，之后炎症竟然慢慢消了下去。

周六晚上，沈清央对着浴室的镜子按了按脸颊，确定完全好了，决定狠下心来，一了百了，把总是折磨她的智齿拔掉。

仰躺在床上，沈清央打开手机预约口腔科的号，一连几个公立医院都约不到号。她一鼓作气的狠心再而衰三而有点竭了。

“咚咚——”

房间外有人敲门。

沈清央起身去开门，走廊光线将来人高大的影子投落，不偏不倚罩住她全身。

她下意识地后退了一步。

“吃饭。”徐行知淡声说。

他应当是刚到家，一身西装，眉目微倦。

“我不想吃。”

徐行知低眸看她。

沈清央垂眼不跟他对视。

徐行知单手松着领带，可有可无地笑了一声：“一天一顿饭，你是要修仙吗？”

她上午走的时候他也在，知道她半杯豆浆都没喝完。

沈清央心情郁闷，沉默着。

她在家比在公司随意得多，衬衫扯出来，躺得有些皱，乌发也是松松散散地垂在肩上。

徐行知又看了她一眼。

身高相差不少，阴影带来的压迫感太强烈，沈清央不想再和他对峙下去，抿抿唇：“我知道了，洗个脸就下去。”

领带抽掉，冰凉的触感从手中一滑而过，徐行知“嗯”了一声，转身离去。

楼下，一家人都在。

沈清央落座，头发在脑后扎成了低马尾，一张脸素白清瘦。

徐行恪看过来：“智齿发炎还没好吗？”

“已经好了。”她眉目郁郁。

“去看医生了吗？”坐在主位的徐教授关切地问。

“还没有。”沈清央说，“公立医院挂不上号，我打算去私立口腔诊所。”

方琴盛了一碗茶树菇鸭汤递过来：“私立诊所靠谱吗？”

“谢谢琴姨。”沈清央说，“我回头问问同事有没有推荐的。”

徐行知过来时，刚好听到这句话。他换了一身家居服，顺手抽了一张纸巾递给沈清央，示意她汤滴到领口了。

沈清央看了他一眼，默不作声地接过纸巾，边角还残留着男人指腹的温度。

耳边听见方琴问他要不要喝汤被婉拒。

“私立口腔诊所是吗？”他说，“我有个同学开了一家，刚好我明天要去找他，清央跟我一起去吧。”

沈清央喝汤的动作一顿。

方琴好奇：“大学同学吗？”

徐行知点头，声音温和道：“我给您和爸都约了口腔检查，有空的时候你们可以过去。”

徐教授对儿子的孝顺很满意，笑着扶了扶眼镜：“我和你琴姨的事就不用你操心了。既然是信得过的同学，就带清央去吧，智齿早处理早好。”

“好。”徐行知点头。

作为当事人的沈清央刚想说话，抬头就撞进一双黝黑的眸子中。他看着她像个真正的哥哥看妹妹：“明天你有空吗？”

徐行恪在对面放下筷子：“行知，你忙的话，我带她去也可以。”

徐行知握着筷子，弯唇温柔地笑：“我不忙，明天正好要去找他一趟，就不劳烦大哥了。”

气氛莫名有些凝滞，沈清央忽然觉得牙又开始疼了，轻声道：“好，那就谢谢二哥了。”

“不客气。”徐行知淡着神情给她夹菜，“都是一家人，说什么谢。”

沈清央默默地往嘴里塞了片藕。

其实徐家五个人，说起来，只有徐教授、方琴和徐行恪算得上真正的一家三口。

方琴是徐教授大学时的初恋，毕业季两人分手，后来经由沈清央的妈妈介绍，徐教授认识了连云。

两人婚后生下了徐行知，过了几年，又因为感情和人生观的分歧离婚。

那时候，徐行知不到十岁。

他们分开后，方琴找上徐教授，徐教授这才知道自己还有个儿子。当年，两人分手之后，方琴发现自己怀孕，不舍得打掉，又不想回头找他，就生了下来自己抚养。

震惊之际，徐教授又悔又感慨，就和方琴结婚，把母子二人都接了过来。

徐行知就这么莫名其妙多了个哥哥和继母。

那会儿沈清央也不大，她和徐行知差了两岁，小时候两家人经常来往，她也总喊“行知哥哥”。后来，她父母离婚，连云和徐教授也分开，来往就少了些。

再见到徐行知，就是十三岁，她被送到徐家借住。

一住，就是这么多年。

晚上睡觉前，沈清央搜了几篇拔智齿的分享帖看，越看越纠结，做梦都是自己在拔牙。

清晨醒来，镜子里的人果然多了黑眼圈。

洗漱完，她随意往身上套了件白色毛衣，发信息问徐行知几点去牙科诊所。

等了好久都没回，她去走廊往他房间那儿看了一眼，门是开着的，里面没有人。

这才不到七点，沈清央诧异，他走得这么早？

徐家夫妇估计在外面买菜，徐行恪还没起。沈清央自己下楼热牛奶，等待的时间里，她靠着料理台，又给徐行知发了一条信息：你不带我去拔牙了吗？

“叮咚”一声，微波炉提醒和手机振动一同送达，沈清央低头。

Xu：十点出门。

她回复：哦。

她转身拿了牛奶出来，聊天框上又多了一句话：周末不多睡会儿？

沈清央的指尖被烫到：睡不好，就不睡了。

徐行知没再回了。

牛奶喝完，她到院子里转了一圈。四月初春，院子里海棠花开得正好，鲜妍明媚。

沈清央摘下一片花瓣在手里揉碎。

这株海棠树已有些年头了，树干粗壮，经历风吹雨打。

她突然想起以前的一件小事。小时候刚来的时候，她曾凑近看花，不小心看到树枝上结了好大一张网的大蜘蛛，那时候年龄小，脸直接吓白了，后退几步，跌进一个人的臂弯里。

她回眸，小脸惨白，看到接住她的少年，颤颤巍巍道："哥哥，那里有……有大蜘蛛。"

他朝树上瞥了一眼，松开她，进屋去拿东西。

再出来时，他手上多了手套和镊子。

她根本不敢上前，躲在徐行知身后，看他面不改色地把蜘蛛夹到了玻璃瓶中。盖上木塞，他还问她："要玩吗？"

她脸色更白了一个度。

回想起这桩往事，沈清央突然发现，原来这个人的恶劣，从那么早的时候就有了苗头。

可惜她年少时不知，只觉得徐行知是性子有点冷、不太好亲近的哥哥。

后来他捏着她下巴狠狠压吻的时候，她才知道表象是给外人看的，非人本性。

那时候已经晚了。

手里的海棠花瓣碎了一地，沈清央神情有点不太好。

大门处传来点动静，她回头，看见是徐行知进来。

早晨日光清亮，男人穿了一身黑色运动装，浑身汗津津的，明显是刚晨跑回来。

难怪这么早出门。

沈清央看了他一眼，转身上台阶。

他跟上。

属于徐行知的热气越来越近，她错开方向，往楼梯处去。

身后传来一声若有似无的轻笑。

她怀疑自己是否听错，走到半路回身，徐行知已经打开冰箱喝水，汗湿的衣服贴着背肌轮廓，挺括有型。

黑发也泛着湿意。

像从前很多次，他们纠缠完，他从她身上起来，下床去给她倒水时，一样的背影。

沈清央掐了下发白的掌心。

"哥。"她提醒自己。

徐行知转身，浑身上下热腾腾的，唯独那双眼是平静的冷。

他对外人斯文温和，唯独对她不加掩饰。

"十点是吗？"

徐行知"嗯"了一声。

她点点头："那我再去睡一会儿，十点钟下来。"

徐行知握着矿泉水瓶："不是睡不着吗？"

"干等着也挺无聊的。"

他看着她，眸色冰冷没有温度，忽而，扯唇一笑："随你。"

十点钟，两人准时出发。

因为是拔牙，沈清央连防晒都没涂，只戴了一个口罩。下楼时遇见徐行恪，他叮嘱："路上注意安全。"

"知道了，大哥。"

车在庭院里等着，沈清央开门弯腰钻进去，敏感地嗅到挂着的香薰片换了，一点浅淡的柠檬香。

她没说话，伸手扣上安全带。

徐行知自然也懒得开口，车一路安静地开过小区景观，驶入主路。

沈清央靠在副驾驶座，看窗外春景。北城四月柳絮横行，难得这条路上空气清新，日光无阻碍地落在桃花和海棠花上。

许久没有这样的好天气了。

这么好的天气，她却要去拔牙，沈清央的心情实在算不上好。

四十分钟后，车停在环海大厦前。

周末，牙科诊所的人不少，徐行知带她在前台先登记，而后护士引他们到候诊区坐下，说陈医生稍后就来。

沈清央看了眼一排的候诊患者，转身问："我们这算是插队吗？"

候诊区都是棕色的单人沙发，徐行知坐下，手肘撑着扶手："昨晚我跟他说过了。"

"陈医生？"

"嗯。"

沈清央在脑海中回忆他大学时姓陈的朋友。

其实大学时，两人明面上的交集不多，在外人看来至多是同在学生会的点头之交。

所有风月，都在背地里。所以他的很多朋友，她也未必个个都知道。

徐行知瞥着她陷入沉思的眉眼，手指微动："别想了，你不认识。"

沈清央回神，轻轻"哦"了一声。

私立诊所最大的好处就是装修温馨和服务周到。候诊区人虽然多，但因为足够宽敞，所以也不显得拥挤，书架上还有不少杂志用来打发等待时间。

沈清央去接了一杯水，拉下口罩小口喝着。

本来想问徐行知要不要，但一转眼看见他手机屏幕上似乎正在处理邮件，也就没问。

这空当里，旁边的沙发上落座一对夫妻。

"来医院就别看手机了。"女人抱怨，"你明天就要去出差了，不能陪我聊聊天吗？"

男人笑了："你也知道我明天就要出差了，最近忙，等忙完这阵我一定好好陪你。”

女人不信：“你每次都这么说。”

男人说：“这次是真的，等这个收购案结束，我就休假。”

“要多久呀？”

“难说，三方律所的人不太行，办事效率太慢。”

沈清央的唇贴着杯子，耳边听见男人的语气似乎有隐隐的烦躁。

他妻子哼了一声，嘲讽道：“谁让你非要用她的小律所，说什么同学情谊，自讨苦吃。”

男人叹气，哄妻子：“当时想着……算了，不说了，一年合约过了就换。”

杯子里的水见底。

沈清央把纸杯捏扁丢进垃圾桶，低头去包里翻找东西。

窸窸窣窣的动静吸引了徐行知的注意力。他偏头，看见她摘下了口罩，取出一张名片主动去跟人搭话，口齿清晰礼貌：“您好，抱歉打扰，刚才无意听见了两位的聊天。我是观越律所的律师，这是我的名片，方便认识一下吗？”

那夫妻俩先是诧异，随后出于礼貌接下了名片。

今天来拔牙，沈清央穿得简单，毛衣、休闲裤，长发软软地垂着。她本就眉眼如画，笑起来无害又有亲和力，让人很容易心生好感。

女人看清名片上的信息，眉梢一扬：“观越，大律所啊。”

沈清央笑了笑：“我们团队是做金融交易业务的，如果两位有需要的话……”

后面娓娓道来的业务介绍徐行知已经听不清了。

他的目光落在她脸上，白皙细腻的皮肤，生动专注的眉眼，她说话时很喜欢看着别人的眼睛笑，给人一种全心全意的感觉。

徐行知神情淡淡。

等沈清央和那夫妻俩聊得差不多的时候，护士刚好过来，请她去诊室。

“有机会让他和沈律联系。”女人和她握手。

“我等两位。”沈清央笑着说。

诊室在另一侧，二人随护士过去，敲了敲门之后，里面传来一声“请进”。

推开门，里面的医生穿着白大褂，抬头扶了扶眼镜，目光在他俩身上转了一圈。

“稀客呀。”他挑眉看向徐行知，“这位是？”

徐行知直接忽视他后半句话，下巴微抬：“她智齿总发炎，你看看。”

一个“她”字，直接摒弃所有对身份的定义。

陈泊的眼神瞬间变得微妙。

“沈小姐是吧？”陈泊努力抑制自己强烈的探究欲，换上专业的笑，“麻烦你躺到那里，我看看。”

沈清央点头，把包从肩上拿下。

徐行知伸手。

她顿了下，将包交给他。

陈泊瞳孔放大，在心里飙了一句脏话。

他忍不住又多看了几眼。

沈清央半躺下，陈泊戴上了手套和口罩，捏着口镜检查她的智齿。

检查完，沈清央偏头吐了吐口水，坐起来，微微紧张：“医生，要拔吗？”

“要拔。”陈泊说，“有阻生齿，已经压迫神经了。”

沈清央脸色变得有点苦。

陈泊在这时候摘手套，偏头刚好看到那姑娘起身从诊疗床上下去的样子。长发柔软，针织毛衣小幅度轻晃间勾勒出薄肩细腰。侧脸白皙，举手投足间有点说不清道不明的味道。

陈泊摸了摸下巴，没想到他那好兄弟竟然喜欢这一款。

初步检查后，陈泊开了几张单子，让护士带沈清央去签字。她很轻地抿了下唇，听见徐行知的声音从头顶落下：“我在休息区等你。”

沈清央抬头，对上男人一贯冷静的黑眸，“哦”了一声。

她跟着护士离开，陈泊终于忍不住自己蠢蠢欲动的八卦之心：“快别跟我装了，徐行知，这姑娘是谁啊？”

徐行知抬眸：“你就是这么窥探病人隐私的吗？”

“别来这一套。”陈泊摸着下巴，“你不是刚回国吗？难不成你在国外谈了个华人女友？看着也不像啊。”

“你的问题怎么这么多？”

陈泊看了他一眼，忽然想到什么：“这姑娘，该不会就是大学时你藏着掖着，后来还把你给甩了的那个吧？”

徐行知眸色一冷。

“被我说中了？”陈泊惊讶。

陈泊大学的时候跟徐行知关系不错，二十岁左右的年轻人，大家聚在一起玩的时候多多少少会带着男女朋友一起，只有徐行知没有。

但他其实是有女友的，关系不错的几个朋友都知道。身上沾染的女生香气、手腕上偶尔露出来的红色齿痕，都是昭彰的暧昧。

只可惜没见过。

喜欢徐行知的漂亮女孩多得如过江之鲫，最后输给一个没见过面的人，谁都不甘心，明里暗里打听，被他不软不硬地挡了回去。

陈泊只知道徐行知给那女孩的备注是一个小羊表情。

他这段恋情很隐秘，两人什么时候分开的，陈泊也不清楚。大学毕业后，徐行知去美国读书创业，两人联系不如读书时密切。有一年陈泊出国旅游，中途去了一趟旧金山跟徐行知见面。

那一次两人聊起旧事，陈泊想起那个被藏得严严实实的姑娘，好奇心起来，打趣问：“现在能不能见见？”

他记得很清楚，当时，他这位对人对事向来情绪稳定的好友突然间变得神色如冰，冷冷说道：“别跟我提她。”

那是陈泊第一次在徐行知身上见到这么强烈的爱恨。

他一直非常好奇是什么样的姑娘这么有本事，没想到现在见到了。

还真是……挺厉害的。

能甩了徐行知，又让他回头。

沈清央跟着护士去了手术室，躺在诊疗床上。护士温柔地跟她说着注意事项，同时做一些准备。

她怕疼，紧张得手心冒汗。

眼前的灯光和各种仪器简直让人想直接晕过去。

她身体不错，从小到大很少进医院，最怕的就是看牙科，真的很可怕。

没一会儿，陈泊进来，让她放松给她打麻药。

沈清央心里很想哭。

不知道是不是她过于紧张的原因，麻药之后，还是能感受到轻微的痛感，以及仪器在她口腔内操作的触感。

四十多分钟后，手术结束，护士扶着她坐起来漱口，往她嘴里塞了个棉球。

沈清央咬着棉球，含混不清地跟陈泊道谢。

“没事，这两天注意点饮食，疼的话，可以冰敷或者吃点冰的缓解。”陈泊边洗手边笑着说，“消炎药徐行知帮你拿过了，他在外面等你。”

沈清央没心思去计较他话里话外将她和徐行知凑在一起的亲昵感，她推开门，看到徐行知在沙发那儿等她，于是走过去。

徐行知抬头便看到她面色发白地过来，头发都拢到了一边，脖颈纤细白皙。

小小的脸，半边微肿。

他用车钥匙碰了碰她的头发：“疼？”

她点点头。

“没打麻药吗？”

“打了。”沈清央声音微弱地说，“药效快过了……”

拿了药，徐行知和陈泊打过招呼，两人离开诊所。

踏上扶梯，沈清央抬头，疑惑：“你不是说找他有事吗？中午不跟他一起吃饭吗？”

徐行知瞥她：“你能吃吗？”

沈清央愣了下。她是不能吃，但也没想再跟他一起。

她闭上嘴，又听见徐行知问：“怎么不说话了？”

“疼。”她嘴里还咬着止血的棉球。

大厦是综合体，下了扶梯来到商场，徐行知要去买东西，沈清央就近在公共闲坐区找了块地方坐下等他。

麻药药效一过，疼痛感越发清晰，沈清央觉得自己的脸好像肿得更厉害了。

她掏出手机，看了眼自己的脸，忽然有道小心翼翼的女声：“您好？”

沈清央放下手机，看到一个带着孩子的妈妈。

年轻妈妈似乎有些不好意思：“不好意思，能不能帮我一个忙？我想去卫生间，麻烦您帮我看一下孩子好吗？两分钟左右就可以。”

面前是一个小男孩，四五岁的样子。

沈清央点了点头。

小男孩在她身边坐下，好奇地盯着她肿起的半边脸看，歪着脑袋问：“姐姐，你被人打了吗？”

沈清央噎住。

“不是哦。”她解释，“姐姐是拔了牙。”

“拔牙？”小男孩眼睛里闪着好奇的光，“姐姐为什么要拔牙？是糖果吃得太多了吗？”

“也不是。”

“那是为什么？妈妈说糖果吃太多才会有蛀牙。”

沈清央扶额思考。

徐行知回来的时候，看到的就是两人坐一起相对说话的场景。周末的商场人来人往，有些嘈杂，等走近了，他才听到沈清央正煞有介事地胡说八道：“小孩子吃糖是会长蛀牙，但姐姐不是小孩子。姐姐拔牙是因为得罪了仓鼠精，仓鼠精罚我变成仓鼠，你看姐姐现在像不像？”

小男孩瞪大眼睛，瞬间捂住了自己的嘴巴。

徐行知脚步一顿。

小男孩心有戚戚：“是很像呢。姐姐，你好可怜。”

沈清央点头：“是吧，还很疼。”

阴影落下，她听见男人走过来的脚步声。

与此同时，小男孩的妈妈也急匆匆地回来了，她牵着儿子的手，跟沈清央道谢。

沈清央笑眯眯地跟小男孩挥手说再见。

再抬头，徐行知在盯着她看。

沈清央怔了下，刚想说话，他忽然抬手轻轻摩挲她肿起的脸颊。

她面色一僵。

他的手指很冰：“不是疼吗？还说那么多话。”

沈清央呼吸发紧。

她仰头对上徐行知的视线。他慢慢松开了手，换成手里拎着的冰袋，贴上她的脸。

“敷一会儿吧。”

过了两三天，吃了消炎药，沈清央的脸慢慢消肿。

智齿拔掉之后，她原本就小的脸更显得小了一圈，弄得蒋姝对着镜子捏自己的脸，也想去检查一下智齿。

“你去的哪家私立口腔诊所？医生的技术好吗？”蒋姝靠过来问。

北城公立口腔医院的号太难挂，她压根儿挂不上号。

沈清央从几百页的繁芜文件中抬头，下意识地回答：“还不错。”

“收费呢？”

“收费——”

沈清央噎住。那天是徐行知带她去的，他约的号，拔完牙她被痛楚笼罩，完全忘记了这件事。

习惯使然，她也想不起来问他要账单。

“还行。”沈清央模糊地答。

蒋姝掏出手机：“叫什么名字？我查一下风评。”

“泊益口腔。”

本来沉浸在工作中，被打岔聊了几句，沈清央顿觉腰背酸痛，于是起身活动几下，端着马克杯去茶水间泡咖啡。

乳白色的奶泡打着旋儿，她撕开一包糖倒进去，用吸管搅了几下。

写字楼的落地窗映着灰蒙蒙的天，这两日天气都不怎么好，新闻播报雾霾严重，提示易过敏人群出门记得戴口罩做好防护。

低头啜了一口咖啡，沈清央回工位继续工作。

下午五点多钟的时候，电脑上冒出一条微信消息，来自家庭群聊。点开是方琴说今晚她和徐教授不在家，要他们兄妹三人自己解决晚饭。

先回应这条微信消息的是徐行恪：我今晚有应酬，也不回去。

方琴“艾特”了她和徐行知。

沈清央在键盘上打字：不用管我，琴姨，我在律所附近吃。

关掉群聊，沈清央顺手去摸马克杯，里面冰凉的咖啡已经见底。满屏密密麻麻的文字和数据看得她有些头痛，于是去和蒋姝搭话：“你今晚加班吗？”

蒋姝手上的文件翻飞，摇头：“再加班我就要猝死了。”

沈清央笑了一下。

她捏捏肩膀，靠在椅子上，摸出手机给孟希发信息：下班之后一起吃饭吗？

过了两三分钟，孟希回了一个哭脸的表情包加一句话：吃不了，我被拉去商务应酬了。

沈清央回了她一个表示同情的小黄脸。

也不想再问别人了，下班之后，沈清央独自加了一小时的班，然后收拾东西坐地铁回家。

她不太喜欢一个人吃晚饭。

这种不喜欢源自小时候，沈父工作忙，经常加班，父母离婚后，每次放学回家，只有她自己。

钟点工阿姨做完晚饭就会离开，于是她每晚都自己吃饭，然后洗漱、写作业、睡觉。

偶尔周末，沈父不加班，会带她外出去餐厅和游乐园。

淡淡的失落情绪一晃而过，并没有在心里留下很大的涟漪。

回到徐家，沈清央先在手机上点了一份外卖，备注“放在门口”，而后便抱着衣服去浴室洗澡。

偌大的房子空旷而寂静，只有她一个人在家。沈清央索性把手机带进浴室，边听音乐边洗澡。

热水冲刷过身体，白皙的皮肤微微泛红，她关掉花洒，往头发上涂发膜。刚涂到一半，浴室的灯突然忽明忽暗地闪了两下。

而后，整个浴室和卧室瞬间陷入黑暗。

……

沈清央在原地愣住。

北城晚高峰拥堵。

原本半小时的车程拉长到一小时，徐行知的耐心几乎要告罄。中途，他转道去超市买了些东西。

停车时，在家门外遇上来送外卖的小哥。

“沈……手机尾号0715的沈女士点的外卖。”外卖小哥抬头确认了门牌号，十分肯定地说，“备注说放在门口。”

徐行知从车窗里伸手：“给我吧。”

外卖小哥有些犹豫：“您是……”

徐行知的手晾在半空：“我是她哥哥。”

外卖小哥踌躇：“我还是打个电话问问吧。”

电话很轻易便打通，沈清央在电话那头听见外卖小哥说的“她哥哥”，沉默了下，而后说“给他吧”。

徐行知把车开进去，拎着外卖下车。从庭院外看徐家别墅一片黑暗，他疑惑地皱了下眉，用钥匙打开门。

外卖搁在玄关的矮柜上，他伸手开灯，按了几下都没反应。

楼梯处传来些动静，徐行知绕过玄关，地上出现一抹亮光。

他抬头，看见沈清央裹着白色的浴袍从楼梯上下来。

亮光来自她手里的手电筒，年轻姑娘身形纤瘦，浴袍显得格外宽松，头发也用浴帽包了起来，漂亮的锁骨与柔嫩的脖颈都暴露在稀薄的月光中。

徐行知脚步稍顿。

“哥，”沈清央也停在楼梯上，音色微微迷惘，“我洗着澡，灯突然灭了。”

而且不只是浴室，所有的灯都打不开，她摸黑披上浴袍，就接到了外卖员的电话。

几步之外，男人站在黑暗里。

“应该是跳闸了。”片刻后，徐行知淡淡出声。

沈清央莫名松了一口气。她身上还黏黏的，洗发水和沐浴露都没有冲干净。

徐行知脱了西装外套，丢在沙发上。她落后他几步，跟着他往玄关那儿走。

“手电筒。”

沈清央递过去。

她靠近，空气中浮起淡淡的幽香。

徐行知眼皮都未抬，握着手电筒，拉开电闸箱。

他的袖扣没解，只是随手向上扯了下衬衫，袖口布料收紧，露出一截精瘦嶙峋的手腕，青筋脉络根根分明。

视线扫到，沈清央眼皮垂下。

没一会儿工夫，徐行知推回电闸箱，再按玄关开关，暖黄色的走廊灯亮起。

她肌肤的色调也从冷白变成象牙质感的暖白。

“好了吗？”沈清央不太确定地问。

“好了。”他把手电筒抛回给她。

“那我先去洗澡。”走了几步，沈清央又回头，轻声问，“你吃过晚饭了吗？”

徐行知从冰箱里拿出一瓶冰水：“没有。”

“……”

他转身：“难道你的外卖有我的份吗？”
沈清央的指腹捏着浴袍的褶皱：“我以为你不回来吃饭。”
徐行知的目光看过来，语气漫不经心：“你以为？看来你比我秘书都了解我的行程。”
无非是看另外三人都不在，她便默认了他也不会回来而已。
徐行知懒得同她做这些无谓的口舌之争。冰雾在掌心化开，缓解了些许躁意，他的视线从她身上收回：“去洗澡吧，洗完下来吃饭。”

半个小时后，沈清央从楼上下来。
长袖长裤的白色睡衣，棉质布料，吹干的长发柔顺地垂着，她弯腰解开餐桌上的外卖打包袋，鼻尖嗅到厨房里飘来的牛排与迷迭香香气。
走过去看，徐行知在分切煎好的牛排，此时他的袖口解开，衬衫衣袖卷至手肘，小臂肌肉纹理分明。
好香。
锅里还炖着番茄肉酱面，另一边的水晶碗里是拌好的蔬果沙拉。
沈清央已经忘记自己点的外卖是什么食物。
他准备的明显不是单人份，她主动去橱柜里取出了两个碗，打开煮意面的小锅，热腾腾的香气扑面而来。
徐行知看着她非常自觉地分了两份出来。
他把牛排和沙拉端到外面的餐桌上。
只有两个人吃饭，他俩相对而坐。冷掉的外卖被沈清央推到了一边，她低头咬了一口牛肉，外焦里嫩，煎的火候不输外面的餐厅。
徐行知的厨艺比以前更好了。
过去的那些年里，家里没人的时候，他偶尔会去厨房给她做东西吃，她九点后爱吃夜宵的这个坏习惯就是被徐行知养出来的。
沈清央挑食，不喜欢洋葱，不喜欢蒜味，也不喜欢香菜。聚餐时照顾朋友心情，她不会说，但自己吃饭的时候会避开。
徐行知很不喜欢她挑食，但做东西的时候还是会剔除掉她不吃的配菜。
沈清央没有在番茄意面中尝到一丝洋葱味。
洗完澡，她真的有点饿，低着头很认真地吃东西。头发被她随手扎起来，落肩上衣显得肩背纤薄。
徐行知喝了一口水，神色平淡地看着眼前人。
空气里仍然飘着淡香，是她一直很喜欢的柠檬香味。
她的沐浴用品、香水，都是这个香型。
月光稀薄得有些闷意。
吃到一半，沈清央手边的手机飘出音乐，她瞥了一眼来电人，皱着眉按下接听。
跨洋电话，来电人是裴小少爷，徐家隔壁邻居裴家的小儿子，算得上从小跟她和徐行知一起长大。
“央央——”裴亦是第二个这么喊她的人。
沈清央握着杯子喝水，语气平静：“你又失恋了？”

裴亦委委屈屈说道：“央央，你果然是我最好的朋友，还是你懂我。”

一年三百六十五天，裴小少爷有三百天都在失恋难过。

沈清央略微有些无语：“那你什么时候回来？”

裴亦抽了抽鼻子：“过几天吧，我有点难过。”

“好。”她不太真诚地安慰，“别哭，回来我请你吃饭。”

简单聊了几句，沈清央挂掉电话，抬眸撞进徐行知的视线，他靠在椅子里看着她。

“裴亦？”他问。

她点头。

徐行知淡声道：“这么多年了，你们感情还是这么好。”

沈清央垂睫，挑起一根意面：“毕竟认识这么久了，多年朋友情分。”

“多年情分……”他念着这四个字。

空旷的餐厅里，沈清央心口慢慢收紧。

片刻，徐行知起身离开，语气微讽：“说得真好，我们清央，一向最重情。”

CHAPTER 03 /

柿子香包

那顿饭过后，两人连续几天再无照面。

沈清央被派去南京出差，手里一个收购案的尽调报告需要去往项目现场。

四月时节，南京春光明媚，满城风絮。

沈清央没想到来了南方也逃不过柳絮，从酒店到项目地点的来回通勤路上不得不戴起口罩。

她出差时间一共五天，后两天夜里下起雨，压下了乱飞的柳絮，空气终于变得好些。

这期间，也错过了裴亦回国。

周五晚上，沈清央在酒店收拾行李，接到裴小少爷的电话，张口就要来南京找她。

“别大费周章了，我明天就回去了。”她把手机开了免提扔在床上。

“几点的航班？我去机场接你。”裴亦献殷勤。

毛衣在手里对折，三两下，平整地被放入衣物收纳袋里。沈清央弯腰拾起手机查看行程，截图给裴亦发了过去。

“好嘞！”裴小二开心地转了个圈，好像把失恋的烦恼全部抛之脑后，“我一定准时到达机场。”

沈清央淡淡弯唇。

次日上午，沈清央早早起床，和一起来出差的同事去鸡鸣寺赏樱。

这季节樱花开得最好，两人难得来南京一趟，都不想错过。

她们来得早，林荫道上游客还不多，沈清央给同事拍完照，也让对方帮自己拍了两张。

淡粉色的樱花纷纷落如雪，她穿着一条荷叶边的长袖裙，复古波希米亚风，袅袅娜娜地站在树下，漂亮得像一幅油画。

“好好看啊，清央！”同事一个劲地发出感慨，“原相机都这么好看，不用修图了。”

“我看看。”沈清央接过手机，弯眸，“阳光好，你拍得也好看。”

“No，No，摄影三要素：模特、模特，还是模特，虽然我拍得也确实不错。”

“我想我们就不要商业互夸了。”

两人相视一笑，收了手机，继续往寺庙里去。

上午十点多，寺庙里的游客多得有些摩肩接踵。

沈清央和同事放弃留在寺庙里吃素面的想法，点过香，买了几个纪念品香包之后，两人在附近挑了家人少的餐厅解决午饭。

订的返程航班是下午三点的，两个多小时的飞行之后，两人落地北城机场。

同事有老公过来接，在接机口沈清央和她道别，转身，隔着老远便看见了戴着墨镜无比夸张地朝她挥手的裴亦。

裴小少爷身高一米八，腰细腿长，穿着扎染风的皮夹克，头发挑了几簇绿色，花枝招展得活像只花孔雀。

偏他长相气质格外亮眼，吸引了不少路人的目光。

沈清央深觉丢人，很想装作没看见他。

“央央！”

她刚拖着行李箱走过栏杆，裴亦就兴奋地冲过来，长臂一伸揽住她的肩膀，吹了一声口哨：“不是吧，几个月不见，你不会认不出我了吧？”

沈清央扒拉开搁在自己肩上的爪子：“几个月不见，我还以为你瞎了，大晚上也需要戴墨镜。”

裴亦“嘿嘿”一笑，抬手将墨镜推到头发上，低头：“这下认出来了吧？”

一张脸陡然凑近，沈清央下意识地后仰，伸手推开：“眼睛这么红，该不会是哭的吧？”

“还红吗？”

“像被人打了一样。”

“……”

见他不说话，沈清央试探地问：“真哭过了啊？”

裴亦重新戴回墨镜，幽幽道：“哭个屁，小爷是过敏，昨天刚回来眼皮上就长了麦粒肿。”

“……好吧。”

两人边聊着天，边走去机场的停车场。裴亦开了一辆非常夸张的超跑来接她，亮眼的颜色同他身上的皮衣如出一辙，周围的车都停得和他的车保持距离，不想和嚣张跋扈的富二代发生没必要的剐蹭。

幸好沈清央带的是小号行李箱，坐上车，裴亦随手把墨镜丢进了卡槽里：“去吃饭吗，还是先把你的行李送回家？”

“先吃饭。”她很饿。

“去哪儿吃？”

“我请你。”一直低头看手机的沈清央终于抬头，把手机递到裴亦面前，“请你吃这个。”

裴亦的五官扭曲：“小爷去国外几个月，回来你就请我吃炸酱面？沈清央，你是不是朋友？”

“八十八块一碗呢，我同事说很好吃。”

“抠死你得了。”裴亦嫌弃地推开手机，“我要吃中餐，星级餐厅，主厨招牌菜。”

沈清央坦诚：“没钱。”

“你工资呢，沈大律师？”

沈清央靠在过分舒适的真皮座椅里，放松坐飞机坐得酸痛的肩背：“我一个月工资都买不起你一件衣服，要花要攒的。”

“……”

裴亦咬牙：“行。”

沈清央睁开微亮的眼睛：“去吃炸酱面？”

裴亦踩下油门，哼了一声：“你留着跟你同事吃吧，小爷请你吃大餐。”

沈清央和裴亦的相熟，源于小时候的一场意外。

裴家是徐家一墙之隔的邻居，两家关系一直颇为交好。

刚来徐家那年，因为不适应，沈清央的学习成绩下滑不少。

到了初三，学习任务越发紧，她为了补上之前落下的课业，每天早上五点就起来背书。

院子里的廊下有一套藤编桌椅，她就坐在那里背书，偶尔会站起来，围着海棠树边转圈边背书。

十二月的某一天，天蒙蒙亮，沈清央正在背书时，院墙外翻落进来一个身影。

她眼睁睁地看着那个身影干脆利落地翻下来，而后拍拍身上的尘土就想往屋里跑，却在下一秒看到她时，面色僵住。

一开始，沈清央还以为进贼了。

等看清男生的面容，她认出这是隔壁邻居家的小儿子。

裴亦僵了一会儿，面色青白，冒出四个字：“翻错墙了。”

她抱着书，半晌，“扑哧”一声笑出来。

那是她来到徐家一年之后，第一次打心底里被逗笑。

裴亦揉了揉自己的头发，走过来警告她：“不许告诉我爸。”

沈清央上下打量他，好奇地问：“你是偷偷去网吧通宵了吗？”

裴亦被戳穿，恼羞成怒：“小姑娘家家少打听别人的事。”

“好吧。”她用下颌抵着书，安静地看他，“那我问问徐伯伯。”

“也不许告诉徐伯伯！”

“那我跟哥哥们说——”

“都不许！”裴亦一把抽走她手里的书，狠狠拍了两下，威胁道，“你要是敢说，这本书就不还你了。”

说着，他睨了她一眼，转身去翻另一道墙，翻回了家。

这件事之后，过了两三天，裴亦主动来沈清央班里找她。

她这两天安安静静，裴亦很难不怀疑小丫头肚子里正憋着什么坏水。

毕竟那天看着，她就不像个白心芝麻丸。

沈清央被叫到班级外，面对裴亦的询问，觉得莫名其妙：“你不是让我保守秘密吗？”

“所以？”

她伸手：“书还我。”

裴亦半信半疑：“你真的不会告状。”

沈清央耸耸肩：“你不信算了。”

“信信信——”

他当然信，这小姑娘看起来心眼比他多八百个，还总是一副坦坦荡荡的样子。

于是，裴亦新买了一本《英语词典》还给沈清央，用以补偿被他蹂躏的那本。

再后来，两人神奇地结了一点战友情，同为家里最小的孩子，头上都有哥哥，莫名有些惺惺相惜的意味。

超跑一路张扬地在夜色中行驶，推背感推得沈清央昏昏欲睡。四十多分钟后，车在西江路12号前停下。

沈清央被车钥匙戳醒，打着哈欠下车。春夜凉风拂面，把她的瞌睡彻底赶走，她清醒过来，抬头，入目是黑金做底的三字店名——梦京会。

裴亦喜欢这种看起来就很贵的餐厅。

不用花钱，沈清央乐得跟着吃好的。两人上了二楼临窗的包间，余光中粉壁黛瓦，餐厅环境格外漂亮。

“你点。”裴亦把菜单推过来。

沈清央也不跟他客气。

等上餐的时间里，两人聊天，沈清央忽然想起自己在鸡鸣寺买的香包，从包里拿了一个给裴亦。

“这是什么？”裴亦接过来，露出嫌弃的表情。

香包是小柿子形状，外观可爱。

“寺庙买的香包，开过光的。”沈清央强调。

裴亦：“有什么用？能保佑我的爱情吗？”

“也许吧。”

“丑死了。”裴亦轻晃两下，嘴上嫌弃，还是把它挂到了车钥匙上。

服务员送上开胃的冰糕小点心，沈清央用勺子挖了一小口，尝到里面加了一些坚果。

甜甜的，很香，她很喜欢，继续吃了下去。

菜一道道端上来，两人边吃饭边聊天，大多时候是裴亦在说，他话很多，讲这几个月他在国外的生活。

裴亦这次出国，一是美其名曰为他想开的酒吧找设计风格灵感，二是因为他喜欢多年的女孩在国外深造读书。

沈清央也不揭穿他那点小心思。

吃到一半，裴亦去洗手间，回来跟她说：“我碰到行知哥了。”

沈清央正在吃鱼，鱼刺扎到牙龈，她皱着眉吐出来。

“小心点。”裴亦递纸巾，“听到行知哥，你这么激动，你们不是早就不是那种关系了吗？”

沈清央擦着嘴，面色渐渐变得黯淡。

她差点忘了，眼前人也是为数不多的知情者之一。

孟希知道，是因为同为女孩子，很多隐私的事想瞒也瞒不过，闺密的嗅觉一向敏锐。

而裴亦这个粗神经，被他发现，是徐行知故意的。

他不喜欢她在乎裴亦胜过在乎他。

那年夏天，裴亦来家里找她一起去看乐队现场。沈清央怕热，在家里只穿一条吊带睡裙，于是让裴亦在楼下等一会儿，她去换件衣服。

她换好衣服，遇上徐行知回来。

沈清央从窗户里看到他们在院子里说话。

她换了一条方领的裙子，背上斜挎包下楼，在楼梯上，与徐行知狭路相逢。

“和裴亦出门？”他问。

她点点头。

徐行知却不让路，挡在她面前，倚着楼梯扶手，勾勾手让她过来。

裴亦就在院子里等着，怕他听到动静，沈清央依言抬脚，下了两级楼梯。

徐行知伸手揽住她的腰，把她的长发拨到肩后。

“哥——”沈清央微僵。

空调风凉，徐行知刚从外面回来，身上很热，同样带着热意的吻落到她耳后。

濡湿的，他把她扣在怀里，吻由耳垂流连到唇。

“徐行知——”她急了，咬他的唇，压低声音。

徐行知撩起她的长发：“你要和裴亦出去，那我呢？”

沈清央呆住。

两张电影票被放入她掌心，他嗓音淡凉：“你要看的电影，我买好票了。”

沈清央这才想起来，她上周随口一提想看的电影首映在今天。

“哥……”

“没关系，去吧，你们看。”

她察觉到他隐隐不开心的情绪，于是踮脚，主动在他唇边印下一吻，妄图用最简单的方法哄好他。

谁知下一秒，在徐行知身后，她看到了目瞪口呆的裴亦。

他故意的。

裴亦后来说，他在院子里遇到行知哥，徐行知说天气热，让他去客厅里等。

于是就有了被撞见的那一幕。

徐行知的身形挡着，裴亦完全在沈清央的视野盲区。她与徐行知若有似无的亲密，都尽数落入裴亦眼中。

他放她与裴亦去听乐队、看电影。

她被裴亦追着问了一下午。

四月，餐厅中没开暖气，温度不冷不热，沈清央面无表情地吃完一块鲜嫩的清蒸鲈鱼，用湿巾擦手。

裴亦捕捉她的神情：“生气了？”

“……”

“你是生我的气，还是生行知哥的气？我好像什么也没干吧？”裴小二苦着脸道。

沈清央也知道自己这情绪来得莫名其妙，不过一段往事，只是突然又出现在脑海中而已。

她抿了口红茶，放缓神情：“没有，刚才被鱼刺扎到了。”

裴亦松了口气："你慢点吃。"

"嗯。"沈清央把注意力拉回到食物上，"这家餐厅蛮好吃的。"

不是那种只有装修没有味道华而不实的艺术餐厅。

"那当然。"裴亦哼笑了一声，"小爷带你吃的还能不好吃？"

论吃喝玩乐，谁能比他更擅长？

饭后甜点上的是朗姆酒冰激凌，口感软甜。裴亦不爱吃甜食，于是沈清央把他的那份也吃了。

结账时，服务生不小心把桌上的茶杯打翻，茶水溅到裴亦的手上。

他去洗手间洗手，沈清央下楼，从前台那儿拣了两颗柠檬糖，边吃边等裴亦。

百无聊赖，她查看手中的账单。

这一顿饭是挺贵的。

正想着，不远处传来说话声，沈清央抬头，几步之遥的包厢外立着一道颀长的身影，穿着白衬衣，西装搭于臂间，背影说不清道不明的吸引人。

他正在和对面两人交谈。

那中年人，沈清央认得，是远盛集团的成总，律所的大客户。至于另一个年轻姑娘，似乎有些眼熟。

沈清央只看了一眼，就收回目光，继续研究手中的账单。

没一会儿，三人从她面前经过。徐行知的脚步几不可察地停了一下，目光淡淡地从她身上掠过。

"央央？"裴亦从洗手间出来，伸手弹她的额头，"想什么呢？"

"嗯？"

裴亦夺过她手里的账单："有什么好看的？小爷找你吃饭，还能让你花钱吗？"

沈清央微顿，委婉地道："你想多了，我只是在出神。"

裴亦："……"

账单被揉皱丢进垃圾桶，裴亦吃了沈清央手里剩的一颗柠檬糖，气哼哼地往外走。

餐厅门口，徐行知刚送走成家父女。

夜色深沉，黑色门头下，壁灯散发出幽幽柔光，两人前脚刚踏出门，后脚裴亦张嘴就喊："行知哥？"

男人回身。

光晕勾勒着他的面部轮廓，薄唇，鸦羽般的睫毛，比之从前，气质越发成熟。

裴亦十分熟稔地与他说话："刚才那两个人是你朋友吗？"

徐行知："公司客户。"

裴亦点点头："哥，你开车了吗？要不要一起走？"

"不用，你们先走。"

沈清央自始至终都安静地站在裴亦身边。

徐行知目光扫过她荷叶领的漂亮长裙、包上坠着的小柿子香包，最后，是裴亦手上晃着的车钥匙，那里也挂着一个同款式的香包。

年轻男女，十分般配。

席间，酒喝得有点闷。

两人经过时，徐行知忽然喊住她："什么时候回来的？"

沈清央停步，回答："今天下午。"

"裴亦去接的你？"

"他刚好有空。"

徐行知轻轻点头，他们侧着身子说话，呼吸间气息沉浮。他看着她鲜红的唇："你们喝酒了？"

"没有。"沈清央摇头，柔光里，皮肤白皙如玉。

裴亦怕徐行知误会他酒驾，补充道："甜品里加了朗姆酒，央央吃了，我没吃。"

听到裴亦数十年如一日的亲昵称呼，徐行知面色渐淡。

"哥，"沈清央转头，轻声结束了这场对话，"你记得叫代驾，路上注意安全，我们先走了。"

夜风轻拂，徐行知温和地笑了："好，多谢关心。"

周末两天，沈清央在家休息，弥补精神。

周一上班，晨会开了两个小时，结束后草草做了一些整理便到了午饭时间，她和蒋姝、林竹一起在写字楼附近吃饭。

林竹上周去了远盛集团做对接，聊起八卦："成总的千金从国外回来了。不得不说，成总是真宠女儿，投胎好才是真的好。"

蒋姝："你见到她了吗？"

"当然。"

"跟成总像吗？"

"一点也不像。"林竹挑眉，"估计随她妈，漂亮着呢。"

沈清央听着她们闲聊，脑海中忽然闪过两幅画面，在梦京会看到的和徐行知说话的姑娘与上次去维斯时碰见的。

是同一个，远盛成总的女儿。

也不意外，只是挺巧合的。

吃完饭，沈清央顺手从楼下买了一杯手打柠檬茶。午休时她睡不着，靠在椅子上修图。照片有在鸡鸣寺拍的，也有拍的食物。而后，她将照片编辑成九宫格，发在朋友圈。

她朋友圈更新得不频繁，但不是完全没有，隔一段时间会更新一组生活里随手拍的照片。

朋友圈发出去没多久，沈父给她点了赞，聊天框跳出新信息：又瘦了。

沈清央弯唇笑，回复：哪有，比你上次回来我胖了五斤。

沈父：胖点好看，你太瘦了。

沈清央回了一个小熊吐舌头的表情包。

父女二人一年到头见不了几面，沈父作为公司技术人员常年驻外，唯一能给女儿的补偿就是零花钱。

自成年之后拥有自己的银行卡开始，沈清央每个月都会收到父亲打来的零花钱，对她来说多得根本花不完。

后来有了工资，她干脆不去动那张银行卡，权当攒钱。

和父亲简单聊了几句，退出聊天框，沈清央点开提示小红点，喻哲给她点了个赞。

他还在那条朋友圈下留言：这是在南京出差吗？

她回复他说已经回来了。

关掉手机，沈清央半躺在椅子上，闭眼休息了一会儿。午休结束后，她被邹瑾叫到办公室。

“一个外勤，”邹瑾说，“你收拾一下，去北兴工业园。”

沈清央面露疑惑。

“维斯打来电话让我们派个人去。”邹瑾递来一张写着电话号码的便笺纸，“你到了之后联系这个号码，会有人接你。”

沈清央还是不解：“我过去干什么？”

如果是法务方面的事情和咨询，不应该由法务部和她对接吗？

邹瑾波澜不惊，语气平静：“客户的要求，客户付钱。既然他们要人帮忙，你过去就是了。”

这话说得没错，她们这行本质就是服务业，提供服务的每一分每一秒都是客户花钱买的时间。

回到工位，沈清央在 OA 系统里申请了外勤。

蒋姝靠过来：“去哪儿？”

“维斯的外勤。”

“去吧。”蒋姝挥手。

北兴工业园地处北郊，距离城区有一些距离。一个半小时后，沈清央从出租车上下来，在园区门口拨了便笺纸上的电话号码。

“嘟嘟嘟——”

“喂，您好。”电话接通，对面的男声彬彬有礼。

“您好。”沈清央说，“我是观越派过来的律师，您方便来门口接一下我吗？”

“沈律？”对面略微停顿，笑道，“好，麻烦您在保安亭稍等，我这就过去。”

“麻烦了。”

午后阳光正盛，天气晴朗，气温也随之升高，沈清央在阴凉地等了一会儿，远远看见一辆接驳车驶来。

来接她的人很年轻，戴着眼镜，斯斯文文的模样。

“沈律您好。”岑川主动自我介绍，“我姓岑，是徐总的秘书。”

原来是徐行知的人，难怪让她觉得气质做派熟悉。

“您好。”沈清央和他浅浅握手。

“今天有一场科展会，维斯是主办方。”岑川说，“徐总带研发部的人过来交流合作，希望沈律能帮忙做一些记录，规避风险。”

沈清央看了他一眼。

岑川笑着，表情很客气，看不出任何异样。

沈清央微笑道："岑秘书下午事务缠身？"

岑川轻扶眼镜："我是有些忙，辛苦沈律过来一趟。"

她安静地往后靠。

接驳车停在展厅前，沈清央下车跟着岑川进去，对方从接待处取了个工作人员的牌子给她。

展厅工业科技感十足，灰白色调设计，冷气袭人，自动开合的智能识别门将展厅完全与室外隔绝开。

岑川将沈清央带到了徐行知面前，徐行知今天穿得简约而正式，黑色袖扣，西装领带笔挺规整，人群中，出色的英俊。

"徐总。"

徐行知正在和别人讲话，闻言回头。

他顿了下，同那人说"稍后再聊"。

"沈律。"他用公事公办的口气称呼沈清央。

沈清央拿着工作人员牌："徐先生，观越提供的法律服务是按小时计费。"且价格不菲。

"我知道。"徐行知看着她，眸色平淡，"沈律过来路程花费了多长时间？"

"一个半小时。"

他点头："岑川，报给法务部的计时加上沈律通勤的三个钟头。"

岑川应好。

手里的工牌挂带滑落，徐行知伸手接住，搁回沈清央的掌心："还有什么问题吗？"

沈清央垂眼，默不作声地戴上工牌。

后面几个小时，她和岑川一起跟在徐行知身后。

需要用到她的地方实在寥寥，岑川是一位非常优秀专业的秘书，几乎是有问必答，和他老板一样温和而有条理，一言一行都挑不出错。

维斯主办的这场展会参与公司众多，都是走在行业领域前沿的公司，沈清央环视会场，偶尔会看见几个眼熟的公司老总。

更多的是只在新闻上见过的新贵，和徐行知交谈的时候，对方的视线落到她身上，流露几分好奇。

"这位是维斯的？"

徐行知淡笑道："观越律所的律师，为我们提供法律服务。"

对方恍然大悟："观越，挺有名的。"

徐行知轻描淡写地看过来一眼。

沈清央从随身包中取出一张名片，带着得体的笑容递过去："您客气了，这是我的名片。"

"原来是沈律。"对方捏着名片，夸道，"这行不容易，沈律年轻有为。"

逛完一圈展厅，沈清央递出去十几张名片。她这时才察觉出徐行知与人沟通的能力，深入浅出，寥寥几句就能将对方的话头引到自己想要的轨道上。

自由参观结束，地点转到隔壁的演讲厅，由技术人员们演讲展示。

沈清央跟着徐行知落座第一排最右侧的位置。

左侧前方有媒体和拍摄人员架起设备拍摄，他们坐的位置刚好安排在了相机视野盲区，不会入镜。

沈清央无心听演讲，拧开一瓶矿泉水，仰头喝了半瓶。

沙发是双人座，她的包搁在两人中间，徐行知把玩着包上悬坠的香包。

修长的手指，干净、漂亮。香包隐隐散发着浅淡的香气。

“里面有什么香？”徐行知问。

“好像有肖楠、柏木……”沈清央也不大记得了，她只瞥过一眼包装背面。

“裴亦送的？”

她轻怔，摇头：“我送他的，在南京出差的时候买的。”

徐行知不置可否地笑了一下，小柿子香包从冷白的指尖滑落。

沈清央微微沉默：“我只买了三个，一个给了裴亦，另一个给了琴姨。”

他没什么情绪地“嗯”了一声。

演讲人的声音由音响扩到厅里每一处，在嘈杂里，两人之间陷入莫名的安静。

徐行知的胳膊搭在沙发扶手上支着脸。

扣子解开，他的西服自然垂至身侧，沈清央把香包挂正时，手指无意碰到，布料冰凉顺滑。

她低着眼：“哥。”

“不是徐先生吗？”他问。

“徐行知。”

他轻轻笑了一声。

沈清央放缓声音：“你为什么要让我过来？”

徐行知偏过头：“为维斯提供法律服务，不是沈律师的工作吗？”

她无声地看着他。

“别这么看我。”徐行知的指尖重新勾过香包捏着玩，语气淡淡，“帮你介绍认识一些客户，不好吗？”

是真心还是嘲讽，沈清央听不出来。

她轻轻抿唇，从徐行知手里把香包拽过来，干脆解开，塞回包里。

指尖骤然落空，徐行知的手指在半空中停了一下，淡淡收回。

后半程演讲，台上的工程师在介绍一些她听不懂的技术，沈清央干脆倚向沙发另一侧，掏出手机回复一些工作邮件。

空气无声地流淌。

一张双人短沙发，两人之间像隔着一条银河的距离。

岑川从后门进入演讲厅，快步走到第一排时，脚步轻微一顿，视线从长发披肩的纤薄背影上一扫而过，最后停在徐行知那侧。

“徐总，”他弯腰低声道，“赵工请您过去一趟。”

徐行知轻轻颔首，起身扣上西服纽扣。

“你去哪儿？”沈清央追着他的动作抬眸。

“有点事。”徐行知抬腕看表，“五点了，沈律可以下班了。”

沈清央微怔，随即拎着包从沙发上站起来。

“要让人送你吗？”

她轻轻摇头：“不耽误徐总时间。”

岑川站在一旁默不作声。

“随你。”徐行知撂下这两个字。

向工作人员问路，沈清央去了一趟洗手间。

打开微信和邮箱，她简单回复几条工作信息，又把朋友圈下的评论回复了一遍。

五点一刻，黄昏天色。

沈清央擦干手，将工作牌交还签到处，正准备离开时，身后一道男声叫住她：“沈律——”

她回身，微微眯眼。

人走近了，白色T恤，蓝色衬衫，手腕上戴着智能手表。沈清央认出来人：“喻工。”

喻哲笑了：“我们俩用不着这么客气吧。”

他是蒋姝的发小，一家互联网公司星启的员工。去年星启有一项收购案，沈清央跟蒋姝一起去星启对接的时候认识的喻哲。

两人不算太熟，但那几个月也一起吃过饭，朋友圈里的点赞之交。

沈清央按灭手机：“这么巧，你代表星启过来的吗？”

喻哲低头看了眼自己身上印着公司Logo的白衬衫，不免微窘：“没错。你呢？”

“我是维斯的律师，陪维斯的负责人一起过来的。”

“那你现在要走了吗？”

沈清央点头。

“这附近不好打车，”喻哲想了想，“要不你等我一会儿，我大约还有二十分钟结束，带你个顺风车。”

二十分钟也太久了，何况她也不想麻烦人。沈清央推辞：“没关系，我打车来的，直接打车走。”

“你半小时都打不到回去的车，信我。”

沈清央面露怀疑。

“真的，真的打不到车。”喻哲挑眉，笑着把手里的一枚纪念品递给她，“那边有休息区，你等我一会儿，不到半小时就好。”

话已至此，她也不再推辞。

沈清央在休息区找了个地方坐下，把玩着手里的纪念品徽章，并不是星启的，而是主办方维斯的。

圆形的金属徽章，维斯的Logo设计得很漂亮，最下方一行英文字母泛着冷光：Weesy。

这设计同徐行知的气质有种莫名的相似感。

在微信上跟蒋姝说自己碰见了喻哲，蒋姝忙于工作，并没有立刻回复。

等了二十几分钟后，喻哲如期而至。

“久等。”他换了一件外套，黑色夹克，拉链拉上去遮住里面公司的白 T 恤。

“还好。”沈清央站起来，“要谢谢你让我蹭顺风车。”

“客气。”喻哲晃了晃车钥匙。

天色已晚，暮色沉落，工业园内路灯亮起，车库离展厅要步行十来分钟。

路上，喻哲说起自己上周也在南京出差，如果知道她也在，两个人可以一起吃顿饭。

他是典型的互联网理工男，说话和长相都是，略有些腼腆，不会让人觉得冒犯。

沈清央和他一起走到车库入口，喻哲让她在路边稍等，他下去把车开上来。

工业园区的建筑工整，水泥路无比开阔，沈清央站在路边，低头看着手机，一身燕麦色的西服套装，身形简练修长。

又因为在路灯下，光晕笼罩，黑发挂于耳后，远远看去，侧脸温柔美好。

不远处的路口，岑川缓缓停车。

后座的人不说话，气压微低。

沈清央的手机上跳出一条信息：到哪儿了？

她如实回复他：遇上一个朋友，刚走。

手指刚离开键盘，喻哲的车从车库里开上来。沈清央刚要走过去，另一辆车突然在她身前停下，挡住了她的去路。

车窗降下，驾驶座上的岑川客气道：“原来沈律还没走，正好送您一程。”

沈清央皱眉，看向黑漆漆的后车窗。

有人堵住去路，喻哲觉得奇怪，头从车窗里探出来：“你好，麻烦让一下路。”

那车仍然纹丝不动。

喻哲只好解开安全带下车，走到沈清央旁边：“这是谁？是你认识的人吗？”

话音刚落，奔驰的后车窗降下，露出男人无波无澜的侧脸。

喻哲愣了一下，脱口而出：“徐总？”

行业内谁人不知徐行知，作为维斯的创始人之一，他很少在公众面前露面，只参加一些业内举办的论坛和展会。

喻哲上次见他，还是在美国的 CES 大会上。

徐行知偏头，看着眼前和沈清央并肩而立的男人，温和地应了一声：“你好。”

喻哲难掩激动：“真是巧，刚才在展厅里没见到您，没想到……”

话说到一半，他及时住口，转身回车里拿了一张名片：“差点忘了自我介绍，我是星启 Honor 项目组的后端技术组长，去年 CES 大会上我们见过，您可能已经不记得了。”

徐行知接过那张白色名片，视线扫过：“Honor，很厉害的项目，久仰大名。”

“抬举了。”喻哲谦虚道，“不过是一个还没成熟的项目，比不上维斯今年的创新项目。”

徐行知把玩着名片，扯唇微笑。

“这车……”喻哲想到正题，“我给您让个路？”

徐行知终于抬眼，用那张名片轻刮着窗框：“没关系，我是来接人的。”

喻哲愣了一下。

男人平淡无波的目光越过他，柔声道：“清央，还不上车吗？”

路灯上方有麻雀飞过。春分已过，郊区的太阳沉入地平线，暮色如被清水冲刷的颜料般逐渐消融。

驾驶座上的岑川忍不住透过后视镜朝后面看了一眼。

沈清央面色微僵，喻哲夹在中间，摸不着头脑：“徐总和……和沈律认识？”

“她是我妹妹。”

喻哲吃惊，下意识地偏头看向沈清央。

这么一看，这两个人的气质是有点相似。

沈清央神色恢复如常：“抱歉……今天谢谢你，下次我们有机会再聚。”

“行……也没什么好抱歉的。”喻哲笑了笑，“既然你哥哥过来了，那就用不着我了。有空一起吃饭。”

“好。”沈清央说着把手里的徽章还过去。

“你拿着玩吧。”喻哲摆摆手，转头跟徐行知说，“徐总，再会。”

坐到车上，沈清央陷入沉默。有岑川在不方便说话，她索性把头偏向窗外，郊区的行道树如一个个模糊的像素点飞速掠过。

气压这么低，无意间窥探到老板的隐私，岑川也不敢说话，专注地开车。

中途，沈清央的手机进来一个电话，是裴亦打来的，问她下班没。

“在回家的路上。”沈清央用指甲抠着金属字母，“找我有事吗？”

裴亦语气开朗：“没事就不能找你吗？要不要出来玩？”

“不太想去，明天还要上班。”

裴亦不屑道：“赚你那点窝囊费，都请不起我吃一顿饭。”

赶在沈清央生气前，他及时结束通话：“挂了挂了，央央，周五见。”

沈清央觉得太阳穴狠狠跳了两下。

忍住把裴亦拉黑的冲动，她靠着座椅舒缓休息了一会儿，路程时间太长，到后面，迷迷糊糊生出微弱的困意。

岑川将车停在住宅外。他下车，徐行知也跟着下车，钥匙交过去，徐行知突然喊住他：“你身上有公司做的纪念品吗？”

“有。”岑川反应极快，从公文包中拿出一个 PVC 透明袋，“我昨天拿了几个样品，有钢笔、便笺本、徽章和模型。”

“辛苦。”

车里，沈清央已经从朦胧睡意中苏醒。她本来就没有睡着，岑川下车时，便睁开了眼。

夜风从车门处灌进来，徐行知关上门。昏暗里，他忽然开口：“徽章呢？”

沈清央发蒙。

属于徐行知的气息靠过来，他拨开她微蜷的掌心，取走那枚徽章。

这动作轻描淡写，快得沈清央没回过神，掌心残留徐行知手指刮过的触感，心口蓦地一跳。

徐行知扔过来一个颇有重量的袋子。

“这是什么？”

“科展会的纪念品。”

“……”

“人人都有，你走的时候忘了拿。”

沈清央抬眸，昏暗的车厢中，徐行知把手里的徽章丢进了车门的储物格。

她动动唇：“哥，那是喻哲给我的。”

“舍不得？”

车停在银杏树下，历经风霜而枝繁叶茂，徐行知的神情和嗓音皆隐于阴影中：“喻哲，他和你是什么关系？”

“朋友。”

他轻轻笑了：“朋友，裴亦和你是朋友，他也是？”

沈清央低声回：“不一样的。”

“有什么不一样？”

沈清央的手摸到车门把手，沉默了下：“你到底想问什么？”

徐行知回头，看着她垂在身前的长发，困意湿漉的眼睛。

“央央。”他忽然勾起她一缕发丝，扫过白皙的脸颊，挂到耳后。

“徐行知——”沈清央呼吸骤然发紧。

“不喊哥了吗？”

她绷着唇。

片刻，徐行知向后靠，似乎觉得很没意思：“我还是挺怀念，你从前喊我哥哥的时候。”

从前，沈清央是一众长辈眼里最乖的孩子。

徐家左右几户邻居家中都是儿子，只她一个听话懂事的小女孩。大人们逢年过节聚在一起打麻将，她在楼上看书学习，偶尔下楼喝水、吃水果，会一一跟叔叔阿姨们问好。

少女文气甜糯，说话声音都和男孩们不同，娉娉婷婷往那儿一站，大人们都心生喜欢。

裴亦的父母羡慕得不行，直说徐教授认了个好干女儿。

徐行知也这么认为。

起初，他们交集并不多。

两人相差两岁，她念初一的时候，他在中考；她初二，他已经升入高中，面临新一轮的学业与师长。

小姑娘安静、努力，学习和生活上都自我调节得很好，除了有些怕黑、怕虫、胆小，存在感并不强。

中考结束，她成绩十分亮眼，顺利考入他所在的高中。

两人相差两级，新生开学不久，徐行知却在好事者那里听到了她的名字。

他们说高一有个叫沈清央的，漂亮也爱勾搭人，对谁都笑，谁去搭讪都能聊两句，偏偏谁都不答应，不知道“钓”了多少人。

……

窃窃私语后往往伴随着不怀好意的笑。

放学回到家，走廊西侧的卧室门紧闭。徐行知过去敲门，沈清央打开门，她还穿着校服，背后书桌上摊着写到一半的试卷。

“哥哥。”面对他，她一贯是规矩听话的模样。

“在写作业？”

“嗯嗯。”

“最近学习怎么样？”

“蛮好的。”她弯唇露出浅浅的梨涡，“老师们讲课很清楚，同学也都很好。”

徐行知动动眼皮，垂眼看她。少女比他矮了很多，视线里，笑脸仰起，一截脖颈纤瘦白皙。

很乖。

对谁都笑。

徐行知怀疑她是否听到了那些流言蜚语。

那天是周五，吃过午饭，裴亦来徐家找沈清央玩。

他们俩不知道什么时候玩到一起去的，关系变得越来越好。

徐行知跑步回来，经过庭院，两个人蹲在海棠树下，逗裴亦抱过来的小白猫玩。他在绿植后面，沈清央和裴亦背对着他，完全没注意到他的存在。

他无意偷听，只是被少女忧愁的一声叹气绊住脚步。

“你怎么突然叹气？”裴亦奇怪道。

她用手支着脸，眉眼垂落：“你们班是不是有个叫郭响的？”

“有啊，怎么了？”裴亦挠挠头，一脸惊悚，“你不会喜欢他吧？”

少女瞪了他一眼，接着说：“我是瞎吗？”

“我就是觉得你不至于喜欢他嘛。”裴亦撸着猫，“那你为什么叹气？”

她不说话了，神情耷拉着。

这副可怜样足以让裴小少爷脑补出一万出大戏，裴亦把猫头当桌子拍了下：“这孙子不会欺负你了吧？”

沈清央还是不说话。

裴小少爷的中二和护短劲立刻就犯了：“他怎么欺负你了，你说说，我明天带人去收拾他。”

“其实也没有什么，”少女轻轻开口，声音低得仿佛快要碎了，“就是他在背后说一些不好的话……”

徐行知站在不远处，听着少女四两拨千斤，几句话让裴亦帮她出头去收拾人。

明明几个小时前，她还笑着跟他说同学和老师都很好。

原来她并不是任人揉搓的软包子。

徐行知在那儿多站了一会儿，沈清央和抱着猫回家的裴亦道别，起身揉揉蹲得发酸的腿，一转身脸都白了。

绿丛中有一道隐匿身形，她吓得差点叫出声。

徐行知走出来。

“哥哥，”沈清央松了口气，声音仍然发颤，“你怎么在这儿？”

“路过。”

她点点头，看到少年一身运动装，知道他出去跑步了。

“裴亦刚走，那我上去睡觉了，哥哥。”

“等等——”徐行知侧身拦住她。

男女之间的差别真挺大。深秋，沈清央穿着一身毛茸茸的长袖睡衣，在他面前仍然显得小小一只，脸还没巴掌大。

“郭响。”他若有所思，“是他跟别人传你的流言蜚语？”

她面色一变。

“你找裴亦背地里收拾他一顿，有用吗？”

少女的唇线绷了下，随即垂睫，再抬起头时，眼圈已经红了，不知真假。

“哥哥，你都知道了。”

“嗯。”徐行知伸手，摘掉她头顶的一片落叶，轻描淡写地道，“以牙还牙虽然解气，但对你没有什么好处，在外人眼里，流言传得久了就会变成真的。清央，做人缘迹不缘心，清白最重要。”

缘迹不缘心。

清白最重要。

后来没过多久，徐行知听说新生运动会上闹了个不小的风波。

高一（7）班的郭响在男子三千米项目上，跑出亚军的好成绩，欢呼热切的颁奖典礼后，广播台里有人喊住他——

“郭同学你好，我是高一(1)班的沈清央。首先，祝贺你拿到好成绩；其次，我想问郭同学可以向我道歉吗？”

刚走下颁奖台的郭响愣了下，围在他周围的同学也都愣住。

少女清晰温柔的声音还在继续：“郭响同学，你先是纠缠我，被我拒绝之后，恼羞成怒到处跟别人造谣我，甚至诬陷阎老师和我的关系。我忘了，你应该道歉的人不止我，还有阎老师。”

台下的郭响在听到“表白”两个字时，瞬间脸红脖子粗，跳脚大喊：“沈清央，你少胡说，我什么时候纠缠过你？”

广播站在主席台，沈清央压根儿听不到他的声音：“我猜郭同学一定不会承认，不巧他写给我的几封信，我还留着，下面我给大家念一下。哦，对了，阎老师的办公室也有监控录像，我已经向学校团委举报你骚扰诬陷同学和老师。如果郭同学不打算跟我道歉的话，那就只能接受停学反思的处分了。”

这事发生时，高三在上课，下了课大家聊起这场热闹，纷纷敬佩这学妹的勇气和坦荡，顺便嘲笑郭响这样无耻的行为。

话虽如此，但徐行知去教务处时，一推门还是看见了沈清央低着头挨批评的模样。

是非是一部分，学校脸面又是另一部分。

“行知，”教导主任看见徐行知进来，怒气稍微平复，转身把文件夹递给他，“这是你们班评优的奖状，你拿回去吧。”

学校老师们没有不喜欢徐行知的，年级第一，斯文优异，做事沉稳，与那些爱惹事的浮躁小子简直天壤之别。

“谢谢主任。”徐行知看了眼低眉顺眼的少女，“她怎么了？”

教导主任揉着额心：“跟一个男生闹矛盾了，我正准备把他们两个人的家长都叫过来。”

低着头的沈清央抿抿唇。

下一秒，她被人拉到身后，徐行知清亮的声音响起：“主任，我爸这几天在上海出差，可能来不了学校，不如您直接跟我说，我是她哥哥。”

教导主任诧异：“你们是兄妹？”

徐行知点头，笑着说：“我妹妹这几天在家里总是哭，说学校里有男生欺负她，她也不知道怎么办。小姑娘受委屈了，今天的行为可能有点过激。但说到底，她还是受害者。”

不同的人说同样的话效果不同，面对一直引以为傲的学生，教导主任的态度软化：“沈清央是受委屈了，学校肯定会给郭响记处分，但是沈清央——”

“我回家一定好好说说她。”

“那……”教导主任愣了下，看向徐行知身后的小姑娘，严肃地道，“下次不能再这样了，有什么事告诉老师家长给你做主。”

沈清央慢吞吞地冒出半个头：“知道了，主任。”

“行了，跟你哥哥回去吧。”

车子掉头，光影调转，纤瘦的背影随着那些久远的回忆一起消失在后视镜中，徐行知启动车子引擎。

路上，徐行知降下车窗。

夜晚，空气沉闷，风吹进来，又带走车厢内许多若有似无的气息。

有车载香薰片的味道，也有沈清央留下的淡香。

今晚约了来参加科展会的几位公司老总吃饭，褚少云和蒋序比他早到十分钟。

“徐总。”餐厅一楼，遇上刚从包厢里出来的陈雪。

徐行知“嗯”了一声，与她擦肩而过。

包厢里，人到得七七八八。

商务宴一贯没什么好吃的，不过是喝酒聊天。后半程，徐行知离开包厢，在餐厅的院子里透了一会儿气。

一处人造湖景，锦鲤四游。褚少云来找他：“听陈雪说，你今天从观越叫了一个律师过来？”

“嗯。”徐行知向他要了一支烟，低头点燃。

打火机还回来，褚少云诧异，旋即笑道：“回国之后事情是不是特别多？都让你烦到这份上了。”

徐行知平时很少抽烟，没瘾，只用来压烦躁。

他情绪一向很淡，前几年公司在南湾刚起步，三个人里他最年轻，也最冷静。

“还好，”烟雾缭绕间，面容模糊不清，徐行知的语气一如既往的平和，“只是今天有些累了。”

“累了就休息。”褚少云说，“待会儿你先走，我让司机送你。”

“好。”徐行知没推辞。

一支烟抽完，他坐进车里，位置周围浮着些许熟悉的柠檬香，掌心微硌。徐行知抬手，在座椅下摸到一串钥匙。

徐家大门的和沈清央卧室的。

钥匙圈上还坠着一个白色小羊的挂件，有些旧了，但仍然小巧可爱。

喝了酒，心口压着热，徐行知手指摸上冰凉的金属，忽而想起有一次，她主动敲开他卧室的门。

那是一个夏夜，沈清央和裴亦看完乐队表演回来。

年轻女孩穿着细肩吊带，怀着愧疚双手搂上他的脖颈。

“哥，”她踮脚，呼吸微热，“我回来了。”

他没动作，任她依赖：“乐队好听吗？”

“好听。”

“电影呢？”

“没看。”她仰起脸，眼睛被音乐轰鸣的现场渲染出三分醉意，“我把票退了，等你一起看。”

家里没人，夏夜静谧，徐行知低首，吻上怀里人蒙眬的双眸。

紧密交缠的身体撞上门，吊带裙被挑落。

他喜欢那个夏夜，有蝉鸣，也有她声声低吟。

沈清央当晚并未察觉她的钥匙不见了。

翌日上午，她和蒋姝一起出外勤，去两人共同负责的收购案里的买方公司。

一天会议下来，肚子里灌满咖啡。

离开写字楼，蒋姝猛地呼出一口气：“累死我了，我一天天跟以前工厂里的纺织女工有什么区别？”

沈清央也被对方法务吵得脑瓜子“嗡嗡”的，捏捏肩，聊胜于无地安慰：“还是有区别的，至少我们有免费的咖啡喝。”

“不是为了上班，谁喝这玩意儿？”蒋姝苦着脸，“你晚饭回家吃吗？”

“不回，我约了人。”

“谁啊？帅哥吗？”

沈清央看了一眼手机：“我弟弟。”

“什么？你还有弟弟！”蒋姝靠过来，“‘男高’吗？帅不帅？跟你是亲姐弟的话，一定很帅吧？”

“已经不是‘男高’了，上大学了。”

“‘男大’听上去也挺诱人的。”

开了几句玩笑，沈清央和蒋姝在地铁站分开，坐3号线前往和林清宇约好的地方。

七岁那年，她妈妈庄敏和她爸爸离婚，之后嫁给一个姓林的老师，林清宇就是他们的儿子。

对于这个同母异父的弟弟，沈清央并无太多感情。

她和庄敏母女感情淡薄，庄敏一家也住在北城，住在徐家的这些年，她和庄敏顶多也就是年节见个面。

只是林清宇格外崇拜她这个姐姐，尤其是这几年长大之后，经常在微信上和她联系。

这一次，林清宇是说自己的奖学金到账，要请她吃饭。

收回思绪，沈清央在中途随着人流下车，换乘了另一列地铁。

半小时后，她到达约好的地方。

餐厅是林清宇选的，开在商场里，人均一两百，很符合普通大学生的消费水平。

林清宇正趴在餐厅前的护栏上，百无聊赖地等着她。

沈清央走过去。

“姐！”林清宇眼前一亮，朝她跑过去。

他穿着灰色卫衣和黑色长裤，和她一样遗传了庄敏的梨涡，笑起来朝气蓬勃。

不同的是，沈清央的梨涡是两颊都有，林清宇只有左边脸上有。

“等很久了？我坐地铁过来有点慢。”

“没有很久。”林清宇推着她往餐厅里走去，“你上班是不是很累？”

两人坐了最里面靠墙的位置，沈清央翻开菜单便听到对面的人拍拍胸脯：“姐，你尽管点，今天我请客。”

沈清央抬头：“你奖学金发了多少？”

“一千五百元。”

她倏地笑了一声。

林清宇被笑得脸红，挠挠头：“是挺少的，姐，你以前的奖学金都是多少？”

“我的……”沈清央回忆了下，“比你多点。”

实际上，是多很多。

作为同母异父的姐弟，两人长相上有几分相似，智商却差得很多。

沈清央毕业于全国前二的顶级学府，本硕连读。林清宇在读的大学只是个普通本科。

A 大每年都有很多各个基金会和知名校友设立的奖学金，不谈这些，光是校级、院级的，沈清央读书时每个学年都拿满。

她合上菜单，简单点了几样菜。

林清宇觉得她太客气，又加了两道。

两人边吃边聊天。聊起学习和对未来的规划，沈清央偶尔能给他挺多意见。

吃到一半，庄敏打来电话。

林清宇放下筷子接电话：“喂，妈。”

庄敏关心儿子：“这么晚了，你怎么还在外面？”

“也没有很晚吧……我和我姐吃饭呢。”林清宇不满道，“昨天我不就跟你说了。”

“你姐？”

“对啊。”

他将电话开了免提，递到沈清央面前：“你要和我姐说两句话吗？”

沈清央被呛到，偏头咳了两声，才接过手机：“喂。”

“清央？”庄敏的语气陡然变得小心翼翼。

沈清央抽出一张纸巾慢慢擦拭着嘴唇，“嗯”了一声。

“你和小宇在哪儿吃饭呢？”

“前沿街这边的商场。”

对上她，庄敏好像丧失了刚才对林清宇那样自然而然关心的能力，有些干巴巴地问：“你最近身体和工作怎么样？”

“挺好的。”沈清央回答得也客套。

“好就好。”庄敏像一下子不知道再跟她聊些什么，“有空来家里吃饭。”

沈清央又“嗯”了一声。

吃完饭，林清宇主动结账。

沈清央也没跟他抢，从前台那儿剥了一颗薄荷糖吃，而后和他一起下楼。

“那我回学校了，姐。”夜里有风，林清宇缩了缩脑袋。

“路上注意安全。”沈清央简单地叮嘱。

晚上吃得不算多，但她胃口小。送走林清宇后，沈清央自己沿着人行道慢慢散了一会儿步。

被工作充斥一天，难得的安静时光，沈清央并不想这么快回家，正准备打电话问问裴亦在哪儿的时候，忽然有人叫住她。

她回头看，来人是喻哲。

他穿了件防风外套，看见她停步，笑了笑：“还真是你，我还怕自己认错了。”

沈清央弯唇：“那是挺尴尬的。”

“幸好没认错。挺巧的，你在这边吃饭吗？”

“对，刚吃完，散散步。”

两人在人行道上聊天，有人路过，不太方便，于是一起继续往前走。

喻哲主动邀请：“我也是刚和同事团建完，要不要一起去喝一杯？这附近的酒吧挺多的。”

沈清央笑着摇头：“我不太能喝酒。”

“喝果汁也行，主要是一起坐一会儿，遇见即是缘。”

她想了想答应下来，和喻哲一起去了附近一家挺有名的音乐酒吧，里面的驻唱乐队一度在几个社交平台营销出名气。

晚上九点半，酒吧里的顾客零星地坐着。

小舞台上，歌手在唱一首蓝调慢情歌。沈清央在吧台前坐下，翻翻菜单点了一杯冰镇橙汁，喻哲则点了低度数的鸡尾酒。

“要点歌吗？”或许是因为此时顾客少，调酒师倚在吧台前，跟她推销服务。

沈清央意外：“可以点歌吗？”

“当然，三百八十八元一首。”

“好贵。”她歇了心思。

调酒师每天在酒吧里走马观花各路美女，但眼前人眉眼生得过于标致好看，清清淡淡的气质让人忍不住心生好感。他打了个响指，笑眯眯地道：“不过那是普通人的价格，美女打折，两百八十八元怎么样？”

这折扣……挺骨折的。

但沈清央还是摇了摇头，折扣能随便打这么多，说明不太值。

喻哲却觉得这价格还好：“没关系，点一首，我请客。”

沈清央笑了：“真不用。”

“你喜欢听什么？”

“你点吧。”

喻哲已经扫码付了钱：“别让我来，我这人没什么音乐品位。”

推来推去，最后沈清央点了一首自己平常听得最多的英文歌——《You're Somebody Else》。

前奏响起时，二楼的陈泊挑了挑眉，看向对面的人：“这不是你以前最喜欢听的歌吗？还挺巧。”

紧接着，一楼的男歌手握住话筒，声音传递到酒吧的每一个角落：“接下来为大家带来沈小姐和喻先生点播的歌曲，一首《You're Somebody Else》。”

舒缓而静谧的音乐响起，男歌手嗓音低哑，很适合此刻氛围。

徐行知摩挲酒杯的手指微顿，视线向一楼看去。

二楼与一楼之间视野完全开放，他们坐在木栏杆旁，将下面的人和事尽收眼底。

沈小姐和喻先生。

片刻，徐行知目光定格。

酒吧里温度偏高，沈清央进门后脱了西装外套，淡蓝色衬衫与白色长裤，知性而文雅。

她坐在高脚椅上，斜靠吧台，身体姿态放松，脚踝伶仃。

她正在和旁边的男人低语聊天，眉眼偶尔弯起。

陈泊顺着徐行知的视线看过去，也注意到那抹色彩。他眯眼仔细看了看，不确定道：“这姑娘是不是上次你带来我诊所拔牙的那个？”

徐行知没回答他，放下酒杯起身，往另一个方向走。

陈泊：“哎——你去哪儿？”

“抽烟。”

从二楼下来，徐行知找了个安静的窗边靠着抽烟。

没安静多久，有香水味在他面前停留，女人盈着一张精致的笑脸同他搭讪：“一个人抽烟不无聊吗？”

“还好。”他没什么情绪地吐出两个字。

女人取出一支女士烟叼在嘴边，靠近：“借个火，我陪你。”

浓重的花香调香水熏得他头疼，徐行知懒得再搭理，干脆掐了烟，淡漠一笑：“抱歉。”

折返回二楼，陈泊正靠在椅子里舒舒服服地边喝酒边听歌：“这歌还真好听，你的沈小姐怎么和你品位一样，还是你们从前就在一起听？”

徐行知坐下：“好听你就多听。”

“听着呢。”陈泊挑眉，“我刚才花钱又点了一遍，没署名，就说送给你的沈小姐。”

他张口闭口都是“你的沈小姐”，徐行知说：“你能闭嘴吗？”

“不能。”陈泊敏锐地道，“你身上的女人香水味好浓，又被搭讪了？”

这个“又”字源于陈泊对徐行知女人缘的体会，一副好皮囊，偏偏心性淡漠，大学时不知惹得多少姑娘芳心破碎。

楼下，男歌手这次带着捧场的笑意说：“接下来这首歌跟上首一样，是由在场的一位先生送给刚才的沈小姐的。”

他话音一落，酒吧里响起暧昧的鼓掌起哄声。

大家都爱这种公然调情的戏码。

吧台边，沈清央怔了下，下意识地回头看了一圈，并没有看到熟悉的身影。

也对，他根本不会做这样的事。

喻哲从洗手间回来，走到吧台旁：“谁给你点的歌？遇到朋友了吗？”

沈清央摇头。

他开玩笑：“桃花朵朵开啊，沈律。”

沈清央用纸巾擦拭着玻璃杯壁上的冰雾，靠着吧台，问刚才搭话的调酒师：“我能知道是谁点的歌吗？”

调酒师打了个响指：“帮你问问。”

没一会儿，他带来消息，是一位姓陈的先生。

陈。

沈清央抿了口橙汁。

“认识？”喻哲问。

她摇头，交际圈里还真没有姓陈的朋友。

两人在酒吧待到十点半，在乐队唱的几首歌里，沈清央点了一杯果酒慢慢地喝着。

结束后，喻哲叫了代驾，开车先把她送回家。

沈清央在车里算了今晚的账单，连同自己点的那首歌的费用，一起给喻哲转了过去。

道别后下车，看着喻哲的车掉头，她低头去摸包夹层的钥匙开门。

找不到。

沈清央清醒几分，走到路灯下对着翻找。

包里的东西不多，无非是纸巾和一些证件，来来回回翻了几遍都没找到，她的心一凉，不知道掉哪儿去了。

最好是忘在办公室了。

正想着打电话给谁来帮自己开门，绿荫道上缓缓驶来一辆黑色奔驰，车牌号眼熟。

车停在离门前不远的地方，穿着绿马甲的代驾从驾驶座下来，透过窗户和副驾驶座上的人说话。

沈清央等代驾离开后，才走过去。

“哥。”

徐行知靠在座椅里，闻声抬了下眸。

“我的钥匙找不到了，你的钥匙给我用一下，我去开门。”

他从始至终都没说话，从储物格中拎出钥匙递给她。

沈清央接过钥匙去开门，到手的一瞬间，她发现不对劲。路灯下，徐行知的钥匙上坠着一个小羊挂件，和她的一模一样。

……

她的脚步骤停，回眸看了一眼。

开完门，沈清央回到车旁，伸手把钥匙递过去。

徐行知来接，她没松手。小羊挂件在车窗黑色的分界线上来回晃动。

“哥，我的钥匙是在你那里吗？”

徐行知先收回手，靠回去：“我在车里捡到的，原来是你的。”

这挂件她用了许多年，从前和他在一起的时候就在用，甚至他给她的备注都是小羊的 Emoji。他怎么会不知道？

沈清央抿唇，轻声说：“是我不小心落下了，抱歉。”

他不咸不淡地“哦”了一声。

“能还给我吗？”

“忘了放哪儿了。”

“徐行知。”她努力压着性子。

车里的男人嘴角微弯：“怎么不继续喊哥了？”

沈清央把小羊挂件拆下来，装回自己的包里，弯腰将钥匙从车窗里递进去，低声道：“哥，给我吧。”

话音刚落的那一瞬间，她的手腕忽然被人攥住。

他的掌心很烫，骨节硌着她的肌肤。

沈清央抽不回手，睫毛猛地颤了一下。

“今晚的歌好听吗？”徐行知偏过头来，嗓音轻得像随夜风落地的梧桐叶。

他果然在。

沈清央嗅到他身上酒精混杂烟草的气息，她记得他不抽烟的。

“说话。”

沈清央不吭声。

沉默对峙中，她脑海里闪过很多画面。音乐声流淌的酒店，她窝在徐行知怀里，看他写那些代码，运行成功后，她代替笔记本被他抱到圆桌上。

那些厮混的年少时光，他随手点开的歌单，雕琢了她后来的音乐偏好。

皮肤熨帖的力道骤然收紧。

沈清央在隐约的痛意里回神，垂眼轻声道：“一首歌而已，当然是好听的。”

“是吗？那人呢？”

“什么人？”

“喻哲。”

徐行知垂眼，看着她的眼睛：“或者换句话说，同一首歌跟两个男人听，感觉如何？”

夜风拂过，落针可闻的寂静。

徐行知攥着她的手腕，手中的肌肤温热。

沈清央低着头，一言不发。

良久，徐行知慢慢松开她的手，白皙的手腕上，指痕深深浅浅。

“钥匙在我房间的抽屉里，”他向后靠，毫无情绪，“自己去拿。”

CHAPTER 04 /

夏夜的心事

心理学上有个实验叫“白熊效应”。

越想忘，记忆越深刻。

沈清央也不记得，那个斯文优雅、温和有礼的徐家哥哥，是什么时候烙进了她的心里。

或许是因为初见时，他过于冷淡的态度；又或许是因为她见识到了他做人的真实底色。

学校里，他是声名远扬的好学生，提起“徐行知”三个字，同龄女生无不害羞钦慕，说他真的很好很好。

成绩好、长得好、人品好，样样都是无可挑剔的。

有人说，他拒绝女生的表白，都是口气温柔的，会收下对方的情书，再轻言婉拒。

听上去，真是无可挑剔的人。

可沈清央总觉得他性情冷淡。

他不怎么开口同她讲话，若非她主动求助，对她的事，他不会多操心半分。

至于那些所谓的情书，她从未在家里看到过。

“行知哥啊。”裴亦拿逗猫棒逗喵喵的时候，对她问起徐行知做出解答，“他是挺好的，我爸妈都很喜欢他，总让我向他学习，可是他不大好亲近。他太客气了。我总觉得他好疏离，懒得搭理我。”

是这样的，与他接触多一点的人都感觉得到。

沈清央笃定自己的感受没错。

于是，刚来那两年，她小心翼翼地和徐行知保持着距离。

那时候徐行恪在外读大学，寒暑假回家，这个年长她许多的大哥，比徐行知好相处得多。

可她的注意力总是不自觉会被徐行知吸引过去。

或许是因为他和她一样，在这个家里总有游离感。

徐行知的亲生母亲，沈清央叫她“连姨”，离婚后她去了美国。

方琴和徐教授结婚，带来了徐行恪，他们更像一家三口。

不知道从什么时候开始，沈清央开始不自觉地模仿徐行知的一言一行。

他的礼貌、他的温和、他的淡薄，都被她照葫芦画瓢学去。

后来那一次，徐行知跟她说，缘迹不缘心。

沈清央好喜欢这句话。于是，她越发毫不费力地融入周围环境，同学和师长都喜欢她的温柔可亲。

广播站事件后，她和徐行知关系近了许多。彼时她才高一，他正在备战高考。

即便是那么紧张的时刻，徐行知也显得很轻松，偶尔还会收拾出自己高一的笔记本和复习资料送给她。

男生的字迹清隽有力，字如其人，锋芒内敛于笔锋之中。

六月，徐行知高考结束，次日是谢师宴，他和班里的同学、师长一起吃饭。

那天晚上，沈清央房间的浴室花洒出了问题。她拿上衣服去了走廊的浴室洗澡，回来吹干头发，才发现自己把胸衣落在了浴室。

走出卧室去拿的时候，看到浴室里开着灯，她脸色都白了。

她抬手敲门，里面传来徐行知的声音，问是谁。

“是我，哥哥，我的衣服忘在里面了。”沈清央的脸红得几乎要爆炸。

安静了一会儿，门从里面打开。

她甚至不敢看他，低着头进去找自己的衣服。她在衣柜里摸索半天，正奇怪在哪儿时，身后传来一道提醒：“在洗脸台上。”

……

沈清央整个人一僵，机械地偏头，而后迅速把白色胸衣揣到怀里。

“哥哥，”她声音低若蚊蚋，“那我走了，不打扰你洗澡了。”

这话说得有些怪，但徐行知只是“嗯”了一声。

沈清央走到浴室门口，离开前她鬼使神差地回头看了一眼，刚好看到徐行知在弯腰洗脸。

水淋过修长干净的手指，弄湿他漆黑的睫毛与头发。

他身量很高，已经有了青年的模样，喉结、手臂，让她想起同桌上课时偷看的那些言情小说。

“在看什么？”

低沉的男声响起，沈清央才发现自己看失了神，耳朵霎时通红。对上徐行知平静的目光，她紧张得心都要跳出来，抱着胸衣摇头。

徐行知抽出毛巾擦脸。

“很晚了，”他头也不抬地说，“去睡觉。”

因为工作忙，沈清央夜里已经很久不做梦。

醒来时，她发了一会儿呆，才慢吞吞地去拉窗帘，让阳光驱散卧室里沉淀了一夜的黑暗。

之后几天，手里的并购案临近收尾，沈清央又飞去了南京出差。

回来那天是周五，北城在下雨，春雨万物生，她在出租车上接到庄敏的电话，问她有没有时间来家里吃饭。

天色尚不算晚，她想了想，让司机师傅掉转车头去林家。

庄敏的丈夫是一位高中数学老师，工资不算高，一家三口住在老小区不到一百平方米的两室一厅内。沈清央拖着行李下车，顺手从小区门口买了点水果。

林清宇在小区门口等她，帮她拎行李撑伞，高兴地说：“姐，你终于到了，妈妈做了好多你爱吃的菜。”

沈清央弯唇笑了笑。

她七岁之后，两人就没在一起生活过，庄敏真的知道她喜欢吃什么吗?

不过这话她也只是在心里想想，并未说出口，到了林家之后，沈清央仍然客气地喊“妈”和“林叔叔”。

林潮生是个好脾气的男人，温和顾家，身为老师，工作也不是很忙，有足够的时间陪家人。不像她爸爸，年轻时大把的时间耗费在工作上。

庄敏做了五菜一汤，有鸡翅和排骨。沈清央旅途疲惫，胃口算不上太好，简单吃了点蔬菜，盛了一碗汤喝。

饭后，庄敏让林清宇去刷碗，顺便切点水果。

沈清央被庄敏叫到卧室里，两人安静地对坐了一会儿。她看着对方犹豫的神色，主动给台阶下：“妈，是有什么事吗？”

庄敏叹了口气：“还真有点小宇的事想找你帮忙。”

“您说。”

母女二人其实长得挺像，但气质截然不同。多年家庭主妇的生活让庄敏的美貌大打折扣，她看着眼前神色淡淡的女儿，还是说出了口。

沈清央还以为有什么大事，原来是想托她帮忙给林清宇找份暑期实习。

林清宇现在大四，读的计算机专业，成绩不错，但学校实在一般。

“他自己现在正在投简历，但想去的大公司都没通过，能去的只有小公司，你看……”

沈清央默然：“现在大公司招聘第一轮一般都是机筛，他的学校不可能过的。”

“所以想问问你有没有什么认识的人可以推荐他进去。”庄敏忧愁道，“他自己要强，不肯让我找你帮忙。”

沈清央没说话。

“清央……”

“他的简历给我几张吧。”沈清央还是没拒绝，“我帮忙问问，但不一定能成。”

庄敏一喜，连忙起身去找简历：“好。”又叮嘱，“这事别让小宇知道，怕他心里不好受。”

临走时，雨下得小了，空气湿漉漉的，林清宇送她到小区门口。

等出租车的间隙里，沈清央主动问起他暑假的安排。

林清宇手里的伞大半都偏向她，自己戴着卫衣帽子，神情开朗：“我准备去公司实习，正在投简历呢。”

“还顺利吗？”

“还好，刚开始，没什么回信。”

沈清央扭头，温声问：“你有什么特别想去的公司吗？”

“当然有了。”少年眼里满是希冀和憧憬，“我想去那几家大公司，凌光、星启……当然，最想去的是维斯！”

“不过，估计没什么希望。”他挠挠头，有些颓败，“这些公司学历卡得都很严，尤其是维斯。”

沈清央听了一会儿：“你很喜欢维斯？”

林清宇重重地点头："当然，维斯……创始人很牛的，不过，姐你可能没有听说过。"

出租车驶来，沈清央从他手里接过行李箱："我走了，你回去吧。"

"姐姐再见。"

到家之后，沈清央看了看林清宇的简历。

成绩不错，项目经验也挺丰富的。只是她非互联网行业从业人员，看不出这些项目的水分和含金量。

周六，沈清央约了喻哲吃饭。

上次的转账，喻哲没收，她一直想请他吃顿饭，正好出差回来有时间，也顺便请他帮忙看看林清宇的简历。

餐厅在西海边上，喻哲开车过来，看了她递过来的简历，神色并没有什么波澜。

"你家亲戚吗？"

"我弟弟。"

喻哲很有边界感地没问姐弟为何不同姓，手指抚过简历："这些项目……在他们学校还是不错的，但是——"

后面的话他不说沈清央也知道，放到名校学生里比，就不够看了。

沈清央想收起简历，喻哲按住："他是想找实习吗？"

她点头。

喻哲想了想，笑着说："我倒是可以帮他内推一下，但没法左右人事部最终的录取名单，今年我们公司实习的名额好像不是特别多。"

他肯帮忙沈清央已经十分感谢了，原本她已经不打算开口，感激一笑："麻烦你了。"

"不麻烦，顺手的事。"

聊着天，喻哲又想起来："徐总不是你哥吗？他不能去维斯吗？"

沈清央轻描淡写地笑着揭过去："不太方便。"

饭吃到一半，沈清央去洗手间。

她的手机搁在桌上，正巧来了个电话，喻哲帮她接起来，张口说："你好。"

对面明显一顿。

喻哲这才看了眼来电人，语气变得热络了几分："原来是徐总。清央去洗手间了，您有什么事找她吗？我帮您转告。"

他话里话外的亲昵之意明显。

静默良久，电话那头的徐行知才开口："你们在吃饭？"

"对。"

徐行知的语气称得上温和："没事，不用转告，我也没什么事找她。"

喻哲说："好。"

沈清央回来后第一时间没看手机，在喻哲的提醒后，她去看了一眼通话记录，看到徐行知的来电。

"你哥没说什么事，也没让你回电话。"

沈清央顿了下，关掉已经打开的聊天框。

这几天她出差，昨晚到家时，徐行知不在。方琴说他最近很忙，几乎快要住在公司。

那晚她从他房间里拿走钥匙时，他就靠在门边看着她。

两人擦肩而过，沉默无语。

沈清央觉得，这应当是她和徐行知之间最好的状态。

井水不犯河水，各自过各自的人生。

反正往昔无人知晓，他们仍然是人前清清白白的兄妹。

晚上下了雨。吃完饭，喻哲送沈清央回家。车开到住宅外，喻哲撑着一把伞送她到门口。

“有个东西给你。”喻哲从后座拎出一个小巧的手提袋，笑道，“公司发的端午节礼，里面有一条女士丝巾，我用不上，我妈戴又太年轻了。你看看，喜不喜欢？”

沈清央惊了一下：“不行，我麻烦你帮忙，怎么还能收你的东西？”

“小东西而已。”

她摇头，笑道：“那也不合适。”

喻哲气质温润内敛，是真正没什么棱角的人，与徐行知那种冷感的温和截然不同。

似乎是第一次说这样的话，他有些腼腆：“沈律，我们认识也挺久了，算得上朋友吧？如果你不讨厌我的话，我们先从朋友做起可以吗？”

沈清央怔在原地。

她其实也觉得喻哲是个挺好的人，人品、样貌，都在中上。

起码不让她讨厌，是个情绪很稳定的人。

犹豫片刻，沈清央收下了丝巾。

喻哲松了口气，把手里的伞也给她：“那你回去吧，我也走了。”

“好。”

庭院里，有人静静地听着。

汽车驶离，雨声淅沥。她推门进来，撑着一把格外碍眼的透明伞。

沈清央的脚步倏然停住。

徐行知正靠在廊下抽烟。

烟雾和他的面容一同模糊在雨帘后，她心口莫名一跳。

他从什么时候开始抽烟的，她一点都不知道。

分开后的这几年，徐行知常年在美国，年节偶尔回来一两天，她有时会去庄敏那儿。

所以，两人遇上的时候并不多。

屋里开着灯，庭院中只有一盏悬着的太阳灯，光线暗淡。

男人的神色更淡。

沈清央走过去，收了伞，闻到烟味：“哥。”

“嗯。”

“你刚才打电话找我什么事？”

他透过薄雾看她：“没什么事。琴姨和爸出门了，想问你回不回来吃晚饭。”

沈清央将伞立在柱子旁：“大哥呢？”

“在楼上洗澡。”

她点了点头，想从他身边走过，又停了，轻声问：“你什么时候开始抽烟的？”

“不喜欢烟味？”

她摇摇头。

徐行知掐了烟，青雾消散，沈清央看到他嘴角一丝笑意也无。

“没关系。”她说，“我只是问一句。”

他偏头看她的眼睛，笑了笑：“是妹妹对哥哥的关心，是吗？”

沈清央不吭声。

徐行知指间把玩着打火机：“今天你跟喻哲吃饭开心吗？”

沈清央抬头。

他脸上噙着淡笑：“礼尚往来关心你一下，你喜欢他？”

她否认：“还没到那地步。”

“那就是有好感？”

沉默即是默认。

徐行知的视线落到她拎着的手提袋上，那手指很细，白皙柔嫩，漂亮极了。

“喻哲送的？”

沈清央“嗯”了一声。

有斜风细雨飘至廊下，沈清央今天穿得薄，打了个寒战，想往里走，被徐行知侧身拦住。

她攥紧手提袋：“哥。”

他身上有很重的烟味，清苦的冷，垂眼看她，两只手穿过她腰侧。

她被他面对面虚虚抱入怀中。

沈清央身体僵住。

手上拎着的袋子被很轻地扯了一下，丝巾被勾出来，背后传来打火机砂轮滚动的声音。

下一秒，沈清央闻到丝织品燃烧的气味。

意识到什么，她唇色一白。

男人的胸膛抵着她纤瘦的肩膀，气味越来越浓。徐行知很有耐心，搂着她纤细的腰，慢慢烧着那条丝巾。

“哥，”沈清央嗓音微颤，“你疯了吗？”

徐行知的唇贴在她的耳侧：“央央，不要一而再再而三地提醒我了。”

回国以后，她的每一声“哥”，都是为了提醒他不要越界。

沈清央闭上眼：“徐行知——”

“嗯。”他淡淡一应。

“当年是你说的，我们从此没有关系。”

听到这句话，徐行知轻笑一声，注视着在火焰中燃烧的丝巾，神情渐冷。

最后半截，他松手，丝巾轻飘飘地落到雨中。

徐行知伸手抚上沈清央的脸颊，他低眼看她，眸光平静：“要是我反悔了呢？”

徐行恪洗完澡出来，在楼梯口遇到上楼的沈清央。

“怎么了？”他发现她面色不太好，“吃晚饭了吗？”

沈清央点头。

“我没事，”她顿了下，温声道，“就是有点累了，大哥不用担心。”

徐行恪的视线扫过在楼下倒水的徐行知，语气关心：“累了就早点休息吧。”

沈清央应了一声离开。

徐行恪下楼，也去岛台那儿倒水喝，闻到徐行知身上的烟味，他看过去：“清央怎么不开心？”

徐行知抬眸：“我怎么知道？”

“外面下着雨，她怎么回来的？”

“不知道，兴许是别人送的吧。”

徐行恪无奈：“行知，清央是妹妹，小姑娘家家的，你当哥哥的多关心点。”

徐行知放下杯子：“又不是亲妹妹，我管她那么多做什么？”

徐行恪不赞同：“一起长大的，就是亲妹妹。”

徐行知笑了一声，不置可否，转身上楼。

脱了衣服，沈清央打开花洒洗澡。

腰侧仿佛还残留着男人手指的余温，他在她背后安静地烧着那条丝巾，一寸一寸侵袭的热度，仿佛过去的占有欲卷土重来。

很多事不太能细想，一细想，回忆便如潮水般铺天盖地。

从前，沈清央也以为徐行知是很冷情的人。

在一起后，她便不这么想了。

只是很多人根本入不得他的眼。

上大学的时候，有男生追了她很久，当众对她表白，抱着一大捧玫瑰等在她宿舍楼下，深情款款地诉说爱慕。

这一幕被人拍了视频和照片，周围还有不少人起哄说“答应他”。

沈清央拒绝了。那天是徐教授的生日，晚上她和徐行知一起回家给徐教授过生日，方琴做了一桌好菜，点蜡烛、切蛋糕，一家人其乐融融。

吃完饭，大家都睡了。深夜，她被徐行知压在浴室的墙上。

一盏暗灯，花洒淋漓，徐教授和琴姨在一墙之隔的卧室睡觉，走廊的对面住着徐行恪。

沈清央的脸贴着湿凉的墙壁，死死咬住唇，不敢发出声音。

“央央。”他抚着她汗津津的鬓角。

“哥哥，”她艰难地回头，额头抵着他下巴，“不要这样……”

“花好看吗？”

她带着哭腔摇头。

……

热水兜头，时光消弭。

沈清央靠着浴室墙壁，闭上眼，任雾气弥漫全身。

三年的冷漠隔阂，他们之间连交流也无。

她以为，徐行知早已忘记从前。

次日中午，沈清央接到喻哲打来的电话。

“抱歉，清央，我今天上午问了人事，那边说实习的简历投递通道已经关闭了，内推也截止了，他们已经进入二面，所以……”

“没关系，麻烦你了。”预料之中的结果。

通话结束，沈清央想了想，打开维斯官网查看他们的招聘公告，下周二截止。

她不是没想过直接找徐行知帮忙，但人也是有脾气的。他昨天那么对她，直接烧了别人送她的东西，沈清央不想向他低头。

下午，正准备去会议室开会的时候，沈清央接到一个电话。

“是沈女士吗？我是同城闪送的骑手，您有一份闪送订单，我现在正在云飞大厦 B 座楼下，请问给您放哪儿？”

“放前台就好，谢谢。”她抱着笔记本电脑往会议室去，随口道。

开完会之后，又忙了一小时，沈清央才想起这份不知名的闪送订单。从前台那儿拿到系着白色山茶花的黑色手提袋，她愣了一下，脑海中浮起一个念头，打开一看，里面果然躺着一条格纹丝巾。

盒子里还有一张卡片，是柜姐代写，上面只有两个字“赔你”。

蒋姝凑过来：“你新买的丝巾吗？蛮漂亮的哎，多少钱？”

沈清央面无表情地摇头：“不是。”

她把丝巾原样放回盒中，当晚下班回到家，脱了外套便去厨房找方琴。

方琴在洗菜：“今天下班这么早，刚好做了你爱吃的鸡翅。”

“谢谢琴姨。”沈清央弯唇，走上前把盒子掏出来，“这几天风大，我给您买了一条丝巾，您看看喜不喜欢？”

方琴愣了一下，闻言立刻擦手接过来，眼角笑出皱纹：“怎么突然给我买东西？这不年不节的，花这钱干什么？”

“您觉得好看吗？”

“好看，当然好看。”方琴摸着那细腻的真丝质地，嗔怪道，“挺贵的吧？下次别买这么贵的东西了。”

“您喜欢就不算贵。”沈清央笑眯眯地道，“我帮您戴上。”

徐行知下班回来，在院子里遇上也刚回来的徐行恪，二人一起进门。方琴正端出煲好的排骨汤，抬头对他们笑：“都快去洗洗手，吃饭了。”

徐行知应了一声，脱下西装外套，准备去洗手时，视线无意间瞥到方琴脖子上系着的丝巾，脚步一顿。

他走过去，伸手接过砂锅：“琴姨，您的丝巾是新买的吗？”

“是新的。”方琴摸了下吊牌，把丝巾解下来，半嗔半喜，“清央刚才送给我的，说是最近风大，非要让我戴上试试。”

徐行恪在此时洗手出来，闻言看了一眼，夸道：“挺好看的，适合您。”

方琴把丝巾装回盒子里："还是你们年轻人眼光好。"

徐行知没什么情绪地笑了笑，目光淡淡。

晚饭沈清央吃得少，她本来胃口就小，下午在办公室和蒋姝一起吃了点下午茶，现在更不饿。喝了半碗汤，吃了点菜，她就说吃饱了。

吃完饭，她回卧室洗澡。洗到一半，她很不幸地发现生理期造访，只能草草冲了泡沫擦干身体。

抽屉里的卫生巾用完了，沈清央披上外套准备出去买。

时间还不算太晚，不到九点，客厅里的灯关了。玄关处散发着微弱的光亮，徐行知从衣架上拿下自己的外套。

沈清央走过去换鞋。

实木门被打开一条缝，男人靠在门边，颀长的身影蔓延，被廊外夜灯投至她脚下。

"你不走吗？"换完鞋，沈清央抬头问。

徐行知臂间搭着西装外套，闻言反问她："你去哪儿？"

沈清央："我去小区门口的便利店买东西。"

他点点头："送你。"

"我走过去就好。"

徐行知看着她的眼睛，片刻，笑了："生气了？"

"没有。"

"一条丝巾而已，我不是赔你了吗？"

"没生气。"沈清央平静地说，"只是我不喜欢那个花色，送给琴姨正好。"

徐行知像没什么脾气："那你喜欢什么花色？我重新给你买。要不然，现在去挑也行。"

门缝处有风灌进来，沈清央拢了下身上的开衫外套："不用了，我不习惯戴丝巾。"

"那你生什么气？是因为格外珍惜喻哲送的东西吗？"

"徐行知——"

她一直压着脾气，轻轻蹙眉。漂亮的睫毛被光照得亮亮的，纤长而漂亮，让人很想用指尖去触碰。

沈清央轻轻抿唇："跟他无关。你让开，我要出门。"

徐行知不咸不淡地弯唇，伸手打开门让她出去。

小区很大，步行到门口的便利店要走十来分钟。黑色奔驰驶在绿荫道上，不远不近地跟在她身后。

没走多远，沈清央停步。

车也跟着停下。

她站了一会儿，转身拉开车门上车。

车内弥漫着清苦的薄荷香气，徐行知换了一种香挂，白色的香薰片悬于车前晃晃荡荡，在夜里飘散着格外清新的香气。

沈清央摸了下。

徐行知偏眸看过去。
“没有上次的好闻。”她说。
徐行知不是很在意：“陈泊送的，你不喜欢就换掉。”
“这又不是我的车。”
他左手支着窗，笑了一下。
开车比走路快得多，经过几条绿荫道，说话间，车便停在小区外的便利店前。徐行知侧身帮她松了安全带的锁扣：“到了。”
沈清央打开车门，刚转过身，又回头盯着他看了一眼。
“怎么了？”
她顿了下，伸手把车挂香片拽掉。
徐行知眸光微动。
车厢昏暗，沈清央掰断香薰片，扔回中控台上，干脆利落地转身下车。
车门被“砰”的一声砸上。
那道纤瘦的身影走远，走上便利店前的台阶，玻璃门被打开，她头也不回地走进去。
密闭的车厢里，薄荷香杂糅着她刚洗完澡留下的浅淡柠檬香。
那两半香薰片安安静静地躺在黑色的台面上，徐行知凝视了一会儿，垂眼慢慢地勾唇。

回到家，遇到徐行恪，沈清央才知道徐行知是临时有急事赶回公司。
她也懒得管，说了声“大哥晚安”便回了卧室，把自己收拾完后，靠着床头，打开购物网搜索车载香薰片。
生理期前后激素不稳定，连带着她心情也不大好，随手下单了一个链接，把地址填到维斯，联系人的手机号留了徐行知的。
下完单，沈清央把订单页面截图，发给徐行知。
另外原样加上一句话：赔你的。
没一会儿，手机振动。
他回：谢谢，笑纳了。

后面几天，沈清央陆续联系了几个认识的朋友。
她本硕都是法学专业，认识的理工科专业的人不多。同学毕业后大多就职于央企和律所，在互联网就职的还真找不到多少。
工作忙，加上生理期不能喝咖啡，连续几天她都提不起精神。
一直到周四，才稍微好点。
中午吃饭时，外面下起了雨，雨丝绵绵一下午，沈清央加班到快晚上九点。临下班的时候，邹瑾来了一条信息，让她去送一份文件。
邹瑾行事一向雷厉风行，沈清央不敢耽误，去办公室找到文件，在写字楼下拦了一辆出租车。
邹瑾给的地址是一家商务宴餐厅，从前招待客户时，沈清央跟着去过几次。下了车，她轻车熟路地在二楼找到包厢，抬手敲门。

“进。”

沈清央推开门。

邹瑾在里面和几位老总相谈甚欢，门一开，众人的目光都移了过来。沈清央落落大方地站在门口微笑：“邹律，您要的文件。”

邹瑾轻抬下巴，沈清央进去把文件送到她手上，同时跟一位眼熟的人打了招呼：“褚总。”

“沈律，”褚少云一如既往地温和笑着，“好久不见。”

沈清央笑着点点头。

包厢门关上，几位老总意味深长地看向褚少云，有一位直接暗含着笑说：“果然还是褚总消受美人恩啊。”

褚少云举杯：“哪有。沈律做事妥帖，为我们公司处理了不少法律问题。”

另一位年过四十的老总倒酒：“能力看不出来，长得倒是挺赏心悦目的，邹律怎么不让她留下来吃饭？”

酒杯低了半分，邹瑾面色不变，噙着笑说：“她生病了，明天还请了假去医院，就让她早点回去休息吧。”

楼下，一声惊雷传来，雨突然变大。

沈清央不急着走，想等雨小一点再离开。在休息区玩了一会儿手机后，她去洗手间，谁知碰巧在门口碰见了褚少云的秘书陈雪。

对于这位陈秘书，沈清央印象深刻。对方实在长得太漂亮，容貌过分夺目，所以她一眼就将人认了出来。

“陈秘书。”沈清央停步。

从洗手间里走出来的陈雪一身米色套装，西服外套脱了下来系在腰间，造型很奇怪。

同为女人，沈清央立刻明白她遇到了什么尴尬的事情。

“沈律，”陈雪眸中闪过一丝意外，随即露出尴尬而柔和的笑，“这么巧，你过来给邹律送东西的吗？”

沈清央点头，轻声问：“要帮忙吗？”

陈雪面露异色：“可以麻烦你吗？”

“不麻烦的。”

沈清央包里刚好装着卫生巾，给了陈雪之后，她问了对方的尺码，冒雨去附近的商场给陈雪买一条新裤子。

为了方便，她特意选了黑色的。

在洗手台前，用洗手液随便洗了下手，沈清央抽出一张纸巾。她听见后面的动静，陈雪已经换了裤子从隔间里出来，明显松了口气的样子。

这样的尴尬事女生经常会遇到，陈雪从钱包里抽出几张钞票，十分感激地递过去：“沈律，今天真的谢谢你，我刚才看了发票，这钱给你。”

沈清央擦干手接过来，对她笑：“没关系，举手之劳，陈秘书不用放在心上。”

陈雪摇头：“生理期提前真的挺意外的，要不是你帮忙，我还真不知道怎么办。沈律，周末有空吗？我请你吃个饭？”

“陈秘书真的不用这么客气。”沈清央说着。陈雪忽然倾身抽纸巾，帮她擦衣服上的水。

刚才她冒雨出去淋上的。

陈雪情商很高，柔声说：“那算我欠沈律一个人情，以后沈律有什么事要帮忙的可以找我。”

沈清央觉得她实在太客气了。

可能做老总秘书的人习惯了这样事事分明，沈清央弯唇应下：“好，外面雨好像小了，我先走了。”

陈雪：“注意安全，有机会下次见。”

沈清央点点头，走出两步，又忽然想到什么。

陈雪正在镜子前洗手补妆：“怎么了，沈律？你落下什么东西了吗？”

“没有。”沈清央顿了下，几不可察地轻摸鼻子，“我临时想到一件事，不知道陈秘书方不方便帮忙？”

“你说。”

沈清央上班背的一直是同一个包，里面东西都在。她抽出一份简历，向陈雪简单说了一下情况。

陈雪稍显意外，随后笑了：“这有什么方不方便的？只是内推一份简历而已，不是多为难的事，给我吧。”

一般成熟的公司都会有内推制度，由员工内推简历，如果对方被录取，推荐人也可以拿到奖金。

“麻烦你了。”沈清央道谢。

“不麻烦。”陈雪将那张简历轻微对折后，放到自己的随身包里，“但能不能通过研发部那边的面试，我就不能保证了。”

这本来就不是多大的事，送走沈清央后，陈雪回到二楼包厢。

她耽搁了太久，褚少云微微侧目：“怎么去了这么久？”

陈雪低声：“出了点意外，衣服湿了。”

褚少云的视线掠过她身上刚换的黑色裤子，没说话。

应酬完，两人回到车上。

司机开车，褚少云和陈雪坐在后座。

刚才喝了不少，褚少云闭目养神。陈雪从包里给他找解酒药，那张简历无意间掉出来，滑到了地上。

她刚想弯腰去捡，有一只手先她一步，将简历拎了起来。

“林……清宇，”褚少云眼睫半抬，缓缓念着这个名字，“是你什么人？”

陈雪递上解酒药和水：“是沈律的弟弟，我帮忙内推一下简历。”

褚少云靠着座椅，颇为倦怠：“你们很熟？”

“不熟，刚才在楼下沈律帮了我一个忙。”

褚少云轻飘飘地“嗯”了一声，丢回简历，接过解酒药和水。

车在夜色中行驶，吃下药过了一会儿，褚少云揉着额头，脑海中忽然想起沈清央这号人：“上次行知叫来的律师是不是也是她？”

陈雪点头："是，我问过法务部。"
褚少云睁开眼睛，若有所思地笑了一下："我记得她，长得还不错。"
陈雪垂眼。
"你刚才说，这是她弟弟？"
"是。"
"直接送给行知吧，不用给人事了。"褚少云吩咐。

翌日临下班前，沈清央的手机上收到一条快递已被签收的通知，打开一看，是她买给徐行知的车载香薰片。
她手指一顿，左滑删掉那条通知。
难得不用加班的周五，孟希约了沈清央吃饭。智齿问题解决，终于可以好好去吃上次的那家川菜馆。
吃完饭后，两人又在附近逛了逛，边走边聊天，不知不觉到九点半。
十点一刻，沈清央推开家门，轻手轻脚地在玄关处换鞋。
院子里传来汽车引擎声，门还没关，白炽灯照过来，她抬头，瞬间被刺到了眼，于是抬手挡眼。
车灯灭掉，徐行知从庭院里走上来。
沈清央已经换好了鞋，按亮客厅的灯，站在岛台那儿倒水喝。
夜晚格外静谧，客厅中一时只剩徐行知解衣服的细微窸窣声与温水的流淌声。
徐行知手上拎着一沓文件，顺手丢在了岛台上。
他站在她旁边，沈清央抱着杯子侧身，留给他接水的空间。
"加班到这么晚？"徐行知开口，嗓音淡淡。
沈清央的唇贴着杯口："不是，跟孟希出去吃饭了。"
温水徐徐流入玻璃杯中，男人身上飘来一丝若有似无的雪松香。
他握着杯子喝水，白衬衣领口的扣子松开两颗，微仰头时，喉结滚动，锁骨锋利而漂亮。
沈清央移开眼，视线掠过徐行知的手时，瞥见他手腕上一片红疹。
换季空气质量差，他不知道吃了什么东西过敏成这样。
顿了一下，沈清央开口："哥，你今晚吃什么了？"
徐行知放下杯子："没什么。"
"你好像过敏了。"
他情绪不高："死不了。"
沈清央噎住，手里的水喝了一半，放下杯子，指着他的手："你的胳膊。"
徐行知连眼神都不给她："我知道，不劳你多操心。"
他说完，拿上自己的东西，转身就要走。沈清央下意识地伸手拽住徐行知的胳膊，他手里的东西没拿稳，那沓文件飘飘扬扬地落到了地上。
徐行知的目光沉沉看过来。
沈清央愣了下，手骤然松开，说了一句"抱歉"后，蹲下来捡东西。
十几张 A4 彩印纸，原来是简历。她一一捡起来，捡到最后一张时，手在空中微停。

沈清央起身把东西还给徐行知，忍不住问：“这些都是你要面试的人吗？”
“不是，”徐行知口吻淡漠，“都是没通过的。”
“都已经面试过了吗？”
“没有。”
“那为什么——”
话没说完，她看到徐行知似笑非笑的神情。
他点着最上面那张简历：“学历不够，过不了机筛，需要我告诉你为什么吗？”
沈清央心口一紧。
徐行知看着她的眼睛，拎起林清宇的简历，嘴角淡笑：“尤其是他。即使是陈秘书送过来的，也不行。”
似是而非的暗示，他和林清宇没有见过面，但一直知道她有这么个弟弟。
她的指甲深深掐住指腹。

客厅壁灯的光线昏暗而柔和。
徐行知离开后，沈清央在岛台旁站了一会儿，重新换了鞋出门。
小区三四百米外的地方就有家药店，沈清央进去买了一盒氯雷他定，还有从前徐行知过敏常涂的药膏。
回到家，她端着一杯水上楼，路过徐家夫妇的房间时，放轻了脚步。
他们已经睡了。
到徐行知的卧室门前，沈清央没敲门，而是在微信上给他发信息让他开门。
信息没回，等了两分钟，她试了一下，门没锁，于是直接推开。
卧室里没人。
刚才她忘了注意浴室里是不是有人。
沈清央关了门，在小沙发那儿坐着等他。
徐行知卧室的一器一物，她都很熟悉。
比如身下这张沙发，最开始是皮质的，她觉得太硬，后来才换成了这张深色的布艺沙发。
他很喜欢在沙发上，狭窄且极没有安全感的空间，让她只能紧紧地搂住他的脖子。
沈清央闭了下眼，让自己忘掉那些画面。
再睁开的时候，卧室门被打开，徐行知洗完澡回来，打开门便看到她在自己卧室里。
他脚步稍顿，然后关上门。
沈清央站起来：“哥。”
徐行知放下东西，从桌上拾起打火机和烟盒。
黑发吹到七成干，有些湿，他一进来，空气中瞬间充满了他的气息。
“谁家妹妹大半夜待在哥哥的卧室里？”
“我找你有事，给你发了信息，你没回。”
“洗澡怎么回？”

沈清央抿了抿唇："抱歉。"

徐行知靠在桌边，神色晦暗不明。片刻，他拎起桌上的简历朝她走过来。

湿润清冽的气息越靠越近。

徐行知一手把简历拎到她面前，一手把玩着打火机，火苗时隐时现。

"是为了他吗？"

沈清央下意识地后退一步，小腿碰到沙发边缘："清宇是我弟弟。"

"嗯，我当然知道，我问你是不是为了他？"

沈清央面色微变，安静了一会儿："哥，我给你买了药。"

徐行知眼皮垂下，看到她手里拎着的袋子，收了打火机，在沙发上坐下。

沈清央心口一松，把氯雷他定递过去。徐行知洗完澡穿的家居服袖口宽松，手腕上那片红疹格外明显。

她拆开药膏，低头用棉签给他涂药。

卧室的沙发很小，只能容纳两个人挨着坐。棉签将药膏一层层覆上皮肤，触感和力道都格外轻柔。

徐行知突然伸手，把沈清央颊边的一缕碎发拨到耳后。

她还在垂着眼专心给他涂药，侧脸和脖颈白皙美好。

还真是能屈能伸。

药涂完，沈清央从旁边的圆几上抽出一张纸巾包住棉签。

徐行知看着她小心而细致地做完这一切。

"好了。"

"嗯。"他靠着沙发，"还有别的事吗？"

她默然。

"没有了吗？那你早点回去吧。"徐行知抬眼，视线直直地看进她眼睛里，"让爸和琴姨看见了不好。"

"哥，"沈清央闭了下眼，"你别这么为难我。"

"我为难你？"徐行知嘴角勾起毫无情绪的弧度，"明明来求我是最容易的捷径，是你自己舍近求远。"

沈清央睫毛轻颤。

他手里捏着林清宇的简历："褚少云让秘书送过来的时候说公事公办，一轮机筛，二轮面试。维斯今年暑期实习一共收到了上万份简历，北城这边的名额只有几百个。你说，我要不要公事公办？"

沈清央沉默。

男人靠在沙发上，睫毛很长，在眼下投出一小片阴影，清绝而淡漠的一张脸。

"我知道了。"她说，"抱歉，你公事公办就好。"

沈清央说着准备离开，起身的那一瞬间，膝盖被人按住。

她愣了一下，整个人忽然被攥着手腕按在沙发上。

狭窄拥挤的沙发，许多零碎画面电光石火间闪过。

沈清央唇色骤然一白，腰抵着沙发扶手，徐行知伸手捏住她下巴。

他问："跟我低个头，就那么难吗？"

她的呼吸急促："哥。"

徐行知的面庞逆着光，轮廓不清，声线不喜不怒："我说过，别再一声声喊'哥'提醒我。"

沈清央眼圈泛红。她从小就这样，情绪激动时，脸颊、耳朵、眼睛都会变红。

她声音很轻："那你还记得我们早就分开了吗？"

他神色微冷。

腰后的手机忽然响起刺耳的铃声。

徐行知替她拿出来，指节刮过她的腰，沈清央浑身微绷。

来电人是喻哲，他松开她的下巴，径直挂断电话："我没忘。"

当初，是她够狠心。

徐行知垂睫，手指温柔地轻抚她白皙皮肤上的指痕："就是不知道你还记不记得，曾经是谁主动来招惹我？"

沈清央神色僵僵。

他把手机放回她手里，力道熨帖："想做兄妹是吗？你和喻哲断了，哥哥如你所愿。"

他们之间，最开始，的确是沈清央主动。

那年六月，徐行知高考完的暑假，沈清央开学即将升入高二。她往返于补习班的时候，他和同学、朋友一起去国外毕业旅行，整整一个暑假都没在家里待几天。

回来的时候，假期已经接近尾声。

那天，天气很热。北城的夏日一贯漫长，八月底仍是酷暑，午睡中的沈清央被喧哗声吵醒，趴在窗户上往下看。大门开着，六七个男男女女在庭院中聊天，笑闹声很大。

她穿上拖鞋下楼，刚出门就看见徐行知和一个女生一起从楼梯上来，两人说说笑笑的。

沈清央下意识躲回门后，靠在门框边偷看。

女生很漂亮，高挑白皙，穿着吊带和牛仔裤，身材极好。她和徐行知站在一起，和谐而养眼。

沈清央不由得低头看了看自己。

他们一起走入徐行知的房间，没多久，又走出来。

他和她相处的感觉很放松，不似平时冷漠。

她和楼下那群人一样，都是徐行知的同学。

沈清央趴在窗边，看着他们一起离开，徐家重归安静。

好像就是从那时候起，徐行知离她越来越远。

从前一起读书的哥哥步入大学，一下子像进入了另一个世界。徐行知开始和徐行恪一样，只有周末才回来。而且，不是每个周末都回来。

沈清央也在无意中得知了那个女生的名字，江影。

极衬她的一个名字。她和徐行知六年同窗，如今步入大学，也是同一所。

知道这些是一个普通的周末下午，裴亦来找沈清央抄作业，他趴在茶几上，沈清央则在一旁玩他带来的游戏机。

"Bingo——"

“丁零零——”

通关声和门铃一起响起。

“我去开门。”沈清央放下游戏机。

她以为是徐行知回来了，大门拉开，银杏树下却另有其人。

“你好。”

“你好。”沈清央一眼认出她是暑假时和徐行知一起上楼的女生。

江影扬唇：“我找徐行知，他在家吗？”

“哥哥不在。”她回答。

“他有妹妹？”

沈清央不作声。

“他怎么没跟我提过？”江影笑容明朗，“妹妹你好，我是你哥的同学。他的外套忘在明德楼了，我帮他带回来了。”

说着，她递过来一个纸袋，里面是一件叠好的黑色外套。

沈清央接过来：“谢谢姐姐。”

“叫我‘江影姐’就好。”江影弯眸，对她十分亲近，“你叫什么？在读高中吗？”

她“嗯”了一声：“我叫‘清央’。”

“真可爱。”江影笑，“你记得跟哥哥说外套是我送过来的。清央，再见。”

当天晚上，徐行知很晚才回来。

沈清央去敲门，把外套给他。他扫了一眼，随手放在一旁。

“还有事吗？”他本想直接关门，看到她在门外站着，多问了一句。

她摇摇头。

自那天以后，好像有什么东西悄然在沈清央心里发芽，让她总是下意识地关注徐行知。

她记忆里的人开始发生变化，变得身量更挺拔、气质更成熟，让她更陌生。

他对她的态度一如既往，疏淡、不在意，偶尔关心几句。

这让人远远不满足。

沈清央开始不由自主地想他。

想他可以经常回来。

想他多和她说话。

想他的目光只停留在她身上。

这种想法越演越烈。耿耿于怀到后来，某天沈清央上课看着窗外发呆，直到被同桌碰了下胳膊提醒，她回神才发现自己在草稿纸上写满了徐行知的名字。

她慌了神，想用手捂住。然而同桌早已看见，凑过来，对她眨了眨眼：“你喜欢徐行知啊？”

沈清央手指微弯，没说话。

同桌说：“没关系，我会帮你保守秘密的。暗恋徐行知的女生那么多，没什么好害羞的。何况学长已经毕业了。”

是暗恋吗？

沈清央有些魂不守舍。

他是她的哥哥，纵使没有血缘，也是从小一起长大。

她怎么能……喜欢上自己的哥哥呢？

青春期情窦初开，沈清央陷入自我困扰中。她借来同桌的言情小说看，心思第一次游离于学习之外，期末考试时，成绩在班里整整下降了二十名。

徐教授很生气，碍于小姑娘不是亲生女儿，不好开口训斥，于是交给了徐行恪来开导她。

徐行恪大她七岁，三年一代沟，在这位更像长辈的大哥面前，沈清央一贯扮乖。

“这学期你和同桌、老师相处得不好吗？”

她摇头说道：“挺好的。”

徐行恪的手指滑过她的各项成绩单。

“大哥，”沈清央小声为自己辩解，“考试那天，我肚子不舒服，所以才没考好。”

徐行恪微蹙眉：“身体不舒服怎么不跟家里人说？是拉肚子，还是肠胃炎？去医院看了吗？”

少女眨了眨清亮的眼睛，绞着手指，支支吾吾：“不是病……就是……女生的那个……”

徐行恪愣住，反应了两秒，扭头轻咳。

她都这么说了，他还能怎么责怪，只好摸摸她的头，温言安慰，顺便鼓励几句。

然而，徐行恪走后，沈清央却迎面撞上徐行知。

寒假，他从学校回来。羽绒服脱掉，里面是黑色的毛衣，人站在岛台前喝水，清隽夺目。

看见她，他连眼皮都没抬一下。

“哥哥。”她走过去。

“嗯。”徐行知似乎很困倦，懒懒地应一句，放下杯子，转身离开。

他对她一直都是这么冷淡的态度，其实她早已习惯了。

可那一刻，沈清央心里莫名发堵。

幸好，徐行知走到一半停了下来，转身问她：“听说你期末考得很差？”

沈清央愣住，脸“噌”地红了，嗫嚅：“班里二十多名，其实，也不算很差……”

他重复了一遍她的话：“不算很差。”

在曾经华高知名的学神面前说这种话，沈清央难免羞愧：“没有哥哥的成绩好。”

安静了两秒，徐行知笑了，她听见他淡然的声线：“清央，不要跟任何人比较，跟你自己比，让自己满意就好。如果你自己满意这个成绩，那别人说什么都不必在乎。”

他从始至终都很平静，可一番话将她说得无地自容。

于是一整个寒假，她都埋头学习。

不知道是跟自己赌气，还是想证明给谁看，再开学，沈清央强迫自己全身心投入学习。从前她虽然也努力，但远达不到拼命的地步。

天道酬勤，等到再一次期末考试的时候，她成功一跃考到了班级第二名。

与第一名仅仅 0.5 分之差。

徐教授高兴坏了，打越洋电话跟沈父煲电话粥，炫耀自己把小姑娘教得很好。

那天，方琴准备了一桌子沈清央爱吃的菜。一家人为她庆祝，徐行恪也在，可是她最想见的人没回来。

吃完饭，沈清央窝在庭院廊下的藤椅中看书。

夏夜微风轻拂，她心思游离于密密麻麻的文字之外，一直发着呆，看天幕，看星星，看院中的海棠树，看那些偶尔飞过的虫子。

她的心事藏在难以言说的夏夜中。

等到了九点多，大门才被人推开，青年披着一身月光回来。

沈清央发呆发到快要睡觉，头低着一点一点的，门开时携来一阵风，吹得她打了个喷嚏。

人也跟着清醒，抬头看到面前的徐行知。

“怎么在这里睡？”他垂眼问她，一贯淡淡的语气。

沈清央仰头怔怔地看着他，心头划过微妙的酸涩感，像挤开一颗将熟未熟的猕猴桃。

她抿抿唇，小声说：“在看书，不小心睡着了。”

徐行知看了一眼昏黄的廊灯，又瞥了她一眼，脱下身上薄薄的防风外套丢到她身上。

一同落下的还有一句话：“夜里风大，早点回去睡觉。”

柔和昏暗的光线笼罩在沈清央周身。

“哥哥——”她低声叫住他。

将走的徐行知回头，少女睫羽微垂，白皙的皮肤被扫出一小片阴影，看上去无辜且楚楚可怜。

“我也想回去，可是腿麻了，起不来。”沈清央说着，抬脸，“哥哥能抱我回去吗？”

细腻温柔的少女音色氤氲在夜色中，很难让人不心软。

徐行知顿了下，转身弯腰，把人抱起来。

她怀里紧紧抱着他的衣服。

夏日衣衫薄，刚发育的女孩身体姣好而柔软，只隔着一层薄薄的棉质睡裙，仿佛轻盈的棉花糖。

“哥哥，”沈清央仰头，尽力抑制住狂跳的心脏，“谢谢你。”

“回去洗个热水澡，你身上太凉了。”徐行知说。

“好。”她乖巧地点头，“哥哥觉得我瘦了吗？”

瘦了吗？发育的年纪，女孩如抽条般成长是正常的事。

徐行知低头看她，怀里的小姑娘不知何时也变得四肢修长，脸庞瘦削，眉眼被雕琢出如画的精致。

沈清央攥住手里的衣服，轻声道：“我有在努力学习，成绩进步了许多，这次期末考试考得很好。”

“考了多少分？”

“班里第二名，和第一名只差了 0.5 分。”她仰脸，骄傲又狡黠。

“不错。”徐行知给出夸奖，“比之前进步了。”

她黯然：“哥哥只有夸奖吗？”

徐行知脚步微顿。

两人的位置正好在楼梯中央，未到楼梯口，前后都是开放的空间。

“你想要什么奖励？”

“我想要的，哥哥愿意给吗？”

他低眼。

被青年的气息包裹，沈清央紧张得心都要从嗓子眼里跳出来：“我想和你上同一所大学。”

顿住的脚步继续向上，徐行知开口：“这不算奖励，要靠你自己的努力。”

“那另一个呢？”

“还有什么——”

少女仰头，唇擦过他的脸颊，脑袋趴在他肩头上，香气浅淡。

“奖励，想要哥哥。”

CHAPTER 05 /
梦到七年前，我和你

五月初，经邹瑾安排，沈清央接手了一个新项目，频繁的高强度出差下，她回家时经常已是深夜。

方琴心疼她，一直念叨女孩子家家不要那么辛苦。沈清央在家时，方琴变着法地给她煲汤补充营养。

尽管如此，半个月奔波下来，人还是肉眼可见地瘦了几斤。

周五，开完线上会议，邹瑾合上笔记本电脑："这段时间大家辛苦了，周末不加班，大家好好休息吧。"

"好嘞，邹律！"蒋姝第一个接话头，音调都透着短暂解放的开心。

沈清央抱着笔记本电脑回到工位，靠着椅子瘫了一会儿，捏捏自己的肩膀，收拾东西准备下班。

"你们终于忙完了。"林竹咬着一块饼干过来，顺手往她们桌上丢了几包，"楼下咖啡店买的黄油饼干，还挺好吃的。"

"谢谢。"蒋姝有气无力地撕开包装袋。

林竹的胳膊搭着工位挡板，问："周末打算怎么过？最近有什么好玩的地方推荐吗？"

沈清央握着鼠标将电脑关机，闻言回答："我打算睡觉。"

蒋姝赞同："我也是。"

"不是吧，你们俩。"林竹失望。

随着人流下了电梯，离开写字楼，拂面而来的空气中夹着初夏闷热气息。沈清央打了个哈欠，一眼瞄到裴小少爷张扬的红色跑车。

副驾驶座的车门被拉开，哼着歌等人的裴亦见到来人眉开眼笑："你终于有空了，这段时间一直神龙见首不见尾的。"

沈清央拉上安全带："我哪有你清闲。"

"我也没有很闲，一直在忙酒吧的事。"

沈清央靠在座椅里，颇为困倦地问："你的酒吧装修到哪一步了？"

"快好了，我定做的吧台和桌椅下周到。"裴亦吹了一声口哨，"你睡吧，等到了地儿，小爷叫你。"

沈清央已经合上眼。一连忙两周，真挺累的。

在车上睡了半个多小时，被裴亦叫醒时，沈清央的手机跟着振动了一下。

她睁眼扫过去，是一条银行信息，她的季度奖金到账了。

沈清央瞬间来了精神。

"怎么了？"裴亦扭头问。

“没事。”她心情大好，“今晚吃饭我请。”
“真的假的？”裴亦的表情像见了鬼。
在看到菜单上的价格时，沈清央就后悔了。裴亦吃穿住行一向奢侈惯了，这家餐厅也同样价格不菲。
偏偏裴亦还故意拖腔拉调：“央央请客这么千载难逢的机会，那我可得好好点一点。”
……
说出去的话就像泼出去的水，沈清央也不是会反悔的人，索性和裴亦一起点菜，就当是安慰自己这些天的奔波。
菜端上来，道道口味都不错，鱼肉鲜美，时令蔬菜爽口。初夏已有热意，沈清央要了冰镇柠檬汁。
这两周她都没怎么好好吃饭，这顿饭她吃得很满足。
吃到一半，沈清央起身去洗手间。
男士洗手间与女士洗手间中央是洗手台，布局宽敞。沈清央出来的时候，刚好看到保洁阿姨在更换香薰。
清新的柠檬香调，她不由得扫过去一眼。
再回神时，镜子另一侧出现男人垂着的黝黑眉眼。
有半个月没见了。
上次的事过去不久，林清宇便收到了来自维斯的实习 Offer。他高兴地要她去林家吃饭，奈何沈清央因为工作忙一直没腾出空来，自然也就没来得及跟徐行知说声谢谢。
流水冲走手上的泡沫，沈清央抽出纸巾擦手，走过去。
“哥。”
在台前洗手的男人闻声抬眸。
镜面光亮如新，两人视线相接。
徐行知“嗯”了一声，动作如常。关了水龙头，他也抽出一张纸巾擦手，看上去态度并没有什么变化。
沈清央跟他一起走出去：“你也和朋友过来吃饭吗？”
徐行知淡淡道：“客户。”
沈清央习惯他的冷淡，点点头：“那我先回去了。”
寥寥不超过五句的交谈。

两人的包厢在相反的方向，一条回廊，月影灯洒下影影绰绰的柔光。
徐行知脚步微停，余光里她转过墙角，只剩一缕发丝转瞬即逝。
回到包厢，服务生上了餐后甜点，柠檬奶冻和白玉卷。白玉卷里奶油太多，腻腻的，沈清央更喜欢清新爽口的柠檬奶冻。
裴亦索性把自己的那份也让给她，叼着一根牙签，愁眉苦脸地玩手机。
“你怎么了？”
裴亦皱着眉：“央央，你们女人心海底针啊，我真是搞不明白。”
话音刚落，沈清央凉凉地瞥了他一眼。

裴亦连忙改口：“我这是夸奖，夸你们聪明。”

沈清央用小勺子挖着柠檬奶冻：“得了吧，祝小姐又跟你说什么了？”

裴亦喜欢的人姓祝，沈清央没见过，单从裴亦的描述里知道她是个性格很清高的姑娘，让裴小少爷多年苦追无果。

裴亦连忙摇头：“她没跟我说什么，只是我真的不知道我到底哪儿不好。央央，你说为什么呢？”

“什么？”

“或者换句话说，央央，你喜欢什么样的男人？”

她吗？沈清央噎住。

片刻，她轻轻皱了下眉，刚想回答裴亦，桌上的手机忽然响起提示音，一条新信息浮现在屏幕上。

Xu：还在吗？帮个忙。

沈清央拾起手机。

裴亦好奇地问：“谁给你发的信息？”

“我哥。”她起身，“我出去一趟。”

走出包厢没多久，沈清央便看到了徐行知。前台边上，他和一个女人在聊天，对方打扮得精致，包臀裙、长鬈发，漂亮的指甲拨着前台上的水果糖，有意无意地往徐行知那边靠。

她脚步微停，而后走上前去。

手被人牵住，身边飘来淡淡的柠檬清香，徐行知话说到一半，侧过头。

沈清央正仰脸对他笑着，颊边浮起两个浅浅的梨涡，牵住他的手晃了下：“还没聊完吗？我等好久了。”

她的手指有些凉，皮肤柔嫩，像冰过的牛奶。

徐行知的视线在她脸上定格了几秒，而后笑了笑，把她拉近些，温言介绍：“这是天成实业的陈总监。”

沈清央贴心地扮演一个吃醋女友的角色，目光中加上几分警惕：“陈小姐，你好。”

陈小姐倒是很镇定，来回打量她几眼，唇畔浮笑，转而去问徐行知：“这是？”

徐行知笑了笑，将握在掌心的柔荑扣紧几分。

陈小姐面色未变，指甲从盛着水果糖的碟子里收回：“没想到徐总已经有女朋友了，是我孤陋寡闻了。”

她说话全程把沈清央当空气，连个目光都不给，明显看不上的样子。

徐行知从碟子里拣出一颗黄色的柠檬糖，无比自然地递给沈清央，笑着说：“她以前在南京上班，最近刚换了工作过来。”

“异地恋啊，难怪呢。”陈小姐眼里笑意渐淡。

沈清央剥开糖果放进嘴里，适时去晃他的胳膊：“我困了。”

徐行知偏头：“好。”

陈小姐脸上的笑彻底消失不见，维持客气道：“既然如此，那我不打扰徐总了。”

徐行知点头："慢走，改日再聊。"

话音落地，陈小姐离开，沈清央也松了手。

掌心骤然落空，徐行知微顿，偏头见她已经恢复成了平时的样子，与刚才对他软声撒娇的姑娘判若两人。

他的神情不知不觉地淡下来。

"她是？"

"我不是介绍过了吗？"

"哦。"沈清央靠着前台，咬开口中的柠檬硬糖。

手心冒了汗，皮肤接触太久，脉搏隐隐跳得有些快。

沉默了一会儿，她站直身子："对了，哥，我还没跟你说谢谢。"

徐行知侧目。

"清宇的事，他已经收到 Offer 了。"

徐行知收回目光："不用谢。"

他向来说到做到，沈清央垂眼："哥，这件事会给你添麻烦吗？"

"不至于。"

她松了一口气。

"还有别的事吗？"徐行知抬眸，语气漠然。

她摇头。

他拎上西服外套离开。

沈清央看着他的背影，怔了一会儿。

翌日上午，沈清央一觉睡到十点。

连轴转了这么久，人还是困的，奈何徐行恪把她叫了起来，严肃命令她吃早饭。

她没什么精神，下巴抵着杯壁，用吸管喝豆浆，餐桌另一边，方琴在包馄饨。

方琴手巧，馄饨也包得漂亮，个个皮薄馅大，整整齐齐地摆着。

一盆馅包完，方琴去厨房里拿了几个透明保鲜盒，把馄饨装进去，再仔细地用保鲜膜封口。

沈清央疑惑："琴姨，你要把馄饨送人吗？"

"要啊。"方琴手上动作不停，"给行知送去。"

沈清央愣住："给……二哥？送哪儿？"

方琴叹了口气："你前几天出差不知道，行知搬出去住了，他说最近公司忙，总是半夜回来会打扰我们休息。"

沈清央这才发现自己最近为什么总觉得不对劲。

这两天在家里都没有碰到徐行知，一开始还以为是工作原因错开了，现在听方琴说才发觉徐行知已经搬走了。

她慢慢低下头喝豆浆。

方琴还在絮絮叨叨："你说在家里住不好吗？还有人照顾，搬出去也不知道怎么样？所以我才包点馄饨打算给行知送过去，省得他天天在外面吃饭。"

她不说话。

"清央——"方琴突然喊她。

沈清央抬头："嗯？"
"你下午有空吗？帮琴姨把馄饨给你哥送去。"
沈清央微顿，而后点头："好。"

午饭后太阳正盛，气温逼近 30℃，沈清央拿了一把遮阳伞出门，打车去徐行知现在住的小区万景新城。
到了小区门口，她被门禁拦住。
保安给徐行知打电话。几分钟后，沈清央被放行，保安还给她指了路。
万景新城绿化做得很好，处处生机盎然，绿荫浓密，树影与喷泉交相掩映。乘电梯上楼，沈清央找到对应门牌号，按响门铃。
等待的工夫里，她分神地想这里的确离维斯所在的园区很近，徐行知平时往返公司会更方便。
没一会儿，门开了，眼前落下男人的身影，他一身黑色家居服，神色懒怠。
"哥。"
"嗯。"徐行知开了门便转身。
沈清央却在门口犹豫："有拖鞋吗？"
"直接进来吧。"他嗓音偏哑，像是刚睡醒。
沈清央只好直接进去。公寓很大，装修与家具颜色十分协调，不单调，有种说不上的格调与质感。
看得出来是徐行知花过心思的，并非临时起意。
沈清央跟着进去，徐行知在喝水，喝完，取出一个干净的玻璃杯，给她倒水。
她走过去，把手提袋放到岛台上："哥，琴姨让我给你送的馄饨。"
"辛苦你。"玻璃杯被推到她面前。
一路过来天热，沈清央的确有些渴。她端起来喝了一口，水半冰，沁人心脾，缓解了不少躁意。
她放下杯子，提醒："琴姨虽然放了冰袋，但馄饨还是尽快放到冰箱里冷冻比较好。"
徐行知看了她一眼，打开冰箱依言照做。
客厅中一时寂静，只余冰箱一侧幽幽的冷气与保鲜盒的挪动声。
他明显懒得说话，沈清央也不想久留，喝完剩下的半杯水，她开口："那我回去了，不打扰你了。"
"我送你。"
"不用了，你不是在休息吗？"
话音落地，徐行知静静地看着她，空气有瞬间的凝滞。
"清央，"他突然问，"我搬走，你是不是很开心？"
沈清央搭在岛台边缘的手一下收紧。
指腹下是冰凉的大理石，她的睫毛几不可察地轻颤："没有。"又解释，"我前段时间工作忙，今天才知道你搬出来了。"
他轻描淡写道："是吗？"
沈清央默然，拿上自己的手机想走，刚转身，玄关处忽然传来一阵门铃声。

紧接着，是几道叩门声。

她愣了下，转头看徐行知。

他轻皱眉，走去门边看了眼监控，而后回头：“是褚少云和蒋序，他们上午说要过来找我谈点事。”

“那我怎么办？”沈清央抿唇。

现在撞上，好像无论如何也说不清。

看着她这副手足无措的样子，徐行知却很淡然，轻抬下巴：“去卧室吧，一会儿我带他们去书房，你就可以走了。”

“他们在书房会听见吗？”

“不会。”

“好。”沈清央点头，“哥，那你记得发个信息提醒我。”

等沈清央的身影消失在卧室门后，徐行知才过去开门。

褚少云和蒋序两人早已等候多时，门一开，蒋序偏头往里看：“怎么这么久才开门，不会是在金屋藏娇吧？”

徐行知从鞋柜上方取出两双一次性拖鞋，丢给他们：“刚醒，不是说两点过来吗？”

“和远曜的饭局结束得早，我们就直接过来了。”褚少云笑着问，“你感冒好点了吗？”

“好得差不多了。”

蒋序在客厅里转了一圈：“你别说，你这装修还真不错，请的哪个设计师？推荐推荐。”

“待会儿我把联系方式给你。”徐行知给两人倒水，“先说正事，我们去书房聊。”

褚少云站在沙发旁看墙上的挂画，回头笑了一下：“不着急，我让陈雪去公司拿资料了，等她送过来，我们再去书房聊。”

卧室里，沈清央拉开了半边窗帘。

日光洒落，房间也亮堂了起来，这里是徐行知最近住的地方，处处都是他生活的痕迹。

床头柜上放着玻璃杯和一盒感冒药，已经被人开封吃了几粒，难怪刚才看他神色倦怠。

沈清央的目光被一个相框吸引。

那是她没见过的徐行知，辽阔天地，雪山巍峨，相片中的人穿着黑色登山服，面对镜头，神情依旧。

沈清央看不出是什么地方，于是把相框放回原处。

她回到小沙发上坐下，注意听着门外的动静，不甚清晰的说话声传来，他们还在客厅。

她玩着手机等了一会儿，门外声音仍旧在。

卧室静谧，半边明亮半边暗。沈清央正好处在阴影里，身下的沙发柔软舒适，不知不觉便萌生出缕缕困意。

前些天缺觉缺得厉害，上午十点被徐行恪喊起来，沈清央本来就没睡够。

现在又正好是午睡的点，夏日漫长，窗外摇晃的叶片与偶尔响起的蝉鸣都在催人犯困。

沈清央从随身包里掏出耳机，塞入耳朵，支着脑袋听歌。

越听，她眼皮越沉，就睡一小会儿……

……

门外，陈雪送来了资料。

徐行知带褚少云和蒋序去了走廊另一边的书房，在微信里找到那个小羊头像，发了一条信息过去。

发完信息，他便将手机搁在一边没管，过了一个多小时，再次拿起的时候，发现那只小羊还没回信息。

沈清央这一觉睡到了天黑，迷迷糊糊醒来时，胸口有种莫名的如释重负感。

疲惫消解，她懒得动，半掀睫毛，入目是薄薄的落日余晖，从窗帘未掩的那一半玻璃透入，房间另一半则是令人倦怠的昏暗。

她微微动了一下，身上盖着的薄毯随之发出窸窸窣窣的动静。

"醒了。"坐在沙发边的人开口。

"嗯。"沈清央下意识回答的声音里还带着迷茫，"六点多。"

"我居然睡了这么久……"她揉眼，撑着胳膊想坐起来，哪知道胳膊被枕麻了，扯到筋，酸得沈清央倒吸一口凉气，整个人又倒回去。

昏暗里传来徐行知一声笑，他掀开薄毯，微微俯身，手穿过沙发缝隙，将她拦腰抱起来。

胳膊一动就酸痛得要命，沈清央脸色都变了，顺着他的力道坐起来。

徐行知将人半搂在臂弯里。

对于他的亲昵，她习惯性地想不到拒绝。

然而，下一秒，沈清央音调一变："徐行知！"

他另一只手捏上了她酸麻的那只胳膊。

"别动。"徐行知浅淡的嗓音落在她耳边。

"疼。"沈清央眼泪都快被逼出来了。

他隔着衣服帮她舒缓手臂的筋骨。

脸颊被迫枕在他肩头，鼻尖溢满沉缓浅淡的佛手柑香气。那是徐行知惯用的一款洗浴产品，他这人挑剔，用习惯的东西却轻易不换。

熟悉的气味让沈清央神经一跳。

她闭了下眼，忘掉那些回忆，再睁开眼时，感觉胳膊的酸麻缓解了许多，于是开口："褚总和蒋总走了吗？"

徐行知"嗯"了一声。

"为什么不叫醒我？"

他动作停了，掌心按着她消瘦的腕骨："想看看你能睡多久。"

"对不起。"沈清央低下头，脸颊擦过徐行知肩头的衣物，"我太困了，没撑住。”

“昨晚没睡好？”

“不是，就是太累了犯困。”

沈清央说着，活动了下胳膊，想收回来，手腕忽地被攥住。

隔着一层单薄的布料，男人的指腹慢慢摩挲着她手腕上突出的骨头。

“瘦了，最近很忙？”

清清淡淡的语气，她唇齿收紧。

他伸手轻拨她的额发，在昏暗的卧室中，平静地注视着她。

呼吸被拉长，沈清央轻声道：“是挺忙的，听琴姨说你也很忙。”

“有点。”

“你感冒了？”靠在徐行知的臂弯里，沈清央微微向后，视线偏向床头柜。

“已经好了，多谢关心。”

距离和气氛都暧昧，窗外的天色不知何时彻底暗了下来，薄暮消失，小区中亮起暖色的路灯。

竟然真有这么一天，他们可以在这样的环境下客气地对话。

沈清央的眼皮缓慢动了动：“不客气，你是我哥，关心你是正常的。”

徐行知嘴角没什么情绪地勾了勾。

他起身，走到门边，抬手按亮了卧室的灯。

一切不明不白都被明亮的光线驱散。

徐行知就站在那儿，白炽灯光下，格外好看的一张脸，骨相优越，眉眼清寂。

沈清央这才发现他手里转着打火机。

“起来洗个脸吧。”他没看她，淡声道，“待会儿出去吃饭。”

沈清央简单洗了脸，两人出门。

外面的温度比她正午来时低，副驾驶座的车窗降下，晚风送来阵阵蔷薇香，清幽淡雅。

花的颜色也漂亮，一大片霞色簇拥，如雾似锦。

等离开小区，汇入车水马龙，沈清央关上车窗。

这时，她才注意到车前挂着的香片，白色环形，散发着浅浅的木质香，样子有些熟悉。

她抬手轻轻一碰，香片轻晃。

沈清央想起来了，是她买了寄去维斯的那款。

这一串小动作落在徐行知眼里，他没说什么，只是出声提醒：“安全带。”

沈清央“哦”了一声，依言系上，偏头询问：“我们是回家吃饭吗？”

“不是。”

“那去哪儿？”

徐行知转着方向盘：“去跟一个朋友吃饭。”

沈清央瞳孔微微放大。

“陈泊，你见过的。”

她提起的心微微放下了三分，但还是觉得不妥：“哥，你们朋友聚餐，我就不去了吧。”

徐行知偏头注意着侧后方来车：“他女朋友临时要过来，就我们四个。”

原来是拉她去陪人的，沈清央靠在座椅里想了想：“那我跟琴姨说一声。”

发了微信给方琴，退出聊天框，另一条新信息蹦出来，是林清宇发来的：姐，你忙吗？

她回复：不忙。怎么了？

对话框上方一直显示“对方正在输入”，对方似乎在犹豫，过了一会儿信息才蹦出来：我能给你打电话吗？

他们平时联络不多，林清宇知道她工作忙，不常打扰她。突然要通话，沈清央颇为意外。

于是，她主动拨了电话过去。

“喂，姐。”

“清宇。”

徐行知伸手关掉了车载音乐。

沈清央顿了下，继续问：“你遇到什么事了吗？怎么突然要给我打电话？”

“其实没什么事……”

林清宇犹豫了一会儿，有些不好意思地说：“就是明天要去维斯入职了，我有点紧张，想给你打打电话。”

沈清央微讶：“明天吗？”

“对。”

“你没课了吗？”

林清宇：“基本上都结课了，考试都在六月底，到时候我再请假就好了。”

“这样啊。”沈清央笑道，“紧张什么？你不是一直很想去维斯吗？梦想成真不该开心吗？”

“是挺开心的。”他语气失落，“可是我看群里一起入职的人学历都好高，全是名校的，只有我一个，感觉我有点不配……”

电话那头的声音越来越低。

沈清央了然，下意识地看了徐行知一眼。他并未看她，注意力放在前方。

片刻后，她温声开解：“清宇，别人优秀，不代表你没有闪光点。如果你的注意力一直只放在和别人比较的话，自己该怎么进步呢？”

“可是我……”

“难道你想放弃这个机会吗？”

林清宇愣了下，脱口而出：“我不想。”

沈清央弯唇：“你的选择本来就只有去或不去。既然已经做出了选择，大胆向前就好了。人的攀登欲不该用在别人身上，应该用在昨天的自己身上。”

徐行知握着方向盘，听着这一段娓娓道来的轻言浅语，神色平静。

她声音温柔：“不用太紧张，这份实习只是你从学校到职场的过渡。像维斯这样的公司，能帮助你更快更体系化地培养工作素养。至于之后你想做什么，也可以有更清楚的选择。”

林清宇安静地听着，心里渐渐稳定，低声道：“姐姐，谢谢你。”

“别害怕，大家都是这么过来的。”

“我知道了，姐姐。”

聊完，林清宇的心情听上去好了很多，跟她闲话家常：“姐，你吃饭了吗？”

“还没有。”沈清央看了眼窗外掠过的行道树和店铺门牌，她也不知道还有多久到，于是说，“在路上，正准备去吃饭。”

“那你快去吧，我不打扰你了。”

沈清央笑道：“好，你早点休息，希望你明天一切顺利。”

挂掉电话，路遇红灯。

没了说话声和音乐声，车厢里霎时有些安静，沈清央主动去点了下屏幕，音乐继续。

好巧不巧，刚好随机放到那首《You're Somebody Else》。

听到熟悉的旋律，她怔了下，脑海中蓦然抓住一个念头。

上次在那个酒吧，调酒师说是一位陈先生给她点的歌。

陈先生。

陈泊。

沈清央唇微动，偏头，视线在徐行知身上停留几秒。

红灯太长，他等得无趣，手肘抵着车窗，慵懒随意。搭着方向盘的手，修长漂亮。

“看什么？”徐行知突然问。

“没什么。”她目光转移，“还有多久到？”

“十分钟。”

她点点头，不说话了。

红灯数字跳完，车子重新起步。过了一会儿，沈清央突然想到什么，扭头去问：“哥，维斯的实习生都是明天入职吗？”

“分批。”他言简意赅。

“那明天是？”

“第一批。”他终于舍得多跟她解释两句，“人事提供了几个入职时间让他们自己选，来得早的有公司提供的公寓。”

沈清央张了张嘴。

徐行知瞥了她一眼：“政府批下来的人才公寓，你以前实习的时候没有吗？”

“没有……我实习的时候都在出差。”

“工资呢？”

“……两百块一天。”

他不咸不淡地笑了一声：“够生活吗？”

沈清央眼皮垂下：“差不多，我读研的时候有奖学金，后来正式入职，工资就涨了。”

“真好。”徐行知说。

话题就此冷落。

沈清央有些绷不住地看向窗外。

几分钟后，车在路边的车位停下。

沈清央下车，跟着往里走。一家开了颇久的老烧烤店，她上大学时就来吃过。店外大片空地摆放着桌椅板凳，才七点多，就已经坐了不少顾客。

陈泊和他女朋友在最外围的那张桌子那儿等他们。

之前已经见过，沈清央简单地跟他打了个招呼："陈医生。"

"哟，沈律，"陈泊眼睛一亮，视线在她和徐行知身上绕了又绕，热情地招呼，"居然还能有机会再见面，坐坐坐。"

"陈医生客气了。"沈清央笑道，"上次在酒吧，你不是还给我点了一首歌吗？"

她笑盈盈的，一张无害的面庞，说话却是绵里藏针。

陈泊脸色僵了下，瞄了一眼徐行知，见他置身事外的模样，只能笑了两声："是吗？我都快忘了。"

沈清央对他弯了弯唇，也没再多说。

陈泊翻着菜单，心说这姑娘果然不像表面上看着那么文雅可亲。

也是，能和徐行知纠纠缠缠这么多年，不会是什么天真单纯的性格。

坐下之后，沈清央从包里翻出湿巾擦了擦桌面。

她顺手也擦了擦徐行知面前的桌面，把湿巾丢进垃圾桶时，旁边一阵馥郁花香飘来，有人落座。她抬头一看，是一个长得非常年轻娇艳的姑娘，才五月中旬却已经穿了吊带裙，胳膊白生生的。

"这边的厕所好远啊。"姑娘刚坐下，就对着陈泊埋怨，"走得累死我了。"

陈泊捏她的手调笑："那你待会儿多吃点补补。"

说完这么两句，姑娘仿佛才注意到桌上有别人，她先看到徐行知，眼里不出所料地掠过一丝痴迷的惊艳，小声问陈泊："这就是你大学同学吗？"

"对。"陈泊跟她介绍，"这是他朋友，姓沈，做律师的。"

姑娘愣了下，随即收了张扬的做派，娇娇怯怯地跟沈清央打招呼："你们好。"

"你好。"沈清央礼貌地笑着回道。

至于徐行知，只是点了点头。

这时服务员端着刚才点的食物送上桌。

陈泊把菜单递过来："刚才你们没来，我就随便点了点，要吃什么再加。"

"给她吧。"徐行知说。

沈清央坐在他旁边，顺手接了过来。

他今天穿得随意，偏休闲款的黑衬衣，领口松开两颗扣子，很自然轻松的状态，和烟火气浓烈的晚间，并没有什么格格不入。

真是好看，有些人的皮囊能将俗地衬成一幅画。

沈清央收了目光，手压在菜单上翻过一页，邀请陈泊的女朋友一起点菜。

"叫我'米米'就好了。"陈泊的女朋友往沈清央身边靠了靠，看着她的眼睛有些亮，"你是律师吗？"

沈清央点点头，还是没忍住问："你呢？"

米米眨了眨眼："我还在读大学，不过我自己有一个美妆账号。"

沈清央一口水没咽下去，被呛到咳嗽。徐行知递了一张纸巾到她面前，顺手在她背上轻拍了两下。

“谢谢。”沈清央抬头看了一眼陈泊。

陈泊对她露出一个笑。

他长得也不错，阅历堆出来的男人气质，又是牙医，有钱有闲，对小姑娘的吸引力不可谓不高。

“你还好吧？”米米关心她。

“我没事。”沈清央擦拭桌子上的水，“你读大几？”

“大二。”

那就是才十九岁左右，比林清宇还小。

“对了，给你看看我的账号。”米米掏出手机，热情地给她展示自己的社交账号，名字叫“米了个米”，数据看上去还不错，点赞、转发都挺多的。

沈清央给她点了个关注。

聊了一会儿之后，沈清央发现这姑娘真挺单纯，不谙世事的那种，跟其他这个年纪的小姑娘一样，关注点多在吃吃喝喝和打扮上。

聊到要签约经纪公司，沈清央按住她的手：“什么？”

“就是 MCN 机构。”米米说，“很多博主都有签。”

“有合同吗？”

“有电子的。”米米小声说道，“我正想找个律师帮我看看，但不知道去哪儿找。”

沈清央想了下：“那我帮你看看吧。”

互加完微信，服务员端上了小龙虾。初夏正是吃小龙虾的季节，只只鲜亮饱满，汤汁浓郁。

店里提供的一次性手套太薄，没两下便被刺破，沈清央干脆摘下手套直接剥。

她穿的长袖薄卫衣，没一会儿，袖口掉下来，差点沾到手上的红油。

“哥。”她下意识地转身，寻求徐行知的帮助。

陈泊和徐行知在聊天，乍然听到这一声哥，浑身一激灵。

徐行知抽出一张湿巾丢到沈清央的手指上，帮她把袖口卷上去，暖白纤细的胳膊就在眼底逐渐露出来。

他杯子里加了冰块，手指很凉，无意间碰到，冰得人瑟缩。

陈泊看在眼里，挑了挑眉。

米米抱着他的胳膊，压低声音好奇道：“他们是朋友吗？我觉得好像情侣哦，好暧昧。”

陈泊用食指抵住她的唇：“嘘——”

“谢谢。”沈清央低声道谢。

徐行知擦了擦手。

他面前很干净，一直没吃虾蟹类的食物。倒不是挑食，只是因为虾壳过敏，从而懒得去剥。

关于他的事，沈清央都记得很清楚。

到底是从小一起长大，后来的几年，更成了她人生中不可磨灭的记忆。

她顿了顿，擦干净手，重新剥了一只虾。
素白的手指将虾递过去。
徐行知偏头。
“要吃吗？”她的睫毛被照出毛茸茸的亮光，红唇鲜艳，映入眼底。
徐行知定定地看着她，而后低头，咬住那团虾肉。
她本意是让他用手接，沈清央的睫毛有片刻的颤抖。
男人的唇擦过她的指尖，热意缱绻。

吃完饭，相互道别。
坐到车里，系完安全带，再抬头，沈清央无意间瞥到了路边的一只流浪猫。
毛色是白的，但显得灰扑扑的，兴许是流浪久了的原因。
她降下车窗，打开手机拍了一张照片。
徐行知正准备发动车子，注意到她的动作，于是松了手等她拍完照。
沈清央回神，察觉到，于是解释：“拍好了，我是觉得外面那只猫跟裴亦的那只很像。”
“Milo？”他还记得名字。
沈清央微愣，点头：“是。”
徐行知转着方向盘，将车开出去：“他还养着吗？”
“没有，Milo 去年去世了。”
刚提起的车速有瞬间的降低。
徐行知偏眸看了一眼后视镜中灌木丛旁的流浪猫：“你要把它带回去养吗？”
“什么？”
他微抬下巴。
沈清央顺着他的视线看了下，又闭上眼：“不了，养几年也还是会走，没什么必要。”

车停在徐家门外。
沈清央随手把包放在玄关柜上，坐在矮凳上换鞋，刚换好，抬头看到徐行恪从楼上下来。
“大哥。”
“回来了。”徐行恪走过来，“怎么这么晚？”
“跟朋友出去吃了饭。”沈清央起身，“徐伯伯和琴姨睡了吗？”
“他们出去散步了。”徐行恪温和地笑道，“厨房有给你煮的冰糖燕窝，去吃点。”
“琴姨给我煮的吗？”
“你徐伯伯说你最近太累了，脸色不好，正好他学生送来了一盒燕窝，就煮给你了。”
拧开火加热了一会儿，徐行恪从橱柜中拿出碗碟，给沈清央盛了一碗出来。
“谢谢大哥。”沈清央在餐桌前等着。
白瓷碗中的燕窝晶莹剔透，温温热热的，吃起来口感很好。徐家夫妇一直这么疼她，毫无血缘的关系，视若己出地照顾了这么多年。

沈清央安静地吃着，坐在她对面的徐行恪突然开口：“刚才是行知的车送你回来的？”

勺子一抖，她自若地答道：“是，吃饭时遇到了二哥，他顺便送我回来。”

徐行恪抽出一张纸巾擦溅到红木桌面上的液体：“那行知怎么没回来？”

“他明天要上班，公寓离公司近。”

“那还挺巧的。”徐行恪把纸巾丢进垃圾桶，摸了摸沈清央的头，“吃完记得把碗刷刷，早点休息。”

“好，大哥你也是。”

两天之后，沈清央抽空把米米发来的合同仔细看了一遍。

问题不少，都是文字游戏，坑的就是涉世未深的大学生。

她把有问题的地方标注出来，给米米发过去，对方发了一连串感谢的表情包，要请她吃饭。

因为工作忙，沈清央婉拒了米米。

她手上有几个维斯合同审查的任务，周三下午，沈清央去维斯跟他们的法务开会反馈。

会议冗长，又在下午人最疲乏的时间，助理买来冰美式提神，她喝完一整杯，没多久肚子忽然一阵绞痛。

强撑到会议结束，去卫生间的时候，沈清央才发现生理期提前了。

上大学的时候，她生活规律，生理期一向很准，后来读研、工作，压力大加上昼夜颠倒，生理期就开始不守时，痛经也变得越来越厉害。

跟她对接的法务部的员工都已经下班，沈清央坐在马桶上翻微信好友列表，发现自己没有陈雪的微信，心更凉了几分。

无奈之下，她点开那个灰色头像。

小羊：你在公司吗？

手机屏幕亮起，徐行知瞥了一眼，视线微微一动。

Xu：？

她回复：我现在在维斯。

徐行知点在会议室桌面的手一停：来干什么？

小羊：合同审查，不重要，你在吗？

Xu：在。

小羊：你有女秘书吗？

他回得简单：没有。

这次，对面那只小羊输入了好一会儿才说：那能把陈雪的联系方式给我吗？

没等他质疑，她很快又发：我生理期，找陈秘书借一下东西。

徐行知一顿，兜了这么大个圈子。

把陈雪的联系方式推给她，徐行知抬头，叫停了会议。

一整个会议室的人都停下，正在做汇报的员工愣住，面色紧张，以为是自己出了问题。

褚少云坐在徐行知旁边，早发现他一直在看手机："怎么了，行知？"

"没事。"徐行知说，"六点了，大家吃个饭再继续吧。"

"六点了吗？"褚少云看了眼手表，笑道，"还是你细心。"

台上的员工松了口气："不好意思徐总，我大概还有五分钟就讲完了。"

"没关系，你继续，讲完再休息。"徐行知做了个手势，"岑川，去楼下给大家订简餐。"

"你也去。"褚少云示意陈雪，"岑秘书一个人恐怕拎不下。"

正在做会议记录的陈雪闻言合上电脑，应了一声"是"。

陈雪是在电梯里接到沈清央的电话。

挂了电话，她斟酌片刻："岑秘书，我临时有点事，你先下去订餐好吗？我很快过去帮你拿。"

岑川扶了扶眼镜："你忙你的，我让店里的员工送上来。"

"好。"陈雪也不跟他客气。

陈雪并没让沈清央等太久，买到卫生巾，她敲响洗手间隔间的门，从侧面递了进去。

沈清央出来的时候，陈雪已经不在，她在微信上跟对方道谢。陈雪回了个语音，语气一如既往的温柔，说她有工作，所以先走一步。

沈清央在洗手台前洗完手，撑着台面弯腰捂住小腹。镜面清晰地照出她凌乱的发丝和微微颤抖的苍白唇瓣。

那一杯冰美式算是害惨了她。

缓了好一会儿，沈清央扶着墙慢慢走出去，刚出洗手间，便看到外面有人在等她。

"沈小姐。"岑川走过来。

她微怔，认出来人，是徐行知的秘书。

维斯的人都称呼她"沈律"，只有这位岑秘书会格外客气地称一声"沈小姐"。

"岑秘书找我有事？"沈清央嗓音微弱，微微疑惑。

岑川点头："徐总让我带您去办公室。"

他又不避讳秘书。

沈清央抿唇。

岑川却完全忽视了她的反应，侧身，以一种公事公办的姿态做出手势："沈小姐请。"

徐行知的办公室在 24 楼。岑川带她刷卡乘了一部专用电梯，避开其他还在加班的员工，将人送到之后便悄无声息地离开。

沈清央脱力地在靠墙的棕色沙发上坐下。她轻轻往后靠，深深呼了一口气，小腹像正在被碾压一样，疼得她脸色苍白，浑身冒冷汗。

一波痛感褪去的时候，沈清央闻声抬头，看到了推门进来的徐行知。

难得见他穿这么正式，黑西装，深色领带笔挺，周遭是科技感极强的环境，更显得他整个人英俊锋利。

“哥。”她声音极低。
徐行知视线在她小脸上扫过一圈，拉过来一张移动小几后，到沙发上坐下，把拎着的晚饭取出来。
还有一盒止痛药。
“先吃饭。”徐行知把止痛药丢到一边。
沈清央张了张嘴，看了那盒止痛药一眼，把自己蜷在沙发角落，呈抗拒姿态。
她不想吃，痛得根本没有胃口。
“我想先吃药。”沈清央闷声说。
徐行知面无表情地拆着打包盒：“别逼我喂你。”
他用勺子轻轻搅了几下，鸡汤香味飘出来。徐行知一手端着鸡汤，一手舀起一勺递到她唇边。
对上他幽沉的目光，沈清央动动唇，把头偏过去，忍气吞声：“不想喝鸡汤，我想喝粥。”
徐行知瞥了她一眼，到底没跟她计较，从大大小小的白色打包盒中，找到黑糖姜枣粥打开。
沈清央拽了个靠枕抱在怀里，挪过去吃饭。
徐行知解开两粒西服扣，靠着另一边的沙发扶手，回手机上的工作信息。
褚少云在催他回会议室，问他这么一会儿工夫人去哪儿了。
Xu：这就来。
发完这句话，徐行知偏眸，沈清央正在吃杏仁饼。她人此刻虚弱，吃东西也恹恹的，一个胳膊拄着怀里的靠枕借力。
乌发垂在苍白的脸颊上，夏天衣服薄，越发显出她纤薄的肩背。
看了几秒，徐行知起身去倒热水。
沈清央刚好吃完一块杏仁饼，擦了擦手上的碎渣，一杯冒着热气的水被放到面前。
徐行知连同西服外套一起留给她。
“吃完药躺一会儿。”他看了眼腕表时间，“最晚一小时，岑川会来带你去地下车库。”

八点一刻，会议结束。
陈雪推开玻璃门，员工们抱着笔记本电脑鱼贯而出。岑川弯腰整理徐行知身边的资料，离开时客气地对推门的陈雪道了一声谢。
褚少云收回视线，笑道：“岑川跟在你身边快三年了吧？”
徐行知松着领带：“差不多。”
“看上去做事越来越稳重了，果然是近朱者赤。”
徐行知笑了笑，将椅子往后推，他起身：“先走了。”
“哎——”褚少云叫住他，“才八点多，不一起去喝一杯吗？”
“不了。”徐行知的声音落于身后，“回家睡觉。”
“徐总慢走。”陈雪挡住门，微微弯腰恭送。

到了车库，徐行知按开车钥匙。

坐进车里，他随手扯掉领带，伸手调灯光音乐，顺便打开了副驾驶的座椅加热。

车内空调是提前开过的，此刻温度刚好凉爽，中控台上的香片轻晃，幽幽散发着浅淡的雪松香。

徐行知的手指轻轻抚过那香片，香气越来越淡了。

另一边，沈清央抱着他的西装从电梯里走出来。

车窗关着，岑川弯腰轻敲两下："徐总，沈小姐过来了。"

副驾驶座的车门打开，沈清央向岑川道谢，弓身坐进车里。

岑川为她将车门关上，而后绕到另一边，跟徐行知汇报刚才接到的一个电话，研发工厂那边临时出了点紧急事故。

徐行知神色并无多大波动："跟工厂经理说我晚点过去。"

岑川："那今晚飞上海的机票？"

徐行知摘下腕表丢入卡槽："改签到明天早晨。"

"好。"事情问完，岑川退后两步。

车窗升起，车子驶离地下车库。

车内开着空调，虽然开了座椅加热，沈清央还是觉得胳膊和腿凉津津的，尤其是西装裤下裸露着的那一截脚踝。

但她并未出声，徐行知在打电话，对面的人很着急，似乎希望他能早点过去。

通话结束，沈清央朝车窗外看了一眼："哥，前面就是三河路地铁站，把我放下吧。"

徐行知瞥过来："肚子不疼了？"

"吃过药好多了。"

她不是爱委屈自己的性子，每回痛经都吃药，不会强忍着让自己痛得死去活来。

车径直开过三河路，徐行知淡声道："你安心坐着，我要回家一趟拿东西，顺路。"

沈清央偏头："你要出差吗？"

"明天。"

"什么时候回来？"

"不确定。"

沈清央轻点头，安静片刻，出声提醒："周日是徐伯伯生日。"

他在国外这几年，逢年节回来得都少，更别说是徐教授的生日。每年沈清央和徐行恪陪着过生日的时候，徐教授都要念叨徐行知。

因为和前妻感情不和婚姻破裂，后来又把方琴和徐行恪带回来，徐教授一直觉得很对不起自己这个小儿子。

车厢内有片刻的寂静。

须臾，徐行知说："我知道。"

周六下午，徐行知返航，落地机场。

有司机在机场外等候，将他送回维斯。周六，来加班的人不多，公司里安安静静的，徐行知从办公室拿了文件准备离开，等电梯时，遇见了林清宇。

“徐、徐总好。”林清宇穿着卫衣，实习生见到上司，掩饰不了的紧张。

徐行知微点头，迈入电梯。

林清宇更紧张了，手伸过去，又按了一下“1”，按完才想起来问：“徐总，您去几楼？”

“负一。”

林清宇连忙按下。

他忙，把人弄进来后没再管过。徐行知多看了林清宇一眼，同母异父的亲姐弟，流着一半相同的血脉，眉眼轮廓总有些地方隐隐相似。

只是性格不大相同，他姐姐这个年纪的时候，要聪明得多。

徐行知收回视线，开口询问：“今天周六，你们组过来加班吗？”

林清宇紧张得手心都出汗了，眼前人既是偶像也是上司，他按捺住心里的激动：“不是，我自己过来的。”

“任务很多？”

“没有，没有。”男生挠了挠头，“是我笨，工作没有其他人做得快，所以周末想过来多学习学习。”

徐行知听得有些好笑，果然是初入职场的学生，只是如果换了沈清央，能把话说得很漂亮。

她从小说话做事都很会讨人喜欢。

就在这时，林清宇的手机响了。他接起电话，语气莫名欢快起来：“姐，你已经出发了吗？我离开公司了，这就过去！”

徐行知指腹微微摩挲着车钥匙。

电话挂断，电梯也到了一层，林清宇不好意思地对他笑了笑：“徐总，我先下了。”

徐行知轻轻颔首。

刚迈出电梯，林清宇又回头，像是鼓足勇气：“对了，徐总，我还没跟您自我介绍。我是硬件部上个月新入职的实习生，我叫林清宇，上周在工厂学习的时候，跟您见过一面，不知道您还记得吗？”

“你导师是谁？”

“彭卓彭工。”

徐行知微微一笑：“那我现在记住了。”

他按住电梯开关按键：“刚才听你电话里说，你要跟你姐姐吃饭？”

林清宇本来只是想让偶像认识一下自己，没想到对方主动多问了两句，忙回答：“对，我姐姐在西海等我，我们今晚一起吃饭。”

“西海？”

林清宇点头。

“正好我也要去西海，”徐行知说，“顺路，捎你一程。”

直到坐上车，林清宇还是觉得不可思议。

他坐得很直，双肩包搁在脚边，手搭在膝盖上，整个人不敢多说话。

司机关上车门，询问了徐行知的地址后，便回到驾驶座将车开了出去。林清宇在后座蒙了一会儿，直到徐行知喊他，他才回神。

“徐总，”他的脸有些微红，“不好意思，我刚才没听见您说话。”

“没关系，我只是问问你适应得怎么样。”

这下林清宇想了想，认真地答道：“我适应得还不错，跟着组长去了几次工厂，最近在接触电源安全方面的培训，我会努力学习的。”

徐行知靠在座椅上，微偏了下头，语气平缓：“学习是没错，研发部每周都安排培训也是想让你们多了解公司的业务和产品。但你现在是在公司而非学校，你的工作不是学习，相反，学习的目的是保证工作能更顺利地进行。”

这一番话把林清宇说得更坐立不安，他隐约意识到学生思维和职场思维的不同，也知道徐行知这番点到为止的话是难能可贵的教导。

“我知道了。”他羞愧道，“谢谢徐总。”

徐行知笑意温和：“随便聊聊，你别紧张。对了，你姐姐是做什么的？”

见话题转移，林清宇几不可察地松了一口气，回答：“我姐姐是律师。”

“她也在北城上班吗？”

“在观越律所。”

徐行知的指尖轻轻点着座椅扶手。

聊起姐姐，林清宇的语气变得轻松：“我姐姐她很优秀，和您一样都毕业于A大。她硕士也是在A大读的。”

徐行知弯唇：“这么巧。你们姐弟关系很好？”

林清宇摸了摸鼻子：“我姐姐人温柔，对我很好。”

徐行知嘴角笑意不变：“那挺好的。”

四十分钟后，车子停在西海的一家中餐店前。

天边暮色斜落，西海街边的侧柏亮起灯带，人潮不断涌动着。

林清宇从车上下来，礼貌地对徐行知道了谢。

沈清央和孟希比他先到，正在位置上翻着菜单聊天。

前段时间工作忙，沈清央和孟希见面时间寥寥，好不容易两个人都空出来周末，又听说林清宇要来，孟希怎么说也要跑过来蹭饭，见识一下男大学生的活力。

“孟希姐。”林清宇有些诧异，但还是乖乖喊人。

“好久不见啊，弟弟。”孟希笑眯眯的，“你们公司离得远，你过来还挺快的，路上没堵车吗？”

“没有，我们老板捎我过来的。”

“你老板？”孟希反应了两秒，“你不是在维斯实习吗？哪个老板送你来的？”

林清宇开朗地回答：“徐总。”

听到这个称呼，孟希下意识去看沈清央。沈清央正在跟服务员确认菜单，闻言也顿了一下。

孟希轻轻挑了挑眉：“他……你们徐总，还挺热心？”

林清宇认真地说："我平时在公司里不太能见得到徐总，同事们都说他是公私很分明的一个人，虽然看上去温和，但其实不太好讲话，对工作很严格。"

他说着，又想了想："但我今天接触，觉得他人还蛮好的，还问了我在公司适应得怎么样，不像别人说的那么不近人情。"

孟希一口水差点被呛到，止不住地咳嗽。

沈清央递过去一张纸巾，顺口问："你们还聊了什么？"

林清宇一愣，虽然疑惑姐姐为什么问得这么细，但还是老实地回答："也没什么，徐总提点了我几句。后来听说我要来西海找姐姐吃饭，他顺路，就捎上我了。"

孟希仔细擦干净自己真丝衬衫上溅到的一抹水渍，视线意味深长地朝沈清央投过去。

林清宇一头雾水。

"弟弟，"孟希擦拭着手指，笑道，"好好干，这机会来之不易。"

沈清央瞥了她一眼。

林清宇则弯眸："我会努力的，孟希姐。"

没多久，服务员端上点的餐，话题也就自然而然地转移。

一顿晚饭轻松融洽，吃完，林清宇先回了学校，宿舍有门禁。而沈清央和孟希则在路边散步。

周末西海人多，游客和本地人云集，网约车排了一两百单。于是她们俩边等边散步，顺便消食。

"不是我说，你怎么还瞒着弟弟呢？"

沈清央将手抄进口袋："清宇以前没见过他。"

"可怜的、被蒙在鼓里的孩子。"孟希摇摇头，"对了，你和你哥最近怎么样了？真能共处同一屋檐下相安无事这么久吗？"

"他搬出去了。"沈清央说。

不过最近一段时间，是很相安无事。

徐行知说到做到，如约退回到哥哥的位置，像从前一样。

她希望能一直这样。

思绪被振动的手机打断，沈清央点开来看。说谁谁到，屏幕上是徐行知刚发来的信息：吃完了吗？

她回：刚吃完。

Xu：发个定位。

沈清央把定位发过去。

没一会儿，黑色奔驰缓缓停在她们身侧的路边。

霓虹夜幕，车打着双闪。

两人走过去。

后座的车窗降下，露出男人轮廓优渥的侧脸。

孟希想打声招呼，又不知该怎么称呼，怕对方已经不记得自己。

倒是徐行知主动看过来："好久不见。"

孟希惊讶："行知哥还记得我？"

他笑了笑。

路边不能久停车，二人一前一后地上车。孟希坐在副驾驶座上，把后座留给了沈清央。

孟希一上车，就注意到车前挂着的香片，伸手拨了拨："好好闻的香片。"

徐行知手里翻着一份提案文件，头也没抬："清央买的。"

孟希差点被他口中喊出的"清央"两个字"苏"到，浑身一震："怪不得，只是香味好像有些淡了。"

"是有点。"他说。

沈清央看了徐行知一眼，不知道他想暗示什么。

车内气氛无端静下来，孟希余光里瞥见后座上的年轻男人。比之从前她见过的样子，如今的徐行知，单单只是穿着西装坐在那儿，就让人想甘愿沉沦。真人比起网上疯传的那张纳斯达克敲钟照，要令人心悸得多。

不愧是华高百年一遇的风云人物。

她们那几届高中的女孩子，谁没有暗恋过徐行知？斯文优异的学长，格外得老天优待，成绩好，皮囊也好。

所以在知道他是自己好姐妹的哥哥时，孟希羡慕得差点尖叫出声。

后来，就是撞破他们真正的关系。

那是盛暑天，高考完的学子回校填报志愿。孟希填报完从机房出来，想去转角的自动贩售机买瓶冰水喝，无意间看见沈清央也在那儿。

她对面的人，正倚着窗台挡日光，懒洋洋地玩着少女纤细的手指。

沈清央人漂亮，手也是，被他捏着玩，像没骨头一样，与青年骨节分明的手指形成鲜明对比。

那画面足以让刚高中毕业的孟希脸红。

如今再想到，孟希还是觉得很感慨。

物是人非。

司机先把车开到了孟希所住的小区门口。到了地方，孟希下车，跟后座的两个人道别："我走了，清央。谢谢行知哥送我回来。"

"不客气。"徐行知说。

沈清央探出头："到家发个信息给我。"

孟希背对着她挥了挥手。

她一走，车里瞬间陷入了更深的安静。

徐行知喜欢用话不多的人，岑川是，聘用的这位司机师傅也是，都是只做事，不多话。

车内一时只剩他翻阅文件的纸张声。

等他合上文件，沈清央才出声："哥。"

徐行知偏眸。

"谢谢你对清宇的照顾。"

他平淡地看了她一眼，没说话，移开视线。

过了一会儿，他又缓缓开口："我没做什么。"

沈清央敛眸："你肯给他机会，就是最大的照顾了。"

徐行知不咸不淡道："口头感谢就不必了。"

他换了一份文件看。车一路在开，遇到红灯停下，路边的光点斑驳地落入车窗，像湖面上滴落的彩色露珠。

"徐总，"司机低声询问，"去哪儿？"

徐行知报了徐家的地址。

司机应是，而后将车左拐。

安静了一会儿，沈清央从包的侧袋里拿出一个小柿子香包。

"我前天去南京出差，专门去鸡鸣寺买的。"

她递过去："里面是檀香、肖楠和柏木。"

徐行知眼皮微微动了动，接过来。

小柿子精巧可爱，挂哪儿都很合适。

"我记得你也送了裴亦。"他说。

沈清央说是。她上次只买了三个，分别给了琴姨和裴亦，还有一个自己留着。于是再去，她就多买了几个拿回来送人。

"这次呢？"

"什么？"

他的长指把玩着香包："这次都打算送谁？"

沈清央愣了下，而后默然。

她刚分别给了林清宇和孟希。

孟希挂在了包上，他应当是看见了。

她动动唇："不贵，小东西，就多买了几个。上次没给徐伯伯和大哥，这次也给他们准备了。"

说着，她转头："哥，如果你不喜欢的话，我可以——"

徐行知听着她说话，指间勾着绳，忽地偏头，用香包碰了碰她的脸。

沈清央的话音戛然而止。

一束亮光穿过车窗，他盯着她，眼底很平静，静得让人有点心惊。

"清央，一颗心分给这么多人，你累不累？"

"……哥。"

司机在前方目不转睛地开车，装聋作哑，仿佛没听见后排发生了什么。

凉而软的触感从她脸上远离，掉在身上。

徐行知靠回去，合眼缓声道："见人就送的东西，不要拿到我面前来。"

到家时，落了雨。

雨丝绵绵，来得突然，好在徐行知车上有伞，护她进了门，搁在廊下。

方琴抱着衣服从连廊处出来，看到他们两个一前一后地进门，面上闪过一丝疑惑。

但她没先计较细枝末节，笑道："行知回来了？晚饭的时候，你爸还让我打个电话问问你什么时候回来呢。"

徐行知放下车钥匙："明天不是他生日吗？"

方琴："是呀，怕你工作忙赶不回来。"

沈清央在岛台喝水。简单聊了几句，三人各自回房。她洗完澡再出来时，窗外的雨已然由大转小。

头发擦到半干，沈清央去阳台把台子上的三角梅抱了下来。

三角梅好养，不招虫不用打药，花朵清丽飘逸。这盆还是入夏的时候沈清央刚买的，现在已经开得格外动人，很适合她这种不想多费心的懒人。

搬完花，梳妆台上的手机响了起来，沈清央走过去接起电话，那头传来沈父沉稳的声音："睡了吗？"

"爸。"她怔了怔，随后回答，"还没呢。"

"都十一点了，怎么还没睡？"

沈清央坐下来，手指无意识整理着梳妆台上的东西："才十一点，我晚上出去跟朋友吃饭了。爸，你那边是九点吧？你刚下班吗？"

沈父笑："没错，我刚到家，你妹妹闹着要吃粽子，我才想起来国内快到端午了吧。"

她对农历时间不太敏感，闻言看了眼桌上的日历："是快到了，还有几天。"

沈父声音放缓："清央，今年端午爸爸就不回去了。"

沈清央的手指不小心碰倒一支口红，她拨正，说："好，没关系。"

"爸爸给你和你徐伯伯都寄了礼物。"沈父叹了口气，说，"这两年实在太忙了，等中秋，中秋如果能请到假，爸爸就回去。"

沈清央笑了笑，不是很在意："真的没关系，爸爸，你还是留在那里陪阿姨和夏夏吧。"

"清央——"

"爸爸！"

电话那头传来小女孩苦恼的声音："爸爸，这个闹钟为什么不响了？你帮我看看。"

"夏夏，爸爸在跟姐姐打电话。"

"可是我的闹钟坏了……"小女孩听上去很委屈。

沈清央安静了几秒，主动出声："爸，正好我也困了，你帮夏夏看吧。"

"那也好。"沈父说，"你别总熬夜，注意身体。"

"好。"沈清央弯唇应了。

挂断电话，沈清央在梳妆台前坐了一会儿，把台面上零碎的东西顺手收拾了下。

她吹完头发，如常关灯睡觉，罕见地梦到小时候。

那时候她四岁，沈崇和庄敏的感情就已经出现了裂痕。

沈崇工作忙，经常满世界出差。她生日前一周，听到妈妈给爸爸打电话，问女儿的生日他能不能赶回来。

爸爸说可以。

沈清央还小，只知道爸爸要回来，妈妈开心，她也开心。

可后来的几天，妈妈越来越不开心。电话里他们频繁地吵架，吵完，妈妈就抱着她哭，跟她说对不起。

果然生日那天，爸爸没有回来。

后来，他们离婚，沈清央跟着爸爸生活。

他工作还是很忙，无法过多地参与她的学习和生活中。好在沈清央自己够聪明努力，每次考试成绩都名列前茅。初一上学期结束的时候，她甚至考到了年级第一。

那天老师说要开家长会，放学回家，沈清央在书房门口徘徊了很久，才鼓起勇气敲门。

小脑袋探进去，她小声问："爸爸，你明天有时间吗？老师说要开家长会。"

沈父放下手中的工作，招手让女儿进来，摸了摸她的头："清央考得怎么样？"

"年级第一。"她仰头，小脸上全是骄傲。

沈父挑眉："这么棒，那爸爸一定要去家长会了。"

"真的吗？"她眼睛瞬间亮了。

"当然。"

沈清央很开心，第二天，她把自己的课桌和桌洞收拾得干净整洁，生怕爸爸觉得乱。

家长会是在下午四点，第二节课结束后，学生们可以去校门口接自己的爸爸妈妈。

她在校门口等了很久，从满怀期待等到隐隐心慌，直到有同学气喘吁吁地跑过来——

"沈清央，"同学说，"班主任让我来叫你回去，你爸给老师打电话了，家长会不来了。"

不来了。

好像是，意料之中。

期待的，都会失去。

翌日，雨过天晴。

昨夜多梦没睡好，醒来后，沈清央又赖了一会儿床。

十点，她洗漱完，简单扎了个马尾，和徐行恪一起出门去商超。

转身往购物车中放入一盒猕猴桃，沈清央顺口问推着购物车的徐行恪："大哥，你要吃什么水果？"

徐行恪随她："照你的喜好买吧。"

两人逛过去，遇上杧果促销，售货员切了试吃，沈清央尝了一块，甜润饱满，味道很不错。

思索片刻，她还是对售货员摇了摇头。

徐行恪停步："不买吗？"

沈清央在比较两盒西梅的新鲜程度，闻言下意识地答："他过敏。"

徐行恪嘴角的笑有片刻的停顿。

沈清央后知后觉愣了一下，抬头想解释："大哥……"

"买一盒吧。"徐行恪已经伸手拿了一盒，摸了摸她的头说，"提醒行知别吃就行了。”

结完账，东西堆了满满一购物车。

好在徐行恪开车来的，东西可以放入后备厢。

超市逛了一个多小时，沈清央有点累，上了车，先拆了一包酸奶喝。

徐行恪看到不免皱眉：“你是不是没吃早饭？”

她咬着吸管含糊不说话。

“昼夜颠倒，不吃早饭。”徐行恪系上安全带，发动车子，“你这工作也太不适合女孩子做了，对身体伤害太大。”

“其实也还好。”沈清央小声辩解。

徐行恪淡淡地瞥了她一眼。

沈清央瞬间闭上了嘴。

她不习惯跟徐行恪争辩，一直拿他当尊敬的大哥看，在他面前和在徐家夫妇面前一样。

车窗外掠过一家蛋糕店，沈清央想起什么：“大哥，你订蛋糕了吗？”

“行知说他来订。”徐行恪说。

她慢慢点点头。

到了家门口，两人刚好遇上徐行知回来。

车一前一后驶入院中，停在两边。沈清央解开安全带下车，对面的车门也打开，徐行知从里面下来。

天气好，他穿得简单，只一件衬衣，袖口挽至表上，露出的手腕格外漂亮。

他打开后座的车门，拎出蛋糕。

后备厢的门也缓缓打开，里面放着几大包重物。沈清央拎出一包，有点重，刚走两步，她放在地上，调整了一下手提袋的面积。

有脚步声停在她面前，徐行知弯腰拎起那包东西，把手里的蛋糕递给她。

沈清央抬头。

“拿着。”

她顿了下，接过蛋糕。

拎着东西进屋，徐教授看着他们几个一起回来很高兴，自从徐行知搬出去之后，一家人好久没有聚在一起吃饭了。

方琴准备了一桌好菜，沈清央小心翼翼地把蛋糕放在中间，笑得两眼弯弯：“徐伯伯，生日快乐！”

徐行恪和徐行知也跟着说了祝贺。

“好，好，好。”徐教授笑得眼角冒出皱纹，“难得你们都在，今天开瓶好酒，咱们一家人一起喝点。”

方琴嗔怪：“你少喝点吧。”

徐行恪提起酒瓶，温笑着倒酒：“没关系，妈，今天是爸的生日，我们一起陪着喝一点。”

说着，他给徐行知也倒了酒，轮到沈清央时，她盖住杯口：“我喝果汁。”

“行。”徐行恪笑了一声。

吃到一半，方琴把蛋糕切开。

不知道徐行知在哪儿买的蛋糕，甜而不腻，味道很好，徐教授和方琴两个上了年纪的人吃也不会有什么负担。

沈清央吃得有点出神，以至于徐教授喊了她两声才听见。

“徐伯伯。”

“清央，”徐教授慈爱地看着她，“你爸给你寄的东西到了，在我书房，待会儿吃完饭，你记得去拿。”

“好。”沈清央点点头。

吃完饭，她去书房拿了那份礼物。

一条编着平安圈的五彩绳，漂洋过海寄过来。

端午节的习俗，戴着保平安。

沈清央回到房间，戴上五彩绳拍了一张照片给沈父发过去。

沈父没立即回复。

她玩了一会儿那条绳子，慢慢生出困意。

窗外阳光不知何时消失了，夏天的雨说来就来，沈清央再醒来，是被雷声震醒。

她揉揉脑袋，下床拉开窗帘，外面的雨下得比昨天夜里还大。

蒙了一会儿，沈清央猛地一拍脑袋，转身急匆匆地下楼，她的三角梅还在院子里。

三角梅喜阳，上午看太阳好，她把三角梅搬到庭院里晒太阳了。

随手拿了把伞撑开，沈清央跑进雨里，她蹲下抱三角梅，胳膊没拢住伞柄，伞被吹翻刮走，在地上滚了几圈。

她心里划过一阵绝望，想象中的雨水倾盆却没落下。

一柄宽大的黑伞撑在她头顶。

沈清央抬头：“哥。”

徐行知微弯腰，一只手把她拽起来，另外一只手端起那盆三角梅。

他换了件黑衬衣，比上午的那件正式，似乎要出门。

到了廊下，徐行知收了伞，立在柱子旁。

三角梅刚开出的花儿被突如其来的暴雨打蔫了，纷纷掉落，沈清央伸手拨了下，在心里轻叹气。

算了，再买一盆吧。

她直起身，看向徐行知：“哥，你要出门吗？”

他淡淡地应了一声“嗯”。

沈清央点点头，刚要走，手机铃声响起，低头一看，是喻哲的来电。

她手指一紧，准备走出去接，徐行知突然开口：“就在这儿接。”

她脚步一停。

他偏身，伸手，冰凉的指尖碰过她的掌心，帮她右滑接听。

“清央？”喻哲的声音从听筒中传出。

沈清央指甲刮过指腹，接起电话。

徐行知靠向身后的墙面，点起一支烟。

"喂，喻哲。"

"最近还忙吗？"喻哲问。

她停了下："最近还好。"

喻哲笑笑，似乎在斟酌用词："这个月你工作忙一直出差，我也不好打扰你。今天要是有空的话，晚上要不要一起吃个饭？"

两人面对面，这话也清晰地传到了徐行知耳中。

他目光瞥过来，烟雾淡淡。

沈清央想起和他的那个约定，沉默几秒，歉然道："今天雨太大了，我不太想出门，抱歉。"

"没关系，"喻哲很宽容，"是我考虑不周。那下周呢？你什么时候有时间，我都可以。"

"下周……"她手心冒汗，"下周的工作安排还不太确定，我可能没法现在告诉你。"

"那过几天我再联系你。"

"好。"

聊到这儿，喻哲又说："最近天气反复，你注意保暖。"

沈清央："谢谢，你也是。"

喻哲笑了笑，语气有点柔："清央，不用跟我这么客气。"

徐行知手里的烟断了，零星的火掉在地上，被风卷入雨中。他伸手拦住想走的她。

"哥——"她面色微变，这是在家里。

徐行知面无表情地看着她："我不是让你跟他断了吗？"

连廊是开放空间，前后通透，在客厅或者庭院，都可以一眼看见这里。

"你先放开。"沈清央压着声音。

"回答我。"

"徐行知。"

他身上的烟气清苦，毫无要放她走的意思。

沈清央掌心收紧："你不是都听到了吗？我们没有出去约会过。"

"约会？"徐行知笑了，慢慢重复着这两个字，"你的意思是，你们只在线上调情是吗？"

"没有。"她神色变得不好看。

他偏过脸来："你喜欢他吗？"

她不回答。

"那我换个问法，"徐行知低头看她，"央央，这段时间的兄妹游戏，你玩得还开心吗？"

男人的呼吸近在耳畔，带着清冷的烟草香，沈清央神经绷紧："你答应过我的，不能出尔反尔。"

"是吗？那看来你也没有多喜欢他，为了让我退一步，可以不跟他交往。"

"你能不能先松开——"

远处忽然响起滚滚雷声，随即带来更猛烈的雨，几乎要将整个廊下都打湿。

"好啊。"徐行知松了手，靠回去，重新点了一支烟。

有几秒的寂静，又被雷声覆盖。

"那个香包呢？"他突然问。

"什么？"

"昨天我没要的香包，你给谁了？"

沈清央像看个神经病一样看他："你不要，现在又来问，在楼上房间的抽屉里。"

听见这话，徐行知笑了笑，长指轻掸烟灰。

庭院里的水汽争先恐后地涌起来，卷着夏日的潮热与花香。

周而复始，徐家的每个夏天景色大多一致。

"清央，"他放缓了声音，偏头看她的眼睛，"我刚才做了个梦。梦到七年前，同样的地方，我和你。"

CHAPTER 06 /

难以忘怀的世外桃源

七年前，她十八岁。

高考完的暑假，对所有被关了三年的高中生而言，都是人生中最放纵、最恣意、最无拘无束的时刻。

班长组织了谢师宴，大家出钱包下整个宴会厅，全班同学一起共享最后的齐聚。

和老师们吃完饭之后，大家又转到 KTV。这次没了老师，气氛变得更热烈放松。有人点了酒，刚成年的少男少女都想大胆尝试，围在一起玩一些小游戏罚酒，也借此吐露埋在心里很久的真情。

沈清央却窝在角落的沙发上兴致缺缺。

高考完那天，她给徐行知发了信息，告诉他自己全部考完了。

他只回了一个字：好。

言简意赅到看不出任何情绪。

沈清央忍不住出神，胡思乱想。

这一年来，她无数次懊悔自己的莽撞。

那个夏夜，她说了那句话，他并没有什么特殊反应，依旧把她抱回房间。之后，在家长会时，他去了学校一次，把她抽屉里所有的小说尽数没收。

他什么都没说，没训斥她，也没教导她要好好学习。

偏偏是这种无动于衷的冷淡，让沈清央越发不安。她一向摸不透徐行知的心思，辨不清他的喜怒和想法，于是这一年，她也不敢接近他，用努力学习来掩饰自己的心虚。

现在，高考结束了。

“清央！”孟希忽然跳到她身边，挥了挥手，“想什么呢？这么出神。”

沈清央被吓一跳：“没什么。”

“那一起来玩桌游啊。”孟希拉上她的胳膊。

沈清央被拉到桌上，他们在玩三国杀和 UNO，都是卡牌类游戏，很容易上手。

参与进去之后，她很快把徐行知抛之脑后。

桌上的酒度数不高，大多是罐装啤酒和果酒，但对她来说足够新奇。沈清央没喝过酒，在孟希的怂恿下尝了点儿。

三两杯下去，她耳朵便染上绯色。

头晕晕的，胃和心口仿佛有灼烧感，沈清央闷得难受，便丢下牌去外面透气。

身后有人跟着她出来，在她摇摇晃晃时，扶了一把。

“谢谢。”她回头，认出来人是班里的一个男同学，成绩也很好，但平时两人交集不多。

沈清央说着抽出手，转身想走，没想到男生犹豫了片刻之后上前一步，拦住了她的去路。

“沈清央……”

她茫然地抬头。

男生有些紧张，鼓足勇气，继续说：“听老师说你打算报A大，我也是，所以……”

她眨眨眼，似乎预感到了什么。

果然，他说：“我们一起上A大，我喜欢你很久了，你要不要……”

“咳咳咳！”沈清央用止不住的咳嗽打断了他的话。

她咳得厉害，看上去很难受的样子。男生慌了，一时手足无措。

咳完，她扶着墙站直身子，歉然道：“不好意思，我已经有喜欢的人了。”

男生人晃了晃，低声问：“是裴亦吗？”

“什么？”

沈清央还没反应过来，说曹操曹操到，走廊处裴亦正在四处张望，看见她，欣喜若狂地跑过来：“央央，我总算找到你了。”

他一来，原本表白的男生神色更难看，随口扯了句话就走了。

沈清央顾不上他，一头雾水：“你找我干什么？”

裴亦说道：“不是我找你，是行知哥找你。”

“他？”

“对。”裴亦耸耸肩，“行知哥给我打电话，问你这么晚去哪儿了，怎么还不回家。”

她愣了下，心底骤然浮上一种隐秘的欣喜，面上不显露，反而说：“我们班级聚会——”

“哎哎哎。”裴亦拉住她，“那你现在还不回去吗？”

沈清央撇头：“我为什么要回去？”

“你哥找你哎……”

裴小少爷家里父母宠，打小就无法无天，最怕的不是爸妈，而是他那个严肃优秀的哥哥。

于是，他一直心有戚戚，很能共情沈清央。

沈清央心里天人交战，矜持了几秒，歪头问：“他很着急吗？”

裴亦同情地看着她：“行知哥看起来很不开心。”

沈清央心里“咯噔”一声。

“走吧。”她立刻答应。

裴亦是司机开车送过来的，也照样送他们回去。

车一路开到徐家门口，一下车，沈清央就跌跌撞撞跑到银杏树下呕吐。

没想到喝酒还会晕车，她欲哭无泪。

裴亦追上来，扶着她轻拍她的背，顺带着嘲笑：“你也太弱了，就喝了这点儿酒，还吐。”

沈清央有气无力地白了他一眼："有湿巾吗？"

"有。"

裴亦去车里拿来湿巾，帮她擦胳膊和肩膀上染到的秽物。

他边帮忙边吊儿郎当地继续嘲笑她，沈清央怒了，伸手去掐他，裴亦侧身躲。她追上去，身形不稳，差点摔倒时，落入一个有力的怀抱。

"行知哥！"另一边传来裴亦突然变得正经的声音。

沈清央后知后觉地抬头，目光撞上青年沉暗的目光。

"哥哥……"她声音和身体一同发软。

裴亦趁势要溜："行知哥，人送到了，那我走了。"

徐行知的视线在他身上停留几秒，淡淡地颔首："多谢你。"

"不客气，不客气。"裴亦跟沈清央挥手，"明天见，央央。"

车子消失在徐家门口。

攥着徐行知的胳膊，沈清央想站起来，搂着她腰的那只胳膊却没放开。

"哥哥……"耳边的心跳强劲有力，她越发紧张。

徐行知低眼，嗓音无波无澜："你喝酒了？"

"果酒。"

他盯着她。

脸红心热，沈清央抓着他衣服的手指收紧，嗫嚅道："同学聚会，大家都喝了……"

"有人跟你表白吗？"

她瞪大了眼睛："哥哥，你怎么知道？"

一阵斜风突然吹过，银杏叶随着雨丝簌簌掉落。徐行知脱下了身上的薄外套，套到她身上。

沈清央蒙蒙的，像个布偶娃娃任他摆布。

他从未主动对她如此亲近过。

她被牵着手走进家门。

客厅里灯亮着，却空无一人。刚迈进家门，外面的雨突然变大，沈清央在廊下停步转身，茫然几秒后，忽然想起自己搬到院子里晒太阳的茉莉。

"我的花。"

她跑到庭院的连廊上，却发现已经有人帮她把茉莉搬回来了。

淡白色的花朵清丽如雪，晒过太阳，簇簇饱满。

有脚步声从身后传来，青年抱胸靠在墙边，身形颀长，姿态从容。

她恍然，轻声道谢："谢谢哥哥……"

他淡淡地"嗯"了一声，视线停留在她身上。

她被看得神经发紧，酒意让脸颊变得更红，低头："裴亦说你找我，有什么急事吗？"

他开口说道："没什么事，担心你跟同学玩得太出格。"

"什么？"沈清央有些不懂地抬头，目光却蓦然被他的眼睛吸引。

徐行知生得好，轮廓清晰，五官分明，尤其眉眼格外让人心悸。

光线暗淡不清，晃过他幽深的眸色。

她在刹那间失语。
“哥哥……”
他微抬下巴：“过来。”
她鬼迷心窍般走过去。
越走近，徐行知好看的面庞离得越近。最后，他弯腰，微凉的手指抚上她的脸：“今天有几个人跟清央表白？”
她摇摇头，不记得了，总之不止一个。
“你答应了吗？”
她还是摇摇头。
大脑一片空白，鼻尖飘着清凉好闻的香气。沈清央下意识地凑上去，闻了闻他的衣服：“哥哥，你的衣服是用什么洗的？好香。”
他笑了一声，手指停在她光洁小巧的下巴上。
她顺着他的力道抬脸。
少女喝了酒，白皙的脸颊和圆润的耳垂都泛着红，湿漉漉的眼眸蕴含着水光，像刚从湖里捞出来一般。
徐行知低头，凑近她，嗓音低沉：“高考考得怎么样？”
“还好……”
“还好是多好？”
“不知道……”
捏着她下巴的手指开始变热，他勾着她的头发，仿佛漫不经心地问：“和那次比怎么样？”
沈清央已经不能呼吸：“哪次？”
“你向哥哥要奖励的那次。”
……
少女的唇瓣在无意识间被指腹碾过，变得殷红。
沈清央不知道自己意识是否清醒，朝思暮想的人近在眼前，以不敢想的亲近距离，近乎蛊惑般地跟她说话。
他终于不再是一贯疏离冷淡的模样。
她动了动唇，踮脚，毫厘之距，呼吸开始缠绕。
“你会后悔的。”
徐行知温柔地将她的碎发拨至耳后，叹息半真半假。
那是沈清央人生中最头脑发热的时刻。
那天，她在无人的家里，在风雨如晦的连廊下，主动打开了禁忌的囚笼。
而如今七年后，同样的夏夜、暴雨，她立于连廊上，却早已领教过眼前人斯文优异皮囊下的败类姿态。
从前觉得自己是暗恋成真，后来才知道，论心思，她哪深得过徐行知。

三角梅在飘摇风雨中幽幽地散发暗香，沈清央抬眸与徐行知对视，一样亲密的距离，却早已物是人非。
她沉默着。

徐行知看着她。

片刻，沈清央说："我那时候年纪小，不懂事。"

"年纪小。"他品味着这三个字。

她在脑海里慢慢梳理着思绪，过了好久，才出声说："年纪小，受引诱，我自己也有错，你能别计较这个了吗？"

徐行知听到她说的"受引诱"三个字，抬眸笑了。

"那你想让我计较什么？"

沈清央在原地站了一会儿，然后，弯腰抱起那盆三角梅。

"我希望你什么都不要计较。谢谢你的伞，清宇的事，也谢谢你。只是哥，我希望你不要再插手我的私生活。"

夜里雷声"轰轰"，暴雨不休，沈清央吹完头发躺到床上，过了好一会儿才睡着。

她睡得并不安稳，辗转反侧。徐行知的话到底还是对她产生了影响，她梦到了七年前的那个暑假，风雨连廊下，她主动送上去的那个吻。

青涩而试探，她踮脚，只知道碰上去，回应是徐行知给的。他扣住她的后颈，低头，给了她一个缠绵湿润的初吻。

她那时还不会换气，短暂地亲了一会儿，便脸红心跳快要窒息，双手揪着徐行知的衣服呜咽。

他松开她，垂眼看她狼狈喘气的样子。少女白皙的面庞透着粉红，眉梢眼角都是湿漉漉的光。

他用指腹不轻不重地抹了下她的唇。

一个无比简单的动作，却因为两人之间刚接过吻的氛围，被他做得无比暧昧。

沈清央那时根本不敢看他，脑子都是蒙的，下巴却被人抬起。

徐行知看着她的眼睛，眸色深黑，拇指一下一下揉她殷红的唇。

"央央，"他附耳亲昵温柔地唤她的名字，"这是你想要的奖励吗？"

从那天起，兄妹情变质。

沈清央至今都不知道，当年的逾矩，到底是因为她的思慕主动，还是徐行知的刻意放纵？

因为后来那么多个纵情的日日夜夜。

她无法信他清白。

暴雨一连下了几日，满城风絮尽扫，温度也随之上升。

这几日里，沈清央和喻哲的联系比之前多了起来。

起因是周一上午，她冒着雨赶到律所时，收到喻哲的问候信息。她回了他之后，两人闲聊几句。喻哲得知她没来得及买早饭，于是主动给她订了一份楼下咖啡店的外送。

一杯拿铁、一个蓝莓贝果。沈清央转账过去，他不收，让她没有办法。

于是后来的几天，喻哲便常常给她订下午茶和早餐。

平心而论，她并不讨厌喻哲。

甚至，他是她这几年里遇见过的，最有好感的男人，工作好，相貌周正，性格温和，是很适合长久发展的那种人。

因而，他对她的好，她才不抗拒。

这一点，徐行知也看出来了。

然而盛情过度，沈清央还是略微有点负担，午休时打电话过去，跟喻哲说下次不用了。

喻哲在电话那头问：“是我订的不合你胃口吗？”

她取出一颗咖啡胶囊放到咖啡机里：“不是，是我觉得太破费了。”

“还好，”他笑着说，“不用有负担。”

机器亮起一圈蓝色的工作指示灯，萃取好的咖啡液流入白色马克杯里。沈清央靠着墙想了想：“那你周六有时间吗？我请你吃饭。”

喻哲调侃：“沈大律师终于有时间了？”

前两个月他约了她几次，她不是在出差，就是在飞机上。

沈清央很浅地弯唇：“其实这周也要出差，只不过周六下午能回来。”

喻哲：“那晚上不见不散。”

“好。”

约好时间，沈清央提前订了一家孟希推荐过的餐厅，将地址发给喻哲。

他回了个“OK”的手势。

之后两天，沈清央在杭州见客户。

周六返程，徐行恪来机场接她。

将行李塞进后备厢，沈清央坐进副驾驶座，低头系安全带：“其实我自己打车就可以的。”

“左右我不加班，”徐行恪转着方向盘左转，笑道，“我不来接，爸又要念叨了。”

沈清央无奈地笑。

徐教授一直这样，觉得她是家里最小的孩子，又是女孩，总耳提面命要徐行恪和徐行知多照顾她些。

车开过东三环，迎面是日落大道，正值傍晚时分，暮色倾泻，漂亮无比。

沈清央无心欣赏风景，忙着回复工作邮件。刚才她在飞机上，错过了几条客户和邹璀的信息。

一一回复完，她抬头揉了揉僵硬的脖子。

徐行恪在这时出声问：“晚上想吃什么？带你去超市买。”

“不了。”沈清央关掉手机，“晚上我约了朋友。”

“谁？”

“大哥你不认识。”

徐行恪偏头看了她一眼，像是随口问：“男性朋友还是女性朋友？”

沈清央回答：“男性朋友。”

说着，她又补了一句：“只是朋友。”

徐行恪收回目光：“你这么年轻，多接触接触其他男孩挺好的。”

沈清央正抬起下巴对着化妆镜查看自己鼻尖上长的那颗痘痘，闻言视线一顿。

她忽略话外音，眨眨眼，笑道：“我的事不重要，倒是大哥你，什么时候给我找个嫂子？”

徐行恪嘴角笑意浅淡：“缘分到了自然会有。”

他今年三十二岁，这么多年一直温和持重，洁身自好。

沈清央从未见徐行恪身边出现过不伦不类的女人。

不过想想也是，一来是他工作原因，二来大约是因为眼高于顶。

车子平滑驶过路口，拐入小区。沈清央下车，拉着行李箱进门。客厅中，方琴正在给白瓷瓶里的插花换水。

“琴姨。”

“清央回来了。”方琴抬头，“晚上想吃什么？”

“我晚上约了朋友。”沈清央走过去，看到方琴手边另放着一束鲜艳漂亮的花束，像是花店精心包装搭配的。

“对了，”方琴说，“这是你朋友送的。”

沈清央的手刚碰上去，愣住。

方琴用剪刀修掉插花的枯叶，笑着说：“送来的时候我在厨房，是你哥开的门，我也不知道是你哪个朋友，你去问问他。”

徐行知?

“他在家？”

“在楼上。”

沈清央心底隐隐有预感，视线在花束中睃了一圈，并未看到任何卡片。

她拉着行李箱上楼，刚到卧室，手机振动一声，是喻哲发来的信息：花收到了吗？

果然是喻哲，沈清央目光动了动：收到了，怎么突然送花？

喻哲：庆祝你出差回来。待会儿见。

搁下手机，沈清央把那束花抱到窗台。她其实并不喜欢鲜切花，无论多精心养护，至多也就活过一周的时间。

天气热，为了不耽误和喻哲约好的时间，沈清央先去洗了个澡。

洗完澡，她简单涂了个防晒和口红，换上衣服便准备出门。

楼梯口，她遇上刚从卧室出来的徐行知。

他似乎也准备出门，一身运动服，拎着车钥匙，臂间搭了件黑色的防风外套。

狭路相逢，沈清央停步，让他先走。

其实楼梯宽敞得容得下几个人并行，她偏偏等在那儿，连一声“哥”也不喊。

徐行知看着她：“要出门？”

她点头。

他一只胳膊倚上栏杆，漫不经心地跟她说话：“出门跟喻哲约会？”

沈清央垂眼，没吭声。

静了几秒，徐行知说：“你打算在我面前当哑巴？”

沈清央这才抬头，看到他不知从哪里摸出一张卡片，长指把玩着。

没等她看清那是什么，徐行知抬手，念出卡片上的内容：“出差辛苦，一束心意，希望你喜欢。喻哲。”

是那束花里的贺卡。

沈清央眸光一闪，然而只是转瞬即逝，她恢复平静，抬头看他：“刚才我没找到卡片，原来在哥哥这儿。”

徐行知微微弯唇：“你倒是坦诚。”

“不然呢？”沈清央低头，往楼下看了一眼，轻声说，“琴姨也看见了，哥哥总不能当着琴姨的面扔掉我的花。”

徐行知笑意敛起。

楼下传来方琴和徐行恪的交谈声。

他朝她走过来。

沈清央下意识地后退。

退到墙后面，光线暗淡的地方，她白皙的面庞下意识地绷紧：“徐行知，大哥和琴姨在楼下。”

“你现在知道怕了？”徐行知盯着她。

沈清央偏过头，不与他对视。

须臾，在她的心快要跳到嗓子眼的时候，方琴忽然在楼下喊她的名字：“清央，你叫的出租车到了。”

沈清央猛然松了一口气。

“清央——”方琴又喊了一声。

“这就来。”她转身回应。

沈清央下楼的速度很快，没有回头看一眼，仿佛慢一秒，就会被他为难。

徐行知看着她的身影，嘴角勾起冷淡的笑。

靠着栏杆，他滑动打火机，将那张贺卡点燃。

眨眼的工夫，纸张便湮灭于火苗中，无影无踪。

傍晚时分的北城交通堵塞，沈清央在路上足足堵了接近两刻钟，到地方时，比约定时间晚了十分钟。

喻哲已经抵达，餐厅位于亮马河畔，是孟希推荐的一家意大利菜。

沈清央拨开散步的人群和直播的网红：“抱歉，我迟到了。”

“没关系，路上堵车吧。”喻哲了然地笑笑，招手叫来服务生，“我没点菜，你来点吧。”

她翻开菜单：“你有什么忌口吗？”

“可能不太能吃辣。”

沈清央微点头，她很爱吃辣，但主随客便，对此没有什么意见。

她简单点了几样菜，合上菜单。服务生先送上一杯浅绿色的饮料，茉莉味，味道还不错。

餐厅临湖，对岸的霓虹灯光倒映于波光粼粼的水中，微风拂过，一圈圈涟漪看得人心旷神怡。

沈清央从湖中玩皮划艇的人身上收回视线，发现对面的喻哲在回信息。

“工作吗？”她顺口问了一句。

“不是。”喻哲不慌不忙地收起手机，对她笑道，“朋友。”

沈清央轻点头，没过多去触碰隐私。

倒是喻哲主动跟她聊起工作上的事，说他最近接手了一个新项目，合作方是维斯，忙到头秃。

沈清央捏着玻璃吸管慢慢搅动饮料。

“维斯的人做事实在是太精益求精，”喻哲苦笑着说，“和他们对接，我快被逼成强迫症了。”

她弯弯唇，没说话。

“你哥平时生活中也是这种风格吗？”喻哲用词委婉，“完美主义者。”

沈清央动作一顿：“你经常跟他接触吗？”

“没有，只见过一两次，但从员工的行事风格里能感觉得到。”喻哲贴心地递过来一张纸巾，“毕竟维斯是你哥一手创立的。”

“我不清楚，”她擦拭指间的水雾，“我平时和他接触不多，不太熟。”

“亲戚关系比较远吗？”

“差不多。”

喻哲挑了挑眉：“那就好，否则我还不敢在你面前骂甲方呢。”

沈清央被逗笑，气氛瞬间融洽了许多。服务生恰好在此时端上来两份茉莉冰激凌，同时抱歉地告知他们点的烤鸡和松露菌菇比萨还要再等十分钟左右。

“没关系。”喻哲温和道。

“你介意吗？”

沈清央摇摇头。

夜幕降落，餐厅里的人陆陆续续变多，两人又聊了一会儿天。中途，喻哲忽然进来一个电话，他看了一眼，说是工作电话，要找个安静的地方接。

沈清央请他随意。

五分钟后，喻哲接完电话回来，桌上已经摆满了热气腾腾的食物。

见他欲言又止的样子，沈清央主动给台阶下：“你有急事吗？”

喻哲坐下来，揉揉额头：“抱歉……我上司临时让我回公司一趟。上午和维斯那边对接确认的需求，有细节方面出现了偏差。”

“很着急吗？”

他叹了口气：“要我现在就去。”

沈清央轻蹙眉，手里的银勺轻轻刮着冰激凌表面。片刻，她大方一笑：“工作重要，饭什么时候都能吃，你赶紧去吧。”

喻哲充满歉意：“清央，真的对不住。”

她说没事。

喻哲走后，座位上只剩下沈清央一人。

湖边风光俱佳，她切出一小块比萨，平静地看着冰激凌在夜色下慢慢融化。

有男人过来搭讪，被她微笑地婉拒。

没过多久，沈清央结账离开。

建国门附近新开了个室内网球俱乐部，徐行知应邀和几个朋友一起捧场，其中就有星启现任老大关柏言。

两人最近有工作上的往来，能聊的话题自然也多。

酣畅淋漓地打了一个多小时，关柏言先叫停，准备休息一会儿。

“你深圳那边的园区谈得怎么样了？”休息椅边，关柏言弯腰捞出两瓶冰水，一瓶递给徐行知。

徐行知出了汗，一身黑色运动衣，额发被浸湿，他拧开喝了一口才回答：“没谈拢，下周我会过去。”

“我有位叔叔在那边，改日介绍给你认识。”

“好，多谢。”

“客气了。”关柏言顺口调侃道，“其实你用不上我吧，我可听说成小姐追你追得紧呢。”

成嘉莹从前追着他到国外，如今回了国依旧我行我素。北城圈子就这么大点，她又一向行事高调，自然很快传开。

徐行知摇头笑笑。

他不爱在私下聊女孩的事，这举动却被关柏言误解，拍拍他的肩，促狭道：“最难消受美人恩啊。”

两人又随口聊了几句，准备去休息室洗澡。走到一半，有工作人员追上来：“徐先生！”

徐行知和关柏言停步。

“徐先生，前台有人找。”工作人员说。

关柏言懒懒散散：“你还约了朋友吗？让人直接进来不就行了。”

工作人员面露为难：“那位小姐说，要您出去见她。”

关柏言眸中闪过一丝诧异，随即来了兴趣：“女孩子？叫什么？”

工作人员：“她不肯说。”

徐行知神色平静，像早已预料到一样：“她来得倒快。”

关柏言挑眉，一副看好戏的样子。

徐行知看了一眼运动手表上的时间：“她既然不愿意进来，就弄点吃的，让她等着吧。”

沈清央被请到俱乐部餐厅。

爵士乐流淌，吧台前有人握着酒杯在低语。她落座窗边的位置，每桌一盏弧形夜灯，安静而昏暗。

侍者送上吃食，礼貌地告诉她稍等。

大约一刻钟后，徐行知姗姗来迟。

他来的时候，沈清央正在用银叉拨弄盘子里那块覆盆子蛋糕。对面的沙发被拉开，她头也没抬，淡声道：“想见你一面可真不容易。”

徐行知视线扫过桌上未动的牛排和沙拉。

他招手要了一杯酒，懒懒地倚着：“你来得不是时候，楼上我朋友还在。”

沈清央扯唇：“那我是不是要谢谢徐总百忙之中还抽空来见我。”

“没有，在打网球而已。”

银叉“哐当”一声被放下，沈清央抬眸：“跟谁打网球？喻哲的上司吗？”

徐行知啜着酒笑了笑。

沈清央盯着他：“是你，对不对？”

她不觉得会那么巧，前脚两人刚见面，后脚喻哲被叫回去加班，点名是维斯那边的对接出了问题。

是他徐行知能做出来的事。

徐行知神情不变，淡然道：“他自己工作做不好，跟我有什么关系？”

“跟你无关你怎么知道？”

他弯唇，不置可否，把牛排往她面前推了推：“不饿吗？”

沈清央依旧盯着他。

灯光朦胧，错落光线落在徐行知的轮廓上，映出他眉眼间的冷淡。

她动了动唇：“哥，你一定要这样吗？”

徐行知没说话，玩着杯子，冰雾化水，浸过漂亮的指节。

他漫不经心地笑了笑：“我怎么样了？”

“徐行知，你别跟我装傻。”

“哦？”他抬了抬眼，“那你想让我装瞎吗？”

沈清央胸口隐约生出一丝无力的烦闷感。

她玩不过徐行知，她知道，他明明白白地把他做的事摆出来，那又怎样。

就像那个夏日，他只是靠在那里，是她主动踮脚吻上去的。

空气安静得落针可闻。

玻璃杯被搁到桌上，徐行知抽出一张纸巾擦手：“你还有什么话想说吗？没有的话，快吃饭吧。”

沈清央起身，拎上包转身就走。

“慢走不送。”身后，传来徐行知云淡风轻的声音。

沈清央去孟希那儿住了两天。

当天夜里，喻哲忙完工作，打电话跟她道歉，自责不该丢下她一个人。

“没关系。”沈清央说。

“我们重新再约个时间吧。”喻哲说，“地方你定，我请，算是赔罪。”

沈清央握着手机的力道收紧，脑海里浮现出徐行知的那些话。

沉默片刻，她答应：“好。”

时间约在周六晚上。中午，沈清央回家，推开门的时候，方琴正端着汤从厨房出来，笑道：“清央回来了。回来得正是时候，饭刚做好，快洗洗手吃饭。”

“我来帮您端。”她走过去。

清炒时蔬、糖醋小排、咸肉菜饭。端菜的过程中，徐行恪和徐教授也来帮忙。没一会儿，庭院中传来汽车声，徐行知从玄关处进来。

“快来吃饭。”方琴催三个人。

“来了。”沈清央洗了手应声坐下。

徐行知坐在她身旁，她微顿，弯腰碰了下椅子腿，随后站起来。

“怎么了，清央？”徐行恪抬头问。

“这椅子腿好像坏了。”

“坏了吗？”坐在上首的徐教授也偏头看过来。

“我看看。”徐行恪放下饭碗，“你先来我这儿坐。”

“谢谢大哥。”

两人端着碗碟换了位置，沈清央从徐行知身旁换到对面。

徐行恪仔细摸了摸椅子腿，没发现什么问题，也懒得再来回折腾换位置，就在沈清央原本的位置上坐下。

徐行知神色平淡地看了沈清央一眼。

她垂眼，慢条斯理地吃饭。

“喝碗汤。”方琴给沈清央盛了一碗汤，同时说，“今晚回来吧，总住在孟希家算怎么回事？”

沈清央抬头笑了笑：“今晚回来住。她前两天心情不好，我陪陪她。”

“那就好。”方琴高兴了，“晚上想吃什么？琴姨给你做。”

沈清央咽下口中的饭：“晚饭我就不回来吃了，琴姨，我跟我男朋友约了一起去餐厅。”

这句话犹如惊天巨雷，炸得餐桌上的人都一愣。徐行恪最先反应过来：“男朋友？”

“嗯。”她笑了笑。

徐教授放下筷子，擦了擦手，皱眉：“你们什么时候在一起的？对方是什么人？”

“他是星启的算法工程师，收入很高。”

徐教授的眉头皱得更深，像怕她被骗，苦口婆心道：“清央啊，找男朋友不能只看收入，更重要的是人品。你这……这么突然，怎么不提前跟家里说一声呢？万一遇到坏人怎么办？”

沈清央无奈道：“徐伯伯，我都快二十六岁了，又不是十六岁，哪那么容易被骗。”

“那也……”

“好了。”方琴好笑地打断他，“我说老徐，年轻人谈恋爱不是正常事嘛。清央也快二十六岁了，是该找个男朋友了。”

徐教授叹了口气，端起茶杯喝了两口，又放下：“清央，改天你把他带回来给徐伯伯看看。”

沈清央听话道：“当然。徐伯伯您放心，他人很可靠，我们也认识挺久的了，日后有机会一定带回家的。”

对面的徐行恪淡笑：“也好，大哥帮你掌掌眼。”

与此同时，方琴嗔道：“还帮你妹妹长眼呢，你们两兄弟什么时候谈个女朋友？都多大了，你爸的朋友孙子都好几个了。”

徐行恪从容不迫地应对催婚：“妈，您放心，如果遇到合适的，我一定尽快结婚。”

方琴拍他：“你就知道哄我。”

徐行知自始至终没出声，用手里的勺子慢慢搅动着口蘑汤。

饭毕，徐行知回房换衣服，出来时路过楼梯，往左边瞥了一眼，沈清央的房门关着。

他没什么情绪地收回视线，到楼下喝水。徐行恪拎着浇水壶从连廊处进来，看见他，问：“要去公司？”

“有个会。”

浇水壶放回架子上，徐行恪擦了擦手，像是无意地问：“清央的男朋友，你见过吗？”

“没见过。”

“听她介绍，是你们业内的。”

“也许吧。”

徐行知放下杯子，看了一眼腕表：“会议快开始了，我先走了。”

徐行恪笑：“好，路上注意安全。”

车子拐出徐家，驶过小区，夏日午后树荫浓密，太阳明晃晃地照着，照得人心烦意乱。

徐行知面无表情地开着车。

片刻，他忽然伸手，猛地把领带扯松。

下午的会议地点在星启。

这次会议主要是对后续合作项目推进的讨论，关柏言的秘书一早就在车库等候，主动开车门，带他上楼。

徐行知踏进会议室，里面的人纷纷起身问好。

“徐总，”喻哲笑着伸手，“我是 AZ 项目三组的组长喻哲，不知道您还记得我吗？”

年轻男人的鼻梁上架一副眼镜，中规中矩。

徐行知的视线在喻哲的脸上停留了两秒。

“记得，喻组长。”他温和地淡笑，却并未伸出手回握，“开始吧。”

一组的组长应了一声，抱着电脑弯腰去调试。

徐行知在关柏言旁边坐下。

“尝尝。”关柏言手里的茶盖刮着杯中的清茶，“上好的明前碧螺春，今春新茶，我留到现在，轻易不拿出来招待人的。”

徐行知“嗯”了一声，轻掀茶盖。

茶香溢出，茶汤清绿，无比清新。

他尝了一口，夸了一句。

关柏言得意道：“好茶吧，等会儿你拿一盒走。”

徐行知盯着杯子上的图案，慢慢刮着茶盏边缘，嘴角笑意极淡。

会议一共进行了四个小时，结束时天边已有暮色显露。喻哲合上电脑：“徐总，今天就先到这里了，之后如果有什么问题，您随时可以让人联系我。”

徐行知点头，夸道：“喻组长的能力，我很放心。”

“您过奖了。”

关柏言拍拍喻哲的肩膀：“好好干，别让徐总失望。”

喻哲笑道：“一定不会。”

“好。”关柏言按了一下他，随即转身说，“大家开完会都别走，今晚我做东，大家一起吃饭。”

“谢谢老大！”

“老大大气。”

“你们都去收拾收拾。”关柏言看了下手表，“地儿已经发群里了，半小时后见。”

“老大——”喻哲面露难色。

关柏言抬头：“怎么了？”

“我今晚约了人吃饭，可能没办法参加聚餐。”

“女朋友？”

“还不是。”喻哲笑着摇头。

关柏言了然，挑眉：“去吧，私事比较重要。”

“谢谢老大。”喻哲喜形于色。

茶被喝得见了底，碧螺春三泡之后香气已然变得很淡，徐行知摩挲着杯壁，耳边听他们交谈。

其实不用听，也知道沈清央在饭桌上说的那段话，是说给他听的。

她一直是这样的性子，遇强则强，口头上的话不多，但行为不少，让人永远不知道她心里在想什么。

徐行知轻合眼睛，脑海中浮现很久以前的画面。

那时他们刚在一起没多久，沈清央毕业旅行，和同学一起，计划有好几个城市。

才到第三站苏州，她就泪眼汪汪地给他打电话，说脚上磨了好多个水泡，好疼。

他当天下午便赶过去。飞机转动车，他落地姑苏时，已经是夜里，把人从旅行团订的酒店里捞出来，换了家更好的酒店。

“哥哥，”少女瘦了一圈，白皙的皮肤被晒红，惨兮兮的模样靠在他怀里，“我不想玩了。”

“好。”他轻抚她的头发。

于是那几天，她就待在酒店里养伤，人从恹恹慢慢变得活泼，会在洗完澡后凑过来吻他。浴袍松松垮垮，少女姣好的曲线毕露。

他手指探入她唇中，尽尝美好。

“哥哥……”她颤着声，把脸埋入他颈窝。

那段时光，是毕生难以忘怀的世外桃源。

旅途结束，徐行知带沈清央回北城。

下飞机时，她松开了他的手。

“哥哥，”她仰头说，“我们先不要告诉徐伯伯和琴姨好不好？”

“为什么？”他并不觉得他和她的关系需要遮掩。

“我害怕。”她咬唇，“我怕徐伯伯和爸爸骂我。”

他觉得好笑，但也未尝不能理解小女孩的心思，于是如她所愿。

然而，没想到，这一瞒，就是四年。

“行知。”一道声音拉回了徐行知的思绪。

关柏言奇怪地敲了敲桌子：“你累了吗？”

徐行知睁开眼。

会议室里的人已经走光了。

“有点。”他揉了揉眉心，平静地道，“我还有事，晚上聚餐就不去了。”

“你也不去了？”关柏言遗憾，“行吧。”

“下次约。”徐行知起身拎上西服，“我做东。”

午觉睡了三个多小时，醒来后，沈清央洗了个澡，修剪自己的那盆三角梅。看时间差不多了，她换衣服准备出门。

喻哲订的餐厅是一家日料，在奥园西南门，以前沈清央陪孟希去打过卡，装修氛围感十足，味道却一般，只适合拍照约会。

她打车过去，到地方时天已经黑了。餐厅亮起灯，格外漂亮。

下了车，服务生轻声细语地询问包厢号，领她进去。

喻哲已经到了，二楼临街包厢，静谧安静。

“我来晚了。”

“没有，是我到得太早了。”喻哲站起来，手里还有一捧粉色的小花束。

沈清央轻怔，弯唇笑了笑：“谢谢，不过下次不用买了。”

“你不喜欢花吗？我以为你们女孩子都喜欢。”

喻哲贴心地为她拉开椅子。

“还好。”沈清央说，“只是我觉得鲜切花活得太短了，我更喜欢自己种。”

喻哲轻挑眉：“好，那我下次就知道该送什么了。”

他将菜单推过来：“先点菜。”

沈清央翻开，视线扫过一列列生食。

她随便点了几样，侍者收走菜单送上茶。大约一刻钟之后，菜品被陆续送上。

就在这时候，沈清央搁在手边的手机亮起。

一个响了几秒就挂掉的电话，还有一条信息。

她微顿，滑开手机。

那个灰色头像发来信息，只有简单的两个字：出来。

徐行知从陈泊那儿过来。

一间陈泊入股的酒吧，开业没几天，弄得不太安静。徐行知没坐多久，两杯金汤力喝完，已经耐心全失。

说不清是因为人群喧闹的噪声，还是因为金汤力中过于明显的柠檬香让他烦躁。

“要走？”陈泊惊讶，多年好友，他敏锐感知到徐行知的情绪变化，“你今天怎么了？谁惹着你了？”

“没什么。”徐行知随手抽出几张钞票，压在杯下。

出门，吹了风，他坐在车后座上，吩咐司机开去奥园。

到了地方，信息发出，等了十分钟，不见人，也不见回音。

徐行知听着电话里播报“对方已关机”的女声，心里冷笑一声。

餐厅里，沈清央盯了那条信息几秒，便将手机倒扣过去。

她不太吃得惯生食，便在寿喜锅里烫牛肉吃，无所谓老不老，熟了就行。

裴亦知道她这副牛嚼牡丹的德行，很少找她一起吃日料。

“味道如何？”喻哲问。

“还可以。”

他笑了一下，忽而探身帮她擦嘴角沾上的一点汤渍。这动作突如其来，沈清央下意识后仰，躲开了他的手。

喻哲的手停在半空。

“我自己来就可以。”她发觉自己的反应似乎过于强烈，接过纸巾，“谢谢。”

喻哲坐回去：“清央，你不用跟我这么客气。”

沈清央顿了一下。

喻哲凝视着她，目光带着温度：“清央，你觉得自己慢热吗？”

“我吗？”

沈清央擦了擦手，想了想，笑着摇头。她觉得自己还挺好相处的。

喻哲用筷子蘸了一点清酒，在桌面上画出一道横线：“热情与慢热有时候并不冲突，好接近不代表好走近。你心里并不想我靠近你的生活。”

他抬头看她：“清央，或许对我，你可以试着做出一些改变。”

沈清央怔了几秒，脑海中忽然浮现另一个人。类似的说法，她也在他嘴里听到过。

“是吗？”回神，她对喻哲笑道，正准备开口的时候，推拉门忽然被敲响。

“咚咚——”

沈清央一愣，想到什么，脸色微变。

果然下一秒，侍者恭敬地拉开门，白衣黑裤的男人出现在门外。

他姿态清淡，衬衣袖口微卷，抬腕看了眼时间，才道：“抱歉，打扰。”

喻哲在原地愣了好一会儿，挣扎着起身：“徐总，您怎么来了？”

“我来接她回家。”徐行知淡笑。

喻哲一头雾水，看看坐在那儿不动的沈清央，又看看徐行知，一时搞不清状况：“徐总，我们才刚开始吃，待会儿吃完，我会送清央回家的，要不……”

“家里长辈有急事，让我来接她，见谅。”

说完，徐行知的目光看向小方桌边的沈清央，语气温和得真如一个好哥哥：“清央，收拾一下东西，我们走吧。”

沈清央不动。

他走过去，弯腰握住她的手腕，温度滚烫。

沈清央偏眸，盯着近在咫尺的徐行知。

他脸上带着笑，眸间却没什么温度，拇指按住她手腕上最嫩的皮肤，靠近她耳边，轻声威胁：“你不会想让我抱你出去吧？”

她掌心收紧：“你喝酒了？”

“一点点。”

这个画面落在喻哲眼里，兄妹的距离有些过于暧昧，但又似乎并未超过尺度。

片刻，沈清央随着徐行知的力度缓缓起身。

他仍然圈着她的手腕，回身淡笑：“你慢吃，我带她先走了。”

喻哲的视线从兄妹二人相连的胳膊上移开，笑容微淡，又加深：“徐总，慢走。”

外面不知何时下起了蒙蒙细雨。

侍者撑起一把伞，徐行知接过。下台阶的时候，沈清央踉跄了一下，他偏头盯了她一眼，伞挪到她头顶，手腕仍然没松开。

沈清央弯腰坐进车后座。

徐行知还伞回来，也坐进来。车门关上，他吩咐司机开车回徐家。

沈清央把头偏向窗外，明显抗拒交谈的姿势。

霓虹光影不断在雨中掠过，车辆减速，未带伞的行人加速，红绿灯闪烁，唯独车内的气氛沉默到压抑。

司机不敢放音乐，默默提了车速。

沈清央绷着脸，心里憋了一口气。抵家之后，她兀自拉开车门，也不管渐大的雨势，冒着雨进了家门。

换鞋，开灯，客厅里竟然无人，她卸下包随手丢在沙发上，转身进了厨房喝水。

身后跟着不紧不慢的脚步声。

沈清央手搭上冰箱门，打开之前又放下，转身。

徐行知在门边，手中拿着一条柔软的毛巾，他对她的脾气波澜不惊：“擦擦头发。”

她盯着他。

几秒之后，她猛然打掉毛巾。

她的情绪被压到极点。

男人的视线随着毛巾上下起伏，最后，又回到她脸上。

沈清央难以按捺胸中的怒气：“你什么意思？”

“不装了？”他漫不经心地靠在门边。

沈清央神色极冷：“徐行知，我说过，我想跟你以兄妹的关系好好相处，你为什么非要一而再再而三为难我？”

徐行知抬眸，觉得很可笑：“那我是不是也告诉过你，我不愿意。”

“为什么？”

“已经发生过的事，你可以装作没发生过，但我做不到。”

沈清央闭上眼。

她胸口隐隐起伏着，指骨发白，连睫毛都在颤抖。

男人的阴影靠近，他捡起了地上的毛巾，丢入料理池。他修长的手指慢慢梳理她的头发。

沈清央蓦然睁开眼，如画般的漂亮冷眸。

“清央，”徐行知的手指染上湿意，低眼与她对视，“是你逼我的。我说过，我可以如你所愿，是你毁约在先。”

她的唇微颤："你就这么看不顺眼喻哲吗？"

"他也配？"

徐行知眉目淡淡："张哲、李哲，换谁都一样，我不在乎，在乎的是你心里有谁。"

沈清央手指发抖，看着他，一时竟无话可说。

毕竟徐行知的占有欲，她早就不止一次地领教过。只是不明白，时间已经过了这么久。

"哥，"她开口，轻声道，"三年了吧。"

徐行知垂眼恍惚："是啊，都三年了。"

三年前，她一声不吭，毁了他的期望与心血。

沈清央抬头，看着他的眼睛："都已经过了这么久了，哥，对我，你分得清是真的还喜欢，还是不舍得自己的沉没成本吗——"

"砰！"

话音还没落地，她后背猛然撞上冰箱，力道震得冰箱上方的花瓶掉下来，砸得四分五裂。

她来不及感受到痛，下巴被徐行知捏住，他眸光冷得像寒潭："你再说一遍。"

她不吭声，偏头。

她的脸被强制扳回来，他冷冷地道："沈清央，你有良心吗？"

身体贴着冰箱，电机运作声让后背隐隐发热，脑袋"嗡嗡"的，沈清央张了张嘴，生出破罐子破摔的想法。她仰脸对着男人扯出一个笑："我说得不对吗？哥，我们年纪都不小了，各自找男女朋友，开始新的生活，不好吗？

"你觉得喻哲不好，那劳烦哥哥为我找个好的男人。同样，如果哥哥没有喜欢的人，我也可以帮忙介绍。"

话说完，厨房里陷入诡异的寂静。

徐行知的手指抚上她的眼睛，转怒为笑："再多说点。"

望着他的神情，沈清央浑身骤然一僵。

略带薄茧的拇指滑过她柔嫩的脸颊肌肤，来到饱满的唇上，摩挲着，按捏。

他俯身贴近，轻轻地说："清央，你知道吗？很多时候我都遗憾你为什么不是哑巴。"

沈清央冒出冷汗，想往后退，却无路可退。

贴在她脖颈处说话的气息逐渐变烫，贴得更近，那涟漪沿着她皮肤上移，他的手指抬起她的下巴，唇也一并被攫住。

她大脑一片空白。

根本来不及反应，徐行知掐着她的腰，狠狠亲了上来。

隔了几年的时间，却在唇与唇相碰的瞬间，她的所有身体记忆被唤醒，本能反应先于大脑，火星"噼里啪啦"地点燃引线。

地上都是瓷片，沈清央脚步踉跄，呼吸加重的瞬间，压抑许久的理智骤然崩塌。

激烈而又带着怒意的吻。

掌心钳住纤细的脖颈，他无视她几乎快停滞的呼吸，毫不留情地咬上柔嫩的唇瓣，加深了这个失控的吻。

沈清央后背抵着冰箱，脊骨霍然蹿上电流。她喘着气想抗拒，却被迫仰起头，修长白皙的脖颈在徐行知掌中变红。

“哥，哥——唔……”

唇齿间溢出简单的音节，她试图唤醒他的良心，却只得到了更强制的吻。这么多年，她很少见到徐行知真动怒的样子，上一次，大约还是三年前那次。

他捞起她，热烈的低喘中，她身体陡然悬空，被抱到料理台上。

囚徒困境，他刻意要她只能依赖他。

鼓噪的心快蹦到嗓子眼，她手指煞白，和潮红脸色形成鲜明对比。沈清央尝到血腥味，指甲几乎要隔着衬衣嵌进徐行知的皮肤里。

厨房上方，白炽灯忽闪，几秒后，猝然灭了一盏。

他的脸在明暗之交，盯着她，殷红唇边一抹鲜血。那种色情感，多看一眼，都让人脸红心跳。

她喘不过气，伏在他身上，声息颤抖。

徐行知单手圈住她的腰，在狭窄昏暗的空间里，身体相贴，热度相渡。

他用手指抚摸她发红的眼角，那是她动情的证明。

沈清央难堪地别过脸。

从前那么多的日日夜夜，他几乎比她自己还要熟悉她的身体，知晓她哪处最美，知晓怎样的方式更能让她动情。

“央央，”他喑哑的声音里藏满了色欲，“这几年，你想过我吗？”

“……”

回答被吞没，他不想听，扣住她脖颈的手转到后脑。如瀑长发铺散，疾风骤雨后抚慰式的亲吻温柔得让人心惊。

沈清央破碎的声音溺于越来越深的吻中。

徐行知把她往上抱了抱，让她坐得更稳，额头相抵，他的力道轻而压抑。

沈清央闭着眼，睫毛在抖，心跳也是。

不大的厨房里仿佛铺天盖地都是她和徐行知的呼吸。

头脑不清醒，她已经没法思考。

已经好久好久没体会过被欲望支配的感受。

男人的肩膀压下，他也闭着眼来吻她，呼吸交缠，手顺着她瘦弱的脊背下滑。

纤薄的肩轻轻战栗。

“央央……”唇流连到她眼睫上，湿润的、混乱的，徐行知握住她的腰。

沈清央迷蒙地应了一声，软得不成调。

他贴着她带着热度的皮肤，带着她的手贴到他心口：“央央……”

“清央——”

厨房外，忽然传来一道清晰的男声，随之而来的是脚步声。

沈清央瞬间清醒过来。

她攥住徐行知的衣服，嗓音骤紧：“是大哥……”

“是又怎样？”他咬她的耳朵。

“哥！”沈清央压低声音，几乎要崩溃。

唇被堵住，徐行知反绞住她的双手，明目张胆地压着她继续接吻。

脚步声越来越近。

“哗啦——”

沈清央猛地推开他，铁架上的碗碟被带倒，骨瓷稀里哗啦碎了一地。

徐行知趔趄几步，呼吸未稳，刚被咬破的伤口加深，冒出新的血珠。

他看着她，嘴角勾出一丝讽笑。

门外，徐行恪止步。

望着门内昏暗的灯光和纠缠不清的人影，他握上把手，推门而入。

一地的碎瓷片。

气息浮动，厨房里只有徐行知一人，半蹲在地上捡碎片。

“行知？”徐行恪出声，神色喜怒难辨。

徐行知起身，漫不经心道：“原来大哥在家。”

“我在楼上开电话会议，刚刚结束。”

徐行知随意地点点头，嘴唇上的血迹鲜艳。

徐行恪目光慢慢扫过厨房，在墙角的冰箱处停留了几秒，问道：“清央呢？她不在这儿吗？”

徐行知笑了笑：“她去哪儿了，我怎么知道？”说着，摸出烟和打火机，靠在墙角，抹掉嘴角的血，“大哥要来一支吗？”

徐行恪皱眉：“少抽烟。”

他无所谓地“嗯”了一声。

烟点起，徐行知伸手推开了窗子，屋内气息散去，他回头：“大哥还有什么事吗？”

徐行恪看着地上：“这是怎么回事？”

“灯坏了，我一时没留意，撞到了架子。”

“小心点，别划到手，我去储藏室找找替换灯泡。”

徐行知摘了烟：“大哥慢走。”

听见脚步声彻底消失，沈清央才慢慢从冰箱角落里出来。她脸色极差，听见徐行恪的声音时，几乎是三魂没了七魄。

那人还靠在窗边平静地抽烟。

衬衣扣子开了几颗，烟雾漫过锁骨、下颌、染血的唇，白色的烟身也沾了血。

他身后是寂静夜幕，和此刻模样根本不搭。

呼出一口烟雾，徐行知看过去。她状态也混乱，眉眼冷着，可情欲色彩怎么也压不住，唇被吮得红肿，原本收入半裙里的衬衣也松散了不少。

他瞥过她纤细的腰，略抬眼，问：“爽吗？”

沈清央面色立时就变了。

手边无东西可砸，她只能攥住手，越收越紧。

“别弄伤自己。”徐行知抬眼轻笑。

沈清央胸口起伏，强压下所有情绪：“你别太过分。”

“我过分？”他像是听到了什么好笑的笑话，折了手里的烟，转脸来看她，神色冰凉。

她面色隐隐发白。

“三年，你刚刚说，三年了对不对？”徐行知仰头，抵着窗，呼出一口烟雾，“时间过得真快。”

他还记得三年前，他们是何等亲密，他满心期望，亲手铺垫他们的未来。

窗外雨雾沉沉，梧桐叶落了满地，夜色被洗刷，阴云密布。

寂静的夜晚，像回到从前。

沈清央闭了下眼，转身想走，高跟鞋踏过瓷片，又被拦住。

她听见徐行知的声音：“不瞒你说，这三年，有个问题一直在困扰我。”

她没转身，身形未动。

徐行知继续说：“那时候，你说你想来国外读书，于是我手把手带你准备了所有文书和申请材料。学校、教授、公寓，我都费心帮你全部安排好。

“沈清央，你能不能告诉我，为什么最后你拒了录取 Offer？”

沈清央定在原处，浑身血液凝固。

她攥住裙角：“你就是为了问这个吗？”

“不，”徐行知说，“只是好奇。”

她僵着：“我记得，我说过理由。”

“是吗？”他回忆着复述她当年的话，“‘哥，抱歉，这段时间我想了很多，也和导师聊了聊，还是觉得留校读研比较好。’”

徐行知偏了头，望向她的背影：“这就是你所谓的解释吗？”

沈清央沉默几秒：“不然呢？”

他笑了一声，意味难明。

沈清央的肩头有瞬间的紧绷，她没回头，走了出去。

烟被按灭在窗台边，雨打进来，卷走剩余的烟灰。

徐行知站了一会儿，俯身，重新收拾地上的碎瓷片。

有鲜红的血顺着皮肤蜿蜒。

他面无表情地继续。

CHAPTER 07 /

往事如星

外面的雨仍然暴烈。

夏夜风冷，沈清央撑着伞走到梧桐树下，踩碎一地落叶。她仰头，呼出一口气。

好像无处可去。

“喂，裴亦。”沈清央拨了通电话。

“央央！”裴亦那边很吵，他似乎拨开了人群出来，调笑道，“怎么了，想我了？”

“你在哪儿？”

“你怎么了？”裴亦察觉出她语气中的异样，敛起嬉皮笑脸。

“没什么事。”沈清央靠着树干，低头，衬衣和伞面被风卷得呼呼作响，“想去你那儿坐坐。”

“好。”裴亦忙不迭道，“我去接你啊，等我。”

到的地儿是个酒吧。

裴亦折腾装修折腾了快小半年的那个酒吧，如今总算有了点儿样子，沈清央进去的时候，还有人在里面调试灯光和音响设备。

乐声震天，直冲耳膜。

“都停停——”裴亦叼着一根棒棒糖，拍手，“今天先到这儿吧，我们明天再继续。”

人三三两两地离开，酒吧内很快恢复安静。沈清央倒进沙发里，又被裴亦拽起来：“我带你转转。”

她浑身无力，被他拉着走。

酒吧很大，三层楼高，一楼吧台、卡座，二楼、三楼都是包厢，装修走美式摇滚风，和裴亦很搭。

转了一圈，两人又回到吧台。

“想喝什么？小爷亲手调给你喝。”

“随便。”沈清央一只手支着脸，另一只手玩金属骰子，“你打算什么时候开业？”

“下个月五号试营业。”裴亦扬扬得意，“装修得不错吧？”

“很贵。”她给出评价。

裴亦不爽：“什么叫很贵，你有没有点欣赏能力？”

沈清央敷衍地又夸了一句。

“喂。”裴亦伸手在她面前晃了晃，“你到底怎么了，情绪这么 Down？”

骰子在桌面飞速旋转，片刻，慢慢停下，五点朝上。

沈清央盯着骰子，思绪很乱：“我想安静一会儿。”
喋喋不休的裴亦突然噎住。
“好吧。”他把调好的酒推过来，“夏日西番莲，度数不低，你尝尝就行。”
沈清央“嗯”了一声。
她略抬下巴，捏着吸管尝了一口，目光仍然放在骰子上。
鸡尾酒调得很甜，西番莲香气突出，混着她最喜欢的柠檬香气。
裴亦在水池中清洗马克杯，流水汩汩。他顺手点了音响，一首粤语歌缓缓流出。
关淑怡的《地尽头》。
隔岸无旧情，姑苏有钟声。
沈清央闭上眼，徐行知的那几句质问在此刻盘旋于脑海中，无法克制地带出回忆。
“这三年，有个问题一直在困扰我。”
“那时候，你说你想来国外读书，于是我手把手带你准备了所有文书和申请材料。学校、教授、公寓，我都费心帮你全部安排好。”
“沈清央，你能不能告诉我，为什么最后你拒了那封 Offer？”
……
骰子依然在高速旋转。
一圈又一圈，仿佛时空轮回，将记忆翻涌——
倒回三年前。
……
“五点！五点！”
“真的是五点！”
“你们输了，快快快，一人一杯，不许耍赖。”
酒吧包厢里，因为骰子掷出的点数，一半人欢呼，一半人哀号。
沈清央失望地看着骰子上的点数。作为游戏参与者之一，且是输方，她也不能幸免，手里被塞入了一小杯酒。
她仰头喝尽，摆手：“不玩了，不玩了。”
有人起哄：“学姐这么不行啊。”
“再玩一会儿嘛。”
“你们玩。”沈清央弯唇，晃晃手机，“我出去回个电话。”
“哎——学姐，你这就走了？”
新一届的学生会主席在身后替她打圆场：“好了好了，你们沈学姐本来就不太能喝，让她去回个电话，我们继续玩。”
沈清央走出去，吹了吹风，上头的酒意清醒不少。
学生会这帮人，风气不好，每次活动之后老爱聚在一起喝酒、玩游戏。新的学生会主席不如徐行知有信服力，庸庸碌碌，于是学生会的官僚主义作风越来越严重。
一群大学生而已，也玩形式谄媚那套。
她莫名地有些想念徐行知。
大四毕业，他便远赴加州读书，不要说学生会主席已经是前尘往事，就连他们，也已经好几个月没见了。

夜晚起了微风，沈清央扶着墙，忽然觉得心口烧得厉害，想吐，又吐不出来。

她也已经大四，其实早已退出学生会，今天是被一个关系还不错的学妹拉过来，没想到误打误撞喝了这么多酒。

难受得厉害。

沈清央抬头张望，想看看周围有没有便利店，买瓶冰水压压。

还没走出两步，手机上忽然跳出信息：去干什么？

备注是 Xu。

没头没尾的一句话，她回了个茫然的问号。

紧接着，听到身后的一声轻笑。

她大脑一片空白地转身，几步之遥，树影中，徐行知一身黑衣，双手抱胸，似笑非笑地看着她。

沈清央愣在原地。

"傻了？"他勾唇。

她回神，心跳加速，刚才还在脑海中的人此刻出现在了眼前，任谁都会觉得惊喜。

"哥！"

他抱住她转了个圈。

沈清央晕乎乎的，眼睛却很亮，双手环住他的脖颈，仰脸问："你怎么突然回来了？不是说最近项目很忙吗？"

徐行知顺着她的力道低头，在她唇上亲了下："导师给我放了几天假。"

"坐飞机是不是很累？"

"还好。"

更想见你。

她读出他的话外音，主动凑上去吻他。长发垂落，痒痒地扫在徐行知的胳膊上。

一吻极深，她喘不过气，听到他问："喝酒了？"

"嗯。"她声音很软。

他埋在她颈间深深吸气，嗓音变哑："跟谁喝的？男同学？"

她心脏被挤压，艰难地说："有男有女……唔……"

话来不及说完，尾音被他吞入腹中。

沈清央喝多了本就晕，缺氧更晕，软乎乎地任由摆布。

景色在车窗外不断倒退，她手机一直响，有同学、长辈的信息和电话。

徐行知按了关机键，将手机丢在一边。

到家，他抱着她进门，玄关灯还未开，便压着她纠缠，满足数日来的想念。

"哥哥……"人被抱上矮柜，心热得几乎要跳出来，沈清央偏唇狼狈地喘气，"我好渴……"

是真的渴，胃里像被火烧，嗓子干得冒烟。

徐行知抵住她的额头，半晌，呼出一口气，抱着她去喝水。

唇碰到甘霖，沈清央捏着吸管一口气喝了半杯，才混混沌沌地想起来问话：“你这次回来待几天？”

“一天。”

“这么赶？”

“明晚的飞机。”徐行知用指腹蹭掉她唇边湿漉漉的水珠，“也不算太赶。”

喝完剩下的水，沈清央把杯子放到一旁，双手搭上他的肩，头也枕上去。

她晕晕的，说话也像呢喃：“下次呢，什么时候回来？”

徐行知单手搂住她的腰：“不会太久，等你收到 Offer 的时候，我回来为你庆祝。”

那天晚上，两个人都有些失了克制。

家里没人，徐教授和琴姨报了个旅游团去三亚玩，而徐行恪则被公派出差，去往河北一个月。

酒精和快感一起上涌，九月天，沈清央莹白的皮肤上浸满了汗，唇齿间的低喘断断续续。

徐行知吻她湿漉漉的睫毛，用手指撬开她的唇：“别咬了。”

最后，她精疲力竭，蜷在他怀里入眠。

宿醉放纵的后果便是头痛，次日，沈清央睡到日上三竿才醒。

身边空着，有徐行知留下的字条，说他出门买东西。

胳膊和腿好像都不是自己的，她揉着脑袋，艰难地起身，缓了好一会儿，才慢慢清醒。

身上的男款 T 恤宽大松垮，是昨晚洗完澡后，徐行知帮她套上的。

她趿上拖鞋，打了个哈欠，懒懒地下楼喝水。哪知才走到楼梯口，整个人僵住。

冷汗与倒刺瞬间冒上来，她如坠冰窖。

她看见了一个原本不该在这里的人。

“清央。”楼下沙发上，徐行恪靠在那儿，神色不喜不怒，“过来。”

脑海中闪过一万个念头，但最终，沈清央还是机械地走下去，全身连指尖都僵硬，喊了一声“大哥”。

徐行恪抬眸，视线缓缓扫过她只及大腿的 T 恤，雪白皮肤上斑驳的吻痕，以及出来的方向。

走廊左侧只有两间卧室，徐家夫妇的和徐行知的。

什么都不必再问，一切明显昭彰。

他的视线像尖锐的刀片，看得沈清央无地自容，浑身像被针扎了一样滚烫。

徐行恪合了眼：“去换身衣服。”

她依言照做，大脑里一片糨糊，不知该如何面对。

换完衣服下楼，徐行恪还在那里，她踱过去，站定。

“行知什么时候回来的？”

她张了张嘴：“昨天。”

“什么时候走？”

“今晚。”

徐行恪睁了眼，似笑非笑："这么赶。"

她低下头，面色苍白。

"你没有什么想跟我说的吗？"

"大哥……"

"我晚上还有事。"徐行恪抬腕看表，语气平静，"明早七点，楼下等我吃早饭。"

处刑被延缓，沈清央心如死灰。

没过多久，徐行知拎着东西回来。

"怎么回事？"他捏捏她的脸，调笑，"脸色这么差？"

她拉下他的手，没说话，心绪乱糟糟的。

徐行知知道自己昨晚过分，倒也没强迫她开口，只给她弄了点儿午饭，而后抱她上楼睡觉。

沈清央推开他的手："我想回自己的卧室睡。"

"好。"他不在意，在她额头上印下一吻，"你睡吧，我可能要提前走了。"

"为什么？"她怔然。

"同学给我打电话，实验室的项目出了点儿突发情况，让我尽快回去。"

她有点儿恍惚。

他笑："不是什么大事，你好好休息。学校 Offer 应该过几天就会下来。"

沈清央点点头，勉强挤出一个笑。

梧桐叶落，徐行知的身影消失在她视线里。

那一晚，沈清央辗转难眠。

她想起从前看过的某部古装剧，皇帝给主角全家判了问斩，一家人在牢中，一边期盼着公主能来救他们，一边又忍不住恐惧哭泣。

最折磨人的不是死的那一刻，而是铡刀落下之前。

沈清央睁眼看着黑漆漆的天花板，徐行恪会说什么，她想不到；该怎么辩解，她也想不出。

就这么挨到了天亮。

六点半，她起床梳洗，坐在餐桌边等徐行恪。

七点，徐行恪准时拎着早餐进门。

他将豆浆插好吸管放到她面前，热腾腾的小笼包香气扑鼻。

沈清央毫无胃口。

"不吃吗？"徐行恪问。

她摇摇头。

徐行恪笑了，他素来从容不迫。他拉开椅子，在她对面坐下。

"多久了？"

沈清央低头。

"不想说？"徐行恪的视线落在她纤细的后颈，"那我换个问题，被我知道的事，你告诉行知了吗？"

她还是摇头。

"抬头看我。"徐行恪淡淡道。

沈清央的心一坠。

“大哥……”她低声道，“我没说。”

“为什么不说？”徐行恪眯眼凝视她，“是怕你徐伯伯和琴姨知道吗？怕行知挑破，怕家宅不宁，怕他们怪你？”

沈清央后背被这一句接一句的话说得冒出冷汗。

徐行恪一向温和，从来没对她说过这么重的话。

“清央，”徐行恪随手掸走桌上的灰，“敢做，就要有敢当的勇气。你们俩的事，没有一个人承担的道理。

“告诉他，让他挑个时间回来，让你徐伯伯和琴姨知道。爸视你如亲女儿，你也喊了我和行知这么多年的哥。在外人眼里，兄妹如亲——”

“大哥！”她猛然站起来，颤着声打断他。

徐行恪不恼，深深看着她：“难不成，你打算瞒一辈子吗？”

沈清央呼吸加重。

“坐下。”徐行恪波澜不惊，“这件事没有你想的那么大，你和行知本就年龄相近，两家又交好，我想爸和沈叔应该会乐见其成。只是——”他偏头，语气微沉，“爸到底拿你当亲女儿养了这么多年。他身子骨不好，告诉他之前，得让他做好心理准备。幸好昨天，撞见你的是我，要是爸，不知道他会不会气晕过去。”

沈清央慢慢瘫坐下。

“清央，”徐行恪温声道，“别担心，沈叔和你妈妈都各自结婚有孩子了。你没有家，但从你来到徐家那天起，这里便是你的家，以后，就更名正言顺了。”

她仰起头，面色惨白。

漂亮的小姑娘长大仍旧漂亮，眉目如画，琼鼻纤细，有一种叫人不由自主心怜的文弱。

“大哥……”沈清央哀求般地拽拽他的衣角。

徐行恪垂眼，把衣料慢慢从她指间抽出，换成自己的手，覆上去。

他弯腰，万般无奈：“清央，大哥没法装作看不见。”

她彻底绝望。

最担心的事情还是发生了，她要自食自己十八岁时种下的恶果。

她喜欢徐行知，想亲近他，可同时，她也贪恋徐家的温暖。

如徐行恪所说，她的爸爸妈妈都已经各自结婚生子，那都不是她的家。

有来路，无归处。

沈清央不敢想象，如果徐伯伯和琴姨知道这件事会怎么样。

就算有徐行知挡在她面前，他们又会怎么看她？以后还如何相处？

数十年恩情会不会烟消云散？

徐行恪观察着她的表情变化，轻轻叹了一口气：“如果你实在不想说，也有办法。”

她的视线慢慢聚焦。

他摸摸她的头，温柔道：“我听爸说，你也要去加州留学。到那边，有行知照顾，长辈们都放心。

“可大哥觉得，在国内读，岂不是更放心？你觉得呢？”

沈清央一愣："可是，我的 Offer 已经快下来了——"

"这不重要，拒了就好。"

"那……"

"行知那边，你好好跟他说。"徐行恪注视着她的眼睛，为她考虑，"以后，你留在国内，他在国外，少联系，最好是不联系。你们以前的事，我可以装作不知道，我们还是一家人。"

听上去，似乎是个完美的解决方案。

只是要斩断她和徐行知本就不存在的未来。

"三天。"徐行恪说，"你徐伯伯和琴姨三天后回来，你好好考虑考虑。"

考虑？她好像根本没得选。

沈清央不知道，如果将难题摆在徐行知面前，他会不会做出同样的选择。

毕竟世间情意万千，父母最重。

三天后，她给徐行知拨去一通电话。

周日，徐行知从加州飞回。

彼时，沈清央刚把书搬去图书馆，开始准备考研。

那会儿已经九月，身边同学或出国或保研或实习，大多早早定下。

她却开始逆行，用仅剩下的三个月时间考研。

室友们都觉得她疯了。

徐行知回来的那天，秋阳正好，未名湖畔银杏叶铺满人行道，满目温柔沉静。

他在图书馆楼梯上等她。

窗边落下半扇光，却照不到他身上。"吱呀"一声，她推门而入。

距上次见面不过短短一周的时间，徐行知瘦了许多，仿佛遭受了很大的打击，黑色外套被穿堂风吹得簌簌作响，孤寂沉默。

短暂的光亮。

沈清央看见他眼里的血丝，不知道熬了几个通宵。

"为什么？"嘶哑的声音。

她垂眼："我已经在电话里说过了。"

他慢慢站直。

沈清央后背猛地撞上墙角，痛感逼入全身。

徐行知掐住她的下巴，眼角泛红："那些狗屁话我都不想听。有难言之隐也好，你真的移情别恋也罢，我要听实话。"

沈清央喘不上气，被迫仰头看他，在他手里摇头。

"哥，"她说，"我不想去加州了，想留在 A 大读研，我导师也觉得这样更好。"

"这是你的决定？"

"是。"

"没有别的解释？"

"没有。"

黑暗的楼道里不够安静，远处楼下有人在背书，门外偶尔响起脚步声。

徐行知盯着沈清央。良久，他闭眼笑了起来："好，央央，你早就做好这个决定了吧？所有人都知道，只有我不知道。

"只有我，还跟个傻瓜一样继续帮你准备。

"你最后才想到通知我的吧。"

心脏被撕开血淋淋的口子。他的情、他这个人，在她那里全部不值一提。

徐行知一生骄傲，从未经历过如此被践踏的时刻。

沈清央的手在颤抖。

她没见过这样的徐行知，他向来冷静、从容，做什么事都游刃有余。

"哥……"她嗓子发堵，心生迟疑，伸手想拉住他。

"别喊我哥，我受不起。"

徐行知拉开门，身形被阴影笼罩，漠然道："你我从此，没有关系。

"沈清央，过去几年，就当我的心血喂了狗。"

杯影轻晃，淡橙色的液体见了底。

从回忆中抽离，沈清央有些想吐。

不知是基酒太烈，还是那骰子转得她头晕。

她酒量差，这么多年也没能锻炼出来，基本上都是一杯倒。

"好喝吗？"裴亦趴在吧台上，问她，"要不要再来一杯？"

"好喝。"沈清央点点头，又摇摇头，身形不稳地从高脚椅上下来，"不了，卫生间在哪里？"

"木门那边。"裴亦抬下巴指路。

打开水龙头，沈清央扶着洗手台弯腰呕吐，手指探进去压住舌头，胃里难受得像翻天倒海。

还是吐不出来，清澈的水流打着旋儿转入下水道。

为难了自己半天，她彻底放弃，用清水洗洗手，又拍拍脸，还是无法缓解。

后劲汹涌地涌上来，裴亦调的那杯夏日西番莲里不知道混了什么酒。

在心里骂了他一句，沈清央的头却控制不住地越来越晕，脚步虚浮到快站不稳。

她推开门走出去，短短几步，人明显是飘着的。

灯光昏暗，记忆开始混乱。

裴亦正埋头在手机上跟酒柜商家挑刺，耳边忽然传来声响，他抬头一看，忙丢了手机赶过去。

沈清央一个不慎，撞上了沙发腿，蹲在地上抱着自己的小腿。

"祖宗！"裴亦按亮了那儿的灯，"你眼神现在这么不好使吗？这么大个沙发在这儿看不见？"

"你好吵。"她低着头，柔软长发披落。

"你这就喝醉了？"裴亦也蹲下来。

已经不必再问，沈清央红通通的耳朵和迷迷糊糊的样子已经告诉他答案。

"度数这么高吗？"裴亦心里犯嘀咕，看来不能放那么多种朗姆，需要再改进改进。

不然碰上跟她一样酒量差的，一杯就晕。

想到这儿，裴亦决定先把沈清央送回去。他歪头把她的头发撩起来：“央央，你还能走路吗？”

她点点头，于是顺着他的力道被拉起来。

刚起来，沈清央身形一偏，差点又倒了下去。裴亦吓了一跳，扶着她在沙发上坐下。

她这样子回去，回头长辈那儿挨骂的肯定是他。裴亦心虚道：“央央，这么晚了，要不我在附近给你开个酒店吧？”

她没吭声。

“默认即同意，那我开房了？”

“不要。”沈清央突然开口。

裴亦手一哆嗦。

她眼神有些迷茫，过了好一会儿，唇瓣微动。

声音太小，裴亦凑过去才听清。

那呢喃口齿不清。

“徐行知……”

徐行知到的时候，雨已经停了。

暴雨冲刷过夜空，冒出明亮的星星。车轮碾过路面积水，激起一圈圈涟漪。

徐行知推开车门，走进酒吧，视线扫过地上还没拆开的大大小小的箱子，绕进去。

酒吧里放着音乐，很安静，光线不算亮。循着声音看过去，沈清央蜷在沙发上，不知道是睡着了，还是醒着。

而裴亦，则端着一个果盘蹲在她面前碎碎念，喂她，她头也不抬，于是丢进自己嘴里。

“央央？央央？”裴亦戳戳沈清央的胳膊，“你再等一会儿，我给行知哥打了电话，他应该快到了。”

沈清央身形晃了晃，呓语模糊不清。

“你说什么？”裴亦嚼着雪梨片，想凑上去让她再说一遍的时候，忽然听见脚步声，一扭头，徐行知站在沙发后面。

“行知哥！”裴亦“噌”地站起来，“你终于到了。”

“她怎么了？”

“喝醉了，就喝了一杯……”

徐行知瞥过来一眼。

裴亦越发心虚：“我调的，度数不高……央央她酒量太差。”

徐行知懒得再计较他话里的真假，走过去，指尖碰了碰沈清央的耳朵。

耳朵很热，碰到冰冰凉凉的皮肤很舒服，沈清央抬头，神情迷茫。

“难受吗？”徐行知垂眼。

她点点头。

光线微晃，沈清央的头发被拨到肩后，她人还没来得及反应，他已经弯腰将她抱了起来。

素白的一张脸露出来，唯独眼尾和耳垂有一点胭脂红。

裴亦端着果盘在一旁，心高高提起，恨不得“装聋作瞎”。

以前他帮忙打的掩护就不少，每次两家一起聚会的时候，他们装疏离，他守口如瓶。

都快憋死了。

“我先把她带走了。”

“好嘞，行知哥。”裴亦放下果盘，狗腿子似的跟上去，“哥您慢走，开车慢点，下次见——”

尾音拖长，徐行知的身影消失在酒吧外。

路边，下过雨的空气带着凉意，驱散了不少潮热。司机拉开后座的车门，徐行知俯身想把人放进去，奈何她勾着他的脖子不放手。

略微一顿，他搂紧她的腰低身钻入车内。

车内冷气开得足，司机刚起步时，前方跑过一对母女，车身一震，又刹住。

“抱歉，徐总。”司机偏头低声道歉。

徐行知摆了摆手。

沈清央在这震动里，睁开了眼，胳膊被冷气吹得冒出鸡皮胳膊。她伸手摸了下，肩上很快落下一件外套。

视线模糊，男人的面庞近在眼前。

沈清央怔怔地道：“哥。”

徐行知给她拢衣服的手一顿，抬眸：“酒醒了？”

不说这话还好，一说，胃里那股翻江倒海的灼烧感再度涌上来。她偏身趴在他腿上干呕，呕了半天，什么都吐不出来。

眼角冒出湿润，沈清央难受得想死，人又被徐行知扳回来，没什么力气地靠在他肩头。

“你跟裴亦喝了多少？”他问。

“一杯……”她嗓音发哑。

他嗤笑了一声。

“度数很高……”沈清央头脑混混沌沌，思绪也不清，“太甜了……我喝不出来，可能有、有五六十度……”

徐行知任由她靠着自己，淡淡道：“别吐车上，到家再吐。”

她心里委屈：“我吐车上又怎么样？”

“你出钱洗。”徐行知微扭头，皮肤擦过她脸颊，“舍得吗？”

沈清央沉默：“不舍得。”

“那就老实坐着别动。”

行人、树木、商铺，在窗外不断掠过。

静了片刻，沈清央按着自己的脑袋，忽然笑了：“哥，可是现在我坐的是你的腿。”

他根本就没有放开她，她也没有从他怀里离开。冷气缠绕着酒气在呼吸间发酵，他们的姿势是难以言说的暧昧。

连司机都一直不敢回头看。

“还有，”沈清央朝窗外瞥了一眼，“你说回家，回的是谁的家？这是回家的路吗？”

“你真的喝醉了吗？”

“嗯，很难受。”

徐行知扣住她的后颈将人向后拉，微微眯眼。

她眼神迷离，神色恍惚，并不是清醒的样子。

他的拇指蹭过她柔嫩的皮肤，徐行知说：“你想回家也行。只是我刚才出来说的是不回去了。如果带着你折返，不知道大哥那里，说不说得清。”

“毕竟，”他慢慢抚着她秀致的眉眼，“刚才在厨房，差点就被他撞见了。清央，你敢吗？”

沈清央掀起浓密的睫毛。

车厢昏暗，她与徐行知对视。男人的五官眉眼轻易与三年前重合，很快又分离开，慢慢烙印成熟。

“我不敢。”

脑袋仍旧昏沉，沈清央慢慢靠过去，枕在徐行知肩上，轻声说：“哥，刚才在裴亦那儿，我想了很多。三年前，出尔反尔是我的错，可是你也对我说了很绝情的话。

“从小到大，你教会了我很多东西，我都记得，其中有一条记得最清楚。”

——任何事，往前看，别走回头路。

徐行知绕着她发尾的动作停了。

沈清央抬起脸来。

男人的目光隐匿在昏暗的光线里。

“你喝醉了。”他说，“我们明天聊。”

车转道，走了回头路。

沈清央被送回徐家。

徐行知没下车，车影消失在眼前，她扶着门口那棵海棠树，几乎快要把胆汁吐出来。

吐完，进门，灯也没开，沈清央摸索着回到自己的卧室。

热水兜头而下，她沉沉地吐出一口气。

后半夜大雨去而复返。酒精让她陷入深眠，一夜醒来，头痛不已。拉开窗帘，阳光照到眼皮上的时候，沈清央记起自己昨晚都干了什么。

七分醉，三分醒，总归，是她平时不会说的话。

在窗前沉默地站了一会儿，沈清央转身，从床头拾起自己的手机。

划过数个小红点，她的目光停在那个灰色头像上。

没有文字信息，只有一个地址定位，信息来自五分钟前。

她眼也不错地盯着这个地址，最终，换上衣服出门。

那是一间开在酒店里的意式餐吧，上午十点多，提供Brunch。

沈清央刚进去，岑川便迎上来，请她到东南角的位置。

徐行知坐在那里，松着袖扣，衬衣袖口微卷，一块银色表盘的手表扣于手腕上，纤尘不染。

她在他对面坐下。

他手里翻着文件，眼皮未抬，按了下铃，女侍者端上布里欧修与意式浓缩咖啡。

甜甜的奶香混着咖啡香气很快飘至鼻尖。

“酒醒了吗？”徐行知问。

沈清央“嗯”了一声。

他翻过一页文件，淡淡道：“尝尝，我还不知道这家餐厅味道如何。”

她眸光微动，静了片刻，拿起刀叉。

还没碰到松软的面包，沈清央便知道了徐行知叫她来这里的目的。

她拿起刀叉的刹那，视线无意识扫过窗边。阴天，并无太阳，玻璃幕墙外飘着大片大片成朵的乌云，可座位上的那对男女依旧相谈甚欢。

两个人，她都认识。

喻哲和林竹。

林竹漂亮，此刻穿得更松弛，丝质衬衫与包臀裙，七厘米的高跟鞋正在桌下有意无意地蹭着喻哲的脚踝。

喻哲表情一如既往，远远看着，还真看不出什么，只是递纸巾时，两人的手在无声调情。

搁在桌上的那束花也挺漂亮，和送她的差不多。

沈清央的动作停了挺久，最终，她收回视线，插了一小块面包放入口中。

“好吃吗？”

她仍旧是一个“嗯”字。

徐行知合上文件，面色平淡地喝了一口咖啡：“看见了吗？”

“你跟踪他的行程？”

“没有。”徐行知抬眸，笑了一声，“偶遇而已。”

沈清央盯着他。

徐行知身上有很清晰的烟味，清苦得厉害。他靠在那儿，衬衣干干净净：“我没那么多闲工夫，只是他作为高级白领，同时Date几个，应该也算不上新鲜事。”

“几个？”

“当然不止你同事一个。”

徐行知用纸巾慢慢擦拭着杯柄上不小心溅到的污渍，漫不经心道：“那束花挺漂亮的，眼光不错。”

沈清央有点绷不住地放下刀叉。

他明明是在说她看走眼。

布里欧修被切开后，一个又一个气孔奶白绵密，沈清央垂眼看着：“你到底想说什么？”

“没什么，给你提个醒。”

“还有呢？”

徐行知动作停了。

乐台边，有女乐手穿着红裙子开始弹琴，琴声缓缓流出，竟然是披头士的《Yesterday》。

昨日重现。

他抬眸，突然没头没尾地问：“当年的事，你有没有苦衷？”

沈清央心口一紧：“没有。”

意料之中的回答，徐行知并不惊讶，低头抚着冰冷的腕表：“如果再来一次，你还是不会跟我走对吗？”

他抬眸，靠在那儿，想了想，不合时宜地笑了：“从你十八岁，到你大学毕业，三四年的时间，连裴亦的猫你都一直记得，我们的感情，你却能说不要就不要。

“干脆利落，在这方面，我真是比不上你。”

沈清央在钢琴声和他的字字句句里透不过气来。

蓦地，她想起一桩往事。

那年元旦，其实徐行知来找过她一次。

彼时，十二月末，兵荒马乱的考研刚结束。一切尘埃落定，她与室友出去聚餐吃饭，很晚才回来，到宿舍楼下，忽然止住脚步。

一道身影靠在树下等她。

刚落了雪，冬夜孤寂，他戴着口罩，隐于阴影中，面容不清。

她走过去。

数月未见，两相沉默，他先开了口，问她最近过得好吗?

她轻点头。

他盯着她良久，久到瞳孔泛起血丝，声音轻得像从冰上滑过：“你不问问我吗？”

她愣住。

片片雪花落在青年漆黑的睫毛上，他嘴角泛起对自己的强烈嘲讽。

“央央，你够心狠。”

那次见面的最后，是他转身离去，而她在原地站了许久，最终没有挽留。

从此，天南海北，他走他的阳关道，她过她的独木桥。

而今，沈清央竟然察觉出一丝没来由的相似心慌。

她动动唇，嗓音晦涩：“徐行知……”

手腕骤然被灼热的掌心扣住。

她一惊，抬头，对上徐行知沉如海面的目光。春秋转了三年，时光到底雕琢了人的心性与脾性，他不再像从前剑拔弩张地与她对峙。

他看着她，几乎不放过她脸上任何一个变化着的细微表情，哑声道：“你不想说，我也可以不想听。

“如果我，不问过去，只问现在。”

沈清央脑子里“嗡嗡”地在闪。

她试图理智，其实无须理智，她知道徐行知在说什么，他向来不在她面前掩饰。

有些事是不能细想的，比如她知道哥哥喜欢自己，知道有事低个头，他就肯帮忙，知道无论再有恃无恐，他也肯纵容。

也知道自他回国那天，就是没有放下。

重重情绪在心里翻涌，沈清央被压得有些透不过气。

这瞬间，她想起很多。

从小到大得蒙的照顾，这三年的安稳生活，以及这些日子，大哥话里话外隐隐对她的告诫和暗示。

喉咙像被堵住，片刻的迟疑，演变成良久的沉默。

而徐行知扣着她手腕的力道，也在一分一秒的流逝中，慢慢松开。

眸中明明灭灭，最终，归于平静。

那首曲子也弹完了。

他松了手，缓缓后靠。

“清央，多谢你让我知道，原来无论是过去还是现在，我在你心里，始终一文不名。”

一场酒醉，换来了裴亦的深刻反省。

那几天，沈清央如常上班，偶尔会收到裴小少爷投喂的各色下午茶，个顶个的昂贵。蒋姝跟着沾光，质问是哪位有钱的追求者。

她无奈道：“发小。”

“那喻哲呢？”蒋姝替自己的发小抱不平。

沈清央拨着蛋糕，笑容淡了下来：“不合适。”

“啊！为什么？”

“没有为什么。”她不想跟蒋姝多提这件事，将一块马卡龙塞进蒋姝嘴里，“别操心我了，蒋律。”

其实周日晚上，喻哲就跟她联系过。

是在他发现她拉黑了他微信之后，打来电话，不解地问她为什么。

沈清央并未多说什么，只简简单单地回了一句：“林竹是我同事。”

电话那头登时没了声音，一秒、两秒，被挂断。

之后，这个人在她生活里销声匿迹。

沈清央无法理解这种多线程暧昧的爽感在哪里。

但不重要，她很快把这个人从脑海中剔除。到了年中，各种工作纷至沓来，她一连忙了两个星期。七月，裴亦的酒吧正式开业。

沈清央带上孟希一起去捧场。

裴亦钱多，朋友也多，开业弄得热热闹闹，请了一支很知名的乐队驻场。孟希一进去便“哇”了一声：“不错嘛。”

裴亦来迎接她们，四射的炫彩灯光里，他仍然戴着墨镜，临近了才拉下一点眯眼看：“哟，孟大记者，稀客啊。”

“不稀。”孟希说，“不比裴少身残志坚，瞎了还要开夜店。”

裴亦跳脚：“老子几万买的限量版墨镜！”

他俩见面次数不多，一见面就掐，沈清央早已习惯，在吧台上找了个空位翻酒单。

“央央，”裴亦凑过来，“要不要我给你推荐推荐？”

“免了，你自己调的自己喝吧。”

她可没有这个福分。

最后她点了一杯纯果汁，孟希则喝玛格丽特，一款青柠香气的鸡尾酒，颜色像海洋，十分清新。

“最近怎么了？”孟希问，“感觉你有点不开心。”

“工作累的。”

“真的假的？”多年闺密，她一眼不信。

沈清央沉默，转着吸管，片刻，有些出神地说：“只是我最近在想，我是不是真是一个很无情的人？”

孟希不解：“为什么这样问？”

她揽过沈清央的肩膀：“别想那么多了，人生在世，难保人人都对得起，苛责自己就更是没必要了。”

是吗？沈清央看着前方，轻声说：“希希，我记得你说过我做事冲动。”

她好像总在做一些错误的决定。

又好像没有错，只是天平两端，她选择维持自己觉得更重要的那端。

又过了几天，七月底，林清宇生日。

他已经毕业，毕业后的第一个生日，自然要好好过，沈清央准备了一份礼物，带去林家。

庄敏来开门，见着她笑了：“清宇念叨你一上午了，一直在念叨‘姐姐怎么还没到’。”

“他人呢？”

“在阳台上晒衣服呢。”

沈清央换了鞋进去，不大的两室一厅房子里，轻易便能看见林清宇晒衣服的身影。正午阳光正好，男孩子长得高，脚一踮便挂了上去。

庄敏站在她旁边，目光温柔：“清宇很懂事，小时候就经常帮忙晒衣服，那时候他够不到，就踩在板凳上，现在都够得到了，时间过得真快啊……”

沈清央听着这些话，神色渐渐淡下来。

无关失望和伤心，只是庄敏好像忘了，自己也是她女儿。

几乎完全错过了成长过程，于是也就没那么在意了。

那天中午，沈清央吃完饭便回了徐家，拉上窗帘，睡了三个小时的午觉。

五点多，被敲门声叫醒。

她迷迷糊糊地从被子里爬起来开门。

门外来人是方琴，嗔怪：“怎么一回来就睡觉，还睡这么久？你徐伯伯买了西瓜，切了好半天，不见你下来——”

话没说完，声音戛然而止。

因为她忽然被沈清央抱住。

养了这么多年，两人从来没这么亲近过，方琴怔了怔，手下意识拍拍沈清央的后背，语气放缓：“怎么了清央，身体不舒服吗？”

她心软地摸了摸沈清央的额头：“是不是发烧了呀？”

沈清央没给回答。

方琴察觉到颈间一点温热的濡湿。

不该这么难过的。

话是她说的，受伤的是徐行知。

明明那三年也平淡地过来了。

沈清央从来不知道喜欢和爱有什么区别。

年少时，她喜欢徐行知，像喜欢漂亮的花，又或是一首好听的歌，不觉得有什么区别。

分开时，心脏钝痛，但也是短暂的。

她好像天生对这些感情就淡薄。

又好像有些不一样。

这一个月以来，徐行知彻底消失在她的生活中，从别人口中得知，他去了深圳出差。

异样情绪后知后觉地漫上来，一点一点蚕食了沈清央的睡眠。

她比以往更频繁地梦见他。

梦见他们刚在一起的时候，姑苏城酒店里的那段时光。

梦见他亲她，总能让她心跳得很快。

梦见他喊她央央。

梦见他说，她够狠心。

有时候夜半惊醒，她从窗户看到院子里的那棵海棠树，春日溜走，它早已落尽了。

八月，徐行知从深圳返回北城。

落地之后，他先睡了一觉，醒来去见关柏言。这次深圳园区的落地审批他帮了大忙，人情算是欠下了。

哪知到了地方，不止关柏言一人，成嘉莹也在。

“不能怪我。”关柏言借着递茶盏的动作，垂首说，“成总亲自开口找我搭的线，这个面子我不能不给，你也给我个面子。”

徐行知接过杯子，瞥了他一眼。

自回国以来，成嘉莹已经好久没见过他。国内不比国外自由，有父母拘着，还有长辈的数落。加之徐行知也比从前忙，根本追不到人。

成嘉莹用木匙搅着茶叶，茶室清幽，院中有一方人工湖，引的活水，风一吹，竹帘送入清凉。

“行知哥，你昨晚才落地吗？”

徐行知“嗯”了一声。

“那好辛苦，我们去吃饭吧，凤鸣路上刚开了一家泰国——”

“成小姐，”他打断她，“我待会儿就要回公司。”

成嘉莹嘟嘴：“那好吧。明天呢？”

徐行知不说话，一只手支着脸，另一只手漫不经心地翻着茶室里放着的道家书籍。

沉默便是最大的婉拒，成嘉莹眼眶渐渐红了，“噌”地起身：“徐行知！你就这么不待见我吗？”

他眼皮也未抬。

关柏言不得不出来打圆场：“我说嘉莹，你先坐下——”

“不要。”成嘉莹拂开他的手，声音里带了哭腔，“我走。”

说着，她当真转身就走。

竹帘被掀开，一阵“叮当”作响后，茶室恢复安静。

关柏言揉着额头，叹气：“你说你，你就不能哄哄她吗？小姑娘家家的，你也忍心。”

徐行知转着青色茶盏：“我这样才是对她好，让她不要再浪费时间。”

“说的也是，不过嘉莹到底哪儿不好？长得漂亮，人也单纯，你就硬是看不上，我看你们倒是挺般配的。”

徐行知：“你是转行当媒婆了吗？”

“那倒没有。”关柏言笑了两声，“这不是你一直单着，总惹不少姑娘芳心破碎。哎，对了，上次来网球场找你那个姑娘怎么样了？我那会儿远远看着，身材挺不错的。”

“我看你最近挺闲的。”徐行知搁下茶杯，“找别人陪你喝茶吧，我先回公司了。”

“哎哎哎——”关柏言挑眉，“怎么一提起她，你就翻脸？该不会你们真有点什么吧——”

他话没说完，徐行知的身影已经消失在竹帘外。

周日，天气晴朗，盛夏太阳刺得人晃眼，徐行知也懒得回公司，索性开车去找陈泊喝酒。

陈泊是单独来的，手机上却还坠着个米米，时不时给他发信息。

将手机调成静音，陈泊看了一眼屏幕，说：“米米听说我来找你，本来要跟着一起来，她想念你的沈小姐。”

徐行知觉得自己做了个错误决定，陈泊说话是真招人烦，他没抬眼皮：“想她干什么？”

“沈小姐招人喜欢啊。”陈泊促狭道，“你喜欢，别人自然也喜欢。”

“哦，对了。”他又说，“米米一直想请她吃饭，但不好意思去问。要不然你帮忙搭个线，请沈小姐出来？”

徐行知的神色彻底冷了下来：“自己去问，我帮不了忙。”

陈泊察觉出不对：“你们吵架了？”

“你能安静点吗？”他终于觉得心烦。

在深圳还好，一回到北城，好像人人都在提她，哪儿都跟她有关系。

晚上，徐行知回到家。

手机上有很多朋友的邀约，连着方琴问他什么时候回家的信息一起轰炸，他通通无视。

推开门，徐行知随手丢下车钥匙，扯了领带去洗澡。热水冲在手臂上一阵麻痒，他这才发现自己不知道吃了什么东西过敏起了红疹。

他翻箱倒柜地找过敏药。

倒不是家里乱，只是喝了酒头晕，他不记得药放在了哪里。

“啪嗒——”

拉开一个抽屉，旁边摆台上的东西被震得掉了下来。

徐行知回头，伸手捡起。

那东西散发着雪松香，淡到几乎已经没有。

是沈清央买的。

他从车上摘下来，随手丢在了某个地方，没想到它会在这时候突然冒出来。

已经是没用的东西，徐行知盯了几秒，丢进垃圾桶。

次日去公司，办公桌上放了一沓实习记录。

第一批实习生已经结束了为期三个月的实习，由他们的导师和部分负责人进行打分，优秀者会进入秋招的提前批。

徐行知随手翻了翻，看到林清宇的，评分是 B。

不算高，中规中矩。

他叫来了彭卓，林清宇的导师。

“B 已经很高了。”彭卓说，“林清宇在这一批实习生中并不算出色的，但好在平时做事够踏实，也很用功。”

徐行知捏着那张实习记录，没说话。

“老大，”彭卓挠挠头，“有什么问题吗？”

“没有。”徐行知说，“让他过来一趟。”

没一会儿，门被敲响。

林清宇怀着忐忑不安的心情推开门：“老大，彭工说您找我。”

在维斯待久了，他也跟着研发部上下一起喊徐行知老大。

“坐吧。”徐行知问，“实习快结束了，最近感受如何？”

林清宇小心翼翼地坐下，搞不清眼前的状况，只能含糊着回答：“还好。”

“不用那么紧张。”徐行知看透他的想法，“你们这一届的秋招快开始了，实习结束后，你有什么想法吗？想正式来维斯工作吗？”

“我可以吗？”

“你想吗？”

林清宇一头雾水。

徐行知指尖点着纸面：“如果你想的话，我可以破个例。”

林清宇蒙了，不明白这是什么意思。

“您的意思是……”

“你有个亲戚，和我相熟。”徐行知说。

林清宇瞬间瞪大了眼睛。

在脑海中梳理了一会儿，他渐渐冷静下来，不敢置信地说：“您的意思是，我可以直接拿 Offer？那当初我的实习……”

徐行知默认。

林清宇肩膀一松，变得有些颓：“我就说，我怎么运气那么好，原来是……”

“老大，”他低头，“我可以问问是哪个亲戚吗？”

“这不重要。”徐行知淡淡道，“你现在只需要做出选择。”

做出选择……

林清宇怔住。

这选择要怎么做？一个是不费吹灰之力就能拿到别人都梦寐以求的Offer，一个是回到残酷的秋招市场，从头开始竞争。

他有点出神。

片刻后，林清宇站起来鞠了一躬，郑重其事地说：“老大，谢谢您这段时间对我的照顾。但我想，我还是不留下了。”

“你想好了？”

“想好了。我不适合维斯，这里对我来说一切都太快了，我跟不上大家的节奏。我能得到一个实习机会，已经很感谢您了。”

徐行知没说什么，拉开抽屉取出一个信封。

“这是我给你写的推荐信。”他递给林清宇，“你带上简历，去中越集团通信部面试，那儿空出了一个研发岗，不打算公开招聘，很适合你。”

林清宇略微犹豫了下。

“这不会对你那位亲戚造成负担，她不知道，去吧。”

他这才双手接过，认真地道：“谢谢您。”

徐行知温和地笑了笑。

送走林清宇，办公室重归安静，落地窗外布满大片金色日暮，颜色格外动人。

褚少云进来时，徐行知刚掐了烟准备收拾东西。

“行知。”

他伸手按了电脑关机键，随口应了一声。

“周末世博有个峰会，邀请发了过来，你有空去吗？”

“去不了。”

褚少云奇怪：“我刚问过岑秘书，你周末行程不是未定吗？”

徐行知说：“我周五飞旧金山。”

“周五？”褚少云意外，“这么突然，不是说下周吗？”

“我提前了航班。”

关了办公室的门，给家政发去公寓之后的打扫安排。

周五，十一点，机场大厅响起登机播报。

“徐先生，”空姐走过来，笑容温婉，“飞机即将起飞，请您将所有的电子设备调成飞行模式。”

徐行知颔首，合上手中的笔记本电脑。

窗外，云层渐近。

一周后，沈清央在上海接到邹瑾的紧急电话。

彼时她刚和客户交涉完毕，临登机之前，邹瑾突然让她退了机票重新买。

“魏律那边有一个跨境并购的项目，要带着团队去南湾出差，林竹突然生病住院，人手不够，你去顶一下。”

沈清央怔住：“我？”

“对。”邹瑾说，“不会很久，等魏律手下空出能顶上的人，你就回来。他亲自开口找我要你帮忙，我也不好拒绝。”

“好吧。”她垂眼。

回北城的机票退掉，目的地改成旧金山。

靠在玻璃幕墙边，沈清央莫名有些疲惫。

她抬眼看向候机厅外辽阔的停机坪，飞机在晚霞中起落，人来人往，纷纷奔向不同的目的地。

八月底。

盛夏谢幕。

CHAPTER 08 /

异国再会

加州，San Jose。

一场夜雨刮走圣何塞持续四个多月的高温，下午五点，钟楼上应时响起一则男声播报：“在未来一万年内，红色超前星的前部可能已经爆炸变成……”

会议室内，三个小时高强度的讨论会议后，每个人脸上都带着脑细胞过度死亡的疲惫。

“六点了。”最上首，韩文靠着转椅，看了眼手表，“大家去吃晚饭吧，半个小时。今晚我们把 S3 部分搞定。”

这话一出就是又要熬夜，众人心照不宣地对看一眼，都是习以为常的平静。

他们这行能做到合伙人级别的都是卷生卷死的精英，学历、能力、精力无可挑剔。比起邹瑾，韩文做事更加吹毛求疵。

落地那天，她没给众人倒时差的时间，直接开始工作。

沈清央端起咖啡，发现杯子已经空了。

“一起吗？”旁边的男律师方绍元举起杯子问她。

“好。”

他们这次服务的公司是国内一家科技企业设在硅谷的新分部，意在扩张海外版图。沈清央临时顶上，来得突然，在飞机上粗略扫了一遍，落地之后，又熬了两个通宵，才把工作内容摸清。

按下咖啡机，等待的时间里，方绍云跟她闲聊：“难怪韩律要你顶林竹的缺，这么短时间就能适应她的压榨，我都快两年了，还没适应。”

沈清央无奈地摇摇头。

其实不太适应，来之前她在上海出差的那一周就是连轴转，还没等喘口气，又被拉来圣何塞。过去一周，都处在高强度工作中，她隐隐觉得自己快撑不住了。

饮食、气候，各方面都给她带来极大的压力，濒临极点。

尤其是近两天，水土不服，肠胃十分不舒服。

剥了一颗方糖丢入杯中，沈清央搅了搅，长舒一口气，思考晚上吃什么。

什么都不想吃，她忙到厌食没有胃口。

接完咖啡，沈清央和方绍元一起离开茶水间，在门口遇见一个正准备下班的工程师，恰好是方绍元的老同学。两人寒暄，拉她一起，沈清央不好提出离开，站在一旁客套地笑笑。

身体不太舒服，也就不太想讲话。

搅着手里的咖啡，沈清央轻轻吹了口气，看向玻璃外澄蓝如洗的碧空。

她第一次来圣何塞，这座举世闻名的硅谷城，处处是闻名遐迩的高科技公司。

一年三百多天阳光灿烂，高大的棕榈树遍布城区，高架外则空旷开阔。

几片云在晚霞里飘来飘去，她收回目光，低头想喝咖啡时，忽然顿住。

一道身影从斜对面的旋转楼梯上下来。

和在国内时一样，他穿着剪裁得宜的商务西装，只是质地略薄些，神色温和，正在和身旁的男人谈笑风生，身后跟了几个员工。

一行人从楼梯上下来，站在玻璃扶手旁讲话，一眼望去，谁都不如徐行知风姿出众。

方绍元和他的老同学自然也注意到了，方绍元好奇："那位是？"

"我们老板啊。"

"不是，左边那个。"

老同学看过去，笑着回答："那位啊，维斯的创始人，你没听说过吗？炙手可热的。"

方绍元有些惊讶："听说是听说过，只是没想到真人这么……"

"这么出众是吧？"老同学接过他的话，"维斯今年和我们有技术上的合作，我上周也是第一次见到本尊。你不在硅谷工作不知道，传奇人物惹碎了多少芳心。"

两人就这个话题感慨地聊了一会儿，没注意到沈清央的怔然。

无关其他，她只是突然想到，距离上次见他，已经过去两个月了。

这两个月里，徐行知去了深圳出差，回来之后没过几天，徐教授在家庭群里问他什么时候回家吃顿饭，他却答复自己已经不在国内。

气得徐教授在家里念叨了好几天，说他忙工作，连家人也不顾了。

他这一步退得太彻底。

沈清央盯着那张清峭侧脸出神，或许是她看得太久，正在讲话的徐行知顿了顿，忽然朝她的方向瞥过来。

只一眼，那道视线便波澜不惊地收回去，好像看见无关紧要的陌生人。

她愣了下，连日来心口那股浅浅的闷感再次涌上来。

没多久，徐行知带着人离开。

方绍元邀沈清央和他的老同学一起去吃饭，她婉拒，回到会议室打开文档，接着敲键盘。

半小时后，其他人陆续回来。

这天工作到后半夜才结束，合上电脑时，沈清央觉得头晕眼花，不知是不是供血不足的原因。

她把邮件抄送给甲方和韩文，工作软件里很快跳出韩文的私聊：沈律，这一周辛苦你了，林竹明天上午过来，你和她交接一下接下来的工作。

沈清央回了"好"。

酒店是两个人同住一间，沈清央和同事一起回去。临江的景致不错，可惜她无暇欣赏，草草洗漱后便躺到床上。

头"嗡嗡"地疼，精神骤然松懈下来，她浑身都像失了力一般，到第二天早上，室友来叫她都没听到。

"沈律……沈律？"

沈清央费力地撑开眼皮，应了一声，看见同事担心地看着她："你没事吧？

脸色怎么突然这么差？”

“没事。”她摇摇头，“可能是累的。”

沈清央扶着脑袋爬起来洗漱，然后在酒店楼下等林竹。林竹风尘仆仆地赶来，倒是未见病容，精神比她还好。

文件材料打包交接完，林竹在她面前挥了挥手：“清央，你还好吗？”

“我怎么了？”

“你看上去纸白纸白的。”林竹催促她，“我听老方说你熬得很厉害，快上去休息吧，韩律不比邹律有人情味吧？”

确实，沈清央点点头表示赞同。

在酒店的行政酒廊吃了点儿东西，她回到房间躺在床上，没多久，吃下的东西全部吐了出来。

脑袋晕得像蒙了一层雾，身体发冷，沈清央裹着被子睡了一会儿，被电话吵醒。

她摸索到手机，看也没看来电人，直接贴到耳边：“喂？”

下午六点，徐行知从公司离开，先回公寓拿了样东西，而后驱车去 San Pedro Spuare Market。

开车经过 SJMA 时，“会有绵绵细雨”的播报依旧回荡在 Downtown 的上空，早八点至晚八点，每小时一次。

边聿在一家户外餐厅里等他。

“终于来了。”边聿拉开椅子，“大忙人，找你吃顿饭可真不容易。”

“Claire 呢？”

“送去她爷爷奶奶那里了。”边聿说，“幸好她不在，每次见到你比见到我这个亲爸还亲，小小年纪，这么颜控……”

徐行知坐下，递过去一个纸袋：“送给她的手链。”

“这么贴心。”边聿挑眉，毫不客气，“那我就替她收下了……VCA 红玉髓，她会喜欢的。”

徐行知翻开菜单，要了杯冰水。

他和边聿是当年在斯坦福读书时的校友，对方修计算与数学工程学位，毕业后一直在一家芯片企业工作直到现在。

过去几年，边聿算是徐行知关系还不错的密友。

他来之前，边聿已经点好了一桌子的菜。这是一家墨西哥餐厅，端上来的第一道主菜是炖牛肉，边聿边吃边和他闲聊：“我听说学院最近在办一个交流会，遍邀知名校友回校演讲，你是不是也收到邮件了？”

“收到了。”

“打算去吗？”

徐行知喝了口水，不置可否。

边聿已经从他的神情中得到答案，无不遗憾：“你要是去的话，我还想带 Claire 去当观众，能不能满足一下她的心愿？”

徐行知不吃这套：“她才五岁，能听懂什么？”

“说不定我家 Claire 是天才少女呢。”

边聿知道这事没希望了，但还是不死心：“你究竟是为什么不去？该不会是真的因为当年没拿到学位证书吧？”

他真的是哪壶不开提哪壶，好在徐行知不甚在意，只是转了转杯子：“忙。”

“你都忙了半个月了，回 SJ 我就没抓着你人。”

提起这个，边聿忽然想起一件重要的事：“你这次回来准备待多久？回国大半年干什么去了？ Claire 一直念叨说想你，都快把我耳朵念叨出茧子了。”

“两个月吧，如果这边事情没处理完，可能会再待久一点。”徐行知尝了两块炖牛肉，腻得他瞬间失去胃口，好在服务员这时送上一份沙拉。

沙拉上淋了柠檬汁，香气清冽。

边聿的目光瞬间被吸引，话题岔开：“这个不错。我记得你做沙拉最爱淋柠檬汁，每回我都觉得有点酸但是很好吃，你什么时候再邀请我去你家吃饭……”

徐行知把沙拉推给他：“你现在多吃点。”

“别啊，我好久没吃到正宗的中餐了。”

徐行知的厨艺是被逼出来的。他吃东西挑，大多数不忙的情况下都会自己做东西吃，边聿尝过几次便念念不忘。

“没空。”徐行知懒得搭理他。

边聿可惜地叹了口气，捏起一块 Taco：“薄情寡义，你去年一声不吭抛下我回国，到现在也没跟我说是因为什么事……”

“你能不能少演点怨妇？”

“那你陪我喝酒？”

……

到最后徐行知也没跟边聿喝酒，吃完，他叫了辆 Uber 送走边聿。

回程的车开在晚风里，徐行知支着脑袋，等了一会儿红灯。窗外，一排排棕榈树遍布城市景观。

他平静地看着前方的如龙车流，平日里最常见的景色，圣何塞很大也很小，大到每天开车去上班要花费几十分钟，又小到在毫无预料的情况下能遇到一个人。

绿灯亮起，徐行知收回目光，随车流缓缓移动。

快到公寓的时候，徐行知的手机铃声响起，他扫了一眼，陌生号码，直接点了挂断。

谁知那号码锲而不舍地打了第二遍，他接起来，刚点开免提，裴亦的嗓门便冒出来：“行知哥，别挂，是我！”

车窗关上，徐行知说：“听到了。”

裴亦像找到救世主：“你总算接电话了，我特地从我哥那里要的你的号码。行知哥，你在圣何塞对吧？”

他平淡地“嗯”了一声：“有事？”

“急事！”裴亦喋喋不休道，“行知哥，央央也在那里，她前几天过去出差，我刚才给她打电话，她肠胃炎又发烧，一个人在酒店……”

徐行知静静听着，打断他：“说重点。”

裴亦一愣。

察觉到徐行知语气中的冷淡，他声音不自觉变小：“你不过去看看她吗？”

徐行知声音淡淡的：“我为什么要过去看她？”

“你们……”裴亦及时改口，“你是她哥哥呀。央央真的很惨，我听她嗓子都哑了，孤身一人，没人送她去医院，也没人照顾她。”

电话里，徐行知毫无情绪地笑了一声。

裴亦霎时噤声，过了一会儿，才问：“你真的不管她了吗？她烧得很厉害。”

“她死了也跟我没关系。”

电话挂断，徐行知握着方向盘转了个弯。

半小时的路程缩短到二十分钟，回到公寓，徐行知开了个简短的线上会议。九点一刻，他拉开抽屉，烟盒空了。

他拎了件外套，下楼买烟。

街上有不少流浪汉。这里收入高，房价也高，相应的，无家可归的人也多。

结账时，徐行知视线掠过柜台上摆着的柠檬糖，黄澄澄的颜色，他顺手拿了一条。

他剥了一颗放在嘴里。

门口的路灯驱散一隅黑暗，徐行知低头点烟，砂轮滚动，火星冒出。

他面上并没有什么表情，只是想起半个月前，方琴曾在家庭群里“艾特”他问了平安。

同样的，她一向懂事不让长辈担心，上周飞过来时便在群里发了酒店的位置和房间号。

她不是不知道他在这里，只是宁愿舍近求远。

他闭眼呼出一口烟雾，尼古丁的苦混着柠檬的清甜，没带来丝毫慰藉，却让他脑海中闪过一张清丽面孔。

昨天她文文静静地站在那儿，玻璃门映出纤细身影，几乎要让人忘记时间流动得如此之快，两人已经两个月没见。

他最喜欢她笑的时候，眉眼生动，唇红齿白的样子让人心软，也很有欺骗性，让人觉得她性格似乎就是那么软。

街对面有流浪汉在堵着人要钱，这片社区华人多，最容易成为被抢劫和勒索的对象。

徐行知淡漠地任自己陷入回忆里，柠檬糖夹心酸得发苦。烟烫到指尖，十指连心，他睁开眼。

酒店里，一觉醒来，沈清央在盥洗台前吐得天昏地暗。

胃里空空，什么都吐不出来，只有喉咙紧得难受。她抬头，镜中人面色潮红，唇色却苍白得厉害。

草草地洗了把脸，沈清央回到沙发上躺着。闭了一会儿眼，倒计时结束，她艰难地掀开眼皮，看了眼体温计上的数字。

102……换算成摄氏度是多少？

高烧让沈清央的脑子变成一团糨糊，片刻，她丢开体温计，放弃换算。

昏昏沉沉地躺了一会儿，持续不断的手机铃声把她强制唤醒。沈清央睁开眼，摸索着找到手机。

“喂。”嘶哑的声音。
“央央，你还好吗？”
是裴亦的声音，沈清央躺了回去，闭上眼，“嗯”了一声。
裴亦却从声音中猜到她的状态：“你量体温了吗？多少？”
“量了。”沈清央报出数值。
裴亦在电话那头换算了一下，眉心一跳：“沈清央，你别睡了，快点起来。”
她若有似无地又“嗯”了一声。
“快起来！”裴亦在电话里拔高声音，“三十九℃多，你也不怕把自己烧死，你同事呢？”
“他们很忙。”沈清央有气无力道，“你小点声，没等我烧死就被你吓死了。”
裴亦急得团团转：“你快起来吃药，就你那小身板，吹个风都得感冒两周，快吃药。”
“知道了。”耳边一直“嗡嗡”的，沈清央头痛得厉害，强撑起身安慰他，“我会照顾好自己的，你别担心。”
“我怎么能不担心？行知哥也不搭理，我那些朋友没一个靠谱的，不然——”
她混混沌沌的，突然睁开眼：“你给他打电话了？”
“谁？行知哥吗？”
“打了……”裴亦想到那句“死了也跟我没关系”，到底没敢复述出来，只是含糊道，“行知哥说他忙……”
沈清央按着额头，头发披下来。沉默了一会儿，她哑声说：“别再去找他了。”
裴亦不解：“你们怎么了？之前在我酒吧里不是还——”
“搂搂抱抱”四个字被他咽了下去。
两人又聊了一会儿，因为沈清央实在头晕，裴亦强调几遍让她吃药后，挂断了电话。
世界安静下来，沈清央躺在沙发上，胳膊垂着。
高烧引发全身酸痛，加上因为水土不服引起的肠胃炎，她一整天都没怎么吃得下饭。
光线太亮，她闭着眼睛，用手背盖住眼皮。
酒店房间里只有她一人，四周都静悄悄的，唯有中央空调运作的一点细微气流声。在恍恍惚惚的疼痛里，沈清央脑海中冒出一个虚无缥缈的念头——
他竟然真的不管她。
这想法来得毫无理由且不讲道理，但就是凭空出现，连带着一点不易察觉的委屈。
或许是因为习惯了他的照顾，对她，徐行知当真算得上予取予求。即便口头不答应，最后，也不会真的置之不理。
眼皮几不可察地动了下，片刻后，沈清央抵着额头，慢吞吞地爬起来。
她套上外套，寄希望于附近还有开着的药店。
乘电梯下楼，她跟着导航走了几步。路灯光线不够亮，她无暇欣赏这座闻名世界的城区的夜色，在原地对着屏幕上的箭头摸索方向，冷不丁和路口几个身材高大的黑人对上视线。

刹那间，后背冒出一片鸡皮疙瘩。

几乎是瞬间的下意识反应，她转身往回走。

那几个人果然快步跟过来。

深夜的路口人迹寥寥，沈清央拔腿就跑，没几步，被团团围住。

她浑身浮起冷汗，哑着嗓子用英语警告他们：“不许靠近我，不然我报警了！”

几个人互相对视一眼，轻蔑地笑了。为首的伸手拽她的包，嘴里“叽里呱啦”吐着她听不太懂的英语，只依稀辨别出“money”的字眼。

沈清央抱紧自己的包，摇头：“我没有钱。”

下一秒，包带被用力地扯过去，连带着她人被拽得踉跄，头被晃得更晕。

她怎么抵得过几个大男人的力气，包被抢走，他们好像只是为了求财，围在一起翻她的包。

沈清央趁机拼命跑回酒店门口，声音发抖地喊保安。

她吓得太厉害，被前台工作人员带进去的时候，脸色苍白，手里被塞进一杯热水。

前台拍了拍她的背，告诉她别担心，已经帮她报警了。

异国他乡遭遇这样的突发状况，沈清央人被吓得有点儿恍惚。保安找回了她的包，翻了翻，证件没丢，他们只拿走了几百美元的现金。

没一会儿，一黑一白两个警察来了酒店，带她回去做笔录。

“女士？”警局里，黑人警察在沈清央面前挥了挥手，“你还好吗？我们需要做个笔录。”

沈清央睫毛颤了颤，回神，微点头。

她手里攥着自己的包，浑身紧绷，低声将经过复述了一遍。

“钱财损失为 285 美金，女士，你有受伤吗？”

沈清央摇摇头。

白人警察合上笔录本：“这种事常有发生，那些人经常守在华人聚居的地方打劫。女士，你晚上最好不要一个人出来。”

或许是她看上去太过瘦弱苍白，笔录结束后，警察多问了句：“你有亲人或朋友在这边吗？我们可以帮忙通知他过来接你。”

“亲人……”沈清央魂不守舍地抬头，神色恍惚。

须臾，她眼神慢慢聚焦，下意识地念出一个名字。

半小时后，徐行知的车停在警局外。

夜幕低垂，昼夜温差很大，推开玻璃门时，隙风吹过，刮起椅子上那人的灰绿色裙角。

她上身靠着墙，双眸闭合，唇色苍白，柔软的长发垂着，整个人显得弱不禁风。

短短一天没见，她似乎瘦了一圈。

“先生，请先跟我到里面签个字。”警察示意。

“好。”徐行知收回目光。

签字的时候，警察跟他说了一下基本情况。她没受到身体伤害，只是丢失了几百美金，重点在于受惊吓过度，一晚上除了做笔录一言不发，建议他好好关注一下她的心理情绪。

徐行知微点头，垂眼，签下自己的名字。

签完字出来，她还坐在那儿，怀里抱着自己的包，不知道是睡着了还是发呆，连别人经过她身边都没发觉。

徐行知走过去。

眼皮上的光线被阴影覆盖，有人缓缓将她颊边的头发拨开，沈清央自昏昏沉沉中半掀眼皮，看到熟悉面孔。

她怔住，眼皮轻颤。

绷了一晚上的身体陡然放松。

她忽然想起那年夏天，她在行程紧促的毕业旅行中身心俱疲，哭着给徐行知打电话，当天晚上，他就出现将她带走。

养成一个习惯需要21天，戒掉对一个人的依赖需要多久？

或许三年根本不够，每七年人的细胞、血液与骨骼都会自我更新一次，然而即使脱胎换骨，记忆却是永恒的。

沈清央在此刻发觉，原来有些人的存在刻骨铭心，并不能风吹叶落。

爱是那么短，遗忘却那么长。

“哥。”她抬眼，嗓音喑哑。

徐行知静静看着她，将她柔软的碎发拨到耳后：“能站起来吗？”

沈清央轻点头，搭上他的掌心，借力起身。

只是还没站稳，她身形忽然一晃，软倒在他怀里。

徐行知及时捞住她，怀里的人像没骨头一样滑下去。他顺力单膝着地，让她趴在自己身上。

衬衫裙是亚麻材质，轻飘飘地穿在沈清央身上，脊背瘦削薄弱。

他抬手抚上如缎的长发。

雪白的墙面上映出两人相依的身影。

“哥……”她虚弱地伏在他肩头，嗓音低微，“我能跟你回去吗……”

回去的路上，路过药店，徐行知下车，买了几盒药丢进车里。

去医院并非最佳选择，更何况是深夜。徐行知熟悉沈清央，连续的波折吹风便容易发烧，是小时候体质没养好的缘故。

至于现在脆弱的肠胃，罪魁祸首应当是她工作这几年敷衍饮食。

车门开合，风灌进来，沈清央从迷蒙状态里恢复几分清醒，偏头看见徐行知拉上安全带，重新发动车子。

轮廓清淡的侧脸隐于夜色中，路灯光线昏黄，他转着方向盘，淡然地将车开回路上，让人心里无端产生几分落地感。

车开回了公寓，徐行知绕到副驾驶座拉开车门，把手递给她。

沈清央借着力道，慢吞吞地从车上下来，跟着他上了楼。

走廊里铺着静音地毯，公寓很安静。徐行知开了门，她跟着进去，无暇打量他住的地方，在客厅沙发上找个角落靠着。

徐行知走过来，拎了一双男士拖鞋丢在她脚下。

“量个体温。”他弯腰调了下体温计递给她，“会用吗？”

沈清央点点头，她买的也是这种电子体温计。

在等待的时间里，徐行知去给她弄热水喝。他平时生活没有这个需求，公寓里连个烧水壶都没有，只能临时用咖啡机烧热水。

碰了碰马克杯杯壁的温度，徐行知端过去。

体温也量好了，沈清央接过杯子，把数字递给他看。她仰着一张素白的脸，只有巴掌大小。

他用手背探了下她额头的温度，烫得惊人。

徐行知眉头微紧，拆出一颗退烧药让她吃下。沈清央身体里的水分快被烧干，昏昏沉沉地讲不出话。他给什么，她就吃什么，一副全然听话的模样。

吃了药，她抱着杯子喝水。喝完，人迷茫了一会儿，仰脸轻声问他：“我能在沙发上躺一会儿吗？”

徐行知垂眼，手指刮了刮她清瘦的脸。

这里的沙发显然比酒店的要舒服得多。沈清央侧身躺下，枕着靠枕，鼻腔钻入浅淡的佛手柑香气，和警局里她靠在徐行知怀里闻到的同样温和疗愈。

退烧药在发挥效用，她恍恍惚惚，像漂在大海里，那种溺水感让人昏沉。

直到上半身被人托起，佛手柑的香气忽然变得明显，沈清央有些困难地睁开眼，入目是徐行知淡垂着的睫毛。

他将她上半身靠到怀里，用一块浸湿的毛巾擦拭她的额头和颈窝来降温。

并不是完全冰的水，而是温温的，但对沈清央来说已经足够舒适。

她舒服得想喟叹一声，下意识地贴向男人微凉的身体，长发将他的衬衣彻底揉乱。

手指慢慢穿过漂亮的长发，徐行知神情淡淡，拆了一包降温贴，贴在沈清央的额头和手肘关节处。

她穿的连衣裙是长袖，解了袖扣撸上去，胳膊细白，在不算明亮的光线中，有些晃眼。

他平静地用手背贴着怀里人的皮肤，五分钟后，换了新的退热贴，将人抱去卧室床上。

深夜沉缓安静。

从卧室出来，徐行知推开阳台门，低头点烟，眉眼间难得不受控地染了丝躁意。

这一夜，沈清央睡得并不安稳。

起初是热，后来觉得冷，药效作用于病毒，让她的体温再度提高，皮肤上冒出一层薄汗。

她浑身难受翻来覆去，肌肉抗原分解，胳膊和腰背酸痛难当，像被人拿针一直扎一样，偏偏眼皮还沉得抬不起。

脸陷进枕头里，沈清央眉头紧蹙，身体蜷起。她将胳膊伸出被子，迷迷糊糊中寻摸着边缘冰凉的被单，蓦地，触到人的皮肤。

修长手指的触感温凉，叫人觉得无比熨帖，她顺着勾上去，摸到手背。

那人俯身，探了探她额头，随后抽出两张纸巾，擦了擦她皮肤上的汗。

“疼……”沈清央扣住他的手指不放开，脸靠过去，皱着眉呢喃。

徐行知在床边坐下，隔着被子轻拍她的背：“哪里疼？”

“胳膊。”她的黑发被汗湿，没睁眼，不知是睡着了还是醒着。

掀开被子一角，徐行知将人重新抱到怀里。

她没反抗，像是疼累了，顺从地靠在他肩头，任由他慢慢揉捏着她的胳膊。

沈清央只觉得全身力气被抽走。既睡不着，也无法完全醒来，于精疲力竭中睁开眼，额头擦过男人的下颌。

卧室里只亮着一盏淡黄的夜灯，光线暗淡，衬得徐行知的皮肤有种别样的瓷白质感。

她半掀着眼皮，看了一会儿，鬼使神差地伸手去摸。

还没碰到，手就被人攥住。

“你想干什么？”徐行知垂眼看她。

“……”

“耍流氓不成就装睡吗？”

“……我难受。”沈清央声音闷哑不清。

“生病不是你的免死金牌。”徐行知将她的胳膊放回去，恢复无波无澜的语气，“要喝水吗？”

出了这么多的汗，沈清央几欲虚脱，“嗯”了一声。

徐行知找来一个靠枕让她靠着，出去倒水。

胳膊上如刀刮般的酸痛缓解了许多。沈清央靠在床头，伸手将那盏几何形状的床头灯调亮一点，浅淡的白光里，她低头用力揉发痒的眼角。

脚步声靠近，徐行知拉下她的手，原本秀气的眼睛被揉得通红，像小兔子一样可怜兮兮的。

他将水杯递过去。

这次换了个大点的杯子，沈清央用力眨几下眼，就着他的手喝水。没喝两口，她脑袋越垂越低。

她抬起脸：“你泡了柠檬在里面？”

“加了盐和糖，电解质水。”徐行知淡声解释。

沈清央舔舔被水润湿的唇，欲言又止。

“你想说什么？”

她犹豫：“有没有吸管？”

这么大的杯子，喝起来好累。

……

徐行知不知道她什么时候养成的这娇气习惯，瞥了一眼，神色有些凉。

在储藏室里翻了翻，找出一个自带吸管的随行杯，上面印着维斯的Logo，还是几年前行政拿给他看的工厂样品。

在流水下冲洗干净，将柠檬水倒进去，沈清央这下得以慢慢补充水分。长发垂下来，还有些湿意。

徐行知调高两度空调。

半夜两点，几乎算得上万籁俱寂。卧室里只剩下她细微的吞咽声，等将水喝完，沈清央抬头，才察觉出异样。

徐行知的头发并不凌乱，不像是睡过觉。

反而是离得近了，能闻到很清晰的烟味。

不理解他为什么不睡觉而去抽烟，然而高烧一场让沈清央过于疲惫，药物带来的退烧是短暂的，她躺回去，打了个哈欠。

卧室中佛手柑的浅淡香气混进她若有似无的气息。

徐行知静静地看了两秒，伸手按掉夜灯。

他没睡，在沙发上躺了一会儿，烟空了半盒，隔两个小时，进去摸一次她的额头。

沈清央睡着的样子很安静，睫毛柔软地垂着，面庞与五官都纤细，像某种小动物。

七点多，她的体温隐隐再次升高。

徐行知煮了粥，把人叫起来。她晕晕乎乎的，眼睛还红着，半晌才聚焦。

下床囫囵洗漱完，沈清央坐到餐桌前吃东西。

她已经快一天一夜没有进食，肠胃功能弱，只能吃些简单的流食。

慢吞吞地吃了一小碗粥，沈清央又回卧室睡觉。她过去接近半个月睡眠不足，这次发烧更像是一种身体强制休息的信号。

中途，她被徐行知叫醒吃药。他喂她喝了点儿水，手指轻轻拨开额发："你住的哪家酒店？"

"……什么？"沈清央思绪迷茫。

"我去把你的东西拿过来。"

"……哦。"脑子转得格外慢，沈清央想了一会儿，"房卡在我包的内侧夹层里。"

"知道了。"徐行知帮她把被子往上面拉了拉。

周末两天，沈清央就在反反复复的发烧和退烧中度过。

她意识不清地睡了两天，隔段时间被徐行知叫醒吃饭、吃药。简单的流食寡淡无味，却让她的肠胃慢慢舒服起来。到了第三天下午，体温才慢慢稳定。

悠悠转醒时，看着面前模糊的天花板，沈清央的视线缓慢聚焦，仿佛大梦一场。

她撑着脑袋坐起来，全身还是软绵绵的无力。看看身上深灰色的床品，简约却富有科技感的摆设，她意识到自己这几天睡的都是徐行知的卧室。

脑海中隐约闪过他照顾她的画面。

他到底还是没真的放任她自生自灭。

默然了一会儿，沈清央从床上爬起来。床下摆着一双拖鞋，她隐约记得刚来的那天他丢给她一双男士的，很大，她走路总是慢吞吞的。

现在，已经变成了一双新的粉色女士拖鞋。

穿上鞋，推开门，她终于清醒地接触到这间公寓。格局开阔，处处布置得有简单的生活感，应当是徐行知住了几年的地方。

他人不在。

沈清央没去动关着门的房间，踱步到客厅。茶几上有一个白色的保温壶，她倒出一杯水，坐在沙发上，一边喝一边量体温。

低烧，还算平稳。

病去如抽丝，她恢复了点儿力气，食欲也随之恢复。沈清央来到冰箱前，想看看有没有什么吃的，目光却被冰箱上的方形屏幕吸引。

她好奇地点了下。

“您好。”屏幕亮起，优雅的机械女声忽然出现，“请问有什么可以帮您的吗？”

沈清央觉得新奇：“你有什么功能？”

“智能冰箱管家Avaia为您服务。”菜单界面圆滑地跳出，“我可以为您监测食材新鲜度，并根据您的需求搭配菜谱。”

Avaia，沈清央在心里默念一遍这个名字，微笑地说：“谢谢你，不用了。”

那屏幕随之悄然熄灭。

倒是不像一般的语音助手规矩且笨蛋。

沈清央打开冰箱。

里面并无速食产品，只有极少的新鲜蔬果蛋奶，外加几瓶冰水、啤酒。这也难怪，徐行知没有囤积癖。

她在原地思索几秒，果断关上冰箱。

他人不在，万一回来看到自己的厨房有什么三长两短……

回到沙发上休息了一会儿，沈清央忽然想起一个重要问题。

徐行知去哪儿了？

给手机充上电，一连串的信息蹦出来，其中有徐行知的。两个小时前，他让她醒了回条信息过来。

于是她依言发过去：哥，我醒了。

往下划拉，沈清央拣着徐教授和琴姨的信息先回了，让他们安心，而后打开和邹瑾的聊天框。对方从林竹那儿知道她高烧，特地给她批了一周的病假，以慰藉这段时间的辛苦。

最新的一条信息是：系统的请假流程记得申请，填完了戳我，我给你审批，别耽误太久。

沈清央回复“好”，转去系统填了假条。

邹瑾审批得很快，顺带让她好好休息。

另一边，琴姨和裴亦接连发来了几句对她身体的关心之语。

信息一条条往上顶，沈清央看得眼花缭乱，这时，屏幕上跳出一个电话。

她点了接通，手机贴到耳边，起先几秒是文件翻页声，意识到电话接通之后，他问：“醒了？”

熟悉的语调与音色，在异国他乡，沈清央心口无端有些发热。

她“嗯”了一声。

“量体温了吗？”

“量了，37.8℃。”

徐行知翻文件的动作停了一瞬，又听到电话那头温柔地补充：“我觉得好多了，应该不会再烧起来了。”

片刻的沉寂。

忽略掉两个月前激烈的冲突与隔阂，此刻在陌生无人识的环境中，她习惯性的亲近让人恍惚。

沈清央却没想这么多，她思绪钝钝的，问他：“你去哪里了？”

徐行知平静地答：“公司。”

这两天她有点丧失时间观念，忘了今天周一，要上班的。

沈清央“哦”了一声。

稍顿，徐行知问：“你有什么想吃的吗？我帮你叫个外送。”

沈清央的确是饿了，却并不想吃外送，看了眼外面艳阳高照的天色：“我想出去走走。”

“去哪里？”

“不知道。”沈清央安静一瞬，手指轻拨体温计，“我能去找你吗？”

低低软软的一句话，音色还有些哑，穿过电流，显出几分软意。

徐行知的指尖刮着文件边缘，翻过一页：“我让人去接你。”

沈清央想说自己可以打车过去，想了想，又把这句话咽了回去。

她的行李箱在卧室，里面装着几套衣服和生活用品。沈清央将手机声音打开，拿着浴巾进了浴室。

只能用徐行知的洗浴用品，好在都是清淡好闻的味道。洗完澡，来接她的人也到了，沈清央拿上手机下楼，没想到见到的是熟人。

“岑秘书。”

“沈小姐。”

圣何塞一年三百多天晴天，此刻也是一样。几朵云飘在澄蓝如湖的碧空中，棕榈树的间隙洒下金灿灿的阳光。

沈清央坐在副驾驶座上，拉上安全带。几次见面下来，她察觉岑川是很少言寡语的人，于是也就不去搭话，安安静静地看窗外街景。

SJ 是一座很自由开阔的城市，各种意义上的。从格子间里解放出来，没了工作的压力，沈清央托着脸，视线里掠过各色人种与街店。

没一会儿，车开出城区，沿途经过数个有名的科技公司。下车后，热烈而干燥的户外风扑面而来。

沈清央并没有第一时间见到徐行知。

他在开会，代替岑川接待她的是一位叫 Leo 的白人男性，留着亚麻色的长发。见到沈清央的第一眼，他夸张地捂住嘴巴叫上帝：“天哪！我见到了林妹妹。”

沈清央惊讶于他脱口而出的流利中文。

很快，她反应过来“林妹妹”是什么意思。

因为图方便，她随手从行李箱里拿了一条米白色的长袖连衣裙套上，黑发垂着，肤色不甚红润，显得弱不禁风。

沈清央好奇地问道：“你读过《红楼梦》？”

Leo 绅士又谦虚地告诉她自己是《红楼梦》的忠实爱好者，读过很多遍。

“你和我幻想的林妹妹简直一模一样。”

“我不像，我只是生病了。”

“不不不，你就是。”

在路牌边聊了几句，Leo 给了她一张临时工卡。刷卡进了办公楼，这里并不是几十层高耸入云的写字楼，而是几栋不太高的立方体建筑错落相围。

Leo 先带她去了餐厅。午饭时间已经快结束，餐厅里的人稀稀落落，清晰通透的玻璃窗外有户外座位，不远处的球场上，有人在打网球。

沈清央要了一份番茄肉酱意面和一份红苹果形状的小甜点。

她吃了许多天的清粥，闻到浓郁的番茄香味的那刻食欲就被勾起来了，吃完一整份还不满足。

Leo 很惊奇地看着她，同时理智地问：“要不要再来一份？”

沈清央很有自知之明地点了头。

她又吃掉了半个三明治。

吃完饭，Leo 带她四处逛了逛。这里是去年初才落地的园区，设备和建筑都很新，墙面玻璃映着阳光，抬头时微微有些刺眼。

办公区和休息区的设计与维斯在北城的那栋办公楼有异曲同工之妙，应当是出自同一个建筑设计团队之手。

“我们没有午休，但是有啤酒 Time。”Leo 带她到三楼，靠着木质吧台，“要来一杯吗？”

“谢谢，可能不太适合我。”

“抱歉。”Leo 一拍脑袋，“我忘记你在生病。”

“已经快痊愈了。”沈清央的视线忍不住在他发型上转了一圈。

“怎么了林，我的头发很丑吗？”他认定她是林妹妹。

“不是。”沈清央夸赞，“太特别了，我总是想多看几眼。”

Leo 握着啤酒，笑得前仰后合：“林，你真的很可爱。”

略坐了一会儿，Leo 要回去工作。临走前，他要带她去徐行知的办公室，以保证自己任务圆满完成。

“他还没有开完会吗？”

“应该还需要一段时间。”Leo 耸耸肩，“他们似乎很忙，徐的头顶都快冒烟了，所以拜托我来招待他的朋友。”

“你的比喻很地道。”

“是吗？”他笑得露出一排白牙，受用这个夸奖，“我跟一位中国笔友学的。”

告别 Leo，办公楼外面有一整片草坪，在阳光照射下泛着鲜绿的光。沈清央找了一张长椅坐下，仰头晒太阳。

午饭吃撑了，疲乏的困意涌上来。

暖融融的太阳晒着，沈清央昏昏欲睡，抬起胳膊挡住眼前的光。靠着不舒服，她索性想躺下来，身形一晃，有人把她的脑袋托了回来。

手挪走，徐行知的薄西装衣襟在眼前一划而过。

她坐直身体，下意识地抬头看他的头顶。

“看什么？”

“Leo说你忙得头顶冒烟……”她脱口而出。

说完，沈清央就后悔了，果然瞧见徐行知脸上闪过无语的神情。他淡淡地问：“吃过饭了吗？”

“吃了，Leo带我在食堂吃的。”

徐行知垂眼，年轻姑娘脸庞白净，在阳光照耀下尚还能看见细小的绒毛，引得人很想用手指去度量那皮肤的细腻程度。

他眸色平静，用手背贴了贴她的额头。

“已经不烧了。”沈清央仰着头说。

“胃还疼吗？”

她摇摇头。

徐行知收了手，站在她面前，阴影落下，他半掀眼皮：“别坐这儿，户外紫外线很强。”

一阵微风吹过，沈清央把自己被吹乱的头发拨到耳后：“我想晒太阳。”

“在办公室一样晒。”

说完，他弯腰拽住她的手腕把人带走。

沈清央跟着徐行知去到他的办公室，室内稳定的中央空调让温度比户外适宜很多，落地窗前摆着供以小憩的沙发，洋洋洒洒的日光同样清亮。

她坐过去。

“喝咖啡吗？”徐行知问。

“我能喝吗？”

“有低因的。”徐行知打电话叫秘书送两杯咖啡进来，转身从玻璃展示柜里取出一个小机器人。

沈清央刚进来便注意到他的展示柜，里面陈列着形形色色的科技产品。她眼睛一亮，伸手接过来。

小机器人外观呈粉色，线条利落富有科技感，做成了小羊的形状，两个角可以掰动。

沈清央不小心掰了下其中一个，小羊的眼睛短暂闪烁亮光。

“哥，”她抬头问徐行知，“有说明书吗？”

“发你邮箱了。”

打开手机果然有，沈清央照着研究了一会儿。等徐行知再从一堆烦冗的协议文件里抬头时，她已经学会使唤Ewelyn去捡丢在地上的柠檬糖。

Ewelyn的声音被设计成了软萌的儿童音。它的定位本来就是陪伴型，在活动能力上没有那么强，每次过去捡东西，再回来时都慢吞吞的。

坏心眼的罪魁祸首倒是笑得眉眼弯弯。

“Ewelyn，”她托腮问它，“你能帮我倒一杯热水吗？”

小机器人勤勤恳恳：“很抱歉，我没有这项指令。”

“那你能怎么陪伴我？”

“……”

徐行知看不过去，出门去茶水间重泡了一杯，等待过程中，收到边聿的信息：晚上有空过来吃饭吗？Claire回来了，吵着要见你。

他问：介意多一个人吗？

边聿：女友可以，其他人免谈。

徐行知懒得再回复他。

办公室内，沈清央和Ewelyn玩累了，她将小机器人关机，搁回了玻璃展柜里。

转身恰好碰上徐行知回来，他看见她的动作，没说什么。

她动了动唇，折返回沙发。

懒洋洋的午后，一没了事做，就觉得困，沈清央歪着脑袋枕在沙发靠垫上睡过去，迷迷糊糊之际，好似看到徐行知俯身给她盖了什么东西。

醒来，那件薄西装果然在她身上。

天色已转为黄昏，沈清央撑着脑袋起身，办公室没开灯，仅凭落日照亮。

“醒了。”徐行知合上平板。

她发现他鼻梁上架了一副眼镜。

注意到她迟钝的视线，徐行知淡淡地摘下：“平光眼镜，防蓝光的。”

她点点头。

他走过来，拎起滑落到她膝头的西装穿上：“拿好你的东西，我们去吃饭。”

稀薄的光线将男人的鼻梁投下温柔的阴影，沈清央有眨眼间的恍神：“好。”

走出办公室，接触到新鲜空气，沈清央长舒了一口气，清醒过来。不远处的草坪上有人在打球、聊天，她眼神落过去一刹，很快收回来，跟着徐行知上车。

他的车不是中午岑川来接她的那辆。

车前依旧挂着香薰片，味道清清淡淡，沈清央闻不出是什么，有些像杜松的味道。

他用东西挑剔但专一，轻易不爱换。

车沿着小路开出去。路上，沈清央没说话。

混沌的生病期已过，他们既做不回普通兄妹，也没有其他的关系。

徐行知没有将她在路上丢下去，已经算很有责任心。

大约四十分钟后，车沿着弯路驶入风景十分漂亮的别墅区，在一座外形精致的小别墅前停下。

沈清央还以为他说的吃饭是去餐厅，没想到是别人家里。

还没下车，便有个金发黑瞳的洋娃娃跑出来，扑到徐行知身上：“Uncle！”

徐行知弯腰对她笑了笑：“我送你的手链喜欢吗？”

“喜欢！”小女孩得意地举起藕节似的手臂，一口英文十分地道，“我已经戴上了。”

沈清央有些怔然。

她忽然发现，自在加州见面以来，他好像没有对她笑过。

这念头划过一瞬，被一道戏谑的男声打断：“不是吧，还真带女伴来了，千年难得一见啊。”

楼梯上下来一位和小姑娘样貌有些相似的男人，T恤长裤，穿得休闲，笑眯眯地朝沈清央伸出手：“不知小姐贵姓？”

“沈。”她伸手回握，“叫我‘清央’就好。”

“清央，好名字。”边聿极力压下眸间的好奇，“这是我女儿克莱尔。”

“克莱尔，”他招手，“过来打个招呼。”

芭比娃娃一般的小姑娘走过来，甜甜地仰头，切成了字正腔圆的中文：“姐姐好。”

边聿揪着她的耳朵训斥：“叫阿姨。”

“没关系。”沈清央弯腰，拍拍小姑娘的脑袋，顺势看到她手腕上那串红色手链，徐行知送的。

她在身上找了一圈，两手空空地过来，最后只摸出一颗柠檬糖，脸微红地递给克莱尔：“姐姐请你吃。”

“我最爱吃糖果了！”克莱尔热情地给了她一个拥抱，“谢谢姐姐！”

边聿嘴角微抽，余光里瞄徐行知，见他面色平静，也就没去纠正。

别墅室内装修是复古欧式风，许多家具上有漂亮的莨苕叶花纹。边聿请他们到餐厅，说晚饭已经准备好了。

克莱尔和徐行知一起坐，他对小姑娘的冒犯和亲近并不排斥，反而很宽容地解答克莱尔各种稀奇古怪的问题。

他少有耐心如此好的时候，即便是对年少时的她，恐怕也没有。

边聿家的厨师厨艺堪比五星级主厨，牛肉烹饪得鲜嫩可口，蘑菇烩饭更是香气扑鼻，沈清央却忽然失去胃口。

为了给主人家面子，她还是每道菜都尝了些，没多久，就有些撑了。

她放下筷子道了抱歉，转身去洗手间。

一段临院走廊，米白色的希腊柱螺旋向上，一个个漂亮的花篮式柱头连成扶手。

沈清央胳膊搭在上面，有些失神，不明白自己此刻的阴郁心情。

仿佛回到了过去的两个月。

“沈小姐。”有人叫她，回头，是边聿。

边聿笑着问：“是没找到洗手间吗？我带你过去。”

“没有。”沈清央忽略异样的心情，弯唇，“我是走到这儿发现下面的花园太漂亮了，所以停下来看看。”

边聿跟着看过去，点点头：“确实很漂亮，那都是我太太弄的。”

“克莱尔的妈妈吗？怎么今晚没见到她？”

“她已经过世了。”

沈清央愣住，歉然：“抱歉……”

“无妨。”边聿反而显得很豁达，“她已经去世快一年了，活着的人总要生活，比如，保留好她喜欢的这栋房子。”

沈清央想起进门以来房子里处处讲究的细节和漂亮的摆件。

“她一定是很懂生活的人。”

“确实是。”边聿笑着表示赞同，眉宇间流露出几分怀念。

沈清央不擅长安慰人，于是和他一起在夜风里沉默。花园中被打理得极好的花沐浴在月光下，姹紫嫣红的柔和美丽，凭这些也得以窥见边聿妻子生前的确是很有情调的人。

片刻，边聿忽然转头：“沈小姐，我能冒昧问你一个问题吗？”

她点头。

“你们是什么时候认识的？”

指的她和徐行知。沈清央微微一顿，没给出具体答案：“很小的时候就认识了，两家父母是朋友。”

边聿脸上立时浮现出“果然如此”的慨然。

“有什么问题吗？”

“没有。”边聿笑，“我只是想起我妻子。年轻的时候，我性格不好，没有好好对她。”

涉及私事，沈清央没发表意见。

边聿说：“我和她离过婚，然后又复婚，后来她生病，在世的最后两年，都是缠绵病榻。”

他微微偏头看着她：“沈小姐，我活了近三十年，直到我妻子去世的那天，我才明白人最大的劣根性是不会活在当下，只有到无药可救的时候，才会懂得悔之晚矣。”

沈清央沉默：“你想说什么？”

“没什么，闲话而已。”边聿笑了。

他只是想起一桩往事。

想起几年前，突如其来的横祸，那个人被众叛亲离。跌入谷底之际，伤他最狠的，竟是他最在乎的人。

他差点就此一蹶不振。

边聿以为徐行知不会再回头。

直到，今春二月，他突然回国。

又直到现在，他带回眼前的沈小姐。

边聿就知道，孰轻孰重——

他到底不愿放手。

CHAPTER 09 /

飘扬的彩带飞回楼梯间

晚餐结束，边聿父女携手送客人出门。

庭院中亮起玻璃柱头灯，光线柔和。克莱尔松开爸爸的手，跟徐行知说了再见，又过来跟沈清央道别。

“姐姐。”小姑娘拉拉她的小拇指。

沈清央顺着弯腰。

“姐姐，”克莱尔踮脚，附在她耳边，气声软萌，“我能问你一个问题吗？爸爸不让我问。”

沈清央被可爱到：“你问。”

“你是 Uncle 的女朋友吗？”

没想到会是这个问题，沈清央愣了下，还没回答，克莱尔又小声补充道：“姐姐不想回答可以不说。”

沈清央的睫毛缓慢垂落，手指摸了摸小姑娘的脸。

这举动默认是不回答，克莱尔倒也没有太失望，只是对她弯了弯眸，退后几步回到边聿身边挥手：“姐姐再见。”

沈清央也笑着挥手告别。

夜色中，车子重新启动，沿着原路开出了别墅区。一路上从车窗看出去，辽阔的夜幕中星光点点。

回公寓之前，徐行知在附近的超市停了车，下去买东西。

他未邀她一同前往，于是沈清央留在车里玩手机。

国内时间在中午，她想了想，给方琴发去一条信息，请对方帮忙给那盆三角梅浇浇水。

虽然现在到了夏天，三角梅花期已过，但好好照料来年应当还会开花。

信息发出去没多久，很快得到方琴的回复：知道你惦记，一直帮你照顾着呢。

下面还附了一张照片。

沈清央从表情中挑了一张猫猫感谢回过去。

长辈们都是不爱打字的，过了一会儿，方琴发来一条语音：“清央，今天不烧了是吧？那也注意不要吃生冷的，多出去晒晒太阳杀菌，不要一直窝在酒店里。”

沈清央听完这段语音，软声回：“知道了琴姨，今天出去晒太阳了，不用担心我。”

后面方琴又殷殷叮嘱了几句，诸如不要熬夜、工作别太拼命、在国外好好照顾自己之类的，她都一一耐心地应下。

结尾，方琴补了一句：“我听你徐伯伯说行知和你在同一个地方，有什么事记得去找你哥帮忙。”

合上手机，沈清央靠着椅背出了一会儿神，后知后觉徐行知去得是不是有些久。她刚偏头，就看见男人拎着两个购物袋推门而出。

白色光线泻出玻璃门，短暂地笼罩他周身一圈。

沈清央连忙开门下车。

“这个给我吧。”她想帮他分担一个。

徐行知没动，换了右手的给她。他腾出手，用车钥匙按开了后备厢，把自己手里的购物袋丢进了后备厢。

“我这个呢？”沈清央低头看了一眼，发现她手里的这包好像都是零食。

“随便放。”徐行知回了驾驶座那侧。

听他这么说，她便抱着袋子坐回副驾驶座，关上车门。

安全带扣上，车子重新出发。

购物袋里装着五颜六色的零食，甚至还有酸奶和牛奶，因为冰到她的腿，沈清央把它们挪到了最上面。

过程中，包装袋被挤压出“哗啦啦”的声音。

徐行知瞥过来一眼。

“我没吃。”沈清央解释，“是盒子太凉了，我拿到上面来。”

知道他洁癖严重，她不会在他车上吃东西。

徐行知没说什么，淡淡地收回了目光。

到了公寓，徐行知先将新鲜蔬果和牛肉放进冰箱。沈清央把那两瓶奶也递过去，转身想走的时候，身后忽然传来一句：“想吃夜宵吗？”

她回头。

徐行知扶着冰箱门的那只手里有一盒鸡翅，视线偏过来。

“……可以吗？”

他目光微侧：“边聿家的晚餐不好吃吗？”

“不是，”沈清央不知道该怎么解释，“我那时候不太饿。”

徐行知不置可否，又拿了几样东西，关上冰箱门。

趁他弄夜宵的工夫，沈清央回卧室洗了个澡。

浴室在主卧里，中间一侧有衣帽间隔断，不过她没动过衣帽间，自己的衣服一直放在行李箱里。

洗完澡出来，沈清央擦着头发，闻到十分勾人的食物香气。

她穿着睡裙走过去，岛台上有切好的西瓜和红莓，颜色鲜艳解暑。她拉着高脚椅坐下，徐行知背对她在水池前洗手，衬衫袖口向上卷了些，绷紧，手腕线条嶙峋流畅。

沈清央顿了下，错开眼，转而去看香气来源，番茄意面和煎鸡翅。

面只有一份，且分量很少，鸡翅更是只有两个。

“你不吃吗？”沈清央抬头问。

“没这个习惯。”徐行知回身，从她手边抽了一张纸巾，眉眼困倦，“我去洗个澡。”

说完，他离开客厅，推开了主卧的门。

沈清央张了张唇，主卧的浴室她刚用过，热气都不知道有没有消散。

忽然之间，她想起徐行知这两天好像都是睡在沙发上，用的都是主卧浴室。

只是她昏昏沉沉的，没有特别注意到。

被忽略的细节在脑海里冒出来，徐行知这公寓虽然不小，但好像只有一个卧室，他并没有让朋友来家里住的习惯。

她低着头，心不在焉地吃面。食物味道重新拉回了沈清央的注意力，比起在维斯吃的，显然徐行知的厨艺更好。

吃完，她从高脚椅上下来，端着空掉的两个盘子去水池里清洗干净。

徐行知从浴室出来，察觉到些许异样。

卧室里开着灯，少了些东西，他走出去，果然看到枕头和羽绒被被抱到了沙发上，而刚吃完夜宵的那个人正弯腰在调整枕头的位置。质地柔软的睡裙落于膝盖之上，裙角轻晃，时不时扫过她小巧的膝盖。

他走过去。

湿润清冽的气息靠近，沈清央察觉到身后来人，一转身差点撞上徐行知的胸膛。她条件反射地后退，膝盖一软，坐到了沙发上。

“你在干什么？”徐行知垂眼。

沈清央仰头说道：“我在沙发上睡。”

“床不舒服？”

“不是，我总不能占用你的卧室，让你睡沙发。”

她说话时，淡红的唇一张一合，脸庞白皙细腻，神情认真。

徐行知盯了几秒。

沈清央察觉到他突然变深的目光，僵了下。

“两个选择，”他微俯身，距她鼻尖一寸之遥，“你自己回卧室，或者，我跟你一起。”

这天晚上，沈清央失眠到凌晨才睡着。

或许是因为前两天睡得太多，她躺在床上毫无困意，翻来覆去半个小时之后，戴上耳机，用平板看电影。

片子是随机选的，据说是上年奥斯卡提名，一部挪威电影，女主角无比随性地在人生里游荡，不在乎每一个选择会带来的后果。在很多个被质问的时刻，她只是敏感摇摆地说：“我不知道我到底想不想要。”

虽然是双语字幕，但挪威语听着实在像天书，看到一半，沈清央还是没撑住睡了过去。

次日早上，她被门缝处透进的微弱亮光弄醒。

倒也没有完全醒，只是迷迷糊糊地听到动静，于是她用被子蒙住头，含混不清地呢喃了几句。

床边微微陷落，有人低声问：“吵醒你了吗？”

沈清央侧身，被子往下拉，露出小半张素白干净的脸，她睡眼惺忪：“哥……”

光线昏暗不清，徐行知用手背探了探她额头的温度，确定无恙：“我很快弄好，等会儿你就可以继续睡。”

“……”

陷落的那侧慢慢恢复原样，与衣帽间相隔的浴室里传来不甚清晰的水声。

沈清央躺了一会儿，掀开被子，慢吞吞地下床。

她走到浴室，伸手敲门，听到徐行知说“进”，于是推开了门。

他刚洗漱完，额前黑发微湿，捋了上去，五官清淡锋利。

她抱着手臂靠在门边，困倦地打了个哈欠：“你们公司上班时间这么早吗？”

徐行知扣好腕表，抬眸看她：“有个视频早会，要早点去。”

“那我今天还能跟你一起去吗？”

“不睡了？”

“不想睡了。”沈清央揉揉眼，勉强打起精神，“我想去玩 Ewelyn。”

徐行知没什么意见，告诉她十五分钟后出发，便出去了。沈清央洗了个脸便完全清醒，她从行李箱中翻出一支防晒涂了点儿，十分钟后，走出卧室。

他递给她牛奶和三明治。

沈清央只把牛奶喝了，三明治带着路上吃。

久违的早起通勤体验，虽然通的不是自己的勤，沈清央还是有些感慨。她边吃三明治，边看窗外不断掠过的街景。这座精英之城，街道上出现最多的便是学生和白领。

风和日丽，阳光依然灿烂。

到了公司，徐行知把自己的工卡给了沈清央，转头去开会。

这次会议主要是为了讨论上次产品瑕疵的后续改进方案和问题，头脑风暴两小时后，大家都有些累，喝杯咖啡，换了一种更为温和的讨论方式。

徐行知揉着眉心，向后靠，手里翻过一页文件。

片刻，他想起什么，按亮手机，屏幕上并没有显示那只小羊的信息。

她倒是挺乐不思蜀。

会议在上午十一点半结束，徐行知推开办公室的门，里面空无一人。

Ewelyn 也好好地在玻璃展柜里。

他把手里的文件搁下，走到落地窗前向下看。

沈清央果然在下面，阳光晴朗的球场上，她独自一人在玩滑板。灯笼袖衬衫下摆收入高腰紧身牛仔裤中，身姿曼妙得像蝴蝶翩跹。

沈清央其实并不是熟手。

她接触滑板最多的时候是在大学，那时候加入了滑板社，后来因为学业繁忙退了。虽然只玩了个半吊子，可她其实非常喜欢。

前后试了几步，她调稳，借力后另一只脚离地，顺利地迎着风滑了起来。

玩了一会儿之后，因为滑得太顺，沈清央放开胆子张开手，长发飞扬，她闭上眼享受着清风拂面的自在感。

谁知下一秒重心突然不稳，滑板偏了轨道，朝球场边缘拐去。

沈清央忽地睁开眼。

心里短促一惊，刹那间，脑海中闪过好几种摔倒的方式，然而滑板速度快得容不得她思考，千钧一发之际，腰间凭空出现一只胳膊将她抱起来。

她趔趄着跌进男人的怀里。

脚下的滑板飞了出去，撞到球场边缘才停下。

沈清央倒吸一口冷气。

“现在怕了？”徐行知的声音自头顶落下。

沈清央在他怀里站稳，惊魂未定，眼里闪着细碎的阳光：“你怎么过来了？”

徐行知松开手，没回答她这个问题，视线落到滑板上：“谁给你的？”

“Leo。”沈清央弯弯眸。她在茶水间遇到Leo，聊了一会儿之后，对方热情地把滑板借给她玩。

把滑板捡起来，沈清央拍了拍灰尘，仍然放在地上，单脚慢慢地朝徐行知滑过去。

她吃一堑不长一智，徐行知走过去，扶住她的胳膊。

有了支撑，沈清央底气回归，手放到他掌心里，双脚踩在滑板上，跟着他慢慢往前滑。

并不算太安全的姿势，人还是东倒西歪的，但她不想单脚滑，觉得这样更有体验感。

徐行知牵着这只笨拙的“蝴蝶”走出球场。

到草坪上时，她终于收了滑板，腾出空问他：“你开完会了吗？”

他瞥了她一眼，抬手摘掉她头顶掉落的一片叶子。

沈清央下意识仰头，看到男人修长清晰的骨节和捏在指尖的一片叶子。

她摸摸鼻子，露出一个纯粹的笑，转移话题：“现在去吃饭吗？”

“你饿了吗？”

“有点。”

“那走吧。”徐行知拎过她手里的滑板。

今天比昨天来得早，食堂里琳琅满目人来人往，沈清央转了一圈，最终拿了牛排、沙拉和一份芝士土豆泥。

用徐行知的工卡刷了费用，她落座他对面，看着落地窗外的草坪和蓝天白云解决掉午餐。

吃完，徐行知带她回了办公室。

“下午还出去玩吗？”他问。

沈清央摇头，她有点儿累了。

“那过来。”徐行知招手。

人被按在人体工学办公椅上，徐行知俯身，一手搭着椅背，一手环过她移动鼠标。

沈清央偏眸，男人侧脸轮廓分明，被电脑屏幕映出微微的亮光。

她呼吸微屏，定定心神。

几页纸从打印机中吐出来，徐行知直起身，拿了过来，递给她。

“这是什么？”沈清央一头雾水，白纸上是密密麻麻的英文。

“一份小合同，帮我看看？”他微抬下巴。

“我？”

徐行知侧头捕捉了一眼墙上挂钟的时间：“五个钟头，够吗？”

沈清央随手翻了翻薄薄的三页单面纸，不以为意：“你在质疑我的工作能力。”

徐行知唇微挑，按亮桌上的阅读灯：“这里是你的了。”

沈清央的专业能力的确毋庸置疑，只是这份英文合同涉及她不曾了解过的领域，有许多专业单词不认识，只好用徐行知的电脑查。

他的办公桌和办公椅都很舒服，工作起来让人不知不觉沉浸。虽然比她预计的多用了半个小时，但还是在徐行知回来之前看完了，有存疑的地方都做了密密麻麻的标注。

沈清央往后仰靠，椅子也顺着腰背弧度弯曲。文件盖到脸上，她合眼休息。

徐行知回来时，沈清央已经睡着了。

他拎起文件，椅子上的人睫毛轻颤，秀致的鼻尖下意识一皱。

娟丽字迹跃然于纸面空白处，沈清央小时候学着他练过一段时间的字，渐渐也写出自己的风格来，字体工整而不失力道。

徐行知视线逐行扫过那些批注，看完，他用指尖轻挑她的下巴。

麻麻痒痒的，沈清央从浅寐中醒来，视线朦胧，她缓了好一会儿才坐直：“你回来了。”

徐行知低眼：“下班了，辛苦你了。”

“还好。”沈清央端起杯子喝了一口水，认真地道，“不过有几个条款涉及你们行业名词，我没太看懂，你能帮我解释解释吗？”

“哪里？”徐行知掌心压着页头，在她旁边弯腰。

“这里的免责条款，还有这里……”

疑惑一一得到解答，沈清央合上钢笔，物归原处。

徐行知的笔筒很特别，镂空三角形，铝合金的材质。她顺手摸了下，金属感冰冰凉凉。

关上阅读灯，两人一起下班。在 Downtown 一家街头餐厅吃了晚餐，徐行知驱车带她回家。

路上不幸遇到一桩小车祸，没伤到人，但被撞的车要等着警察来拖，于是那条路上堵得水泄不通，他们也只能等着。

夕阳斜落，圣何塞日落美得像幅画，金黄色日光在城市尽头远远沉落。

夜幕覆盖，沈清央懒懒地打了个哈欠。

昨晚没睡好，今天起得又早，一天下来，她忍不住在车里打起瞌睡。

半个多小时后，车流终于动了起来。

驶入地下库，停了车，徐行知关掉车内的一切设备，偏头想叫醒副驾驶座上的人，又在触及她低低垂落的眼帘时，转了念头。

他下车，绕到副驾驶座拉开车门，俯身将人抱出来。

楚楚动人的眼眸在电梯门打开时微睁，带着半梦半醒的迷茫。

徐行知输入密码，公寓门打开。

玄关处没开灯，沈清央人被放到玄关的矮柜上。

眼皮有点沉，她没完全醒来，脑袋还靠在徐行知肩上。

“徐行知……”她努力睁开眼。

他“嗯”了一声，手里不知道从哪儿拿出一个方形的麂皮盒子。借着月光，沈清央勉强看清里面装的是和 Claire 一样的红玉髓手链。

徐行知给她戴上，链子纤细，衬得她手腕皮肤吹弹可破。

她大脑一片空白地看着他深邃的眉眼隐在夜色里，冷淡感减弱，取而代之的是并非假以辞色的温柔。

她昨天的确是多看了几眼小姑娘的手链，但绝非也想要一条。

“哥……”沈清央难以抑制此刻发热的心口。

揽过她的腰，徐行知将人抱下来。

温热的声息拂过她的耳畔。

“你也有的。”

第二天，沈清央没有再跟着徐行知去公司。

他走时依旧来探了探她的体温，温凉的手背碰到她睡得暖乎乎的额头，她下意识往被子里缩。

徐行知收了手，无声无息地离开，带上卧室门。

一觉睡到快上午十点，她拉开窗帘，毫无意外又是晴天。

冰箱里留了三明治，沈清央用微波炉热了吃掉，而后化妆、换衣服出门。

她今天要去见林竹。

项目短暂告一段落，在回国之前，韩文律师难得良心发作，给团队里连轴转的律师们放了一天假休息，任他们闲逛或是睡觉。

林竹昨晚给沈清央发信息，问她的病好点了没，邀她一同出来逛街。

沈清央应下邀约，十点四十五分，两人在玫瑰园见面。

“清央！”林竹戴着墨镜，穿着吊带裙、防晒衣，穿得十分靓丽。她正在自拍，余光看见沈清央走过来，立马放下手机，热情地打招呼。

“你气色不错。”沈清央观察她，好像完全没有受工作的影响。

“化妆化的。”林竹搭上她的肩膀进园，“再说了，好不容易不上班，我不得穿漂亮点多拍点照片。”

“好，我帮你拍。”

“你呢？”林竹侧头，“听说你高烧不退、上吐下泻，好点了吗？”

“好多了。”

“感觉也瘦了。”林竹捏捏沈清央的腰，促狭道，“腰这么细，楚王好细腰啊。”

“痒。”沈清央闪身躲开。

“这么敏感啊……”林竹故意去挠她的痒痒窝，活像个流氓。

“别……”沈清央哭笑不得，“再碰，我不帮你拍照了。”

这话一出，林竹才悻悻收手。她今天穿这么漂亮，又来玫瑰园，就是想多拍点照片发朋友圈。

说说聊聊到了十一点，玫瑰园正值花开的季节，各色花海开遍，一眼望去，姹紫嫣红中间围着冰蓝色的冰泉，颇有种人间仙境之感。

沈清央充当临时摄影师，足足给林竹拍了几百张照片。到了十二点，太阳变烈，晒得额头冒汗，两人才收了手机，在附近一家餐厅落座。

餐厅装修复古，电壁炉附近摆着一台深棕色的老钢琴。氛围安静，前台是一位优雅的女士，服务生则是个老爷爷。

林竹沉浸于挑选自己的照片，于是点餐的重任落到了沈清央身上。

她们几个平时中午经常一起吃饭，对彼此的口味多多少少有些了解。沈清央点了法式红酒炖牛肉和海鲈鱼，另加两杯奶昔。

“可以吗？”她询问林竹的意见。

“你做主就好，亲爱的。”林竹头也不抬，飞来一个吻。

修完照片，林竹精挑细选了九张发朋友圈。刚发出去就有不少点赞，她喜滋滋地回复着评论，忽然想起什么，点开一个人的主页，撑到沈清央眼前：“帅吗？”

照片里的男生穿着黑色卫衣，双手插兜，面对镜头笑容阳光开朗。

沈清央手里的吸管搅动着奶昔，好奇：“你弟弟？”

“什么啊，我哪有弟弟？”林竹恨铁不成钢地戳戳她的额头，“你能不能长点恋爱脑？这是我最近勾搭的弟弟。”

沈清央手中的吸管掉了下来：“他有十八岁吗？”

“差不多，十九岁了。”

“……”

林竹兴致勃勃地问：“打个分？”

“7.5。”沈清央给出中肯评价，同时忽然想起前几个月，她明明看见林竹在跟喻哲约会。

她在想要不要给林竹提个醒，又觉得没什么必要，看眼前林竹的模样，恐怕从来没把喻哲放在心上过。

林竹兴致勃勃地翻着男生的照片给沈清央看，合照里还有人家的室友。在她的话出口之前，沈清央及时摆手：“打住，我亲弟弟都比他们大。”

“好吧。”林竹遗憾地收手。

下午，沈清央和林竹在Downtown逛了逛，临近傍晚，去公园的湖畔旁等落日。

沈清央很久没有看过这么美的落日，辽阔低垂的天际，一轮红日缓缓沉入湖中，远离高楼大厦，仿佛城市中的乌托邦。

她屈膝在草坪上坐下，镜头对准落日，定格。

一张满意的风景照。

欣赏了一会儿，她想起此刻不知道有没有下班的某人，打开和他的聊天框：

[图片.jpg]

你下班了吗？

一分钟后，手机振动。

Xu：准备下班。去接你？

沈清央回复：不用了，哥，我和林竹吃完晚饭再回去。

徐行知没再回了。

夕阳西下，沈清央和林竹坐在一起聊天。暗红色的夕阳慢慢沉入天际之下，待到完全看不见时，两人离开去吃晚饭。

吃完饭，沈清央打车回徐行知所在的社区。

天色已经完全黑了，到家门口时，她想起来自己不知道家门的密码。

准确来说，徐行知跟她说过，但是她忘记了。

不得已，她抬手“咚咚”敲了两下门。

等了一会儿，门从里面打开。

徐行知周身热腾腾的，额发和衣服看上去都是半湿，手腕上扣着运动手表，像是刚结束运动。

沈清央在玄关换上拖鞋，走进去，发现书房旁边的那间屋子门开着，原来那里是健身房。

收了目光，沈清央把手里的菱格包放在沙发上。

徐行知打开冰箱喝水，关上冰箱门之前，注意到她站在旁边：“要什么？”

“酸奶。”

他拿出一瓶，拧松了瓶盖递给她。

“谢谢。”沈清央回到沙发上，知道他应该要先洗澡，于是掏出了自己的电脑，远程处理工作。

律所工作就是这样，很难有完整的假期，病假也要处理紧急任务。

“叮”一声抄送邮件，沈清央拿起酸奶，想起自己两年没有休过年假了。

观越算是业内比较有良心的律所，第一年入职有五天的年假，此后每年递增一天，没休完的年底折合成奖金发放。然而事实上，这个假期很少有人能休完，起码他们组没有。

酸奶见底，她捏扁了瓶子，丢进垃圾桶。

徐行知还没从浴室里出来，于是沈清央打开昨天那部没看完的电影，拆了一包曲奇边吃边看。

她盘腿坐在沙发前的地毯上，看得专心，没注意到身旁沙发上何时坐了一个人。

直到片尾曲响起。

沈清央在心里给这部片子打了三颗星，中规中矩，打发时间能看。

她咬着曲奇伸懒腰，背自然向后靠，碰到徐行知的时候，魂差点吓掉了。

“……哥。”

他手指滑着平板屏幕，眉眼微抬：“看完了？”

“你什么时候过来的？”

“女主角抽烟的时候。”

徐行知扫一眼空掉的曲奇盒：“晚上没吃饭吗？”

“……吃了。”沈清央把空盒子折了两下丢进垃圾桶，“你呢？”

他淡淡道：“现在才想起来问？”

沈清央闭上嘴，关了电脑，刚想起身，又听到徐行知问：“你打算什么时候回国？”

她一愣。

不上班的日子太轻松，她刻意将北城的工作和生活都抛之脑后，但心里也知道总要面对的。

何况，她已经打扰他太久了。

"明天或者后天。"沈清央回答，"我今晚看机票。"

徐行知手指点了几下，屏幕转过来，呈现在她面前："明天上午十一点，旧金山有一趟直飞北城T3的航班，我送你过去。"

沈清央坐了回去。

这班飞机上午十一点起飞，晚上八点降落，的确很合适，只是不知为何，她心里冒出一点几不可察的异样。

徐行知神色如常，一贯的平静，看不出喜怒，好像只是告诉她该走了。

沈清央压下那股细微情绪，眼帘微垂："不用麻烦你了，我打Uber过去。"

他收回平板："不麻烦，我也过去。"

"你要去哪儿？"

"曼哈顿。"

沈清央点点头，转身仍旧靠着沙发，打开网站买票。她提交订单的前一秒，身后的徐行知补了句："顺道去新泽西看看我妈。"

手指一顿，她一时没能理解这句话的意思。

片刻，沈清央反应过来，惊讶地转头："连姨？"

她没能控制住自己不可思议的表情，因为连云这个人已经远离她的生活很多年了。小时候两家经常见面，连云总是笑眯眯的，对她很好。后来，连云和徐教授离婚，远赴大洋彼岸重新读书，一两年才回来看徐行知一次。

徐行知成年后，连云就再也没回来过，沈清央都快淡忘她的样子。

徐行知将她的反应尽收眼底，解释道："她再婚了，现在定居新泽西。"

沈清央的震惊还在持续："什么时候？"

"七八年了。"

徐行知关掉平板，提醒她："记得买票，早点睡，明天我送你去机场。"

"等一下——"在他离开前，沈清央拽住了他的袖子。

徐行知回眸，看到的便是她仰起的小脸。在地毯上坐得太久，腿麻了，她扶着他的胳膊才得以慢慢站起来。

沈清央一时头脑发热："我也想去看看连姨，可以吗？"

徐行知答应了带她一起。

回到卧室，沈清央才觉得自己有些冲动，然而她的确很想去看看连云。她小时候不懂，长大了才明白连云当年抛弃已经安稳的生活，再次重启自己的人生需要多大的勇气。

只是，她的病假已经所剩无几。

估算时间，沈清央给邹瑾拨去一通电话，说自己想去探亲，能不能现在把年假休了。

"探亲？"邹瑾沉吟，拒绝，"批不了，清央，我给你的病假够久了。月底南阳集团可能要启动一个收购计划，要由你来负责。"

沈清央想了想："月底？那您给我批四天假行不行？"

"最多三天。"

三天也行。

末了，邹瑾说：“虽然我给你批了，但你最好随时带着电脑，以防客户找。”

沈清央保证自己一定会的。

假期落定，她开心地往床上一躺，过了一会儿，想起来把自己的身份证号发给徐行知，方便他买两个人的机票。

次日一早，两人从旧金山乘坐航班飞往曼哈顿，五个半小时之后，落地纽约的 EWR 机场。

沈清央不是第一次来这里，只不过之前都是出差，这次心境则完全不同。

来接徐行知的司机将他们直接送到了新泽西，与曼哈顿隔岸相望的一个花园州。

连云住在 ALPINE 小镇，车开过华盛顿大桥与隧道，驶入林道时，一下子像从繁华的都市来到了安徒生笔下的童话小镇。

社区内自然风光过于优越，下午五点多，两侧郁郁葱葱的橡树被夕阳染成金色，连云则站在一栋白色别墅门前迎接他们。

沈清央再次被小小地震惊了一下。

距离她上次见连云，已经过去了十年。

落日下的女人一袭剪裁精良的米色连衣裙，腰间配以棕色皮带点缀，肩上则拢着薄薄的真丝披肩，整个人气质优雅得叫人移不开眼。

比起十年前，丝毫不显老，只是平添了几分阅历带来的魅力。

沈清央不由自主地想起庄敏，大学刚毕业时，她们是同一家公司的同事，同时结婚先后生育，如今时光荏苒，人生轨迹却已经天差地别。

车缓缓地停下，沈清央推开车门，连云看见她明显也怔了下，不太敢确定：“清央？”

她有些不好意思地喊了一声“连姨”。

“听行知说你要来，我昨晚一整晚没睡着。”连云没去管儿子，反而先来拉她的手，瞧了又瞧，神情感慨万千，“时间过得真快啊，你都长这么大了。”

那双手纤长漂亮，保养得宜。沈清央弯唇，略微腼腆：“您不会怪我贸然打扰吧？”

“怎么会？”连云控制不住地摸了摸她的脸，语气温柔，“我巴不得你多住几天。”

另一边，司机将行李从车上搬下来。

徐行知付了账，转头看见把自己当空气的亲妈眷眷地拉着沈清央的手，好像那才是她许久不见的亲女儿。

他走过去，提醒：“进去聊吧。”

连云醒悟：“对对对，进去聊。你们坐了这么久飞机，累了吧？清央晚上想吃什么？我让厨师准备……”

沈清央乖乖地跟着进去：“我都好的。”

上了阶梯进门，清新花果香扑面而来，沈清央在玄关的矮凳上换了鞋，起身，却见徐行知只是把行李箱放了进来，人却没有进来。

她愣了下，下意识走到门口，拉住他的衣角。

徐行知回眸。

连云端着鲜榨果汁，走过来时刚好看到这一幕。

她记忆里听话可爱，如今已长得娉娉婷婷的姑娘，正拉着她儿子。

“……你要走吗？”

“有个工作要处理。”

“那你晚上还回来吗？”

他低眼，难得一见露出微微无奈的神情。

“回来的。”

“清央。”等他们说完话，连云才走过去。

沈清央收回视线，双手接过绘着浮雕铃兰花纹的玻璃杯：“谢谢连姨。”

“不用担心你哥。”连云笑着说，“他本来就是因为工作才过来的，是我这个月休假，于是让他顺便过来看看我。只是没想到，他还给了我一个意外之喜，把你带了过来。”

怕她误会，沈清央连忙解释了自己是出差加生病的缘故才逗留圣何塞。

“原来如此，你现在做什么工作？”

“律师，投资并购方面的业务。”

“很不错的工作。”连云招手让管家将两个行李箱搬到楼上，拉着沈清央上楼，“走，看看我给你准备的房间。”

别墅很大，旋转楼梯上铺了厚厚的地毯，两侧墙壁色彩沉静的油画蜿蜒而上。沈清央跟着走上去，听连云介绍：“行知以前过来一般都住左边那一间，我想着你和他熟悉一点，就打扫出了他旁边的那间给你住，你看怎么样？”

门推开，待客十分得体的卧室出现在眼前，玻璃门外还连着一个颇为宽敞的露台，沈清央自然毫无意见。

一别十年，连云还是像以前一样温柔周到。

看完卧室，两人下楼，连云带她逛逛其他地方，同时问一些旧人境况。

“你妈妈现在还好吗？”

沈清央点头：“她挺好的，我弟弟今年也大学毕业了。”

“你弟弟？”连云显得有些困惑，很快想了起来，“她和那位林老师的孩子是吧？”

“对。”

连云轻轻叹息：“你妈妈已经很多年没有跟我联系过了。”

沈清央其实很能理解庄敏的想法，当年同样起点的两个人，如今一个蜗居在不到一百平方米的房子里做全职主妇，另一个却在新人生里几近走到巅峰，如此鸿沟，任谁都不想再面对。

连云推开一扇雕花玻璃门，漂亮宽阔的泳池呈现在眼前。屋外绿植繁茂，让炎热的夏天也显得清爽。

“清央，老实说，我很能理解你妈妈。我们认识的时候，她性格就是如此，比起你爸爸能提供的物质资源，她更想要爱和陪伴。”

沈清央默然，的确如此，否则庄敏也不会嫁给那个老师了。

“所以，别怪你妈妈。”

“没有。”

小时候或许有一些吧，越长大就越没有了，能理解人人都是为自己。
想了想，沈清央好奇道：“连姨，那您想要什么？”
“我？”连云漂亮的眉毛微挑，“我想要理解和尊重。”
她有些不解。
“不是我想偷偷跟你说徐文衍的坏话，实在是有些事不吐不快。”连云附在她耳边，连名带姓地吐槽，“他想要的哪是个老婆，分明就是保姆。我那时候天天骂他娶我干吗，不如去保姆机构里挑个人伺候他。为了行知，我忍了那么多年，真是够了。”
她语气十分无语，沈清央没忍住笑出声来。
连云嘱咐：“我私下跟你说的，回去可不能跟徐文衍学舌。”
“保证不。”
“乖。”连云捏了捏她的脸。
进门时，沈清央就发现了连云这个坏习惯，把她从手到头发再到脸摸了个遍。她不太喜欢跟别人有太亲近的肢体接触，但碍于对方是连云，忍了下来。
看完户外的游泳池和网球场，连云带她去了厨房，告诉她什么时候饿了都可以按内线找厨师，当自己家一样，不用拘束。
说着，她问沈清央喜欢吃什么，好让厨师准备晚饭。沈清央刚准备回答时，忽然听见客厅中隐隐传来一道男声。
“周回来了。”连云笑，“走吧，带你去见见我的丈夫。”
还没走到客厅，沈清央便已经听到一道低沉男声用英语问夫人去哪儿了。
“这儿呢。”连云带着她走出去。
入户玄关处西装革履的男人正在解手表，连同西装外套一同交给管家，浑身上下自带威严与沉稳气质。他偏头，看见沈清央，微微眯眼。
饶是以往工作中见过许多位高权重的企业家，沈清央手心还是不由自主冒了一层汗。
来之前徐行知简单跟她提过，连云现在的丈夫是美籍华人，出生于香港，早年靠自己在华尔街博得第一桶金，后来眼光毒辣，在很多知名企业的萌芽期下注投资，现在名下经营着一家十分低调有实力的私募及资产管理公司。
她礼貌问候：“您好。”
周秉诚走过来，居高临下地打量她：“你就是行知的妹妹？”
沈清央点点头。
周秉诚不苟言笑：“你知道我家不欢迎外人吗？”
没想到他说话如此不客气，沈清央心里一凉，踌躇该如何回答时，连云忽然在旁边笑出声，嗔怪地看了男人一眼：“你能别故意吓唬她吗？”
沈清央蒙住，转头一看，周秉诚果然松了神色，眉梢微挑：“我还没开始呢，这么快就给我戳穿了。”
说完，他和颜悦色地看向她：“你好清央，欢迎你过来，刚才我是跟你开玩笑，别当真。”
沈清央谨慎地松了一口气，弯唇：“您好，周先生。”
“别是真被吓到了吧。”周秉诚兴致盎然，“年轻人心理素质这么差？”

“有点。”沈清央如实回答，“毕竟我确实是不请自来。”

“那叔叔给你道个歉？”

“不用。”她抬头眨眨眼，“我自己增强增强心理素质。”

周秉诚闻言“哈哈”大笑：“你这丫头，有点意思。”

简单聊了几句，晚餐准备好了。沈清央先回了一趟客房，从自己的行李箱里拿出给连云和周秉诚准备的礼物。

刚见到连云的时候，惊喜过头，她把这件事忘了。

礼物是出发当天临时在圣何塞买的，一条丝巾和一条领带。连云喜欢她的心意，好好收了起来。周秉诚打开看了一眼，问了一个问题：“你在北城工作？”

“对。”

“薪水多少？”

沈清央如实说了一个大致的区间。

周秉诚合上盖子，饶有兴致：“比你哥可差得远了。要不这样，你留下来跟着我，或者去阿云的公司，都比你现在有前途得多。”

话没说完，连云白了他一眼：“清央工作做得好好的，要你在这里多事。”

周秉诚立刻换了一副笑脸，凑过去揽上连云的肩膀：“我这也是为她好。再说了，你不是一直遗憾自己这辈子没生个女儿，我看清央很好。”

连云忍无可忍，往他嘴里塞了一块餐前面包：“闭嘴吃饭。”转头又安慰沈清央，“你别搭理他，他老板当习惯了，见谁都想安排一下。”

沈清央笑笑，并没觉得被冒犯到，反而觉得他们的相处很有趣，比她记忆里连云和徐教授的气氛要和谐很多。

而连云虽然嘴上嫌弃着周秉诚，却并没推开他，眼里笑意闪闪。

“我可没开玩笑。”周秉诚坐直，终于记起找回一些在小辈面前的严肃，“清央，叔叔是认真的，你考虑一下。”

“谢谢您，不过我想我不太需要考虑。”

周秉诚板起脸：“你就想安于现状一辈子吗？”

“不啊。”沈清央也认真地回答，“我才刚工作几年，以后还有升职的机会，高级律师、资深律师乃至合伙人，慢慢来嘛。”

周秉诚嗤笑一声：“累死累活也赚不到几个钱。”

沈清央倒是很心平气和：“不是人人都像您一样心有鸿鹄的。我小时候遇到家庭变故，觉得现在的生活就很好。”

“那你又怎么知道，我说的就不好呢？”

她迎上男人犀利的目光，认真道：“周先生，您站在顶端久了，会不会忘记这世界上大部分人都只是普通人。”

周秉诚微顿片刻。

连云在旁边乐弯了腰。

“看看你，非要多管闲事，说不过清央了吧。”连云心情很好地给沈清央添了点甜酒，“吃饭吃饭，吃完饭我带你去附近玩。”

沈清央弯弯眸。

周秉诚兀自气笑了：“小丫头，牙尖嘴利的，跟阿云年轻的时候一样。”

纽约的夏令时要至晚上八点才天黑，吃完饭仍有亮色，连云让司机驱车开出社区。到了地方，沈清央才发现他们带她来玩的地方是一个射击馆。

馆主是周秉诚的朋友，给沈清央找来了一个女教练，带她去新手区那边玩。

“我陪清央。”连云说。

“那我呢？”周秉诚看向自己老婆。

连云无语道：“你第一次来吗？”

周秉诚搂过她的腰：“她有教练，你陪我。”

沈清央适时插上一句自己有教练就可以，连云无奈，只好嘱咐她小心。

拿上装备，沈清央根据教练的指导戴上帽子、护目镜、耳罩和手套。

她先试了小手枪，装了子弹，很容易上手，连打几枪之后，虎口微微有些酸。

教练手把手给她讲解了几个要点，沈清央重新尝试，这下好了很多。

她眼睛亮亮的，逐渐找到乐趣。

“很棒！”教练比了个大拇指，“要试试步枪吗？”

“好！”

教练挑了一把 AR 步枪拿过来，这次要吃力很多。枪托搭在肩膀上，沈清央略觉得有些沉。她眯起一只眼，瞄准对面的人形靶，扣动扳机。

“砰——”

后坐力带得她踉跄了几步。

下颌处被震得发麻，沈清央揉揉自己的脸，集中精力准备再试一次时，后背忽然覆上男人温热的胸膛。

她一惊，下意识想回头，又因为耳罩的限制动弹不得。

他俯身，气息沿着枪托压下来，戴着黑色皮质手套的长指滑入她指缝，扣稳枪身。

“哥？”沈清央侧脸。

“砰——”他果断带着她的手扣下扳机，正中人行靶的额头。

发丝拂过他俯低的下颌，挟着一缕玫瑰甜酒的香甜。

“砰！砰！砰……”

接连五发，子弹穿过沈清央微屏的呼吸，从锁骨震到心跳。

“专心。”

徐行知伸手将她的脸扳回去：“别看我，看靶心。”

人形靶上多出六个弹孔。

徐行知松开她，沈清央迫不及待地摘下耳罩和护目镜，感叹道：“你的手好稳啊。”

动作熟练，准头也好，不比她一看就是初学者。

“比你多来了几次而已。”徐行知掂量了两下，给她换了一把造型更为精巧的步枪，“试试这个。”

沈清央的视线从他的手套上滑过，黑色皮质与防滑面料交织，他摘了手表，青筋根根分明，视觉冲击力极强。

领带已经抽掉，白衬衫领口敞着，袖箍束起手臂肌肉，上天偏爱的皮囊格外赏心悦目。

沈清央眼皮微颤，移开目光。

徐行知装上弹匣，嫌手套碍事摘了丢在一旁，空试一发，而后递给沈清央。

她白皙的锁骨上被枪托顶出一片红痕。

徐行知抬手扳了下她的肩，沈清央顺着男人的力道调整姿势。她微俯身，眯眼打出一发，感觉到这支枪的后坐冲击力小了很多。

一连两发打中，她眼睛一亮，扭头去看徐行知。

他靠在边上，抽出一支烟，没点，随手给她鼓了两下掌。

挺敷衍也挺难得的，沈清央冲他弯了弯唇，回头集中注意力，认认真真地把剩下的几发打完。

工作人员走进靶场，将她刚才打的人形靶抱过来，说可以带走收藏。

“不用了。”沈清央婉拒。

这么大的东西，坐飞机时托运也够麻烦。

装备和枪都交还给工作人员，周秉诚和连云还没出来，徐行知结账时顺便和老板聊了几句，听语气，两人颇为熟稔。

沈清央好奇：“你经常来吗？”

“偶尔。”

“是挺好玩的。”

徐行知收起钱包，拧松了一瓶矿泉水递给她：“还可以，释放压力。”

沈清央抬眸，想问一句“你压力很大吗”，又及时把这句话咽了回去。

硅谷每年有那么多创业公司，或生或死，维斯从名不见经传做到上市敲钟，其间辛苦可想而知。只是他从来不习惯表露于人前而已。

出了射击馆，天色由亮转暗，靛青夜幕笼罩着隐隐月色。没等周秉诚和连云，徐行知先驱车带她回了家。

车里，沈清央系安全带时，忽然想起一件事：“哥，你吃晚饭了吗？”

“吃过了。”

片刻，徐行知提醒：“记得提前订好回国的机票。”

“已经订好了。”沈清央抚平裙角，“两天后的机票，你呢？”

“什么？”

“你什么时候回加州？”

徐行知侧过去的目光收回：“下周。”

察觉到他语气突然变淡，沈清央点点头，没再多言。

车子在夜色中行驶了二十分钟，回到别墅，沈清央从行李箱中拿了洗漱用品进浴室。连云考虑得周到，这间卧室带一个很宽敞的独立卫生间，洗澡不用出去。

热水淋过全身，她轻揉腰背，白天五个小时的飞机坐得实在腰酸。

洗完澡，沈清央在热气弥漫里，对着镜子查看自己鼻尖上冒出的一颗小痘痘。来美国这两周饮食上蔬菜少之又少，连她的皮肤都扛不住了。

沈清央从小皮肤就好，青春期班里很多女生长痘痘时，她还是又白又细腻，连一丝毛孔都看不见。反而是这两年，有时昼夜颠倒地工作，皮肤会有些不稳定。

她摸了摸那颗痘痘，抿抿唇。

头发吹到半干，沈清央收拾了下衣物。指针指向十点，她没什么困意，索性推开玻璃门，去露台上看夜景。

小镇晚上比白天更好看，各有特色的别墅静悄悄地矗立在自然植物林中，奢华而不失低调。楼下，她这间卧室的阳台正对着水波轻荡的游泳池。

沈清央趴在栏杆上，舒适地眯起眼享受晚风。

偷得浮生半日闲。

没闲多久，握在掌心的手机忽然响起铃声，来电人是裴亦。沈清央接起，懒洋洋道："喂。"

裴亦闻声知意："病好了？"

"当然。"

"那你什么时候回来？"裴小少爷抱怨，"你们这差出这么久吗？我在国内都快无聊死了，没人陪我玩。"

沈清央才不信他的鬼话："你能缺了朋友？少跟我装。"

"都是狐朋狗友。"裴亦笑嘻嘻道，"央央，我还是最喜欢跟你一起玩。"

她撇撇嘴，刚想张口，余光里突然捕捉到一只粉色蝶羽的蝴蝶，在月光下扑翅飞过，漂亮生光。

"央央，央央？你怎么不说话了？"电话里，裴亦疑惑地问。

"我过两天回去……"沈清央单肩夹着手机，两只手一起去捉那只蝴蝶。

并没有很难捉，那蝴蝶顺从地停在她指尖上。

沈清央欣喜地轻轻拨弄它的翅膀，想挂断电话拍一张照片，一转头，忽然瞧见相邻阳台上站着一个人影。她吓一跳，夹在肩头的手机和蝴蝶一起飞了出去。

徐行知指间夹着一支烟，嘴角微挑。

沈清央魂都快吓掉了，连忙倾身趴在阳台上往下看。夜里黑漆漆的，泳池边的几盏夜灯并不足以让她看见手机掉哪儿去了。

要是掉在泳池里，那八成是废了。

她懊悔死了，转身拉开房门，"噔噔噔"地跑下去。

连廊的射灯逐渐亮起，徐行知拿着一只手电筒，不紧不慢地跟在她身后。

泳池边上都是草坪，夜间并不好找，沈清央试图看看水里，奈何夜间波纹晃动，什么也看不出来。

一束强光从身后射来，她遮着眼睛回头，那束光瞬间偏了方向，照向她身后的草坪。

"哥。"

徐行知指尖的暗芒未熄，若隐若现的一点猩红。手电筒转了几个方向，他沿着泳池绕一圈，弯腰摸索了几个地方，最终在紧贴池边的草丛角落里找到手机。

手机被递过来，沈清央笑容还没来得及挂上就塌了。后背板摔出一大片细纹，她去年才买的新手机，现在变成了战损版。

她叹了口气，尝试打开，还好，手机功能未受损，还能正常使用。

"换个新的。"徐行知关了手电筒。

沈清央心疼："买了才一年，没关系，还可以用。"

“你倒是挺节俭。”他掐了烟尾，丢进垃圾桶。

沈清央跟上，低头翻过来看：“就是背板摔得确实有点丑，不知道手机店能不能换？”

徐行知停步，从她手里抽走手机。

两人刚好走到圆形的壁灯下，沈清央见他将手机翻过来，屈指敲了敲，燃起希望：“能换吗？”

她知道徐行知会，大学的时候，她见过他在实验室用散碎零件组装出一部完整的手机。

法律或许可以触达思想的暗隅，而科学丈量的是生活的精度。

朦朦胧胧的昏暗光影落在男人肩上。

她穿着长袖睡裙亭亭玉立，夜风拂过，满是发丝清香。

他侧眸，眼神明暗不清。

沈清央心脏瞬间一跳，转瞬即逝。

徐行知恢复平静神色，指尖在手机上轻点两下，不置可否：“能换，同型号的背板不好找，我明天问问。”

躺到床上，沈清央翻来覆去辗转了好一会儿。

连云准备的床品柔软舒适，蚕丝被搭配真丝床单，躺下去像躺进了云里，可她还是怎么都睡不着。

一闭上眼，她就想到徐行知方才的眼神。

她很熟悉，因为熟悉，才觉得心乱。

连日来朝夕相处了这么久，是远离北城后的孤岛泡沫，一戳就破，她终究要回去的。

一直以来，沈清央都很不愿意面对自己的内心。

太敏感是对自己的伤害，她很小的时候就领教过。庄敏离开之后，很长一段时间内她都是独自跟着保姆生活。沈父工作节节高升，随之而来的是日夜不分的忙碌，能给她的只有物质上的宽裕。

后来到徐家，终于有了稳定的生活，她已经熟练地听话懂事，不给长辈惹麻烦。

徐家夫妇都是很好的人，沈清央自认不亏欠任何人，唯一压在她身上的，只有这十几年徐教授和方琴的养护之恩。

他们给了她一个稳定、安全的成长环境，她不想弄得他们家宅不宁。

沈清央翻身，打开手机给孟希发信息：睡了吗？

孟希很快回：工作时间我睡什么？

差点忘了和国内有时差，沈清央发过去一个猫猫表情包：Sorry，我这边是夜里。

孟希：谢谢，口水已流到键盘。

孟希：旧金山好玩吗？我也好想去。

沈清央侧脸枕着枕头，在台灯下打字：我没往旧金山去，一直在湾区。

孟希遗憾：好吧，看时差你那边十一点了吧，大半夜的你怎么还不睡？

沈清央回她说睡不着。

孟希：有心事？

她很想说有。

窝在被窝里，沈清央抱着手机，手指不由自主地摸到背面。如果不拆下手机壳，还真看不出哪里摔碎了。

对话框里始终一片空白。

孟希又发来几条信息问怎么回事。

沈清央删删改改良久，最终，下巴抵着手机壳出神。

想不清，这么多年，她已经习惯用钝感保护自己。

伸手关灯，她回孟希一句“没事”，埋进被子里睡觉。

第二天早上，沈清央醒得很早，她问过连云早餐时间，定了闹钟。

虽然连云说让她想睡到几点就睡到几点，但沈清央还是爬了起来。去卫生间用凉水洗漱，人瞬间变得清醒。

下楼，餐厅里，只有周秉诚在喝咖啡、看报纸。看到她进来，他自然地问道：“怎么不多睡会儿？”

沈清央摸摸鼻子，笑道：“连姨呢？”

“晨跑去了。”周秉诚悠然自得地吹了吹咖啡，“叔叔跟你讲，趁年轻就要拼命工作拼命享受，不然到了我跟你连姨这把年纪，只能好好养生，想放肆也放肆不了。”

沈清央点点头，进退难安想说点什么时，连云一身运动服从外面进来，身上冒着热气腾腾的汗，见到她也惊讶：“清央，你起这么早啊？”

连云按铃叫了两份早餐过来：“起得早也好，我们一起吃早餐。行知走得早，连早餐都没吃。”

“他已经出门了吗？”

连云点点头：“他走得很早，不过说晚上也会早点回来。过来吃饭吧，清央。”

早餐结束，沈清央跟连云一起出门。

今天是工作日，连云休假，周秉诚却还有工作，吃完早饭便让司机送他去公司。

上午，两人去逛了超市和商场，吃过午饭歇了歇。下午，沈清央跟着连云去上私教健身课。

几个小时下来，她气喘吁吁，身上冒了一层细密的薄汗。

连云气定神闲，递过来一瓶水，笑着看她：“办公室坐久了，也要注意身体啊。”

沈清央点点头，喝了一口水，往后仰躺在瑜伽垫上，有气无力：“太累了，连姨……”

她其实也和同事一起在公司附近的健身房办过健身卡，一开始兴致勃勃，去过几次之后，因为工作忙变得三天打鱼，两天晒网，后来，就完全吃灰了。

这次回去之后，或许可以试着捡起来，不然身体素质越来越差。

回到家时，六点出头，沈清央先回房间洗了个澡。吹干头发出来，听到轿车开进来的声音，她跑下楼看，周秉诚从玄关处走进来。

脚步微顿，沈清央维持礼貌：“周先生。”

周秉诚何等敏锐，一挑眉：“以为是你哥回来了吗？”

她垂眼说没有。

没一会儿，连云也从房间出来。她换了套米白色的宽松家居服，舒适漂亮，在岛台前榨果汁。

“别喝果汁了。”周秉诚抽掉领带走过去，扬扬手里的长方形木盒，“一个朋友送了瓶酒，要不要尝尝？”

沈清央接过连云鲜榨的橙汁，搅着吸管，闻言好奇地看过去。

木盒打开，酒从里面取出来，瓶身上印着红标“50”。

“麦卡伦 50 年？”

周秉诚扬眉：“你喝过？”

沈清央诚实地摇头：“美剧里看到过。”

她记得裴亦也收藏过一瓶，不过是 40 年，一直不舍得开。

周秉诚取出一只威士忌杯，开了那瓶酒。琥珀色的液体倒出，他推给她：“尝尝？”

连云则伸手制止：“清央，你平时喝酒吗？”

“不太喝。”沈清央回答，“但是喝一点点应该没关系。”

最主要的是，她蛮好奇味道的。

她端起来闻了闻，醇厚香气扑鼻而来。这瓶酒几乎是她年龄的两倍，尝一口，先触达味蕾的是浓郁温暖的木质香。

很奇怪，说不上好不好喝，沈清央舔舔唇，又喝了一口。

连云也给自己倒了一杯，她是行家，夸道：“好香，比上次那支好喝。”

周秉诚与她碰杯：“就知道你会喜欢。”

沈清央又仔细品了品，还剩小半杯，她托着脸慢慢喝完。

八点一刻，徐行知回到家。

一个朋友帮他找到那个型号的手机背板，他脱了西装上楼。隔壁房间门开着，里面没有人。

问了管家，得知周秉诚和连云出门散步去了，沈清央在后花园。

他找过去，花园里环着低温氛围灯，搭配设计出自某位知名设计师之手。

她在秋千上，双手攥着粗麻绳，脑袋也枕在上面，闭着眼，懒洋洋地前后轻晃。

徐行知走上前。

听到脚步声，沈清央掀开眼皮。男人停在她面前，身形颀长，清寂的眉眼隐在夜色里。

她仰头，靠着秋千的麻绳晃了两下。

“哥，你回来了。”

徐行知察觉到空气中若隐若现的酒味：“喝酒了？”

“嗯。”沈清央嗓音低软，“麦卡伦 50 年，好贵，感觉一杯要喝掉一辆车……”

他没说话，在秋千上坐下，位置宽敞，容纳两个人绰绰有余。

徐行知晃晃手里的白色配件盒：“手机呢？”

“手机？”沈清央有些迷茫，撑着脑袋想了会儿，在身上左摸摸右摸摸，最终在秋千旁边的草坪上找到。

“掉下去了。”她用袖子擦擦手机。

徐行知接过来，准备拿回客厅弄，刚想离开，抬眸看到沈清央的眼神。

她很安静，明显有些醉意，清润的眼睛一眨不眨地盯着他。

无言对视几秒，徐行知眉眼微动：“看什么？”

轻柔的风从两人中间穿过，夜晚的花园异样安静。沈清央很缓慢地眨了下眼睛，鬼迷心窍想去探他皮肤的温度：“哥，你很久都没对我笑过了……”

没碰到，手腕被人扣住。

徐行知垂眼，宽松的睡裙袖口滑落，露出一截瘦白手腕，肌肤上戴着细链子，红玉髓在夜间闪着暗光。

……

她手指微微蜷缩。

他松开她，起身，居高临下地用手机挑起这个小醉鬼的下巴。

“小姐，”他俯身贴近她，“有求于人，不应该是你给我笑一个吗？”

夜风寂静，男人沉沉的气息压下，沈清央下意识地微屏呼吸。

鼻尖钻入一股很淡的香水味，不知他在哪个场合染上的，她脑袋晕晕的，不知道是要笑，还是不要笑。

片刻恍神，徐行知已经收了手机。

看她一眼，他转身离开。

沈清央没反应过来，蒙了一会儿，慢慢地把脑袋靠在晃悠着的秋千上，望着男人渐渐走远的身影。

喝了酒又吹了风，次日醒来，她感觉头微微痛。

沈清央下楼，已经九点多，徐行知破天荒地还没出门，在楼下喝咖啡回工作邮件。

他手边搁着她的手机，背板换了新的，完好如初。

连云从花园进来：“早啊，清央。”

“连姨早。”

连云走到岛台前：“你哥等会儿要去附近的一个文物展，你想跟他一起去看看吗？”

难怪他上午没出门，原来是有事。

沈清央将手机开机，面前有一本手册，她翻了翻，惊讶：“都是中国的？”

“没错。”连云笑着点点头，“字画和一些古董瓷器的专场。原本是山石斋的珍藏，去年山石斋主人窦先生离世，他后人遵照遗愿，把部分珍玩捐赠给了国家博物馆。另一部分可以流通的，委托给了嘉德拍卖。”

“最近秋拍快开始了，嘉德借用窦先生的故居办了一场展览，不是公开的，也算是一种纪念吧。”

沈清央翻过一页手册，余光里瞄到徐行知并没有抬头。

咖啡机发出“嘀嘀嘀”的工作声响，连云把做好的拿铁端到沈清央面前：“窦先生久居海外，收藏了不少文物。你哥看中了一幅画，你跟他一起去玩吧。”

沈清央没说话，看向徐行知。

他合上笔记本电脑："十点出门。"

出差在外，沈清央行李箱带的衣物并不多，她换上白衬衫和半身裙，整个人清爽干净。

走之前经过客厅，连云在整理墙角的角柜，顺口嘱咐了一句注意安全。

窦先生的故居离他们住的地方不远，大约二十分钟车程。驶过华盛顿大桥，车在一栋风格非常独特的建筑面前停下，院中喷泉池水汩汩，穿着制服的工作人员前来迎接。

进去之后，沈清央第一感受是视觉惊艳。

比起博物馆中隔着玻璃柜展览的文物，这里灯光布展设置得非常好，甚至可以在工作人员陪同下亲自触摸把玩。

受邀人不多，现场十分安静。

她一眼看中一只彩纹小胆瓶。

大半手掌大小，釉彩烧得鲜妍生动，沈清央小心地摸了摸，心生感慨。

工作人员见她喜欢，详细介绍了胆瓶的年代和来历。

"这能用来做什么？"徐行知无甚兴趣，倚着实木台面，漫不经心地问。

沈清央欣赏完，完璧归赵时，顺口解释："胆瓶一般用作书房装饰，或者插个花，没有什么实际用途。"

他伸手转了转："你很喜欢？"

"有句话叫'摩挲钟鼎，亲见商周'。"沈清央转身，"华高以前不是会给每个班的读书角订阅国博的馆刊吗？我记得有一期封面就是胆瓶，和这个几乎一模一样。"

徐行知微顿，他压根儿没看过。

"这种叫玉壶春，轮廓很圆润。"她似乎很有兴趣，都不用工作人员讲解，爱不释手地摩挲，一一给他介绍，"这种颈部有一圈圈凸起的叫弦纹瓶，徐伯伯书房里有一个。"

一连把玩了数十个，沈清央忽然想起来，扭头："哥，你不是要看字画吗？"

工作人员适时插话："字画在楼上。"

徐行知要看的是一幅黄宾虹的山水画，见到实物，他无甚评价，只说有人爱宾翁，还个人情。

中午，两人在三楼准备好的自助式餐厅里吃饭。等到了该离开的时间，沈清央见到了岑川。

他刚来，等在车旁，仍然是那副文质彬彬的样子："沈小姐，我送您回去。"

沈清央一愣，转身。徐行知在打电话，并未打算和她一起走。

电话结束，他看过来，语气淡淡："下午我还有事，你想去哪儿让岑川送你。"

她顿了下，微点头，拉开车门。

弯腰进去之前，沈清央鬼使神差又回头："哥。"

他抬眸。

"我明天上午的飞机。"

"我知道。"徐行知问，"几点？"
"十一点。"
"会有司机送你的。"他平静地道。
一股若有似无的闷意萦绕在胸口，沈清央抿抿唇，没再出声，匆匆上了车。

回到家连云不在，沈清央回房间把衣服收进行李箱，然后坐在昨天那架秋千上发呆。
小时候就很想要秋千，她跟爸爸提过几次。沈父虽然一口答应她，奈何工作忙一直没把这事放心上。
没想到在连云这里如了愿。
秋千在午后阳光里晃晃悠悠，沈清央出神地想着在加州、在新泽西度过的这几天，一时竟生出微弱的不舍感。
只是分不清舍不得的是轻松的度假时光，还是某个人。
她安静地发呆，忽然肩头落下一件披肩。秋千一沉，连云在她身边坐下。
"想什么呢？"连云温柔地问。
沈清央回神，弯唇说没有。
"有什么不开心的跟我说。"连云摘下她头发上飘落的树叶，"方琴对你好吗？"
"琴姨很照顾我们。"
"那就好。"连云说，"我见过她，她是个好人。"
沈清央侧目："您不讨厌她吗？"
"我为什么要讨厌她？又不是她破坏了我的婚姻，是我自己想跟徐文衍离婚。我们在一起的那几年，她独自一人带着孩子，并没有来打扰过我的生活。"
一席话是非分明，沈清央看着连云历经风霜仍然美丽的面庞，忽然好奇："连姨，您跟周先生是怎么认识的？"
连云好笑道："想听故事？"
"一点点好奇。"
"我们认识……比较偶然。我那时候为了节省积蓄半工半读，他名下有一笔资助华人学生的慈善基金，我就去申请了。"
沈清央听得专注："您就这么喜欢上他了？"
"当然不。"连云否认，"我当时很讨厌他，傲慢自大。他也看不起我，觉得我一个离过婚生过孩子的女人能做成什么事。"
"后来呢？"
连云微笑："后来我提前修完学分毕业，拿到他死对头公司的 Offer，他气得吹胡子瞪眼。"
沈清央乐了，她能想象到周秉诚的神情。
"别人怎么看我都不重要，"连云靠着秋千晃动，"我没有看不起自己就行了。"
沈清央慢慢绕着披肩上的流苏："您后悔过吗？"
聊到这里，连云微微沉默，很轻地叹了口气："当然。我不是一个负责任的母亲，很对不起行知。

“那时候他才六岁。行知从小就早慧，不爱说话，但什么都懂。我走的时候，他问我以后还会回来吗？”

她陷入回忆，眼圈泛红。

沈清央无声地安慰，掌心轻轻覆上她的手。

连云收起情绪，浅淡地笑了笑：“后悔也就是偶尔，再来一次我恐怕不会改变选择。若要对得起行知，就要对不起我自己了。

“所幸行知的性格，对在乎的人不太计较得失。”

她话锋一转：“清央，你们兄妹关系应当很好吧？”

沈清央下意识地点头。

“我一猜就是。”连云轻拍她的手，“他未必肯认那个大哥，却一定会拿你当妹妹。”

“他……”沈清央垂睫。

某种意义上，他是她成长的引路人。

静了片刻，连云笑笑，正色道：“其他的都不重要。清央，虽然你妈妈和方琴现在生活都不错，但连姨还是想多话一句，依附他人不是长久之计。你那天跟周说的话很对，认真走好你自己的职业生涯。”

沈清央不由得动容：“我知道的，谢谢连姨，只有您会这么跟我说。”

“快下雨了，我们回去吧。”

“好。”

沈清央脱下披肩还给连云。新泽西的天气瞬息万变，她们聊天的这会儿工夫里，天色不知不觉阴沉下来，隐隐有要下雨的征兆。

穿过连廊回客厅，转角时，沈清央一不小心碰倒了墙角的实木角柜。

沉闷一声，柜子连同上面摆着的东西一起倒地，连云及时把沈清央拉远，不让她去扶。

“傻丫头，这么重怎么扶得住？”连云嗔怪，“摔就摔了，砸着你怎么办？”

沈清央愧疚：“对不起，是我太粗心了。”

“不怪你。”连云让管家过来把角柜扶起来，自己蹲下身捡东西，“有地毯摔不坏，是我中午挪了它的位置没放好。”

沈清央蹲下跟连云一起捡。

角柜上摆着的多是一些相框，有风景也有人像照。她拾起一张，视线忽而定格。

“这是……”

雪山下，年轻男人一身黑色登山服，背影寂寥落拓。

熟悉感涌上心头，沈清央总觉得在哪里看过。片刻，她突然想起是几个月前去徐行知家送东西时，卧室的床头柜上也摆着一张。

连云将手里的物件摆好，接过来：“你说这个啊，这是我一个朋友在珠峰大本营给行知拍的。”

“珠峰大本营？”

“没错。”连云笑道，“尼泊尔境内那条 EBC 大环线，你听说过吗？终点就是珠峰大本营。”

沈清央愣住，轻轻皱眉。

她依稀记得在一本旅游指南上惊鸿一瞥过，那里被称为世界上最美也最惊险的徒步线路。

再看向那张照片，沈清央问：“他什么时候去的？”

“什么时候……”连云指尖轻点玻璃相框，回忆着算了一会儿，“差不多是三年前，他从斯坦福辍学的时候。”

沈清央的脑子“嗡”地炸开。

“……辍学？”她难以置信，“连姨，您在说什么？”

“你不知道？”连云也惊讶。

她当然不知道，她怎么会知道？徐行知从来没向她提过这件事，恐怕徐家夫妇更是一无所知。

浑身血液冲到头顶，半晌，沈清央突然抓住连云的手：“几月？连姨，是几月？”

她的反应之大让连云察觉出异样：“那年秋天，应该是九月前后。”

九月……沈清央面色苍白。

连云语气温和：“行知的性格，不告诉你们也是正常的。他自小聪明，学什么都快，一路顺风顺水地长大。我很担心他会过分自负，但也没想到一下子会有那么多麻烦。”

完成在即的毕业项目无缘无故被毙，只有延毕一条路。

刚融资的创业公司同伴携款潜逃，他背上几百万美金的债务。

学校邮件躺满邮箱，律师函如雪花般满天纷飞。

无数心血付之一炬。

连云轻叹：“我原本也不知道的，只是他从国内飞来我这儿，连续一两周高烧不退，我才打电话去他学校了解情况。

“行知颓废了很久，我怕他就此消沉。恰好那时我有一个徒步爱好者朋友要去挑战 EBC 大环线，我就让行知跟着他一起去了。

“回来后，他就申请了退学。”

沈清央被钉在那里，从头凉到脚。

再后面发生的事，已无须多言。

十二月，寒冬落雪时，徐行知回国见她。

他睫毛上沾了雪，声音轻得像从冰上滑过：“你不问问我吗？”

她沉默以对，换来他的转身离开。

三年时间有多久？

是他一蹶不振时，她翻开资料书；是他沉默地遥望雪山时，她落笔交卷。

珠峰脚下的空气是否和考场外的相同，她不知道。

这三年，尘土飞扬，繁荣落幕，疫情卷着时代的洪流碾过，一切又终归于沉寂。

纳斯达克飘扬的彩带飞回那扇楼梯间的安全门后。

沈清央终于明白，他何以说出那么绝情的话。

在桩桩件件里，她是压死他的最后一根稻草。

CHAPTER 10 /

我还是很喜欢你

沈清央在连廊下站了很久。

雨雾伴着阴沉沉的天色一起落下。

鲜绿的樱花树在风雨中轻晃，管家开了灯，昏黄的光线在玻璃幕墙上跳动着，朦胧映出她的面庞。

雷声“轰隆隆”地降下来，一幕幕闪过的回忆让她脑袋隐隐作痛。

如果要说后悔，一定是这一刻。

在她长达多年的自我封闭保护中，很难因为某个人某件事难受到无以复加的地步，心口连日来的沉闷感丝丝缕缕被放大，几乎要缠得她窒息溺毙。

曾经被忽略的那些细节跳回脑海。

那年九月，徐行知回国是因导师放假，仅仅不到一天，他又匆匆赶回。

之后三天，他没发来只言片语。

按照平时，绝不会如此，只是她当时沉溺在乱糟糟的心慌中，无法顾及这些细节。

沈清央闭上眼，睫毛轻颤。

人究竟是如何用记忆去丈量时间的？

轻飘飘的几句话概括几年，每一分每一秒的难挨消散之后，都变成不足为外人道。

她不敢想。

蒙蒙细雨中雾气弥漫，远处天际垂头合目，白烟模糊了城市霓虹。

一支细长的女士烟被按灭在烟灰缸里。

谈玟看向对面全程翻看策划案，没多给她一个眼神的男人：“徐总觉得我提供的方案如何？”

“谈小姐的能力毋庸置疑。”

谈玟微笑：“过奖，能为 Weesy 提供公关方案是我的荣幸。”

维斯最近出了个不大不小的产品安全性方面的问题，加之考虑到为新业务线宣传铺路，便重新找了一家营销咨询公司。

谈玟是对面的团队负责人，半小时前，徐行知结束一个会议，接到她的电话。

他合上策划案：“一些细节方面的问题，我明天会让助理和你沟通，辛苦谈小姐这么晚过来。”

“不晚。”谈玟挑唇，“十点多而已，工作到半夜是我的常态。”

徐行知笑了笑：“抱歉，这不是我的常态。”

“那就只此一次，下不为例。”谈玟细长的指甲转了转酒杯，“其实也可以不聊工作的，这家酒店的鸡尾酒很出名，我们可以吃点夜宵。”

她是个很漂亮的女人，也很懂得用最漂亮的语气说话。可惜时间太晚，徐行知已经丧失敷衍她的耐心：“谈小姐自便。”

谈玟还从没遇到过这么不给她面子的：“外面下暴雨，你去哪儿？”

徐行知拎起西装外套，淡笑道：“女朋友在等，抱歉，失陪。”

离开酒廊，他脸上的笑瞬间变淡。

外面暴雨如注，新闻播报交通拥堵，雨至少还要再下两个小时。

徐行知打算在这间酒店住下，乘电梯前往一楼开房。等待前台办理的时间里，他手里的信用卡心不在焉地敲着大理石台面。

身旁，有对情侣也在办入住。

黏黏糊糊的私语飘进耳朵，女生撒娇：“最后一晚了，我明天就要走了，怎么办啊……”

男生低头亲她：“亲爱的，下个月我课程结束飞过去找你。”

“那还要好久哦。”

“乖……”

“先生，”前台双手递上房卡，“您的入住已经办好。”

“谢谢。”徐行知颔首，从钱包中抽出几张纸币当作小费放下。

那对情侣也拿到了房卡，牵着手上楼。

徐行知落后他们半步，接起手机里连云打来的电话。

“行知，你在哪里？”

他看着房卡，报出了酒店名字。

“你今晚不回来了？”连云微讶。

“在下雨。”徐行知语气疲倦，“懒得等雨停了。”

“那也好。雨夜危险，你就在酒店休息吧。”

徐行知“嗯”了一声。

他一贯话少，连云也不在意，继续说自己的：“清央明天上午的飞机，是你回来送她，还是我让司机送？”

酒店大堂运作着除湿系统，用的香氛是豆荚木棉混合青柠檬，淡淡的清新温暖感。

徐行知没说话，片刻，才道：“让司机送吧。”

“你有事？”

他不置可否。

“好吧。”连云轻叹气，“她等你很久了，知道见不上，估计要失望。”

“等我干什么？”

“她——”

连云顿了下，话锋一转，语气忽然变得认真好奇：“行知，妈妈问你一个问题，你得如实回答。”

徐行知漫不经心地转着房卡：“什么？”

“你辍学之前那几个月，一直拿公寓装修和布置问我女孩子的喜好。你当时不是跟妈妈说有人要过来读书嘛，后来为什么不了了之了？”

“行知，”连云问，“是不是清央？”

房卡在指间微弯。

徐行知问：“她跟您说的？”

“妈妈猜对了？”连云笑，“当然不是，你们装作好好兄妹，清央怎么会主动跟我说这种事？”

“妈。”

“你要是真不想让我看出来，就别带她过来。”连云继续说，“语言和行为可以作假，亲疏和肢体语言是骗不了人的。你们俩在我这儿别扭了这么多天，到底在想什么？”

徐行知一时竟无话可答。

他从一开始就没想过要在连云和周秉诚面前遮掩，这两个人摸爬滚打大半辈子，对什么都洞若观火，遮掩不过是徒劳。

“清央明天就走了。”连云提醒。

“我知道。”

徐行知垂眼，看房卡边沿在掌心中压出深深的红痕。

“还有一件事，妈妈可能要给你道个歉。”连云轻顿，“清央下午不小心碰倒了角柜，我跟她说了你当年辍学的事。

“她的反应不太好，从下午就把自己关在房间里到现在。

“我问她怎么了？她说她等你回来。”

深夜十一点半，曼哈顿区雨势渐小。

一整天的暴雨彻底将夏天的余热洗去，车轮碾过林道间落满的绿叶，徐行知关了车门，沿着昏黄夜灯走上楼梯，打开入户门。

深夜寂静，连云和周秉诚早已睡下。他踩着地毯上楼，左边第一间便是沈清央的房间，门开着，按亮灯，里面空无一人，只有她的行李箱好好地立在墙边。

徐行知几不可察地皱了一下眉，转身推开隔壁房间的门。

黑暗里有一点红玉髓的暗芒，贴着那人雪白的手腕。她窝在落地灯下的黑色单人沙发里，双臂抱膝，脸埋在胳膊里，黑发散了满肩。

他站在门口，亮起房间的灯。

地板上骤然晃起亮光，沈清央慢吞吞地抬头。

一道颀长身影投落在廊灯下。

明明上午才见过，她却有些恍然，突兀地想起半年前春寒料峭，他回家她去开门，同样清绝淡漠的眉眼。

她动了动唇。

关上门，徐行知走进来，弯腰打开那盏落地灯，他瞥到她膝盖上一团瘀青。

“怎么弄的？”

沈清央后知后觉地低头看了一眼，声音有点哑：“下午不小心撞的。”

他没说什么，出去了一趟，再回来时，手里拿了一瓶喷雾。

沈清央把腿放下去，微微卷起裙角。

喷雾喷上来，冰冰凉凉的气雾，瞬间缓解了已经有些麻木的痛感。她伸手轻碰，模模糊糊的水膜感。

徐行知把喷雾放到抽屉里，余光瞥到她手里拿着的相框，伸手去拿。

沈清央拽住。

四目对视，她眼眶微红："为什么不告诉我？"

徐行知微顿，稍一用力抽走相框丢进抽屉。

他俯身，把她从沙发上抱起来："很晚了，睡觉吧。"

却在刚碰到人的时候停住，沈清央两只胳膊搂上来，温热的眼泪瞬间浸湿他脖颈处的肌肤。

她并非情绪脆弱的人，相识二十多载，这是她第二次在他面前掉眼泪。

第一次已经是很久远之前，彼时沈清央还在上高中，无缘无故缺课了一天，老师打电话到家里，徐教授才得知小姑娘竟然没有去上课。

徐教授抽不出空，只能拜托徐行知去找。

他最后在景山公园找到她。

冬天天色萧索，阴风刮着落叶，她竟然也不怕，一个人坐在那儿。在他找到她时，幽幽地说："哥哥，你知道那下面是什么吗？那是崇祯皇帝吊死的地方。"

他失笑，半蹲在她面前："吓唬哥哥呢。"

"没有。"她低着脑袋，声音鼬鼬的。

徐行知察觉不对，抬起沈清央的头。果然见小姑娘哭得泪痕满面，眼睛肿成核桃，像某种无家可归的小动物。

他忽然想起上午听到的消息，沈父和一起外派的同事结了婚，对方就在不久前，刚刚生下女儿。

她的爸爸妈妈都有了各自的新家庭，她是多余的那个。

他擦掉她的眼泪，语气淡然："别哭了，来哥哥这儿。"

她泪眼蒙眬地埋进他的肩头，温烫的眼泪浸湿衣服，几乎要透过肌肤的纹理。

"徐行知。"

窗外的雨淅淅沥沥。

他曾亲眼见过她长大，从活泼明媚到沉默寡言，命运平等地给予每个人磨炼。

那些伎不能寐的爱恨挣扎。

沈清央抬起头，嗓音哽咽："对不起。"

一切都消弭在她的一滴泪里。

沈清央皮肤微凉，在房间里待得久了，只有呼吸和眼泪是热的，湿漉漉地偎着他的颈窝。

听到那句话，徐行知静了片刻，松开手，让沈清央坐回沙发上。

他抽出两张纸巾，俯身给她擦眼泪："哭完了吗？"

沈清央眼眶一片湿红，泪痕未干。她别开脸，草草地用纸巾抹了两下。

外面雨还下着，滴滴答答的声音仿佛一根丝线无形拉扯着房间内细微的安静。

徐行知推开窗，靠着水汽弥漫的窗台，点了一支烟，清苦的尼古丁味道冲淡室内她带来的香气。

情绪堆上头掉了眼泪，现在缓过神来，她反而不知道要说些什么。

沈清央沉默了一会儿，依旧抱着膝盖，重复那个问题："为什么不告诉我？"

"什么？"

"你辍学的事。"

徐行知眉目淡淡："很重要吗？那时候你已经跟我说了分手。"

他微扯了下唇，靠着窗，侧目看过来："说了，你会可怜我，改变主意吗？"

好重的语气。

像一根根裹着棉花的针，直直往她心里扎。

沈清央一时说不出话，喉咙仿佛被雨水堵住。看着眼前的男人，她没法想象他是怎么过来的。

他变了很多，喜怒不形于色，心思越发难猜，酗烟又酗酒。即便是这样面对面聊天的时刻，她依旧分辨不出他意欲几何。

沈清央颓败地靠在沙发里，双手环着膝盖。

不知过了多久，一支烟抽完，徐行知走过来，捞起西服披在她身上，单手撑着沙发后背，俯身盯着她的眼睛。

阴影覆落，她抬头，对上他沉沉的目光。

"沈清央，"他声音却是轻的，"我再问你一遍，你有没有难言之隐？"

……

"啪嗒"一声，窗外花树的枝丫被压断了一根。

沈清央眸光轻闪，下巴抵着膝盖，宽大而温暖的西服包裹着她整个人，身前的光线则完全被他挡住。

一秒，两秒。

"你回来的那次，被人发现了。"

"谁？"

沈清央低下头。

徐行知的身体随之压下，气息贴在她耳边："大哥。"

她浑身微微一颤。

身体反应出卖了答案，徐行知闭上眼，心头划过一抹凉笑。多年猜测成真，他不觉得有太多的恍然。

若是徐教授和方琴，那时就会发作起来，不会再安然太平这么多年。

能让她害怕忌惮又隐忍的，只有那一个人。

那年诸多意外纷至沓来，他在身陷囹圄时接到她的电话，情绪冲昏了头脑，不管不顾地回国与她对峙。

见到她，他心如死灰。

她连退路都找好了。

指骨微微发白，徐行知强压下所有情绪，转身走到窗台前，双手撑着，沉沉地呼出一口气。

"回去吧。"他背对着沈清央，"快过凌晨了，睡觉吧。"

有一个事实再多的借口都无法掩盖：在他和徐家之间，她的选择做得如此果断。

四年情义缱绻，被她尽数抛之脑后。

沈清央的思绪乱得像一锅粥。

听到他的话，她放下西装，慢慢地走到门口。

手搭上门把手，窗外的雨声渐渐小了，夜风“呼呼”刮着，午夜深雨，天地之间万籁俱寂。

不到十二个小时之后，她就要坐上回国的飞机。

沈清央停在原地。

“哥。”

他不为所动。

她轻轻的声音响起：“我明天就要走了，你会送我吗？”

那道背影仍然毫无动静地靠在窗台。

她缓缓垂头，刚哭过的眼睛有种酸涩的疼，拉开门离开。

回到自己的卧室，沈清央打开行李箱，从里面抱出睡衣，却没换，在床上坐了一会儿。

静悄悄的房间。

她还喜欢徐行知吗?

少女时的仰慕单纯而简单，顺从心意地偷看他一眼、多说一句话，靠近他的身边。

后来，偷看变成了耳鬓厮磨，她还没来得及想清喜欢是什么，就已经与他一起在情欲中沉沦。

再接着，大起大落，三年割舍。

沈清央一直不明白自己对徐行知的感情是什么。

掺杂了太多的依赖、仰望、占有欲，究竟剩几分单纯的喜欢，她辨不出。

睡衣攥在掌心被揉成一团，沈清央重重地吐出一口气，仰倒到床上。

水晶吊灯绚烂而刺目，朦胧光晕微微晃着，她用手背遮住眼睛，一动不动地躺着。

良久，她忽然坐起来，丢了睡衣往门外走去。

卧室门打开的一瞬间，地毯上投落的身影拦住了她迈出的脚步。

徐行知闭着眼靠在门边。

走廊幽静，不知道他等了多久。沈清央愣住，张了张嘴：“哥。”

他偏头，平静到令人心慌的眼神，盯了几秒，忽然伸手将她扯到怀里。

心脏跟着身体一起踉跄着撞上他胸膛。

“你——”

“别睡了，”他一只手臂箍着她的腰，强势到让人隐隐窒息的力道，热息贴上她耳郭，“我们出去。”

某一年冬天，学生会聚会。

别墅里的轰趴，大家从狼人杀玩到三国杀。卡牌类游戏玩腻了，大家围在一起吃烧烤时，回归最简单老套的真心话大冒险。

转盘在众人注视的目光下转动，停下时，指针恰好正对着沈清央。

她正吃着一块鸡翅，听到哄闹声抬头，发现自己竟然是第一个幸运儿。

“我选真心话。”她擦擦手，从“真心话”的卡牌盒里盲抽了一张。

那道题不难回答，内容是：你最想和喜欢的人一起做什么事？

沈清央几乎是脱口而出：“海边看日出。”

作为土生土长的北方人，对大海有着天然的执念。

大家齐齐变调地“哦”了一声，有暗恋她的男生趁势追问：“和谁看？”

指间卡牌掉转，沈清央对着他微微一笑：“那是下一个问题了。”

彼时徐行知不在，而现在她跟着他踩过一阶阶楼梯下到车库。身上被扣上安全带时，沈清央看着车灯破开浓得化不开的夜幕，思绪茫然：“……去哪儿？”

身边人已经发动引擎开了车。

一路上，雨渐渐停了。

车窗关着，他们困在同一个封闭的空间内。车驶入公路时，沈清央降下车窗，凌晨的风混着水汽卷进来。

过了最困的点，人到后半夜，头脑越来越冷静。

沈清央趴在车窗边框上，黑发在风中肆意凌乱。半夜两点，远处曼哈顿区仍然华灯璀璨，错落繁华的建筑勾勒出城市天际线。

停了车，一望无际的海面在眼前翻涌。

沈清央有些怔愣地看着挡风玻璃之后的沙滩。

直到徐行知从外面拉开副驾驶座的车门，倾身解了她的安全带，她才霍然回神。

“不下车吗？”

……

沈清央拿上手机下车。腿坐得微麻，她微微活动了一下，胸腔内心跳如缓慢的擂鼓。

水天一色的海面尽头腾出一线微光，数道云影飘浮，沙滩上映着隐约的人影，是和他们一样来看雨后日出的。

沈清央蹲下，捧起白色细沙，看着它们从指缝间流逝，眼底逐渐冒出欣喜，站起来，捏着掌心残余的贝壳给徐行知看。

他垂眸，拂开她眼前的发丝。

晨风猎猎吹响，时间在某时某刻失去了威力，用以流逝的只有海面逐渐升起的金光。感受到徐行知的指尖在耳边停留，沈清央眼皮微颤，忽然涌上一股强烈的想抱住他的冲动。

她也这么做了，身体先于想法一步靠近，环住男人劲瘦的腰，脸颊贴上他的衬衫。

耳边听到一下又一下有力的心跳。

“你心跳好快。”她喃喃。

他俯身，捏了下她的耳垂：“不跳就死了。”

沈清央下意识地弯唇，双手伸进徐行知的外套口袋。摸到烟盒和打火机，她笑容微滞，闷声问："为什么吸烟？"

他的回答轻飘飘："习惯而已。"

"也是为了缓解压力吗？"她想起他昨晚在射击馆的话。

"不是。"徐行知轻描淡写地否认。

沈清央不信，掏出烟盒，从里面倒出一支咬着，却怎么都搞不定那个打火机。

徐行知就这么看着，直到她递来一个求助的眼神。他握住打火机，挡着风滑动砂轮。

火苗蹿出，照亮沈清央细腻的皮肤，烟尾在夜色中浮现一缕火星。

徐行知伸手抽走她唇间的烟。

"你——"

他扣住她后颈吻下来。

人顺势被拉到了他怀里，沈清央思绪瞬间停了，汹涌的潮汐一浪浪侵袭，如静电般窜过她后背。

唇舌相缠，她被迫仰起头，胳膊滑到徐行知腰后，失序的心跳代替言语相贴。

沈清央的唇很软，她在车上吃过柠檬糖，唇齿间都是酸甜的味道。

海滩上还有人，沈清央却什么都听不见了，五感丧失，唯有他游弋辗转的吻，掠夺她口腔中每一寸空气。

她很爱吃柠檬糖，徐行知却不爱吃。

但他很喜欢在她吃过糖后来吻她，慢条斯理地品尝她唇齿间的柠檬香气。

异国海风中的吻濡湿而漫长。

日光慢慢铺满整个天际线，一点一点地将湛蓝的海面染上金色。周围传来赞叹的惊呼声，沈清央混乱消失的感官逐渐恢复。徐行知的掌心仍然贴着她的后颈，呼吸沉沉。

她看到他的鼻梁和嘴唇，以及微滚的喉结，不由自主地伸手触摸他的皮肤。

这次徐行知没有阻拦她。

她如愿以偿地感受到了温凉干燥的触感。

"哥，"沈清央仰头，素白小巧的脸在晨光下格外动人，轻声问，"这几年你一个人在国外，是不是过得很辛苦？"

徐行知垂眸，指尖抚上她湿润的眼睫。

"你想知道吗？"

"想。"

他单手搂着她的腰，低头又延续了刚才那个吻，舌尖轻缠，更温柔湿密的亲吻。

沈清央闭上眼，屈从于身体本能地回应。呼吸相融，她想到很多年前，在雨夜廊下的初吻。

那是破戒的开始。

从此他就成了她难以抵抗的欲念之源。

沈清央脑海中闪过某部老片子的画面。

中国香港和日本昭和时代最后的辉煌，风情悠扬的宫泽理惠慢悠悠地朝王祖贤吐出一口烟，白雾袅袅间，美人如画。

雌雄莫辨的王祖贤心醉魂迷，那一帧里，用目光吻过千千遍。

她想，怎么忍得住？

天色完全亮了起来，海面上有海鸥掠过，点起涟漪又振翅飞向天空。

似乎能感受到皮肤下血液的流动，全身止不住地发热，熹微的凉风也无法降温，以至于徐行知退开时，沈清央有一瞬的迷惘。

“央央，我以什么身份跟你说呢？”他将她的碎发细致地拨到耳后。

她残存的理智回忆起刚才的交谈，想说些什么。

然而不等她回答，徐行知堵住退路：“我不想听别的，只想要结果。”

他已经等得太久了。

徐行知附在她耳边，热息如羽毛拂过般令人发痒，为她呈上选择。

“我下个月回国，结婚还是从此陌路，你选。”

回去时，连云已经起床了，正在院子里慢条斯理地修剪花。

见到他们一起回来，她没有丝毫意外，也没有多问，只是放下东西，温柔地问：“吃早饭了吗？”

沈清央顶着做了坏事被长辈发现的心虚，走过去帮连云抱花：“吃过了。”

海滩边有咖啡店，日出之后开了门，她在里面买了一杯热咖啡和一个牛角包来冷却通宵之后加速的心跳。

“好。”连云摘掉手套，摸摸她的脸，笑道，“快去机场吧，不然来不及了。以后休假了有机会再过来玩。”

沈清央点头：“您保重身体。”

回房间将睡衣叠好放进行李箱，沈清央把床铺恢复成她使用之前的样子，又四处检查了一遍，最后靠在门后捂住自己的脸。

耳边铺天盖地是还没恢复的心跳声，衣服上还留有一丝徐行知的气息，他的话语近在耳畔仍未消散。

好在他没有让她立刻给出答案。

她至少还有一个月的思考时间。

“咚咚——”

门外忽然响起敲门声。

沈清央冷静下来，打开门。

徐行知在门外，他洗过澡，换了一身干净衣服，眼皮略抬：“走。”

落地北城是次日上午。

沈清央拉着行李箱在停车楼找到徐行恪的车牌号，拉开副驾驶座的车门，她躺上去，整个人都快散架了。

二十多个小时的飞机真不是人坐的。

“怎么出个差瘦了这么多？”徐行恪伸手调了下空调的出风口，“还发烧了，水土不服吗？”

“刚去的时候有点。”

“现在呢？”

“已经好了。”沈清央打了个哈欠，偏头，“大哥今天不忙吗？怎么有空来接我？”

“周六。”徐行恪发动车子，无奈地点了下她的头，“睡吧，到了我叫你。”

沈清央点点头，抬手发了条信息后便闭眼休息。

素手轻点，徐行恪眼镜后的余光看过去一瞬，瞥到屏幕上一闪而过的灰色头像。

她只发了简单的三个字：到家了。

他收回视线，目光冷淡。

回到家，沈清央一觉睡到午饭时分。

下楼看到裴亦窝在沙发里玩电脑，边玩边甜言蜜语地夸方琴，把方琴夸得心花怒放，留他吃午饭。

沈清央倒了杯水，坐到他身边，裴亦要喝，她的手一闪：“自己倒去。”

裴亦撇撇嘴：“小气鬼，亏你发烧的时候，我急得团团转。”

“真是谢谢裴少。”

“那倒是也不用。”裴亦合上电脑，神秘兮兮地凑过来，“不过我给行知哥打电话确实是有用的，你看我说得对吧，他肯定不舍得——”

话没说完，沈清央捂住他的嘴，瞪了他一眼。

方琴刚好从厨房里出来，看见他们两个打闹，无奈：“你们俩怎么还跟小时候一样？小亦去洗洗手吃饭。清央，叫你大哥吃饭。”

“好的，琴姨。”两人一起出声。

裴亦拉下她的手：“不是吧，他们都不知道行知哥把你接走了？”

“不知道。”沈清央把水喝光，“你别乱说。”

新的一周沈清央回归工作。

北城九月夏热未尽，几场秋雨驱散暑气，她还未来得及享受雨后清凉，便和蒋姝一起被派到深圳负责南阳集团股权收购的尽调。

南方的热不比北方，湿湿黏黏的，一直贴着皮肤，全身的毛细血管膨胀泛红，轰隆隆的暴雨也不能缓解闷感。

最扰人的是，无处不在的蟑螂。

沈清央有位大学室友在深圳上班，周末她应邀去对方家吃饭，刚进门就看见阳台那儿蹦出一只蟑螂，吓得她差点把拎着的水果扔了。

室友淡定地拍死蟑螂，安慰她说没事，很常见。

晚上两人喝了点酒，老友重聚难免有很多话可聊，聊忙碌的工作、挑剔的乙方、迷茫的前途，顺便再追忆追忆从前的校园时光。

“清央……”最后喝多了，室友靠在她肩头，迷迷糊糊地说，“你还记得计科院大我们两届的那个学长徐行知吗？”

沈清央本来也有些困，听到这个名字瞬间回了几丝理智。

室友晃着铝罐，打了个哈欠：“今年八月我碰巧见了他一次，真是……好帅啊！比起当年有过之而无不及。他的公司也好有名，你说一个人的人生怎么能这么顺风顺水？”

沈清央轻声说“没有”。

“什么？”

玄关处传来动静，室友的男友开门回来，话题就此终止，沈清央跟他们告别，打车回酒店。

路上，夜风潮湿。

她靠着车窗吹风，欣赏这座三十年新发展起来的城市夜景，平坦大道两侧，一面城中村，一面摩天大楼。

思绪有些放空，沈清央拿出手机点开微信，往下划了许久，翻到那个灰色的头像。上一条交流是她回北城那天，她给他发“到家了”，他回了个“嗯”。

不太清醒的，沈清央发过去一句话：你睡了吗？

直到出租车在酒店门口停下，她也没有收到回复。

沈清央洗了澡睡下，浅度酒精带来一夜好眠。第二天醒来，她看到徐行知的回复：

现在是上午十点半。

刚开完会。

两条信息之间隔了五分钟。

过去一夜，沈清央恢复理智，斟酌着，她回：不好意思，我忘记了。

徐行知没有再回这条。

之后两周，沈清央依旧忙碌于收购案的尽调，国庆时也照旧加班。十月初，在深圳的工作暂时告一段落，她返回北城，落地时接到林清宇的电话。

他毕业后正式入职了一家半导体公司，每天忙忙碌碌，积极又充满热情。

电话接起，林清宇元气满满地说：“姐，生日快乐！”

沈清央先是一愣，随后想起来今天是十号。

她身份证上的出生日期和实际出生日不是同一天，所以每年各大软件的生日祝贺推送都不是十月十日这天，导致她自己偶尔也会忘记。

“谢谢。”她笑，“你还记得。”

“当然。”林清宇“嘿嘿”笑了两声，“妈妈要跟你讲话。”

说着，电话那头的人换成了庄敏：“清央，今天工作忙吗？”

“还好，刚出差回来。”

“又去出差了，你这工作也太辛苦了。”庄敏埋怨，“下午还要去上班吗？”

“要去的。”

庄敏顿了下，柔声道：“那你晚上下班要不要来吃饭，小宇想给你过生日。”

十月的北城已经彻底入秋，路边飘了满地的梧桐叶。沈清央指甲刮过掌心，微笑地说：“不了，可能要加班。”

庄敏几不可察地松了口气：“那也行，你好好照顾自己，别太辛苦。”

沈清央面色平静地挂了电话。

如果是真心邀请，就不会问“要不要”，也不会说是林清宇想给她过生日。

他们一家三口生活安稳，林老师虽然对她偶尔过去吃顿饭没什么意见，却不见得乐意妻子给与前夫生的女儿在家里过生日。

既然如此，她何必去给人添堵。

到了律所，沈清央看见家庭群里的信息。方琴问她晚上几点下班，说订了蛋糕给她过生日。

沈清央：不加班，谢谢琴姨。

附了一个表情包。

放下手机之前，她忽然又想起什么，聊天列表往下滑，徐行知没有只言片语传来。

她抿抿唇，投入工作。

然而晚上回家时，玄关处放着一个硕大的正方形快递盒。

“这是……”

“清央回来了。”方琴的声音从客厅传来，“那是你的快递，快递员下午送来的。”

沈清央换完鞋起身，手指摸上快递单。看到寄件地址时，她心跳陡然漏了一拍。

将快递抱回卧室，小刀划开胶带，她从层层叠叠的气泡膜中，剥出一个简约漂亮的白色纸盒。

盒面印着“Weesy”的标志。

沈清央心口仿佛有棉花糖在随着纸盒的拆开融化。

小羊 Ewelyn 呈现在眼前。

它有些变化，四肢好似换了材料，科技感更强，背上滑落一张说明书——

亲爱的用户：

这是我们的第五代陪伴型机器人，比起第四代，我们对它进行了行动能力的训练与加强。由于此产品为测试版，如您需要详细使用说明书，请登录我们的官网获取电子版。具体获取方式附于背面。

祝您与它相处愉快！

棉花糖融化到八十分。

沈清央放下说明书，掰了下 Ewelyn 的小羊角，圆圆的眼睛闪烁，它开始开机。几秒后，稚嫩的童音无比欢快：“主人，祝您生日快乐！”

生日过完两天后，周五，沈清央和同事于卓然一起去维斯开会。

“最近快忙翻了。”于卓然按着后颈说，“出外勤我竟然都觉得是休息。”

“快年底了。”

邹瑾想要业务，自然工作量增加。

于卓然说“是”，想了想又笑着叹了口气：“不过去维斯真的挺好的，我很乐意接他们公司的需求，不加班不催 DDL（截止日期），虽然吹毛求疵了些，但人还是有礼貌。”

沈清央表示赞同。

实际上，维斯的工作氛围极好，无论是硅谷总部还是北城分部，她都去过几次。井然有序的忙碌，摒除了绝大多数无意义的形式主义，让员工的时间高效运转。

这跟徐行知的性格有关，学生时代他就不是无节制压榨自己的人，当学生会主席时，他很讨厌以前那套规章制度，尽可能压缩到了最简。

劳逸结合是他一贯的做事理念，就算在期末考试周时，他也会抽出时间和她一起吃饭休息。

思绪转回，沈清央发现自己最近闲暇时分频繁地想到徐行知。

他送的小羊机器人就摆在卧室，优化后的 Ewelyn 行动更加灵活，不再像她初次见到时那样笨拙缓慢。

每次看见 Ewelyn，她就会不由自主地想起在圣何塞的那几天。

会议开到一半，维斯的负责人叫停。十分钟休息时间，沈清央拿上随行杯去茶水间。

手机微微振动，屏幕上跳出孟希的信息：宝贝有空吗？有件事想问你（可怜）。

沈清央回：有，刚好中场休息。什么事？

孟希拨了一个电话过来。

“喂？”

“喂，清央。”孟希上来就问，“行知哥回国了吗？”

“没有……”沈清央脱口而出，随即疑惑，“你怎么突然问他？”

“有事相求。”孟希深吸一口气，似乎在极力压制自己的情绪，“你知道我在台里的那个死对头方宜吧？领导最近新开了一个财经访谈电台，要我们俩轮流主持。她请来了新来时代的创始人，今天明里暗里阴阳了我一天。”

沈清央恍然大悟。

“你懂吧，清央？”孟希咬牙切齿，“我的开场嘉宾绝对不能输给她，否则她还不上天了。我想来想去，只有行知哥了。”

“你为什么不直接找他秘书？”

“我怕他直接拒绝嘛。”孟希苦恼，“他回国以来就没接受过媒体访谈，我问过几个同行了，都是被他秘书直接婉拒了。所以我想请你先帮我探探口风，反正只是访谈，不需要露脸的。”

沈清央思忖：“你着急吗？”

孟希：“我下下周主持。听裴亦说行知哥不在国内，他这个月能回来吗？”

“我还真不知道……”沈清央想了想，指尖无意识地在手机背面轻滑，“要不我晚点问问他？”

孟希喜出望外：“好，谢谢宝贝。周末我请你吃饭！”

挂了电话，咖啡也接满了。

沈清央合上盖子往外走，脑子里盘旋要怎么问徐行知时，耳边忽然传来一阵交谈声。

“徐总回来了？我刚才好像看见他了，是我眼花了吗？”

另一道男声回答：“他刚回来，没看见研发部都被叫走开会了吗？”

两人边聊天边走进茶水间，沈清央与他们擦身而过，脚步微停。

其中一人打开了水龙头冲洗杯子：“徐总走了快两个月了吧？天成市场部那个陈总监明里暗里问了 Ady 姐好多次了……”

“哪个陈总监？”

“就是上次来开项目会的那个……”

话题扯到别处，沈清央回神，匆匆离开茶水间。

休息时间已过，工作会议继续。她打开笔记本电脑，在间隙点开微信聊天框。

那个灰色的头像并没有给她发过信息。

在新泽西的时候，他只说了这个月回国，却没说具体是哪天。

沈清央想起他贴在她耳畔抛出的问题。

很直接，不留余地，是徐行知一贯的行事风格。

那她呢？

微微的窒热感涌在心口，像完全融化的棉花糖，密不透风地粘住心脏，让人无从下手剥离。

下午六点钟，维斯的人陆续下班。于卓然合上电脑，打了个外勤卡，转头问沈清央："一起走吗？我送你。"

"不用。"沈清央将电脑包和咖啡杯装进随身的托特包里，笑道，"我约了人，你先走吧。"

"男朋友？"于卓然半真半假地开玩笑。

她没否认也没承认。

于卓然心里叹气，知道自己没机会了。同事这么久，他多少也有自知之明，于是整理好心情，笑说："行，那我先走了。"

"再见。"

在洗手间内洗了手，沈清央倾身照镜，前段时间在深圳因为天气潮热冒出来的痘痘已经消得差不多了。她上班一向是淡妆，一天工作下来，几乎什么也不剩了。

取出豆沙色的口红补了薄薄的一层，她转身上 24 楼。

刚出电梯，遇到岑川。

"沈律。"岑川见到沈清央，微微惊讶，自然而然切换成了得体的称呼。

"岑秘书，"沈清央目光看向他身后的办公室，"徐总在吗？"

"在。"岑川迟疑片刻，微颔首，"您稍等。"

他拨了内线电话，随后帮沈清央开门。

徐行知的办公室，她上次痛经时来过一次。

棕色的沙发仍然靠在墙边，办公桌后的男人在翻看材料，时不时跟电话里的人交谈几句。

沈清央等在门边。

没多久徐行知摘下耳机，抬眸，语气淡淡："不知道坐下等吗？"

"不敢。"

"还有你不敢的？"

沈清央穿了件黑色衬衫裙，托特包压得肩膀微疼，她取下来抱着："哥，你什么时候回来的？"

徐行知的视线从她雪白手腕上仍旧戴着的那条红玉髓手链上滑过："上午。"

"哦。"

她垂眸："我都不知道。"

他平声道："你问了吗？"

没有。沈清央轻抿唇："你加班吗？要不要回家吃饭？"

"不回。"

"那……"温缓的音色落在徐行知耳边，"我请你吃饭？"

他动作一顿，搁下钢笔："你有事找我？"

"没有。"沈清央否认。

安静了片刻，徐行知合上手里的文件："今晚有应酬，没空。"

沈清央眼里的光微灭，不过也能理解他刚回来有事要忙，于是点点头："那我先走——"

"站住。"徐行知在身后叫住她。

沈清央回头，见他关了阅读灯起身，西服外套搭在臂间："一起去。"

到了地方，沈清央才明白为什么徐行知要带她来。

她记性好，见过的人过目不忘，一眼认出包厢里正在和别人谈笑风生的女人是几个月之前见过的天成实业的陈总监。

当时她在这位陈小姐面前冒充徐行知的女友。

"行知。"另外有位三十多岁的男人走过来喊徐行知的名字，眼神微妙地在沈清央身上转过一圈，"这是？"

徐行知偏头给她介绍："星启的关总。"

关柏言。沈清央脑海中立刻冒出这个名字，还没等她开口，那位陈总监走过来，扬声笑道："好久不见徐总，刚回国就要带女朋友一起过来，真是半刻也舍不得分开啊。"

听到"女朋友"三个字，关柏言极有兴致地一挑眉。

"不知道徐总的女朋友还记得我吗？我们见过的。"陈总监妆容精致，隐隐约约透出凌人气势。

徐行知扣住身旁人的手。

"记得。"沈清央和颜悦色，顺着男人的温热指缝合拢，"陈总监，您好，我姓沈。"

陈总监目光掠过两人相扣的手，笑容不咸不淡："沈小姐好记性。"

沈清央依旧维持着淡笑。

包厢里陆续来人，一一打过招呼落座。沈清央坐在徐行知旁边，看见他一边说话，修长手指一边解着银色的袖扣，慢条斯理地微卷袖口。

她收回目光，喝了一口服务生倒的寒菊茶。

后面便是推杯换盏的酒局，徐行知应付这种场合一向游刃有余，带女伴的不止他一个人，于是也就没有人好奇沈清央的身份。

她安然地品尝美食，只不过那位陈总监比她想象中的更有毅力，端着红酒杯来找她。

"沈小姐和徐总在一起多久了？"

沈清央装模作样地想了想："两三年？记不太清了。"

"这么久，怎么没有人知道？"她奇怪，"维斯也没有人提起过。"

沈清央端起红酒抿了一口，笑笑。

上学的时候爱慕徐行知的女生如过江之鲫，他样样都是优秀的，唯独一点不好，便是对所有人一视同仁，温和平静，从无特别怜香惜玉的时刻。

A 大最不乏家世、成绩、样貌都出色的女生，从小众星捧月、心高气傲地长大，徐行知的存在，很难不挑起人的征服欲。

好在她那时和他只是地下恋，不至于成为众矢之的。

沈清央放下酒杯，服务生上了每人一份的甜品，她挖了一口，用徐行知之前的说法搪塞：“陈总监忘了，我之前在南京工作，刚来北城不久。”

陈总监笑容一僵，显然回想起来。

甜品放入口中，柠檬冰格里填了杧果的夹心，沈清央微顿，手在桌子下面轻轻扯了一下徐行知。

他偏头，声线被酒浸过：“怎么了？”

“你的甜品给我吧。”

徐行知随手将甜品递了过去。

他的动作太过自然，连原因都不问。那位陈总监再也无话可说，勉强维持笑容离开。

后半程，沈清央得以清静地吃饭，这家商宴餐厅味道不错，很合她的口味。

只有关柏言偶尔看过来几眼，饶有兴致的眼神，见她微笑回应，他不由得扬眉。

这姑娘长得实在不错，于一群笑靥如花的娇艳中，更显得眉眼清丽动人，更别说言谈身姿，很容易挑起男人难以言喻的审美。

他捏着酒杯，跟徐行知“啧”了一声：“难怪你不把嘉莹看在眼里，这位沈小姐看上去的确让人很难忘……”

晚上九点多，饭局结束。

徐行知与关柏言简单聊了几句道别，走出去，降温的风凉丝丝地拂面。

往停车位走去时，沈清央瞥见侧门广场边有一家奶茶店，她停步：“我想去买杯奶茶。”

徐行知抬手示意她随意。

奶茶店生意很不错，沈清央排了几分钟的队才买到。等待制作的工夫里，她回头看向徐行知的身影。

簌簌夜风中，男人靠在车门边等她，西服敞着，华灯逆着树叶缝隙落下，映得那眉眼清晰又深邃。

他低头点烟，难掩疲倦。

她想起来他才坐了一天的飞机刚回来。

片刻失神，手上已经接过做好的奶茶，沈清央没要打包袋，走过去插上吸管递给徐行知：“蜂蜜水。”

清清润润的声线，徐行知抬眼，视线里落进一截雪白手腕，接着是白皙的脸、淡红的唇，月光下盈盈如玉。

她穿着一件剪裁精良的衬衫裙，其实也未必有多精良，只是穿在她身上显得漂亮。

他声音有几分漫怠：“你喝吧。”

“解酒的。”

“我知道。”徐行知身体姿态放松，“太甜了。”

“应该还好。”沈清央说，“我喝过这家，不是特别甜。”

他夹着烟，神色淡淡，不置可否。

他不喝，沈清央自己尝了一口，真的还好，应当在他的忍受范围内。

“那你要什么？”她问，“解酒药？”

他偏头轻掸烟灰：“不用。”

话落到地上，凝成微妙的沉默。

下一秒，徐行知怀里忽然扑进一个人。

他下意识地搂住她的腰，如画般的眉眼晃到眼前，沈清央仰头：“你不想理我，就直说。”

她席间喝过红酒，混着蜂蜜水，呼吸之间倾吐热热的甜香，徐行知无言地盯了几秒。

夜色里四目相对，沈清央轻声道：“Ewelyn 我收到了，好可爱。你是给它做了升级吗？我觉得它行动似乎更敏捷了……”

掌心扣着纤细的腰，徐行知低头，嗓音暗哑：“你知道我不想听这些。”

沈清央眼睫微颤，她知道他想听什么，然而距离太近，酒气交织间，皮肤温度上升，她鬼迷心窍：“哥，我能先亲你一下吗？”

一阵风吹过，徐行知指间垂着的火星明明灭灭。

她踮脚，凑上来吻住他的唇，人好似在海底，随着心口的翕动冒出一连串的泡泡。

如瀑长发被夜风卷起，露出光滑纤长的脖颈。

沈清央贴上柔软的唇，她以前吻技还可以，但时隔三年，难免生疏。

好在他没有抗拒，任由她的舌尖探入含吮他的唇，但也不做回应。

她身体微热，因为紧张心跳得厉害，脑袋仰得有些累，正准备撤回来时，徐行知忽然掐了烟，俯首扣住她的后脑勺。

刹那间变了味道的亲吻。

他参与回应，温柔濡湿的小打小闹顷刻化为热烈的、情色意味极浓的掠夺。她被亲得喘不过气来，极度缺氧时分，毫无章法地抓住他的领带。

身体紧紧贴着他的胸膛。

徐行知腾出一只手来拢住她纤细的五指，带着她长指穿梭，扯掉了原本挺括规整的领带。

路边闪过汽车的引擎声，以及行人的交谈声。

开阔地带，即便有树荫也不够隐秘，在后面轿车亮起雪白车灯时，沈清央喘息着把脸埋在了徐行知怀里，听到他蓬勃的心跳和微重的呼吸。

闹市区，真是疯了。

她觉得周围仿佛有无数双眼睛在打量着他们。

徐行知单手环着她的背，慢条斯理地说：“的确不是特别甜。”

她一蒙，随即意识到他说的是蜂蜜水。

方才手脚发软，好在没有失控到滑掉手里的蜂蜜水。

沈清央控制呼吸，微绷住脸："那你也别想喝了，我已经喝过了。"

徐行知喉间溢出一声笑。

气氛有些缓解，不再像刚才那样令人窒息的沉默。沈清央闻声抬头，睫毛轻扇："我现在能说话了吗？"

他说："我什么时候封住你的嘴了吗？"

她顿了下，整理思绪，慢慢开口："虽然你说不想问了，但我还是想解释一下。哥，我和你不一样，那是你的家，不是我的，那个时候……我不敢。何况我刚来家里的前几年，周围邻居的八卦流言就没有断过。"

若真计较，不过是人家闲暇时的玩笑，何况谁能不被人背后说？

"我说这些，不是想辩解，只是想跟你说，是我不好，做事太冲动了。"

不是不知道他对她好，年少时的徐行知和所有天之骄子一样心高气傲，爱人也热烈，恨不得亲手为她铺好未来。就算不知道他彼时的绝境，她也辜负了他。

沈清央的声音越来越闷。

她想了很多，一直在想。

如果只有亏欠，她可以慢慢还，可是她逐渐察觉，盘踞压抑在心底的不仅仅是亏欠。

徐行知神情慢慢淡下来，垂眼："现在呢？"

"现在……"影影绰绰的槐树下，沈清央低声道，"我发现，我好像还是喜欢你。"

风声忽地安静。

月光朦胧里，徐行知一动不动。

良久，他缓缓靠向车身。

夜幕深重，沈清央看不清他的神情，在惴惴不安的心跳声中，她轻轻扯了扯他的衣袖。

阴影里的男人终于开口，极慢的语速："然后呢？"

要她给出海边问题的答案。

沈清央抿唇："一定要直接结婚吗？我觉得太快了，我们能不能先试试……恋爱？"

"不行。"他一口回绝，嗓音懒散。

沈清央一滞，绕绕手里滑凉的暗纹领带："徐行知，你现在特别像那种一点利都不肯让的资本家。"

两人离得很近，北城十月生寒，上弦月轻飘飘地泊入她眸中，像唯一的不冻港。

须臾沉寂。

徐行知嘴角微扬，手臂用力，将纤瘦的身躯往怀里带了带。

他深深地看她："哪个员工像你一样，在 A 和 B 之间选 C？"

察觉到他极低声线下的温柔，沈清央眉眼稍动，抬手勾住他的脖颈，细腻的脸颊贴过去："哥哥，那你让让我。"

CHAPTER 11 /

占有欲

沈清央知道，徐行知一直很吃撒娇这一套。

以前也不是没有惹他生气的时候，他冷脸的样子很叫人发怵，不敢出声。

有一次，是裴亦过生日。

那年他们刚上大学，裴亦新认识一群狐朋狗友，叫出来一起过生日，还把沈清央也拉上。

吃完饭转到KTV，其中有个嚣张的富家子弟，喝醉了酒在走廊里和人闹起来，动了拳脚。KTV 老板报警，一群人全被带到附近派出所里。

裴亦不敢给爸妈和大哥打电话，沈清央也不敢，最后两人一对视，找了徐行知。

徐行知大晚上来提人，冷冷地瞥了裴亦一眼，把沈清央带到附近酒店住了一晚。

他那天当真生气了，一晚上都没开口跟她说一句话。直到她在浴室摔了一下，徐行知才过来开门。

沈清央坐在地上，泪眼汪汪地仰头看他。

他面色极差，但还是弯腰把她从地上抱起来，连衣服被她的浴袍沾湿了也不管。

“哥哥，”她趴在他肩膀上，小声道，“好疼。”

“疼？”他冷笑，“跟裴亦出去鬼混的时候，不是很能耐吗？”

沈清央被凶得噤声，撇撇嘴。

徐行知抱着她坐到沙发上，检查她有没有磕到哪儿。但她其实是故意摔的，雷声大雨点小，于是在他背上画圈圈：“我是无辜的，谁知道他那朋友这么能折腾？你别生气了。”

他眉眼依旧冷淡。

她凑过去在他颈侧吻了下，又移到他薄薄的唇，刚碰到，便被扣着十指压在沙发上。

他在上方沉沉地看着她，却已经不是单纯的怒气。

她枕在他臂弯里，扇了扇卷翘的睫毛：“哥哥不生气了吧？”

时光荏苒，如今她再喊出“哥哥”这个称呼，已然恍若隔世。

徐行知有一瞬的恍惚。

曾经眉眼温软的小姑娘，如今骨肉匀停地在怀里，虽然纤瘦，却是成年女人该有的玲珑身段。

沈清央久久等不到回答，身体微微后仰，听到男声从头顶落下：“试多久？”

她一顿。

徐行知松了领口的一颗纽扣，低眼问她：“一个月够不够？”

她蹙眉，想从他怀里离开，奈何男人不放手，沈清央忍不住捶了他一下：“不够，你现在真的是资本家，谈恋爱都要算这么清。”

那点力道约等于没有，徐行知轻挑嘴角：“那你想要多久？”

“至少半年吧。”沈清央脱口而出。

“太久，两个月。”

“三个月。”

“好。”他突然答应，单指抬起她下巴，在她唇间印下一吻。

……

沈清央一时有些蒙，一直搂着她腰的力道松开。她退后一步，拨开被吹到脸上的头发，转头看到刚刚骑车赶来的代驾。

代驾小哥穿着黄绿的荧光马甲，在夜间格外醒目，略微腼腆：“你们好，请问是徐先生吗？”

“嗯。”徐行知把车钥匙抛了过去。

第三个人到场，有些话有些事没法再继续。

沈清央上了车。

手里的蜂蜜水还剩大半，沈清央忘记扔掉，于是转过头问徐行知：“你还要喝吗？”

他正在回信息，闻言关掉手机，偏身扶着她的手喝了两口。

吸管好像是她用过的。

沈清央眼皮微颤。

徐行知喝了一半，放下中央扶手，将蜂蜜水搁入杯托，却没有松开她的手。

“徐行知——”她不好当着外人的面叫他哥。

骨节分明的长指滑入她的指缝，稳稳地将她的手扣在皮质的扶手上。

沈清央放弃挣扎，合上眼装聋作哑。

好在徐行知没有做更过分的事，一路安静地到了小区门口，他让代驾在僻静的地方停了车。

“麻烦您给个好评。”代驾在降下的车窗外说。

沈清央睁开眼，想抽回手下车，然而还是动弹不得。她扭身看他，还没开口，唇被封住。

玻璃上升，流通的空气被阻断，徐行知按住她的后颈，吻了过来。

封闭的空间，她身上的香气和他的叠加，很轻易溺人神志。

中间隔着蜂蜜水，没一会儿，徐行知退开，微皱眉，摩挲着她的手腕，想把人拉到怀里。

“要回去了……”沈清央残留一分理智。

“就这么走了吗？”他轻轻地捏她的耳朵，近乎蛊惑地低声询问。

内心挣扎了一会儿，沈清央还是被拉了过去，继续意犹未尽的吻。

她勾着徐行知的脖子，唇舌交缠，于潮湿和逐渐升温的空气中汲取对方的温度。

彼此心跳逐渐加快，温柔的厮磨很快控制不住地发展成深吻，让人大脑一片空白。

沈清央只觉得空气越发稀薄。

垂着的发尾纠缠间落进徐行知的领口，他托着她的腰，描摹腰线，唇顺着细腻的肌肤流连到小巧的耳垂，惹得她身体微绷。

“嘶——”

沈清央忽然一痛。

“头发。”她不敢动，怕扯到更多，小心翼翼的。

徐行知动作停住，热息贴在她颈侧，缓了缓，抬手慢条斯理地解开绕在他衬衫纽扣上的长发。

终于得以脱身，沈清央轻呼一口气，将碎发拨到耳后，瞥见徐行知眼底一抹笑意。

她呼吸不畅：“你还笑。”

“不然呢？”他慵懒地靠着座椅，声音微哑，“难不成我要哭？”

沈清央无话可说，想下车，手搭到车门上，又想起来：“哥，孟希有件事想找你帮忙。”

徐行知掀起眼皮：“果然是无事不登三宝殿，说吧。”

她纠正：“我今天找你是为了自己的事。”

“嗯，我知道。”他睁开眼，又把她拉回来抱着，“说吧。”

沈清央于是简单复述了一遍。

徐行知不说话。

“如果你不想的话，不用看在我的面子上答应。”沈清央补充，“不要为难，孟希也只是托我问一问。”

徐行知视线落在她脸上：“我什么时候说要看你的面子答应了？”

是她自作多情了。

沈清央倒也没觉得有什么：“那我跟孟希说一声。”

他轻哂：“你求人就这么点耐心？”

听出他话里的余地，沈清央想了想，伸手整理好他凌乱的衬衫领口，又凑过去在他唇上蜻蜓点水地亲了一下：“这样够有诚意了吗？”

徐行知两指捏住她的下巴：“你帮谁都肯出卖色相吗？”

“当然不是，只对你。”昏暗的车厢里，她被他的皮囊迷了眼，双手伸过来将他的嘴角向上提起，“哥，你能对我笑一下吗？”

什么胡言乱语，徐行知蹙眉失笑。

沈清央却终于得到难以言说的满足感，她弯唇，在这个拥抱里磨蹭了一会儿，下巴抵着他肩头：“明天加班吗？”

“不加。”

“那你早点休息。”她觉得他今天好累。

徐行知的唇靠着她耳朵：“恐怕很难。”

一路回到家，秋夜晚风也没能吹散沈清央身体的热意。

徐行知并没有一起回来，他旅途奔波，回自己的地方休息去了。

扔了包径直躺到床上，沈清央觉得自己今晚也要睡不着了。

她翻了个身，趴在床上仔仔细细地看手腕上的链子。其实她从前不喜欢大红色，可这条红玉髓，亮而不艳，衬得人皮肤吹弹可破，怎么看怎么好看。

抱着枕头再次躺下，她很少有这么不冷静的时候。

过了一会儿，她坐起来，给孟希发信息：希希，我哥回国了，我今天跟他提了，他说他会考虑。

对徐行知而言，会考虑就算松了口。孟希很快回了信息，字里行间都透着狂喜：谢谢宝贝！明天请你吃饭，有空吗？我们好久没逛街了。

最近一段时间两个人都忙，沈清央也好久没休息了，难得明天周六不加班，她欣然应下：好，那我们老时间见。

孟希回了个飞吻。

放下手机，沈清央试图让自己冷静下来，拿上浴巾和睡衣去浴室洗澡。

对镜准备卸妆，她发现自己唇上豆沙色的口红早已消失得干干净净，取而代之的是微肿的殷红。

衣服领口也微微凌乱。

她深吸一口气。

洗完澡，沈清央擦着头发出来，恰好听到摆在书桌一侧的 Ewelyn 发出“丁零零”的提醒：“主人，记得吃钙片哦！”

它说的钙片是不久前孟希推荐的，说沈清央每天久坐不晒太阳一定缺钙，推荐她吃点钙片。

虽然沈清央觉得用处不大，但不妨碍她接受闺密的安利，定了闹钟提醒自己每天按时吃。

坐到书桌前，她拧开瓶子吃了一颗，边咀嚼边戳戳 Ewelyn 的羊角：“你知道徐行知吗？”

小羊机器人眼睛亮起一圈若隐若现的蓝光，随后一本正经地回答：“主人，请允许我为您介绍 Weesy 集团联合创始人兼董事，合一资本创始人，天使投资人徐行知。”

好长的 Title，沈清央扬眉，停止擦头发，托着脸思考了一会儿，问道：“你喜欢他吗？”

“毫无疑问，”它奶声奶气，“被他创造出来是 Ewelyn 的荣幸。”

沈清央忍不住笑了，咳了两声，好奇：“这回答是徐行知自己设定的吗？”

Ewelyn 转了转羊角：“主人，很抱歉，我要为此保密。”

好吧，不用想也知道不是他。

只是不知道徐行知听到自己的名字会触发这样的回答后是什么反应。

吹干头发，沈清央关灯睡觉。

一开始心绪难平，脑海中总闪过某个人的影子。后半夜，困意袭来，她沉沉睡去。

第二天被闹钟叫醒，沈清央仍然觉得困。

她躺了一会儿，起床洗漱。

和孟希约的时间是上午十一点，洗完脸已经十点。沈清央匆匆化了个淡妆，换了衣服下楼。

方琴刚买菜回来，见她急匆匆的，免不了要问：“去哪儿，清央？”

“和孟希吃饭。琴姨，徐伯伯呢？”

“在隔壁下棋呢。”

方琴放下手提袋：“要不要吃个早饭再走？”

“不了，琴姨，我喝点牛奶就好。”

“也好。”方琴把蔬菜挑出来准备拿去厨房清洗，一转头，惊讶，“行知？”

站在冰箱前开门的沈清央一愣。

她回头，果然看见徐行知从玄关走进来，休闲款的深色薄毛衣与长裤，身形懒散笔挺。

一如既往的平稳嗓音：“琴姨。”

“你这孩子，什么时候回的国……”方琴又惊又喜，“昨天你爸还念叨你。中午在家吃饭吗？”

他温和地回道：“在家吃。”

“好，那我现在去煲汤。”方琴拎着挑出来的蔬菜走向厨房。

冰箱门幽幽冒着寒气，沈清央半晌才回神，他已经走到她面前。

“哥……”

他低头，猝不及防地吻住她的唇。

清新如海风般的牙膏味道。

沈清央心口一跳，吓得连忙推开他：“你干什么……”

她连忙转头确认，幸好琴姨还在厨房。

徐行知倚着身后的岛台，淡然道：“看不见的。”

“那也不能这么明目张胆……”沈清央拿出牛奶，关上冰箱门，“你不倒时差吗？”

“睡不着。”他抬手拭掉她指尖沾染的水珠，“下午去哪儿？”

“和孟希吃饭逛街，我正要出门。”

徐行知动作一顿，这才抬眼打量她，极漂亮的V领毛衣和半裙，唇红肤白，的确是好好收拾过的样子。

他将那滴水珠抹到她鼻尖。

沈清央长睫翕动：“以为你要倒时差睡觉，我和希希约好了。”

“嗯。”徐行知说，“去吧。”

他这样子让沈清央想起很多年前她和裴亦去看音乐节的时候。

她拧开牛奶，试探：“我晚饭的时候去找你好不好？”

徐行知不置可否，手扶着岛台边沿，把人圈在怀里，俯身亲她。

衔唇厮磨，他黯声道：“那你怎么补偿我？”

趁方琴出来之前，沈清央从徐行知怀里溜走。

两步跳远，她对他无声地做了个“再见”的口型。

怀里骤然落空，徐行知微眯眼，跟过去：“我送你。”

“不用，我叫的出租车已经到了。”沈清央弯腰换好鞋，冲厨房说了一声，

“琴姨，我走了。”

“好。”方琴远远地回答，“注意安全。”

因为被徐行知耽误了一会儿，沈清央晚了十分钟才到约好的餐厅。

孟希啜着花茶，见到她十分殷勤：“没关系，我也刚到。你真是我的贵人，贵人快请坐。”

沈清央无奈：“差不多得了。”

“那可不行，幸亏有你，否则我这季度的业绩一定被方宜压一头了。你哥回国以来可是从没接受过任何媒体的采访，我是第一个。”

“他答应了？”

“对啊。”孟希把手机屏幕给沈清央看，“其实我之前发过邮件，他秘书今天上午大海捞针把我捞起来了，回了邮件让我把详细行程和时间发给他敲定。”

沈清央出神了一两秒。

“总之，今天我请。”孟希翻开菜单，“想吃什么？”

他竟然这么轻易就答应了。

这念头在沈清央的脑海中晃过，她回神，应了孟希的话，点菜吃饭。

吃完饭，两人在商场一楼闲逛。

天气降温，孟希想买几件换季的衣服，沈清央陪她一起试，自己也试了两件，但没碰上特别喜欢的。

把换下的衣服还给柜姐，沈清央无意间瞥到对面的香水专柜。

她走过去，里面的柜姐含笑迎上来：“小姐要试试香水吗？”

沈清央随意看了看：“有没有车用的香薰？”

“您是说车载香薰吗？”柜姐请她到玻璃展台边，取出黑色条纹扩香盒。

“我们家的车载香薰是这种套装，包含一个补充包和一个扩香盒。您可以夹在空调出风口使用，也可以单独悬挂……”

沈清央将她拿出的几种味道都闻了一遍，有些拿不准徐行知喜欢哪种。

斟酌片刻，她买了橙花香调与木质香调。

孟希试完衣服出来，没看到沈清央，到柜台结账，转头看见好友拎着一个手提袋：“你去买香水了？”

“香氛。”

用信用卡付了钱，孟希拎着袋子刚出门便懊悔了：“不该买这么多的。”

沈清央扬眉：“花完钱才后悔？”

“是啊。”孟希越看账单越肉痛，“我怎么买了这么多件？把手剁了算了。”

“别别别。”沈清央安慰她：“你在电台上班难免要注意形象，多买几件也没什么。”

“说得对。”孟希为自己找到合适的理由，宽慰不少。

两人在一楼随便找了家咖啡店坐下。

孟希舒了一口气，跟沈清央聊起自己的打算：“我家的拆迁款下来了，我爸妈准备给我出个首付买套房，最近在看买哪个楼盘。”

沈清央把手提袋搁在身旁：“你有看中的吗？”

“有啊，我正想跟你说这个呢。”孟希说，“我记得你爸不是在天瑞府给你买了一套？交付了没？我想去看看。”

“还没，要到年底。”

沈父买的那套房子是个精装修的楼盘，一百多平方米的面积，开发商说年底前交付。

谈到这件事，沈清央兴致缺缺。

孟希知道她无奈，二十多岁已经工作的成年人，谁还跟着长辈住，何况那又不是她亲爸亲妈。但又正是因为不是亲生父母，所以更不敢松口放她出去住。

沈父外派出国时，沈清央还小，家里原本的房、车一起租给了一个远房亲戚。她研究生毕业实习时，就曾提出过要搬出徐家自己租房。

奈何徐教授不同意。

他是大学教授，带过的学生里有因为住甲醛超标的串串房生病的，且沈清央还是个姑娘，以徐教授古板固执的性格，决不允许她自己出去租房住。

好不容易精心照顾平安养大的，万一出点什么事，他怎么跟好友交代？

因此，沈清央提一次，徐教授就生气一次。

他一生气，就把自己关在书房里不吃饭。

“就在家里住吧。”大哥劝过她，“离你律所近，又有人照顾，何必费别的工夫。”

沈清央也不想再惹徐教授生气，就服软退了一步。

徐教授的意思是，天瑞府那套房子年底交房，她爸也差不多那个时间回国，到时候她想住哪儿不都行。

“不说这件事了。”

孟希转移话题：“有朋友送了我一张美容院的卡，我刚才查到楼上就有一家，请你做脸。”

“好。”

沈清央对美容院的经验为零，进去之后也懒得研究一系列项目，孟希选什么，她就选什么。

卸完妆躺下，年轻的美容师手指轻按她的脸：“您皮肤真好，又白又嫩，就是黑眼圈看着有些明显，平时是不是经常熬夜工作啊？”

沈清央说是。

“那要不要在我们家办个卡，平时过来做做清洁和嫩肤什么的……”

千篇一律的推销话术，沈清央弯弯唇，左耳朵进右耳朵出，闭眼放空大脑。

结束之后，天色将晚，在等孟希的工夫里，她在微信里找到那个灰色头像，发了信息：在家吗？我过去找你？

球场里。

陈泊大汗淋漓，仰靠着休息椅喘气：“不打了，别人倒时差睡觉，你倒时差运动。五点多了，叫几个朋友一起吃饭吧。”

他这话说完迟迟得不到回应，偏头看身旁那道身影正在看手机，貌似回了一条信息。

“你们吃。”

徐行知拧开一瓶水，拎起自己的衣服："我还有事，先走了。"

"哎，不是说没有工作吗？"陈泊坐直，"徐行知，你不对劲——"

人已经往休息室走去，只留给他一个背影。

从美容院出来，沈清央和孟希告别。微信里徐行知问了她地址，她又回到那家咖啡店等他。

一集美剧的工夫，手机振动。

她带上东西离开，随人流穿过人行道，很容易找到了熟悉的车牌号。

徐行知不止一辆车，但私下习惯自己开的只有这一辆。

她弯腰拉开车门，驾驶座上的人正在敲着方向盘，闻声，接过她怀里抱着的大袋小袋。

"谢谢。"沈清央偏身理好自己的裙角，坐下来。她舒了一口气，关上车门。

车在将暗的暮色里启动，座椅空间很宽敞，沈清央将其他袋子放到脚下，听到徐行知问："想吃什么？"

"都可以。"事实上，她刚才在咖啡店吃了一块蛋糕，并不是特别饿。

徐行知偏头："等很久了？"

"没有。"她闻到他身上清冽的香气，"你从家里洗完澡过来的吗？"

"球场。"

沈清央眉梢微动："你没睡觉吗？"

"白天睡了，晚上怎么睡？"

说得有道理，似乎成功人士需要的睡眠都很少。沈清央把买的香薰从袋子里取出来，她晃了晃补充装里一粒一粒的透明香珠，递到徐行知面前："哥，你闻闻。"

鼻尖飘来隐约的木质调香气，徐行知视线落在那根细白的指尖上。

"好闻吗？"

"嗯。"

"这个呢？"沈清央胳膊撑着中央扶手，身体靠近他，眼睛亮亮的。

"还不错。"

"你更喜欢哪个？"她又轮流在自己鼻尖摇了摇香薰，"我觉得这个圣日耳曼 34 号更好。"

徐行知说"好"。

得到答案，沈清央将橙花味道收起。

打开扩香盒，将补充装放进去，她照着说明书研究了一会儿，将扩香盒夹到空调出风口上。

看了看，她不满意，又倾身调整位置。

车从霓虹夜色里驶过，光影错落地描绘纤柔身躯与白皙侧脸，紫色毛衣下摆宽松，随着她的动作晃晃荡荡。

不一会儿工夫，清清淡淡的无花果香随风在车厢内散开。

"那这个？"沈清央晃晃橙花香味的，"你还要吗？"

"放这儿。"徐行知探身打开副驾驶座的储物格。

她依言放进去，合上盖板，把美容院送的手提袋拿到膝盖上，查看里面都有什么。

几支护肤品小样，美容院线的产品，沈清央挤了点儿护手霜抹开，低头轻嗅，暖暖的杏仁香。

她弄完搁回去，副驾驶座上窸窸窣窣的动静归于安静。

她靠回宽大的皮质座椅，拿出手机回孟希的信息，屏幕照出漂亮面庞。

车缓缓在附近停下。

引擎熄火，沈清央觉得奇怪，偏身，安全带骤然从身上松了。

后颈被男人探过来的手扣住，他另一只手轻轻拨弄空调出风口的香薰："专门给我买的？"

沈清央上半身顺着他的力道靠过去："你不喜欢吗？"

"没有。"徐行知掌心沿着纤细的脖颈下滑，拇指摩挲她水润素净的脸颊，"下午做了什么？"

"和希希一起去了美容院。"

难怪，皮肤干净光滑得像剥了壳的鸡蛋。

徐行知垂眼看她，四目对视的间隙里，沈清央肩膀微微发麻，抬手盖住徐行知的眼睛："哥，你别这么看我。"

人被托着腰抱过去，徐行知松了座椅，往后靠。

她额头贴着自己的手背，看是看不见了，然而更挑动感官的是味道。他身上有好闻的洗浴用品的香气，不是惯用的佛手柑，但丝丝缕缕浸入皮肤，引得她心口发热……

连带着体温上升，沈清央撤回手，像被烫到。

落到怀里，徐行知并不急着亲她，轻声问："饿吗？"

她摇摇头。

"那等会儿再去吃饭？"

沈清央仰头，长睫轻颤："为什么要等一会儿？"

"因为……"他扣住她的腰，毫不费力地撬开她的唇齿，"要收点儿补偿。"

属于徐行知的气息覆盖，很快交织混杂，沈清央搂上男人的腰，那件毛衣质地柔软，衣服下却是硬硬的薄肌纹理。

她呼吸骤然加快。

拜他们年少时百无禁忌的胡闹所赐，只要和徐行知待在一起，她脑子里实在想不到什么健康的画面。

亲了一会儿，身体越来越热，沈清央退开，大脑空白，随便想了两句话说："你下午跟谁打球？"

"陈泊。"

"好玩吗……"

"不好玩。"

徐行知呼吸沉重，咬她柔嫩的耳垂，难以纾解的力道。

他的手指挑开她软糯的毛衣下摆。

腰间微烫，沈清央忆起是在户外，纤薄肩背抵着皮质方向盘，她人趴在他肩头，咬唇：“哥……”

“没人会看见。”徐行知嗓音淡哑，与指尖热度形成明显对比。

长发垂落，她默许了他长指慢慢抚过那一弧腰窝，偏头继续接吻，心口几乎要烧起来时，副驾驶座上突如其来的手机铃声猝然划破暧昧的氛围。

是裴亦的电话。

旖旎全无，沈清央浑身一僵，腰上的手离开。她深深呼吸，挪回副驾驶座接电话。

“央央！”裴小少爷兴致勃勃地开口，“你晚上不加班吧？我朋友开了家台球俱乐部，接你过来玩啊……”

徐行知降下车窗，点了一支烟。冷风灌进来，他眉眼间带着几分阴郁的躁意。

那边沈清央还在打电话，耐心地跟裴亦解释没空，下次再去。

两分钟后，她挂了电话。

驾驶座上的人夹着烟的手搭在窗外，脸庞偏过来，凉声道：“他是不是整天闲着没事干？”

兴致消弥，夜风中，徐行知重新启动车子，带沈清央去吃饭。

她不饿，吃得不多。晚饭后，徐行知接到电话要去处理工作，于是将她先送回了家。

次日上午，沈清央被裴亦拉去4S店看车。

“我哥不知道抽了什么风，”裴亦吐槽，“说我回国太闲了，让我从明天起去公司上班。”

沈清央眉心一跳：“裴琛哥说的？”

“除了他还能有谁？”

一个念头浮现在脑海里，她有些心虚：“那你去吗？”

“怎么能不去……圣旨都下了。”裴亦心如死灰，“我的酒吧啊，才开业没多久。”

不仅如此，还特地勒令他别张扬，不准开跑车来公司。

沈清央无法，安慰他可以聘一个店长负责日常工作。

4S店是裴亦常光顾的那家，里面的销售见到他像见到金子一样热情，将人迎进贵宾休息厅，问有什么需求。

沈清央在棕色的软皮沙发里坐下，捍了一块马卡龙翻看介绍手册。

这家店销售的车价位都不低，看着看着，她竟然有些心动。倒不是为了价格心动，而是忽然也想买一辆车来通勤。

刚工作的时候，沈父提出要给她买，她拒绝了。

这两年工资加奖金攒了点，应该可以自己给自己买一辆。

陪着裴亦试驾了几辆，大学考了驾照以后，没怎么摸过车，记忆逐渐复苏，也不算难。

沈清央学习工作一向求稳，开车也是慢吞吞的，裴亦忍不住在副驾驶座上对她指指点点。

开出去转了一圈，回来后，裴亦跟销售谈车的加装。

他挑剔，虽然外表不能张扬，里面的内饰也都要配最好的。

花了一整个上午的时间，中午裴亦赖在徐家吃饭。饭后，两人窝在庭院里的藤椅上聊天。

沈清央拉着他问选车的问题。

“你那点儿预算……”触及她的眼神，裴亦把半块梨咽回去，霎时换了口风，“也是能买到不错的车的。”

沈清央收回目光，继续支着脸，划动平板屏幕上的帖子。

裴亦凑过来，正经地给出建议：“不过只是通勤的话，其实你不用考虑动力，主要看空间和车内舒适性。当然，你们女孩子肯定都想要外形好看的。”

沈清央瞥他：“说得好像你不看外观一样。”

他摸摸鼻子笑嘻嘻。

裴亦又插了一块梨放进嘴里，用胳膊撑着藤桌上：“不过央央，车好选，但是现在车牌不好弄，你最好去找行知哥要公户牌……行知哥！”

沈清央闻声抬头。

大门外停了一辆轿车，徐行知从上面下来。

裴亦还不知道眼前人就是让他去上班的罪魁祸首，热情地打招呼。

徐行知不咸不淡地应了一声，走到沈清央面前，抬手抚了下她的长发。

沈清央仰头，问他不是要开会吗？

裴亦后背微微冒汗，咀嚼着的雪梨差点噎死自己，他吞下去，及时撤退：“央央，我还有事，就不陪你选车了，你自己看吧，回头见。”

沈清央把平板放到桌上，扯扯徐行知的衣袖，示意他去裴亦的位置坐。

“刚开完。”徐行知目光掠过屏幕，“你要买车？”

“随便看看。”

沈清央盖上平板，回头往门内看了一眼，徐行恪不在，徐教授和方琴在午睡，客厅内现在没人。

心落回肚子里，她的食指去勾徐行知的小指，在他的骨节上摸了摸。

徐行知嘴角轻勾：“摸哪儿呢？”

“手。”她抬眼，光明正大。

碰了碰他温凉的指尖，沈清央有些难以抑制心绪。事实上，她从周五晚上开始就没有平静下来过，一直很想见到徐行知，想和他待在一起，上一次有这么强烈的渴望还是少女时代。

那只手一开始任由她触碰，渐渐反客为主，像把玩棋子一样揉捏着她指尖。

沈清央支着脸，微弯的眼睛里落进秋日暖光。她看了徐行知一眼，他眸色停顿，手指反扣，忽然用力把她拉近。

她闻到他身上淡淡的木质香，是她买的车载香薰。

徐行知勾起她下巴，很克制地落下一吻。

“好想把你带走。”他低声。

沈清央轻压睫毛：“去哪儿？”

搁在藤编桌面上的手机振动，亮起航班行程提醒。

沈清央视线落过去，又回到徐行知脸上，眼睛弯得更厉害：“要飞哪里出差？”

"广州。"他就不该回来多看这一眼。

庭院里那棵海棠树坠满了灯笼似的小红果，沈清央轻轻吹了吹自己额前的碎发，歪头送上一个临别吻。

之后几天，两人偶尔在微信上联系。

广州的事只用了三天，然而徐行知回来那天，沈清央去了上海，很不巧地错过。

周六，沈清央从上海返回。

她先回律所把没赶完的文书完成，而后跟邹瑾汇报工作。关上电脑，沈清央松了口气，往椅子里一靠。

过了一会儿，她打开手机回徐行知的信息：下班了。

他知道她今天回来，信息是下午发的，现在已经快到晚上八点。

没几分钟，他问她在哪儿。

沈清央说在律所。

那个灰色头像跳出信息：半小时过去。

关上手机，沈清央有点饿，拉上行李箱下楼，进了平时常吃的拉面店。

点的餐端上来，附赠了一份水果沙拉。

她以为是赠品，头也不抬地说谢谢，谁知道店员指指对面："那位先生送您的。"

沈清央一顿，视线看过去，走原木风装修的店里光线温馨昏暗，角落里的男人西装革履，大衣搭在椅背上，正抬手对她微笑。

她微眯眼，在对方走过来时，准确无误地叫出了他的名字："盛钧？"

盛钧拉开她对面的椅子坐下，调侃道："幸好没认错人，刚才我还在想万一不是你，我要怎么解释送的这份水果沙拉。"

沈清央笑笑。

盛钧是她大学里认识的一个学长，和徐行知同级，也曾经在宿舍楼下摆过一圈玫瑰花跟她告白。毕业后两人再没见过，没想到今天这么巧。

盛钧笑着说："好久不见。"

"好久不见。"

"你这是……"他看向她手边的行李箱。

"刚出差回来。"沈清央向他解释自己律所在这栋写字楼里。

"我知道。"盛钧挑眉。

北城A大的校友圈就这么大点，想知道一个人的信息，稍微用点心就能打探出来。

沈清央笑了一下，默不作声地低头吃饭。

她不讨厌盛钧，只是不太熟，对方是金融学院的，从前交集最多也就是在学生会而已。

他拥有优绩主义学生的一切优点和缺点，性格傲慢，在沈清央明确拒绝他的告白之后，并没有多作纠缠。

气氛并没有冷场，盛钧递过来一张名片，说他不久前刚调回国内，在怀金证券做VP。

出于礼貌，沈清央收下名片。

她擦擦手，捏着吸管喝了半杯橙汁，而后看了一眼手机：“抱歉，我男朋友到了，我得走了。”

盛钧挂在脸上的笑容有片刻的微妙，随后恢复如常：“好，有机会下次见。”

沈清央拉着行李箱走出面馆，在附近路边的停车位里找徐行知的车。她转了一圈没有找到，一头雾水之际，一辆白色奔驰忽然降下车窗：“央央。”

两个字如羽毛般拂过心脏，她回身，看见靠在副驾驶座里的徐行知。

十月下旬的气温已经很低，车里开着暖气，因此他身上只有一件深色衬衣，夜色中那张脸英俊得有些晃人视线。

沈清央走过去，车窗开着，她闻到酒气：“你喝酒了？”

“嗯。”

“司机呢？”

“让他走了。”

沈清央掏出手机：“那我叫一个代驾。”

车里人却伸出手来拢住了她的手：“手这么凉，先上车吧。”

他声音有点懒懒的，格外好听。沈清央承认自己被迷惑，放下手机，跟他说话：“上海不冷，所以没带厚外套。”

徐行知慢慢摩挲她的手指：“上车。”

沈清央胳膊搭在车窗上：“不找代驾吗？”

他抬眼，眼中透出一点薄薄的笑意：“你不是有驾照吗？”

沈清央直起身，虽然她打算买车，但其实没真正上路过几次，诚实道：“我不敢。”

徐行知笑了一声：“有什么不敢的？”

“你真敢让我开？”她弯腰，“万一出点什么事……”

“开吧。”徐行知懒散道，“哥哥不怕。”

他不怕，沈清央就敢开。上了驾驶座，她摸索一会儿，车缓慢起步。

她提着一口气，慢慢开出去，还是有些紧张。

但开得很稳，她认真学过的事情都做得不错。

副驾驶座的人却仿佛根本不担心，他拧开一瓶水喝了两口，随手调试起灯光、音响和内饰。

沈清央瞄了一眼，注意到空调出风口上夹着那天她放在徐行知车上的橙花味车载香氛。

略微带点花香的柑橘调气味。

她没精力注意，认真地把车开到路口，遇上红绿灯，于是转头问徐行知：“去哪儿？”

他伸手轻轻地捏她的脸：“不回家吗？去我那儿也行。”

……

沈清央有些绷不住地把视线挪回车前方。

徐行知靠了回去，嘴角压着点儿笑意，觉得她一本正经开车的样子太可爱。

慢慢悠悠地开了半个多小时，后面越开越熟练，拐进小区时，沈清央呼出一口气，肩膀松懈。

车停在家门口，徐行知让她开进去。

沈清央依言照做，偏头问："你今晚在家睡吗？"

他解了安全带倾身靠过来，握着她的手干脆利落地转方向盘，将车停在海棠树下。

沈清央手心都冒了汗。车刚停稳，徐行知便低头来亲她，掌心托着她的下颌固定。

"哥……"音节被吞没，她只能推他，"客厅里灯亮着，有人……"

徐行知微微一顿，退了回去，往她风衣的口袋里丢了个沉甸甸的东西。

沈清央摸到手里，是一串车钥匙，上面还坠了个金属风的小羊挂件。

徐行知已经推开车门离开。

沈清央在驾驶座上愣了几秒，引擎已经熄火，发动机冷却，簌簌的空调新风逐渐停下，她拿上自己的手机下车。

关上车门，她按下锁车键，车身随之响应。

沈清央站在原地沉默了会儿。

进门，客厅里亮着灯，在客厅的人是徐行恪，他在餐桌前低头"唰唰"写着一份材料。

听见动静，徐行恪抬头。

"大哥。"

他眸中划过一丝异样："你和行知一起回来的？"

沈清央未察觉到："他喝酒了，我帮他开的车。"

徐行恪喜怒未辨："这么巧。"

她心不在焉地"嗯"了一声，心里想着徐行知喝了酒就这么上楼睡觉，第二天醒来一定会头痛。

走到厨房，沈清央抬手从橱柜里拿出陈皮，洗净往小锅里放了点儿水一起煮。

煮开，她撒了一小勺盐盛出来。

正准备端上来，徐行恪放下钢笔，微推眼镜："给行知的？"

她点头。

"给我吧，我拿给他。"他接过来，淡淡微笑，言语之间别有深意，"这么晚了你过去不好，别惊动人。"

沈清央手一顿，微烫的骨瓷白碗从手中被拿走。

徐行恪拿起桌上刚写好的材料以及钢笔一起上楼。

回到卧室，沈清央想发信息问徐行知车钥匙的事，又怕他酒后懒得回，于是删删改改，只剩三个字：早点睡。

放下手机，她去洗澡。

洗完澡出来，对话框里空空如也。

他不高兴了。

手一顿，沈清央几乎是下意识察觉到这点。

她拿起手机拨了个电话过去，铃声响了几十秒，最后因为无人接听而自动挂断。

沈清央在梳妆台前坐了会儿，披上外套出门，准备去哄哄徐行知。哪知道刚出房门，走廊中间的浴室门也被人推开，徐行知从潮湿的雾气中走出来。

他一个眼神都没给她，径直擦着头发下楼。

脚已经迈出去，沈清央硬着头皮跟上。

他从冰箱里拿了一瓶水，然后往洗衣房去。

怀里的衣服和毛巾一起被丢进洗衣机，徐行知合上机门，听到渐近而后停止的脚步声。

“哥，”身后人轻声问，“你生气了吗？”

他回身，屈指顶开水龙头，面色平静地洗手。

沈清央湿润的长发披在身后，身上是米白的睡衣、素色的针织长开衫，又弱沉默地站在门边。

流淌的水声，绵延的安静。

她走过去，关掉水龙头，在徐行知侧身时，勾住他的脖子，踮脚吻上去。

刚碰到唇，腰就被他单手圈着压在盥洗台前，徐行知偏唇退开，居高临下地注视她。

没擦干的黑发贴着脸颊，连带着眼睛都是湿漉漉的。

沈清央和他对视，他不高兴，她也不开心，漂亮的唇轻轻抿着。

察觉到她眼皮垂落的躲避，徐行知伸手捏住她下巴，半强迫般地逼她和自己对视。

他眼睛乌黑，深邃得让人看不出心思，但神情明明白白写着不高兴。

沈清央自知理亏，退了一步，鸦睫轻抬：“车是买给我的吗？”

徐行知指尖的水珠滴入她锁骨：“不是，我明天就找人返厂砸了。”

“你——”

“我什么？”

下巴被捏得有点疼，沈清央伸出一根食指慢慢地从他虎口缝隙里钻进去，试图让他松点力道：“你别吓唬我。”

“你可以试试。”

唇抿得更紧，沈清央收回自己的食指，张嘴狠狠咬在他虎口上。

力道很重，霎时浮现一圈红印，她松了口，赌气：“那你砸吧，我不要了，醒酒汤也吐出来还给我。”

听到这句话，徐行知神情一顿：“你煮的？”

“不是我，”她伸手推他，“小狗煮的。”

那点儿微不足道的力气，手指放缓了力道轻刮刚才自己捏的地方，徐行知眉眼缓和：“怎么还有骂自己的呢？”

话一出口，沈清央也意识到不对，立刻改了口：“煮给小狗喝的。”

她不开心，气鼓鼓的，眼眸清亮。徐行知手指上移，微抬小巧的下巴，又摩挲过脸颊，最后捏了捏柔嫩的耳垂。

他像逗猫一样，碎发痒痒地扫过脸庞，沈清央有些忍不了，然而腰上是他的胳膊和坚硬的大理石台面，她被男人圈在怀里，无处可逃。

她干脆仰头说：“那找人砸了吧，我去看。”

徐行知眼眸浮笑：“你舍得。”

“怎么不舍得？又不是我的车。”

“已经是你的车了。”徐行知俯身，气息靠近，轻轻吹开她额前的碎发，“我回去就把醒酒汤喝了。”

楼上，方琴正准备关灯睡觉，突然想起自己忘记吃药。

倒不是什么治病的药，而是前几天中医开的调补气血的中药，由医院代煎好分装在密封袋中，每次喝的时候加热。

她掀开被子下床，路过徐行恪房间时，敲了两下门：“别熬夜了，早点睡。”

洗衣房里的两人已经开始接吻。

人被抱上盥洗台边缘，沈清央也忘记为什么说着说着就开始接吻，她掌心抵着男人胸膛，仰头承接，整个人悬空坐着。

含住温软的唇，舌尖描绘着唇瓣形状，徐行知胳膊收紧，掌心抚了抚那细腰。开衫是羊绒质地，柔软温暖，然而再暖，也不如她唇上的温度。

门外，原本只开了夜灯的客厅突然亮起。

洗衣房是磨砂玻璃门，开着灯隐约可见房内身影。沈清央被惊醒，轻喘之际，听到走近的脚步声。

“这么晚谁还在洗衣服……”方琴从楼上下来，觉得奇怪，走过去敲了敲门，“是行知吗？”

沈清央脸色一白，紧紧攥住他的衣服，很想找个洞钻进去。

徐行知把人按进自己怀里，下巴抵着她头顶，缓缓呼出一口气，打开她身后的水龙头。

汩汩水声模糊了说话的声息。

“是我，琴姨。”他挤出洗手液，慢条斯理地在指间揉搓，“我刚洗完澡，下来洗个衣服。”

玻璃门隐隐透出男人在盥洗台前的身形。

方琴无端觉得有些奇怪，但又寻不到源头，想了想，她放下手，温声说：“行知啊，你也早点睡，总是熬夜对身体不好。”

“好。”他对她总是很客气，“这就去睡。”

放下心来，方琴转去厨房加热自己的中药。

沈清央的心脏跳到嗓子眼，又缓缓落下。

她身体骤软，像刚从高空中走过一圈钢丝下来，后背直冒冷汗，在徐行知怀里缓了好一会儿，才回过神。

徐行知依旧让她靠着，环着她，冲洗掌心的白色泡沫。

沈清央还是大气都不敢出，等到客厅的灯重新暗下，确认方琴上楼之后，她才敲了敲徐行知的肩膀：“放我下来。”

“嗯？”

徐行知用架子上的毛巾擦了擦手，低头轻吻她额头：“不是已经安全了吗？”

安全什么？静谧的深夜，熟悉的家里。

沈清央想说话，但还没来得及，唇就被人吻住。她身体后仰，双手攀上男人的肩，想抗拒这个吻，却慢慢沉溺在里面。

一个漫长温柔到令人恍惚的吻。

她觉得徐行知酒醒了，又似乎没有，醉的好像是她自己。

“哥……”沈清央呼吸急促。

“别说话。”徐行知将人抱起来，压到门边，灯灭，门也随之被反锁。

……

身体冒出了汗，沈清央重新被抱回盥洗台上坐着，长款开衫与睡衣裙角在白皙小腿旁晃晃荡荡。

在暗光里对视，她眼眸泛着湿润的光，皮肤漂亮得如同一张洁白纸面。

“央央……”他的下巴压着她的肩膀，偏头蛊惑，“出差有想过哥哥吗？”

沈清央咬住了自己的唇。

“有吗？”他轻声又问。

海浪漫过身体与神经，她像一把绷紧的小提琴，低低“嗯”了一声。

“什么时候？”

“很多时候。”

得到自己想要的答案，徐行知终于满足，重新吻上她的唇。

……

徐行知重新打开灯，光线驱散昏暗的混乱：“年初我刚回来那天，你穿的也是这件睡衣。”

是吗？沈清央有些不记得了，秋冬的睡裙她有两件，轮流换着穿，但的确很爱这件软软糯糯的开衫。

她没什么力气说话，靠着台面，食指勾住徐行知的食指，想最后跟他说晚安。

他却牵住她的手，碰碰她的脸：“饿吗？给你做个夜宵。”

冰箱里食材不多。

沈清央手脚还有些发麻，小口小口地吹着馄饨热气，吃了几个，突然想起旁边的人：“你要吃吗？”

徐行知一手撑着额头，一手把玩她的指尖，眼皮略掀：“你自己吃。”

好吧，他晚上不爱吃东西的习惯果然没变。

沈清央只剩一只手，快吃完的时候，脸被人捏了捏：“明天时间留给我，带你去个地方。”

次日上午，徐行知早起。

他没有睡懒觉的习惯，徐行恪也没有，晨跑完回来，兄弟二人在玄关处相遇。

晨光大亮，昨夜的一场秋风吹落满地海棠果。徐行恪正准备出门，温声关心：“昨晚喝那么多不头疼吗？怎么不多睡会儿？”

徐行知慢条斯理地回答：“有央央的醒酒汤，还好。”

徐行恪笑容微淡：“清央一直很关心你。”

“大哥不是也很关心我吗？”徐行知语气波澜不惊，“既然是央央煮的醒酒汤，大哥还亲自给我送上来。”

“碗太烫，我怕烫到她。”

“也是。”徐行知慢慢勾唇，“姑娘家家皮肤薄，何况她一向娇气。”

几句交谈，语气平淡却又处处昭彰。

徐行恪的手搭在玄关柜上整理着材料文件，闻言神色不变，凝视着墙边的花纹，微笑道：“我们的妹妹，娇气点又有什么关系？何况又不止我让着她，难为行知你大半夜给她做夜宵。”

徐行知笑了一声：“不为难，应该的。”

兄弟二人在玄关处错身而过，既相似又迥然的气质。过去很多年，他们一直井水不犯河水，各自走各自的人生。

唯一的交点，是这个家，那个人。

只有男人最懂男人。

文件边缘理得一丝不苟，徐行恪放入公文包，整洁的眼镜折射出微微冷光：“既然你觉得不为难，那就不要做让大家都为难的事。”

“大哥说得对。”

徐行知偏身，嘴角扬起若有似无的弧度：“大哥人在其位，既然觉得为难，行为风纪，还是检点些好。”

沈清央下楼时，客厅里只剩徐行知在陪徐教授喝茶。

修长明晰的手捏起茶叶，放入透明小壶，他拎起热水冲泡。嫩绿色的茶叶随之漂浮舒展，仿佛刚从雨水梢头摘下来一般。

她视线停顿两秒，脑海中回想起昨晚某些昏了头的画面，耳垂发热，忙去开冰箱降温。

“清央起床了。”徐教授放下报纸，“厨房里有你琴姨留的早饭，吃点再出门。”

沈清央奇怪：“您怎么知道我要出门？”

“你哥说的。”徐教授和颜悦色，“他原本要走，我让他等等一起送你，也方便。”

她看了眼那慢慢悠悠喝碧螺春的男人一眼。

天气转凉，徐行知穿得还是薄，休闲衬衫外套一件深色风衣，姿态闲适。沈清央下楼之后，他没朝她的方向瞥过来一眼。

他想做什么，绝不自己主动，百转千回也要让别人先开口。

沈清央默默去厨房吃了点早餐，回卧室往身上套了件大衣，然后跟徐行知一起出门。

他原本习惯开的那辆黑色奔驰已经停在了门口。上车之后，沈清央拉下副驾驶座的化妆镜补口红。

车开出去。

她拿纸巾蘸了蘸边缘，偏头问：“我们去哪儿？”

徐行知的目光从她唇上移过：“现在才想起来问？”

她眨眨眼：“你总不能把我卖了吧？”

徐行知溢出一声笑。车开出小区，等红绿灯的工夫，他一手扶着方向盘，一手掰过她的下颌，亲掉了她刚涂好的口红。

“徐行知……”沈清央惊魂未定，“看路。”

“看着呢。”他拇指蹭过她湿润的唇珠。

轻抚心口，沈清央不得不重新掏出口红补上。

时间临近中午，两人先去吃了午饭。之后，徐行知开车带她去了嘉德艺术中心。

碎片错落堆叠，颇具设计感的建筑。沈清央下车，被徐行知牵住手，她跟着走进去，一脸茫然：“这是什么？”

“嘉德秋拍。”徐行知随口回答，“上次看的字画和瓷器都在今天拍卖。”

路过几个展厅，到内场，徐行知带她落座，旁边的位置坐的是关柏言。

“沈小姐？”

“关总。”

关柏言微挑眉：“沈小姐还记得我。”

沈清央客气地笑笑：“久闻关总大名。”

她大衣内是羊绒打底衫与A字裙，身形窈窕，妆很淡，口红也是素色的，越发显得清婉动人。

关柏言再次在心里“啧”了一声，感慨徐行知眼光好。

趁徐行知离开的间隙，关柏言跟沈清央聊天：“冒昧问沈小姐一个问题，建国门附近有个网球俱乐部，沈小姐去过吗？”

沈清央微微一愣，没想到他提起这件事，她不知道怎么回答，只好浅浅地弯唇。

已经算给出答案，关柏言好奇心得到满足，笑道：“没什么别的事，只是那天我也在，好奇问问。”

简单几句聊天，他已经察觉出这姑娘跟徐行知很像，边界感很强，不喜欢别人窥伺自己的生活。

几分钟后，徐行知回来。

往她手里塞了杯热饮，他翻开拍卖册，跟她确认那只彩纹小胆瓶。

沈清央后知后觉：“你要买？”

“不然呢？”他语气闲闲，“带你来再看一遍吗？”

沈清央蒙了下，没有多此一问拍下来是不是给她。憋了几秒，她忍不住：“贵吗？”

“不贵。”

徐行知身侧的关柏言笑眯眯替她解答：“这个胆瓶是釉下彩，我看过做工，最多也就拍到十几万。”

沈清央很想说可它还没有手掌大。

她低头喝了一口热饮，看了眼叠着腿翻阅手册的徐行知，没有开口劝他别买。

她喜欢，他人已经到这儿，已成事实。

这场拍卖的瓷器出自康雍时期，大多她都在新泽西那场展览上留下了印象。兴许是那位山水斋主人的号召力，内场座无虚席，有不少穿着低调、气质不凡的人士，也有委托。

一连几件拍品，价格都超出关柏言预期。

他真心喜欢古玩，但作为商人天然喜欢权衡利弊，遗憾放弃叫价。

其中有件红釉瞻瓶，做工精致，两方争了起来，价格上了百万。

眨眼间，沈清央看上的那个彩纹小胆瓶有人叫出了超出关柏言预期的价。

徐行知眼也没抬，等场内叫得差不多了才举牌。

关柏言给出意见：“不值。”

话音刚落，57 号举牌加价。

徐行知抬手。

关柏言觉得离谱：“怎么还真有人抢？虽然蛮小巧可爱的，但远远不值得。”

他话是这么说，但 57 号仿佛跟徐行知杠上一样，一直往上加价，拍卖师语气逐渐变得高涨激动，视线在两个位子间来回。

关柏言看了眼，57 号位置上是个穿着西装的年轻男人，戴着有线耳麦，明显不是买主本人而是委托。

“要不我去说一声，让他别跟你抢了？”

徐行知很轻地皱眉，摇头：“不用。”

沈清央听数字听得心惊肉跳，按住他的手：“不要了……”

“哥，”她蹙眉，小声道，“我还不起。”

他捏捏她柔若无骨的手：“那就慢慢还。”

沈清央在心里叹了口气，知道徐行知势在必得了。

又加了两轮，57 号委托终于放弃。

尘埃落定时，关柏言调笑：“难得看见行知这么不计得失，千金买一笑。”

后半场拍字画，徐行知和关柏言一人拍了一幅宾翁的山水画。

锦盒交到手里，沈清央打开，巴掌大的小瓶子，轻飘飘的分量掂在手里沉甸甸的，她既喜欢又肉疼。

徐行知和关柏言一起跟着工作人员去签字。

钢笔墨水落于页尾，工作人员说：“徐先生，57 号的委托人江女士托我给您带句话。”

俯身签字的人抬眼。

“江女士说，因为是您喜欢，所以她才愿意让步割爱。”

将彩纹小胆瓶带回去，一连两三天，沈清央觉得无处安置。

太过贵重，不只是价格，她搁在手里摩挲，支着脸失神。

那辆白色奔驰也停在院子里，徐教授和方琴问过她，她说是徐行知开回来的。

最后，她把胆瓶和 Ewelyn 放到了一起。

周三，沈清央和于卓然一起去维斯开会。

维斯目前的收购案一直由他们俩负责，眼看推进到中期，券商那边忽然换了个负责人。

“听说是空降的。”于卓然说，“原先的凌总似乎出事被停职了，这位敢临时接手也够有魄力的。”

券商能人之多，远超过律所，Title 个个上天，VP 以上全称总。

沈清央不太关心投行圈的八卦，她拎着电脑下车，乘电梯抵达维斯给券商和律所准备的办公会议室。

只是没想到这么巧，那位空降接手的VP，是盛钧。

“你好。”盛钧西装革履，精英气派浓厚，和于卓然握完手，他看向沈清央，“清央，我们又见了。”

“盛总。”沈清央客气。

盛钧笑：“也太见外，不如和以前一样叫学长。”

于卓然惊讶：“你们是朋友啊？”

“也许是。”盛钧半真半假地打趣，“爱而不得的追求者算朋友吗？”

沈清央几不可察地蹙了蹙眉，并未回应。

察觉到她不开心，盛钧补了一句：“开个玩笑，大家都是一起做项目的合作伙伴，别那么紧张。”

于卓然配合着笑，缓和气氛。

沈清央找了个位置，和于卓然一起坐下。

上午讨论项目进度，盛钧做事的确比先前的凌总干脆许多，一点不推诿也不拖泥带水，虽然是刚接手，却对各种细节都了如指掌。

中午吃饭，沈清央正准备合上电脑，盛钧坐到她旁边：“一起吗？”

她看了他一眼，整理自己的钢笔和软皮本，慢慢地说：“盛总，我好像跟你提起过，我已经有男朋友了。”

盛钧悠然：“好像是提过。”随即耸肩，“那又如何？”

沈清央说：“如果作为朋友，我们没有熟到可以一起吃饭。”

“一定要这么疏离吗？”盛钧的手搭在她的椅背上，“难道你没有听说过，男朋友女朋友，其实就只是情人的学名而已？无非是说起来庄严些。”

他语气自然含笑，和她维持着不远不近的距离，将她细腻的皮肤与秀致的五官尽收眼底。

沈清央往后轻靠，从椅子上起来，拉开距离。

“不好意思，没听过。”

“撒谎。”盛钧呵笑，“这句话出自《围城》，我第一次在图书馆看见你的时候，你就在书架边读《围城》。”

那场景印在心里，记了多年。

沈清央淡淡一笑：“我记性不好，以前看过的书都忘得差不多了，盛总最好也忘了吧。”

说完，她轻轻颔首。

盛钧盯着那道清丽身影离开会议室。

她还真是一点儿都没变，看着温温柔柔好说话，其实很难亲近，被判了死刑的人，就永远被判了死刑。

大学他表白时，她拒绝的原因也是“有男朋友”。

笑话，整个学生会的人都说她单身。

盛钧深吸一口气，活动活动筋骨，准备也去吃午饭时，忽然看见会议室门口出现一道身影。

衬衣，西裤，身形修长又挺拔。

他问秘书："是这间会议室？"

盛钧一秒都没用就认出了来人。

他们那一届最出类拔萃的人物，名字至今在校友圈流传，他做人低调，然而光芒之下，其他人都显得明珠蒙尘。

一个人要有怎样的行事风格，才能在校四年，无人诟病，被所有人仰慕。

徐行知刚从外面回来，知道沈清央在，顺路过来会议室看一眼，谁知道来得不巧，午饭时间，会议室人去房空。

倒也不是完全空，还有一个人。

相对一秒，岑川很快反应过来介绍："徐总，这是怀金证券那边的项目新负责人盛总。"

"不敢。"虽然大学在学生会里有过几次交集，盛钧却不指望对方记得自己，递上名片，"盛钧。"

气氛有几秒的凝滞。

徐行知接过那张名片，面色温和，缓声念着这个名字："盛钧。"

他倒还真记得，这人曾声势浩大地在女生公寓楼下摆过一圈红玫瑰。

徐行知在沈清央的位置上坐下。

盛钧也坐下，说："徐总过来是想看看收购方案的推进程度吗？我们……"

"没有。"

徐行知捏着整整齐齐地摆在随行杯旁边的两颗柠檬糖，弯唇，剥了一颗放进嘴里："随便看看。"

盛钧声音卡在嗓子里，很轻地皱了皱眉："这是沈律的私人物品，您随便动不好吧？"

那人置若罔闻，玩了玩沈清央的钢笔，还打开软皮记事本，在上面漫不经心地落了点墨。

他掀开电脑，支着脸敲了几下键盘。

盛钧脸色微沉："徐总，您——"

下一秒，回车键按下，电脑屏幕解锁。

盛钧的声音戛然而止。

电梯里，沈清央遇到陈雪。

她本打算自己去吃午饭，陈雪也是一个人，两人聊了几句天，索性结伴同行。

午餐时分，食堂里熙熙攘攘。

陈雪带她排队："这个窗口的鳝丝面做得最地道，沈律爱吃面吗？"

"还可以。"沈清央好奇，"陈秘书是苏州人？"

陈雪笑："老家苏州。"

她笑起来真漂亮，人如其名，肤白胜雪，明艳动人，让沈清央想起自己大学时在编辑部的一个学妹。

很快，排到她们，沈清央要了和陈雪同样的鳝丝面，只是多加了两勺辣椒。

味道的确不错，和她很多年前在苏州吃到的味道几乎一样。

吃完饭，两人经过楼下的一家咖啡店，沈清央在陈雪的推荐下买了一杯红丝绒拿铁。

从咖啡店出来，外面下起了雨。

上午时就阴云密布，此刻下雨也正常，两人赶在雨点变大之前进了公司大门。陈雪掏出纸巾帮沈清央擦外套上的雨水：“都是我不好，忘记带伞了。”

“我也忘了，怎么能怪你？”

沈清央脱下外套，伸手接过陈雪手里拎着的咖啡：“我帮你拿着吧，你先擦擦自己衣服上的水。”

陈雪笑着说好，低头轻拍衣袖上的水，忽然“噔噔噔”的高跟鞋声走近，一个怒火冲天的巴掌迎面甩过来。

“贱人！”

陈雪踉跄着扶住墙边，被打得脑子“嗡嗡”作响。

大厅里来来往往的员工、保安和前台都愣住了。

沈清央一蒙，很快反应过来，上前拦住女人想接着甩过来的鳄鱼皮方包，冲门边的保安喊：“愣着干什么？”

女人三十多岁，一身精致优雅的香家套装，见有人挡她，怒气更盛：“让开！你算什么东西！”

沈清央手里的咖啡在推搡间掉到地上，她莫名其妙：“你怎么能打人？”

两个保安这时候才跑过来，满头大汗，两头为难，不知道该怎么拦。

陈雪靠着墙缓了一会儿，上前把沈清央拉到了身后，微笑着说：“太太，有什么事您可以到褚总的办公室说，在这里闹不太好吧。”

太太？沈清央惊讶。

褚太太站定，也不管周围偷偷看戏的员工们，嘴角挑起极为讽刺的弧度：“怎么，陈秘书还怕丢人吗？原来也是敢做不敢当。”

陈雪赛雪欺霜的脸并无愠色：“我做什么了？”

“你做了什么自己心里不清楚吗？勾引有妇之夫很爽是不是？”

这话一出，大厅都寂静了几秒。

陈雪依旧平静：“您慎言。”

“我慎言？”她的态度激怒了褚太太，后者扬手又要甩巴掌，沈清央眼疾手快地把陈雪拉开。

与此同时，后面的电梯打开，褚少云的另外两个助理疾步跑过来，一个遣散围观员工，一个请褚太太上楼。

“我自己会走。”褚太太踩着八厘米的高跟鞋，走到陈雪面前，逼近她的同时盛气凌人，“但凡你还能在这里多待一天，我就不是他褚少云的老婆。”

说完，她冷哼一声，转身跟着助理上楼。

沈清央轻拍陈雪的后背：“你没事吧？”

陈雪摇摇头，左半边脸高高肿起，红色指痕明显。

问保安借了一把伞，沈清央去附近药店买了两个冰袋和一瓶红花油。

陈雪找了一间空的小会议室。

沈清央用纸巾包着冰袋，小心翼翼地贴上陈雪的脸颊。

即便她动作很轻，还是听见陈雪疼得倒抽冷气。

“疼吗？”沈清央立马拿开。

陈雪这时候还对她笑，接过冰袋：“我自己来吧，让你看笑话了。”

事情原委，沈清央并未借此打听。

多少也能猜出来，陈雪如此漂亮，美貌无罪，怀璧其罪。

她打算给对方留点私人空间，于是说：“我还有工作，先回去了。陈秘书，你最好还是去医院看看。”

陈雪说好。

沈清央拿上手机离开，拉开会议室门时，和刚到门外的男人四目相对。

他脸色微沉。

陈雪微怔：“徐总。”

徐行知的目光把沈清央从头到尾打量了个遍。

“我没事。”

此时想避开陈雪已经来不及，沈清央只好小声说：“你怎么过来了？”

徐行知拽着她的手腕把人拉走。

“我真的没事。”到了窗边，沈清央回头确认走廊没人，勾了勾徐行知的食指，“不用担心，褚太太没有为难我。”

徐行知盯了她几秒，神情缓和：“维斯食堂的东西好吃吗？”

“挺好吃的。”

沈清央抬头问：“你吃过午饭了吗？”

他手指摸上她脸颊，曼声道：“现在才想起来，吃饭前怎么不问？”

“我不知道你在。”她指尖摸到他掌心，讨好地弯弯唇，“我撞破了你们公司高层的丑闻，要不要给点封口费？”

徐行知微俯身，轻捏那张脸颊两侧浮现的梨涡：“比如？”

她踮脚，蜻蜓点水地亲过他的唇：“就这个了。”

回到办公的地方，沈清央很快发现自己的东西被人动过。

柠檬糖少了一颗，钢笔与软皮本换了位置。打开封皮，里面被她用作草稿的一页多了漫不经心的几笔，是有人模仿着她的字迹写着玩的。

不用想也知道是徐行知来过了。

对面的盛钧眼看着她的神色从惊讶到不在意，眸间甚至划过一丝淡笑。

没想到，没想到她口中的男朋友，竟然是那个人。

他气血隐隐直冲大脑。

快下班时，孟希给沈清央来了条微信：晚上加班吗？

估摸着项目进度，沈清央回复：不加。

孟希：那一起去同学聚会吗？方衍攒的局，里面有个人现在在上市公司做高管，我想搞定他成为下下期的采访目标。

沈清央迟疑。

孟希发来一个猫猫祈求的表情包：没人陪我一起，好尴尬。

想着下班没什么事，沈清央答应了她。

窗外雨势加大，任务提前完成，于是他们和券商的人一起下班。

电梯里，沈清央在手机上叫车，身侧的盛钧开口：“我也去青云壹号，不如捎你一起？”

沈清央婉拒：“谢谢，不用。”

谁知道秋雨卷风越下越大，网约车软件预计要等半个小时。盛钧的车从车库开出来停在路边，隔着雨帘给她打电话：“一起吧，我也去方衍的局。中午我说的那些话是开玩笑的，你别放在心上。怎么说我们也是校友兼合作伙伴，情侣没机会，总不至于连朋友都做不得吧。”

他的语气无奈且客气，倒让人不好拒绝，沈清央想到以后还要合作：“那麻烦你了。”

盛钧笑：“不麻烦，反正是去一个地方。”

上了车，她的伞收在脚边，拉安全带时，听到盛钧说：“中午我说错话了，别介意。”

项目周期还剩一段时间，沈清央也不想和他气氛尴尬，于是揭了过去：“没事，我都忘了。”

盛钧偏头：“你男朋友呢，下这么大的雨不来接你？”

“他还没下班。”说到这儿，沈清央打开手机给徐行知发了条信息，告诉他自己晚上去同学聚会。

隔了几分钟，他问：下着雨，怎么去的？

她回复说同事顺路捎了一程。

他看不出喜怒：晚上我去接你。

车在雨帘中驶过，抵达青云壹号会所时，雨渐渐小了。

孟希出来接沈清央，见她和一个男人并肩走来，眼睛一亮。

走近了，孟希认出来人：“盛学长？”

盛钧调侃的语气：“孟大记者，好久不见。”

“那我要叫你‘盛总’了。”孟希挽过沈清央的手臂，“你们俩怎么一起来了？”

沈清央和她一起往里走：“项目上的同事。”

孟希附耳：“这么有缘，我记得他以前追过你吧？”

包厢里有暖气，都是认识的同学，进去之后打招呼聊天，沈清央脱掉外套，在吧台前的高脚椅上坐下。

孟希要了一杯酒，碰了碰她的肩膀：“其实我觉得盛钧人还可以，能力也强，你不考虑一下吗？”

沈清央翻着酒单摇头。

孟希一顿，突然想起来什么：“我差点忘了，你和行知哥……”

“你们喝什么？”

盛钧的声音打断了孟希的话。

他在沈清央身旁坐下，笑着说：“我刚回国，对北城很多地方都不大熟悉了，不比你们一直在这儿上班。”
孟希职业习惯，和谁都能聊两句：“我混了几年也没有学长你厉害。”
“我也混口饭吃罢了。”
孟希递上名片：“我最近做了一档财经访谈节目，不知道学长有没有时间给个面子？”
两人一来一回地聊天，沈清央欲去洗手间给孟希腾地方，起身时，包厢门突然开了。
她撞上来人的视线。
方衍笑着迎上去：“还以为你不来了。”
徐行知的黑色大衣纤尘不染，在外人面前一贯是情绪不显的温和：“空了就过来了。”
方衍受宠若惊：“也太给面子了，坐坐坐。”
他一来，自然而然成为焦点，包厢里其他人都围过去说话。
沈清央没想到徐行知也会来，去完洗手间回来，她拿起吧台上的手机。
简短的两个字：过来。
她望去。
徐行知身边仍然有不少人跟他说话，他耐心还可以，淡笑着回应，只是指尖一下一下点着手机。
包厢里有十来个人，就算有一两个不认识的，余下的多相熟。
他们那一届学生会会长是徐行知，又背靠外联部某位顶级富二代，办什么活动都不缺钱也不缺人，所以关系融洽，毕业后依旧常联系。
这一整个包厢，恐怕没人会觉得她和徐行知有多熟。
“清央？”孟希疑惑，“你怎么了？”
沈清央回神，说没事。
孟希循着她的视线注意到对面沙发上的男人，真是清贵好皮囊，言谈举止无可挑剔，他越是这样，越惹人想象私下的样子。
沈清央握着海岛冰茶垂睫。
盛钧将她的反应尽收眼底，不动声色地转转杯子，招手要了一杯热牛奶推给她，温声说：“天气冷，别喝冰饮了，喝点热的吧。”
包厢里暖意融融，角落鲜花装点着高级会所的格调，阵阵香气袭人。
徐行知唇畔忽地浮起一丝冷笑。
他随手接了个电话：“抱歉，我临时有事，先走一步。”
方衍微愣：“我送你。”
“不用。”徐行知按住方衍的肩膀，“你们玩。”
他大衣都没脱，来了不到十分钟又离开，让大家面面相觑心生奇怪。
“工作忙，也能理解。”
“是啊，我最近刚升职都快忙死了，何况徐行知。”
“听说你们要开新业务线？”
“是啊……”
大家七嘴八舌地感慨了一会儿维斯这些年的势头，很快又聊起别的话题。

孟希察觉出些端倪，碰了碰沈清央：“怎么回事？他冲你来的吧，我怎么觉得他不太愉快？”

沈清央捏着玻璃杯，大脑微乱。

盛钧开口跟她说话，不知道说的什么，她一个字都没听清。

杯壁的冰雾浸入指尖，片刻，她深吸一口气，抱着大衣推开包厢门。

盛钧面色微变：“外面在下雨！”

会所是四合院改造的，融融暖光围着雨中庭院，沈清央穿过走廊，冒雨快步追了出去。

“徐行知——”

雨雾朦胧，他撑着伞，还未上车。

沈清央跑过去拽住他的衣角。

徐行知侧身，脸庞毫无神色。视线触及四合院门口的身影，他蓦地伸手，掐住沈清央的下巴低头强吻。

黑伞大片偏到她头顶。

跟着赶来的盛钧倏然止步。

漆黑雨夜车流如织，伴着呼啸而过的风，年轻女人仰头和那人接吻，伞下的身躯纤瘦柔软，似乎完全属于他。

一吻完毕，他将人拥进怀里，于夜色中冷冷投来锋芒毕露的一眼。

CHAPTER 12 / 无边风月

呼吸短暂地被掠夺又放开。

沈清央双手紧攥着男人的衣袖，额头抵着他胸膛喘气。

缓过来之后，她抬头："哥……"

徐行知的五官在昏暗的树影下格外漂亮，他垂着眼，手指轻轻地把她被雨淋湿的头发拨到耳后。

明暗不清的神情，沈清央心口一震。

徐行知单手搂住她的腰，开了车门让她进去，脱下自己的大衣披到她身上。

沈清央想下车："我的包还在楼上。"

他俯身按住她，嗓音很冰："没关系，我让方衍找人送过来。"

他说送过来，而不是送回家。

沈清央张了张嘴。

雪白的车灯破开暗沉沉的雨帘，车子引擎发动，在浓得化不开的夜色中行驶。

沈清央沉默，抬手给方琴发信息：琴姨，雨太大，我晚上睡孟希家，不回去了。

退出微信，她顿了下，偏头："是去万景新城吗？"

徐行知面色平静地扫了她一眼。

得到答案，沈清央手指轻点，在附近下单了几盒避孕套送过去。

没一会儿，徐行知接到来自物业的电话，说外卖送上去家里没人，已经放在门口了。

挂掉电话，他唇畔越冷。

半个小时后，车开进万景新城。

智能门应声而开，沈清央弯腰拎起门口的手提袋，下一瞬，人毫无防备地被拽进去，门"砰"的一声砸上。

"哥——"

她刚出声，唇就被狠狠咬住。徐行知公寓的装修很特殊，弧形玄关，金属边柜绵延向内。沈清央被压上去，后腰一片冰凉坚硬。

她骤惊，袋子里的东西七零八碎地掉出来。徐行知拿起一盒，垂眼，用盒子边缘轻刮她脸颊。

"东西都买好了，这次准备怎么哄我？"

没开灯，他语气平静到令人心惊。

沈清央睫毛轻颤，手搂上他脖颈："刚才太多人了，都是认识的，我……"

"你不敢是吗？"

她默认。

黑暗里，徐行知笑了："人多你不敢过来找我，午饭是忘记我在公司，去同学聚会也不知道提前跟我说一声，你拿我当什么？"

沈清央胸口随着呼吸起伏，听到这些话，脑子有些蒙。

边柜上的摆件全被他挥手扫开，砸到地面发出沉重声响。她被抱上去，徐行知抽掉领带，绕到身后绑她的双手。

沈清央一愣，下意识地挣扎，然而力量悬殊犹如蚍蜉撼树，眼前人分毫未动，牢牢绑住她的手腕。

她脸色白了："徐行知。"

"怎么不喊哥哥了？"

他低下头，冰凉的手指抬起她的下巴："你不是最知道怎么哄我吗？一次次惹我生气也无所谓，反正撒个娇，亲一下。再不济，做点身体牺牲，我就被你哄好了。"

沈清央心底一凉。

过去那么多年，她其实很少见徐行知真的动怒。

"说话。"他指尖抚上她脸颊。

"哥……"发颤的声音。

无论如何挣扎不了，她生出害怕，想让他冷静点，语无伦次地说："我是真的忘了你在公司，同学聚会是陪孟希去的，我……"

"不是这些，"徐行知嗓音轻得钻入她耳朵，"我问你把我当什么？"

沈清央喘着气呆住。

她看不清徐行知的表情，只听得到他一字一句地说："这半个月以来，你给我发过一条信息、问过一句我的行程吗？我在你聊天界面的第几页？你的同事、朋友，有一个人知道我是你的男朋友吗？

"我给你买的车，你碰了一下吗？"

在她颊边的手指缓缓下滑，掐住纤弱的脖颈。

沈清央唇色发白，呼吸顷刻间窒住。

她摇头，眼泪冒出来。徐行知置若罔闻，额头贴上她的额头。

"男朋友？哥哥？不，你是把我当情人。瞒着所有人，一朝轻易放弃，什么都不用承担。"

他平静如海面的语气下隐隐蕴藏着巨大的风暴，沈清央身体颤抖，想说自己没有这么想。她艰难地出声："不……哥，我喜欢你。"

徐行知闭眼，轻声叹道："到头来，还是只有喜欢啊。"

窗外"轰隆隆"传来雷声，闪电划过的瞬间照亮室内，映出沈清央发抖的身体和蓄着的眼泪。

徐行知直起身，碰了碰她的脸。

他弯腰让她靠在自己肩头，环着她慢慢解开绑着的领带。

"疼吗？"指腹轻揉雪白手腕上的红痕。

沈清央睫毛簌簌抖着，胳膊得到解放，人却仍然被桎梏在徐行知怀里。

他身上依然有好闻的佛手柑味道，却不能抚慰她半分。

没一会儿，他捏着她下巴吻上来。他抱起她，呼吸越来越沉。

交缠的身体压入沙发，两个人的大衣都掉在玄关，房间没来得及开暖气，沈清央肩膀微缩，却并不是因为冷。

徐行知撑在上方，看了她片刻，起身去打开中央空调。

慢慢地，开始有交换的风声。

窗外的大雨停了又开始下。

后半夜，夜雨渐渐休止，沈清央裹着浴巾蜷在床上。

徐行知低头把水渡给她。

他手指抚过衣帽间的一件件衬衣，回眸看了床上的人一眼，最终穿上大衣出门。

凌晨时分，天空深蓝。

徐行知回来的时候，沈清央已经累到睡着。

她困得厉害，被人抱起来时，仍然眼皮沉沉，感觉到他给她换上了一件质地十分柔软的睡衣。

徐行知调高了两度空调。

他靠在床边看她，很想出去抽支烟，又不舍得，于是俯身亲了一下她的眼皮。

微凉的唇，温香的肌肤。

无边风月，温柔缱绻。

只有她浅薄的喜欢，已经不够。

沈清央在闹铃声中醒来。

她艰难地睁了好几次眼睛，浑身上下每一块骨头都软得抬不起来。她清心寡欲好几年，一朝放纵，差点提不上气。

人重新躺了回去。

静谧黑暗的卧室，她脑海中闪过昨晚零星破碎的片段。

沈清央低头看到手腕上残留的红痕，身上恐怕更多，缓了片刻，掀开被子下床，步伐都透着疲倦。

米白睡裙自然滑落，沈清央走出去，露天阳台上有人在打电话，烟味随风飘进来，很淡。

她喉咙干哑得厉害，于是自己去找水喝。温水润嗓，再回头看到徐行知挂了电话，倚着栏杆远远凝视她。

沈清央走过去："要喝水吗？"

晨光铺洒在她身上，黑发白肤，颈间红痕像雪地中绽开的红梅。

徐行知摁了烟，低头捧着她的脸吻下，烟味闯进来，连带着卷走了她唇齿间的湿润。

杯中水微晃，沈清央"唔"了一声，含混地问："我用了你的杯子，介意吗？"

"不介意。"

他吻到深处，退出来："去上班吗？"

她点头。

“别去了。”

沈清央弯眸露出一个纯粹的笑：“我请假耽误的是你们收购案的进度。”

“那就耽误吧。”他解开她睡衣的扣子。

一夜混乱之后，徐行知的动作要温柔许多，薄唇自上至下轻吻。

沈清央在厮磨中煎熬，神志靡靡，忍不住软声念他的名字。

最终，她在汗与泪中沉沉睡去。

昨晚本就没睡多久，窗帘遮住日光让人分不清昼夜，她醒来时摸到手机，屏幕亮光显示下午四点。

徐行知人已经不在，床头柜上留了字条，告诉她浴室里有新的洗漱包。

饥肠辘辘地洗漱完，沈清央叫了个外卖。吃完，她收拾干净，尽力让徐行知的空间保持原模原样的干净。

昨天穿的衣服已经洗好烘干放在床尾，她换好，在手机上问徐行知去了哪里。

他回复公司。

想到他昨晚说的那些话，沈清央推开门准备走人的手一顿，回头瞧了眼天色，试探性地询问：我过去找你？

一路顺畅不堵车，到维斯时，还没到他们的下班时间。沈清央在楼下咖啡店点了杯咖啡等着，弥补昨天没喝到的遗憾。

她端着杯子边喝边用手机看工作文件，耳边忽然听见一声惊呼，紧接着是陶瓷制品“噼里啪啦”砸到地上的声音。

抬头看过去，原来是一个穿着优雅的女人不小心撞倒了杯架，上面陈设的马克杯掉下来碎了一地。

店员着急忙慌赶过来，脸色都白了。

女人淡定地从钱包中掏出一张卡，语气中并无歉意：“抱歉，是我不小心，该怎么赔就怎么赔。”

一桩小意外，沈清央看了一眼，正准备收回视线时，那女人落座她斜对面的沙发，姿态曼妙。

棕色的波浪长发，明艳动人的美貌，比之从前，她身上那股懒散的高傲感更重。

江影摘下墨镜，狭长眼尾瞥过来，看到她，红唇微挑算打招呼。

沈清央慢慢搅了搅手里的咖啡。

不知是不是她想得太多，总觉得江影的眼神有几分莫名的挑衅感。

江影是她所知的徐行知唯一一个女性朋友。

同念初中、高中至大学，甚至她也去了斯坦福念书。

沈清央第一次见她是徐行知毕业那年的暑假，她是他毕业旅行的同伴之一，第二次是她来家里送徐行知落在学校的衣服。

沈清央看向窗外的车水马龙，心不在焉地喝了口咖啡。

等了没多久，徐行知发信息叫她出来。

车在咖啡店外停着，沈清央上了车。徐行知视线扫过她空空如也的手腕，顿了一下才问：“手链怎么不戴了？”

“什么？”

沈清央这才发觉，低头寻找，车里没有。

她仔细地回忆：“可能是掉在你家了。”

“回去再找吧。”徐行知收回视线。

他手搭在方向盘上：“你去哪儿？”

沈清央明显愣了下，脱口而出：“你去哪儿？”

“和陈泊约了吃饭。”他偏头问，“你去吗？”

她点点头。

徐行知没再多说什么，转了方向盘将车开出去。

到地方时，才发现陈泊也带了米米一起。见到沈清央，陈泊依旧笑着打趣：“沈小姐好久不见，没想到还能再见。”

米米跟陈泊亲昵地牵着手，喜出望外地喊了一声“清央姐”。

他们俩是颇为外放的性格，倒衬得徐行知和沈清央话少。吃饭时，米米凑过来感谢沈清央，说自己听她的意见签了另一家MCN，现在发展还不错。

沈清央弯唇：“我看到了，在网上经常能刷到你。”

米米开心一笑，用手机精心拍摄每道菜，然后调色。

她想让陈泊出镜，陈泊不愿。米米便扑到他身上撒娇卖乖，一定要跟他在镜头下秀恩爱。

沈清央专心对付眼前的螃蟹，一转眼，面前递来一盘剥好的。

她偏头，看了一眼神色平静的徐行知。

吃完饭，转至附近的湖广会馆。

依靠短视频的流量，这两年火了不少传统文化。最近网上杜丽娘的仿妆视频盛行，米米作为美妆生活博主自然要跟这个风，于是买了票一起去听昆曲。

灯光四合的剧院唯余台上亮光。

唱的是那出《游园惊梦》。

秀才身段优美，出现在杜丽娘梦中，对她说：“则为你如花美眷，似水流年。”

这不是《牡丹亭》最经典的唱词，更广为流传的应当是题词里那句“情不知所起，一往而深”。

沈清央第一次听昆曲，听得半懂不懂，但因为知道《牡丹亭》的故事，所以还能看下去。

反观嚷嚷着要来看的米米，已经靠在陈泊肩头睡着。

徐行知在座椅下握住她的指尖把玩。

沈清央会意，小声问：“你不想看了？”

他淡淡地道：“听得头疼。”

“那我们走吧。”反正她也是无可无不可。

跟陈泊说了一声，两人半路从剧院离开。走过安全通道时，沈清央的手机振动了一下，孟希给她打的电话。

徐行知靠着墙等她。

“清央，”孟希是问昨晚的事，“后来方衍让人把你的包送去了一个地址，你是搬出来了吗？”

沈清央顿了顿：“没有，那是我哥家。”

“你们——”

昆曲还未结束，漆黑的安全通道无人经过，她抬眸看不清徐行知的神情，静了下，跟好友说：“我们在一起了。”

徐行知闭着眼，在黑暗中发出讽刺的笑。

孟希仿佛受到十万个冲击，很快又觉得理所当然，想追问点什么，又觉得还是要给闺密留点距离感。最后，她憋住，只说：“那记得提醒行知哥，别忘记明天的采访。”

沈清央说好。

挂掉电话，她跟徐行知说了这件事。

他说记得。

陷入诡异的寂静。

沈清央上前一步，抱住男人的腰，仰头问：“你还在为昨天的事不开心吗？”

她迟疑着解释：“你没提前跟我说你要来，我当时真的是觉得，太多老同学在了，一时没反应过来。”

徐行知垂眼，手背轻抚她额边顺滑的头发。

落到下巴，他单指抬起，俯身深吻。

沈清央几乎要在这个吻里窒息。

他松开她，她伏在他胸膛上轻喘着气。徐行知拥着她，语气并无什么变化：“送你回去。”

她脑子有些缺氧发蒙，缓了好一会儿，手指摸上徐行知的手。

有些凉。

她的手指滑入他的指缝，十指相扣。

她仰头，轻声道：“你要是不开心，我可以再陪你一晚。”

徐行知脑袋靠着墙，几乎要笑出声。

一报还一报，他真是自作孽。

他缓缓低头，在朦胧不清的光影里，轻飘飘地说：“好啊。”

借口太好找，说是去出差就可以，沈清央的工作性质本来就是经常全国飞，方琴和徐教授早已经习惯，只是照例叮嘱她照顾好自己。

沈清央拖出个行李箱，收拾了几件衣物放进去。

她出差频繁，有惯用的一套旅行装生活用品，齐齐装入，拉上拉链。

下楼时，看到方琴在煎中药，满屋子飘着药香。沈清央走过去，觉得疑惑：“琴姨，您的中药不是医院代煎直接喝的吗？”

方琴打开药罐盖子，用筷子将药材往下压了压：“这不是我的，是你徐伯伯的，他年纪大了最近睡眠总不好。”

“没有代煎吗？”

方琴叹气：“代煎药效不好。”

爱人之心居然可以到这个地步，沈清央沉默。

她拉着行李箱走出徐家，不远处停着徐行知的车。

"有什么要买的东西吗?"

沈清央摇头:"日用品我都带了。"

车子穿过北城繁华的夜色，在纠缠的吻中开门，沈清央肩膀撞上墙壁，她闷哼一声，听到车钥匙砸落地面的响声。

和上午不一样，徐行知的膝盖抵住她的腿，将她双手桎梏在腰后，吻得很深也很痛。

她生生受着，试图回应，皮肤柔软馨香，渐渐地，似乎感觉到徐行知的动作变缓。

他下巴压在她肩头喘气，没头没尾地突然问:"考上研究生难吗?"

"……什么?"

沈清央沉溺在亲吻中，疑惑地"嗯"了一声，慢半拍地反应过来他说了什么，调出久远的回忆:"还好。"

只是学习而已，有什么难的。

"读研难吗?"

"有点，导师比较烦人，论文写起来也挺累的。"提起那段时光，沈清央还是有话说。

"还有呢?"

还有什么?她又想了想:"室友不太好相处，没有本科的几个室友省事。其中有个跨考过来的，经常通宵打游戏不睡觉，吵得我也没法睡。"

徐行知胳膊环在她腰间，静静地听着。

沈清央停了下，继续说:"后来去实习，我就不住宿舍回家住了。上班之后，我就知道为什么大家都讨厌上班了，比上学真的辛苦好多。"

他低声问:"很难适应吗?"

她点点头:"我一开始的带教律师不是邹律，是一个很……很 Mean 的海归，他经常半夜给我打电话让我改文书，美其名曰自己时差调不过来，以前在国外都是这个作息。"

徐行知闷闷地笑了一声。

情热退却，沈清央后知后觉他们已经在黑暗玄关中以这个姿势说了很多话。她手指动了动，绕上男人的衣角:"你呢?连姨说你欠了很多钱。"

他淡淡地"嗯"了一声。

"为什么那个人会卷款潜逃?"

"我识人不清。"

"那你怎么办?"沈清央设身处地代入了一下，觉得整个人生都完蛋了。

徐行知倒是很平静，或许是因为早已时过境迁:"周先生出钱，跟我签了对赌协议。"

"你完成了吗?"

说完，沈清央又觉得这个问题太傻，自言自语:"肯定是完成了，你怎么会做没有把握的事。"

房间幽幽地淌着柔和的月光，徐行知埋在她颈间，呼吸潮热:"你还记得新泽西那家射击馆吗?在很长一段时间里，我不断地反复练习，都做不到正中靶心。”

沈清央微怔。

“央央，”他拢起她的手，搁到自己心口，缓缓地轻声说，“哥哥不是事事都做得到。”

那条红玉髓手链掉在了枕头后的缝隙里。

沈清央洗完澡出来，徐行知已经替她找到。床头有一盏蔚蓝色的胶囊形台灯，模拟海洋的质地，光线在透明玻璃中飘浮。

他拉过她的手，耐心又细致地替她戴上。

沈清央长发半干不干地披在肩后。

昏暗的卧室内，男人乌睫下的阴影朦朦胧胧。

只是对视一眼，彼此眸光都微动。

徐行知掌心圈着她的手腕，台灯灭掉，床榻间两人无言。

第二天去上班，不知是不是一语成谶，维斯要收购的那家公司忽然被爆出债务方面的问题，他们整个三方团队都要同时赴那家公司的苏州总部。

晚上，沈清央把从行李箱中拿出的东西一一放回去。

徐行知挂了电话走进来，从背后抱住她。

她用的是自己带来的洗浴用品，皮肤和发间散发着独属于她的淡淡柠檬香。

沈清央在叠衣服，偏头：“你身上好凉。”

“刚才在阳台打电话。”

徐行知拨了拨她的耳垂：“明天要去苏州？”

“对呀。”

他单指抬起她下巴索吻：“住哪儿？”

“唔……不知道。”沈清央靠在他怀里，“看你们公司行政的安排。”

次日去机场，沈清央才知道徐行知也要一起去。

他去见对方负责人，只是不是同一个航班。飞机上，沈清央和于卓然的位置在一起，没法玩手机，两人索性聊天打发时间。

于卓然问她，女生生气了，要怎么哄?

“你女朋友？”

“对。”不久前刚谈的，于卓然幸福到苦恼，“她跟我闹脾气，说我工作太忙，出差太多，没时间陪她，简直像谈了个假恋爱。”

沈清央觉得对方说得也有道理：“最近是挺忙的。”

“所以啊，她跟我冷战好几天了，我总不能辞职吧。”

于卓然虚心求教：“沈律，你们女孩子最懂女孩子，这应该怎么哄？送礼物，说好话？”

“这……”沈清央迟疑。

她说不出来，虽然有一点能理解对方，但她没有过这样的想法和经历，所以并不能作为女生感同身受地给出解决办法。

于卓然误以为她不好意思说，于是补充道：“没事沈律，你随意说，我随便参考一下。”

沈清央不太确定地给出意见：“或许你送她喜欢的东西试试？”

“送过了。”于卓然无奈，“她喜欢的包包和香水都买了，但她还是不高兴，说自己又不是贪图这些东西。”

“那我就不知道了。”她爱莫能助。

于卓然笑着叹了口气，转而跟沈清央聊起别的：“你和怀金的盛钧是同学吗？”

“大学校友。”

“他追过你？”

“以前的事了。”

沈清央对这个话题兴致缺缺，简单聊了几句后，空姐来发放餐食。她上飞机前在徐行知家吃过他煮的东西，于是掀了掀盖子又合上，只喝水。

她托着腮对着窗外的云层发了一会儿呆。

“于律，”她回头，想了想问，“你女朋友跟你闹脾气，你会觉得烦吗？”

于卓然正吃着饭，闻言被呛到：“她跟我闹闹脾气，我就觉得烦，那我也太浑蛋了。”

“你喜欢她跟你这么闹？”

“那倒也没有喜欢。但是她肯定是因为爱我才跟我闹，哪天不闹了，不就是不爱我了吗？”

沈清央出神。

苏州没有机场，飞机落地邻市后转了高铁，一行人直接拖着行李箱去驻场公司。

徐行知在北城那边还有事，要晚上才能到。

一下午都忙着开会看合同，晚饭时直接订上来的工作餐，沈清央目不转睛地盯着屏幕，一边翻文件一边划动触摸板，面前冷不丁落下一个阴影。

“吃饭了。”盛钧拉开她对面的椅子，把盒饭搁到她面前。

“谢谢。”

“你也太认真了。”他感慨，“我都没你这份专注力。”

沈清央笑笑：“这么大标的的收购案，怎么能不认真？”

“我还以为是因为徐总是你男朋友，自家事总得更上心。”

她打开盒饭的动作顿了下，没应这句话。

盛钧歪头问：“生气啦？”

“盛总，”沈清央语气变淡，“我们是在工作。”

“现在不是休息时间吗？”他笑，“我只是觉得他不太适合你。那天中午他来开你的工作电脑，后来又……你性格好，不考虑考虑更合适的人吗？”

说完，气氛变得安静。

其实盛钧也不知道自己为什么要到她面前说这番话。或许是校园时期的白月光太美好，又或许是这些年的不甘心作祟，这种心理，在看到她男朋友原来是徐行知之后变得更盛。

谁说男人没有嫉妒心？处处比较，处处比不上。

沈清央看了盛钧一眼。

她合上电脑，直视他，平静道：“盛总，在我面前诋毁我男朋友兼你的甲方老板，似乎不太合适吧。”

盛钧笑容微僵。

沈清央慢慢地又补了一句：“他好不好，也轮不到你来跟我说。”

说完，她端着盒饭出去。

苏州菜偏甜，沈清央靠着窗吃了几口便合上。想了想，她打开手机给徐行知发信息问他到哪儿了。

他很快回：车站。

接着，他又补了一句话：你们几点结束？

沈清央：八点应该可以结束。

聊天框上方的“对方正在输入”闪了一会儿又灭掉。

她动动睫毛：你住哪个酒店？要我跟你一起吗？

这次他问：你想来吗？

沈清央：我都可以。

这句话发出去，那个灰色头像沉寂了好一会儿，最后，撂来淡淡的几个字：八点去接你。

吃完饭，大家晚上的工作效率比白天高，没到八点便完成了收尾工作。

沈清央没随同事们一起拼车回酒店，自己在公司楼下等徐行知。

随便走了走，附近有条夜市小街。沈清央在一个手绘书签的摊位前停下，饶有兴致地看那些挂着的长方形书签。

摊主爷爷正低着头轻描细绘，招呼道：“姑娘，二十元一张，三十元两张。”

沈清央弯腰仔细看绘画过程，突然冒出个念头：“能定制吗？就是我说您画。”

摊主乐呵呵道：“当然可以。”

于是，她让摊主画了对岸青绿色的河景，自己亲自拿毛笔蘸墨，在边缘写了一行小字：知行合一，笃行致远。

徐行知的生日在下个月，他什么都不缺，她也没什么能送的，不如送这种有留念意义的小玩意。

右下角还剩一小块空白处，是留给“生日快乐”四个字，她想等到他生日当天再写。

付完钱，手机就来了条信息。

沈清央照着位置找到打着双闪的轿车，坐进副驾驶座。徐行知正在和电话里的人沟通工作，等她拉好安全带，他转着方向盘开车。

这通电话中途短暂挂断，到酒店又继续。

徐行知住的是套房，有卧室和单独的工作空间，他脱了外套去开视频会议，沈清央则去洗澡。

不幸发现生理期造访。

沈清央裹着浴巾出来，给服务台打电话要卫生巾，肩头忽沉，落下一件还带着热气的外套，转身被徐行知抱进怀里。他蹙眉："怎么不穿好衣服再出来？"

她抿唇，不知道该怎么说。

"怎么了？"

沈清央耳朵红，在他臂弯里，别别扭扭："我等前台来送卫生巾……"

徐行知怔了两秒，嘴角微弯："我去帮你买吧。"

"不用……应该快送上来了。"

"万一他们送的不是你平时用的牌子。"他在她嘴角亲了一下，"我去买。"

话都说到这份上了，沈清央点头答应。

酒店里空调开着，其实并不冷，沈清央正准备回浴室继续洗澡，搁在床上的手机响了。一看是沈父的电话，于是她接了起来。

"清央，睡了吗？"

"还没。"

沈崇已经挺久没给她打过电话，照例关心了几句身体情况后，笑着说："今年爸爸回家过年，到时候我们可以一起去你奶奶家。对了，爸爸给你买的天瑞府那套房子交付了吗？"

"还没，下个月。"

沈崇点点头："那你看看找个家装设计师，买点喜欢的家具，不用在乎钱，爸爸给你出。"

因为从小缺少陪伴，愧对女儿，所以沈崇一直试图用金钱补偿。

沉默几秒，沈清央笑："您这些年给了我不少钱了，我自己工作也有存款，够的。"

"那就好。"沈崇又想起另一桩事，"你也别光顾着工作，有时间谈谈恋爱，你年纪也不小了，爸爸想看到你成家。"

她笑容不变地说好。

远隔万里，沈崇也没办法真的操心她的感情问题，叮嘱了几句注意身体后，挂断电话。

沈清央放下手机，转身回去洗澡。

徐行知回来时，不仅给她买了卫生巾，还顺带了一碗红枣雪蛤粥当夜宵。

她胃口不佳，只吃了半碗就躺着休息了。

睡得迷迷糊糊的时候，忽然觉得腹部不舒服，沈清央难受得皱起眉。

徐行知刚洗完澡，掀开被子把人抱到怀里，温热掌心覆上她小腹，轻轻揉着。

温度传到身体，沈清央睁开眼。客房昏黄的光线里，男人眉间因为工作繁忙染上淡淡的疲乏感。

她盯着他的面庞，盯到徐行知垂眼看她。

"哥，"沈清央轻声问，"你喜欢我这样腻着你吗？"

徐行知凝视着她认真的小脸。

"虽然我觉得会打扰你休息……"她枕在他肩头，打了个哈欠，后半句的呓语消弭于沉寂的夜色中。

徐行知闭上眼，静了一会儿，下巴抵着她头顶，嗓音温柔："睡吧。"

因为生理期，沈清央一连两天都是恹恹的。

徐行知跟项目负责人提了句不让驻场的人加班，每天傍晚接沈清央去吃饭，而后在街边散散步，再回酒店休息。

她不住项目组安排的酒店，于卓然好奇问过，沈清央如实告知他自己男朋友在。

十月底的北城至寒，南方却还是暖融融的，除了早晚要加件外套，白天只需穿件薄衬衫。

除去那年毕业旅行，沈清央这两年偶尔也会来苏州出差，但每次都忙于工作，很少有这么偏清闲的项目。

不加班的后果就是，原本计划十天能完成的尽调拖了半个月。

苏州园林中的翠绿之色也随着降温变得青黄。

十一月初，沈清央结束了手头的任务，余下的交割已经不再是她的工作，徐行知还要再待几天。收拾行李的时候，她摇晃那些瓶瓶罐罐，剩得不多的直接扔了，省得占用行李箱空间。

这几天突然降温，她原本带来的衣服不够御寒，行李箱里多了几件新买的毛衣。

行李箱合上，一只手凭空出现帮她压住，拉上拉链提了起来。

沈清央顺着站起来，偏身落入男人的怀抱。

她搂住他的腰，感受徐行知身体的温度和心跳。

“你会想我吗？”

沈清央仰头，嘴角的梨涡漾出纯然的笑：“会。”

徐行知轻轻地掐了下她两颊的软肉。

这段时间以来，她做得极好，将他设为联系人置顶，主动联系他，同事问起也坦然承认自己有男朋友。

其他方面，也几乎算得上予取予求。

他知道，她一贯是认真的好学生，将他那天气头上的质问都铭记于心，一条条履行。

徐行知环着怀里柔软的身躯，力道越收越紧，低头咬住她唇尖。沈清央抬手勾上他脖颈，主动回了一个亲密的吻。

良久，他贴着她额头，五味杂陈地闭上眼：“我送你。”

回北城后，沈清央抽时间去林家吃了顿饭。

庄敏对没能给女儿过生日一直感到很愧疚，恰好那天林潮生不在家，于是张罗了一桌好菜，把林清宇叫了回来。

沈清央在苏州的丝绸店买了两条刺绣披肩，一条给方琴，一条带来给庄敏。庄敏受宠若惊地打开，藕粉色的披肩绣着荷花图样，淡雅又不失精致，一摸便知是好东西。

“很贵吧？”庄敏对着镜子试了试，不舍得披，又取下来放在腿上叠。

“还好。”沈清央说，“您喜欢就好。”

庄敏眼角的皱纹随着笑泛起："你买的妈妈当然喜欢。你和小宇都是懂事的孩子，小宇工作发第一个月工资的时候，也给我买了件大衣。"

说着，她打开衣柜给沈清央看那件大衣。

沈清央没什么笑意地弯弯唇。

庄敏似乎也察觉到不对，连同丝巾一起收了起来。坐回床边，她拉过女儿的手说体己话："清央，你不要嫌妈妈烦，妈妈想问你，最近交男朋友了吗？"

"您怎么想起来问这个？"

庄敏仔细观察女儿年轻漂亮的脸："妈妈记得你也二十六岁了吧，女孩子的青春没几年。我们清央这么漂亮，平时追你的男生不少吧？就没有看得上的？"

沈清央笑容弧度不变，微微垂下眼皮。

庄敏不豫地皱起眉："你爸也真是的，在国外这么多年，光顾着他老婆和孩子，也不知道操心操心你的事……"

她絮絮叨叨说了很多，意识到一直没回应，于是喊了一声"清央"。

"嗯？"沈清央抬起头。

"妈妈跟你说的，听到了没有？如果有品行端正的男孩子，可以试着相处一下，谈恋爱结婚。"

"然后呢？"

"什么然后？"

沈清央轻声道："然后像您和我爸一样，互生怨怼再离婚吗？"

庄敏整个人明显一愣："你怎么会这么想？我和你爸爸是因为感情不和才分开的，你可以找一个互相喜欢的呀，这样……"

沈清央平静地听着，没有再反驳。等庄敏说完，她露出一个笑，说好。

不知几分真几分假。

不是从小养到大的孩子，母女之间并不亲近，庄敏在心里叹一口气，也不好再说什么。

饭毕，沈清央从林家离开。

她开着徐行知给买的那辆车，这些日子车技已经熟练不少。等红灯时，她瞥到路边一家蛋糕店，忽然想到今天是十一月十五，徐行知的生日。

昨晚睡前通电话时，他说不出意外，应该是今天下午回来。

掉头停了车，沈清央进店挑蛋糕。

他不爱吃甜食，杧果过敏，巧克力腻腻的也不喜欢。左挑右选，最终在店员的建议下，买了抹茶口味的蛋糕。

给徐行知发信息问航班时间，他没回，于是沈清央直接开车回了家。

哪知道在家门口遇上，司机下车，徐行知从后座换到驾驶座，把车开进车库。

沈清央倒车不太行，多试了两次才成功停进去。

下车，手被人牵住。

她吓了一跳，一只手还拎着蛋糕，条件反射地看入户门，好在门关着，没人能看见。

徐行知低头吻了吻她："怕什么？"

气息拂过，沈清央敏感地察觉：“你喝酒了？”

他“嗯”了一声，手指轻拨蛋糕盒子：“给我买的？”

“不然呢？”沈清央在说话间，费力地把手指从他掌心里抽出，弯眸笑了笑，“生日快乐。”

她笑得真好看，徐行知手指想去碰碰那眉眼，然而沈清央转身三两步上了入户台阶，他的手落空。

两人一前一后进入客厅。

徐教授和徐行恪正在下象棋，听见动静，徐教授笑了：“哟，这么巧，你们俩一起到了。”

徐行恪走了一步象，偏头温和道：“清央也买了蛋糕，我上午出门去买过了。”

天气冷，北城已经开始供地暖。沈清央打开冰箱，里面果然放着一个蛋糕，也是抹茶口味。

她无奈地笑：“巧了，我和大哥买的还一样。”

“你们兄妹心有灵犀。”徐教授思索着眼前的棋盘，招手，“行知，过来。”

楚河汉界两旁的棋子正在厮杀。

陷入僵局，徐教授呷一口热茶，看了一眼徐行知，不悦：“怎么又喝酒？”

“同学订婚。”

“哪个同学？”

“您不认识。”

他回答的口气淡淡的，徐教授倒也不在意，反而被提醒想起另一件事：“说到同学订婚，你们俩年纪也不小了，一个也不带女朋友回来，是等着我给你们介绍相亲吗？”

徐行恪笑着岔开话题：“爸，您喝茶。”

“我喝什么茶？”徐教授“啪”一声合上茶杯，皱眉，“隔壁裴家都抱孙子了，你们倒好，一个比一个专注事业。”

徐行恪仍然笑着：“爸，您也知道我关键期就这两年，结婚恐怕会节外生枝，不太好。”

徐教授想想他的话也对，男人的好处就在这儿，不急那一两年。于是他转头问徐行知：“那你呢？”

徐行知单手掀茶盖，缓缓刮着浮沫，眼也不抬：“您操心我干什么？我又不是没有女朋友。”

徐行恪指腹按着棋子，止步不前。

徐教授闻言一喜：“你有女朋友，什么时候谈的？怎么不带回来见见家里人？”

徐行知神色平淡：“有什么好见的。”

“你说的什么混账话！”

他嘴角微扯，慢条斯理地道：“再说了，也许人家不愿意见。”

徐行恪盯着棋盘上的布局，已经到了死局，他和对方，都无路可解。

身体慢慢靠向竹椅，他温笑看着徐行知，口气一如关心弟弟的好兄长：“不知道是什么样的女孩子？”

徐行知支着脸，唇边笑意淡薄："她吗？不好说，漂亮，也蛮讨人喜欢。我相信大哥也会喜欢她的。"

徐教授说："你觉得好，那咱们全家都会喜欢的。改天定个时间，一起吃个饭。"

"还有清央。"徐教授回头，见沈清央早已经不在客厅，"你们两个当哥哥的，身边要有好的男孩子，也给清央介绍介绍。"

徐行恪说好，一颗一颗地把棋子收回棋盒中："我单位最近新调来了一个男生，和清央年龄相当，家世、长相、性格都不错。"

徐教授来了兴趣："哦？那可以介绍他们相个亲。"

"我把资料拿给您看看。"

徐行知捏着茶盏，笑意微凉。

楼上卧室，沈清央回了几条工作信息，拉开抽屉，拿出那张在苏州买的手绘书签。

彩绘的碧绿河岸若隐若现，她的毛笔字写得不如摊主写得好看，勉强只能算工整。

她提起钢笔，认真地在空白处补齐"生日快乐"四个字。

末了，落款时间和央央。

沈清央拎起一角吹了吹，等墨水干。

"咚咚——"

两声敲门声响起。

她把书签反扣在桌上，刚起身，徐行知便推门而入，走过来一手搂住她的细腰，低头吻住她的唇。

并不算太温柔的吻，茶香和酒气齐齐闯入，在唇齿间纠缠。

沈清央"唔"了一声，双手抵在男人的胸膛推拒。

他将她两只手反扣在身后。

沈清央察觉他不太冷静的情绪，试图用温柔的回应抚慰，然而效果不佳，良久之后，徐行知才放开她。

他下颌抵在她颈窝喘气。

她缓了缓："喝了酒不舒服吗？要不要休息一会儿？"

他不说话。

沈清央看向轻合的房门："你过来的时候，徐伯伯和大哥看见了吗？"

"看见了。"

她心里一紧："你怎么解释的？"

徐行知松散的嗓音落在耳边："说想你，上来跟你接吻。"

"徐行知——"

徐行知的手指抚上她微皱的眉头："央央，跟哥哥下楼好不好？跟他们承认我们的关系。"

沈清央知道他没有说，深吸一口气，她放软语气："你今天不开心吗？"

他沉默地看着她。

“哥，”她想了想，抱住他，“今天太突然了，又是你生日，我们还是——”

“生日过完呢？”徐行知嗓音轻凉，“你打算什么时候承认？明天、后天，还是你根本没想过？”

他如此直接地要她给出答案，沈清央怔住：“一定要逼我吗？”

尖锐的刀蓦地扎入心口，连说话都涌出血淋淋的疼，徐行知捧起她的脸，很慢很慢地问：“你爱我吗？”

死一般的寂静。

吸顶灯明明暗暗闪烁，几秒之后，整座房子陷入黑暗。

沈清央听到阳台外远远传来的骚动。

她声音轻得虚无缥缈：“哥哥想要什么样的爱呢？把你置顶、主动报备询问行程、跟同事和朋友承认，哥哥还有什么不满意的，我都可以照做。”

一字一句如此清晰，钻心剜骨。

徐行知嘴角浮起机械的弧度。

报应。

他什么都教了，唯独忘了教她怎么爱自己。

沈清央踮脚，喃喃：“你喜欢我，我也喜欢你，没有任何责任和压力，这样不好吗？”

人被重重压上桌沿，梳妆台微震，放在边缘的彩纹小胆瓶应声落地，响起四分五裂的碎裂声。

徐行知捏住她下巴，颤着嗓音：“你是这么想的？”

沈清央眼角微红：“你想要什么呢？想结婚，想我全身心地爱你、依赖你。哥哥，你有没有想过，如果有一天你不爱我了，意味着我要同时和整个徐家划清界限了。”

她推开他，眼泪倏然滚落，嗓音颤抖：“我不想再被人抛弃一次了。”

二十多年人生，两度被放弃，爸爸妈妈都各自有了新的家庭，她是夹在中间多余的累赘。

沈清央蹲下身捡瓷器碎片，视线模糊又昏暗，只能用手摸索。有人握住她的手，先一步去捡。她想抽出，奈何力道太过强硬，胸口不断起伏着，压抑的声息仿佛一根无形的丝线，在两端被紧紧撕扯。

绷到极致断开，裂出通红的眼眶。沈清央身体僵住，眼泪翻滚着滑落。

徐行知单膝跪在她面前，指尖被瓷片划出伤口，她哭到上气不接下气，脸埋在他颈窝里。

越来越多的眼泪浸湿她衣领，烫入心口，像那年在景山上一样。

沈清央哽咽着，心脏被挤压，连绵不绝的痛，她紧咬牙关：“哥哥知道吗？我从小期待过很多事，我期待他们不要吵架，期待爸爸能来开家长会，期待妈妈不要离开我。可是我期待到最后，都还是落空。

“我不能怨、不能恨，因为他们为自己，都是对的。”

泪眼蒙眬，她将积郁了多年的泪宣泄而出：“他们每一个人都对我说过永远。”

人心易变，镜花水月。

他众星捧月，很多人爱他，这里是他的家，他有很多退路。

她根本不敢，不敢爱他。

可是，他为什么要对她那么好呢？

徐行知指尖滴着血，定在无边黑暗里，强压下喉间腥甜，声息颤着，轻得仿佛压不住一缕风，又仿佛重逾千斤，一个字一个字地说：“哥哥不会。”

这世界万事万物皆有情由。

唯独爱与恨没有。

身体骤然脱力，沈清央混混沌沌地抬眸，心口像被从深处扼住。

他抬手，擦掉她颊边涟涟的湿润，缓慢而沙哑的嗓音，陷入沉沉的黑夜中：“央央，我拿后半辈子跟你赌，信我一次好不好？”

院子里，远远传来方琴和物业电工交谈的声音。

不一会儿后，光线重新亮起，照亮一室狼狈。

看到地上的碎瓷片和血迹，沈清央如梦初醒，手忙脚乱地拉开抽屉翻找消毒棉签和创可贴。

徐行知慢慢起身。

沈清央掰开棉签，捉住徐行知的手指，给他消毒的时候，手都在抖。

她深吸一口气，努力让自己镇定。

止了血，贴上创可贴。徐行知全程一言不发，待沈清央抬头时，他掌心托住她的脸，指腹微蹭她脸上的泪痕。

极度克制的力道。

四目对视，徐行知眸底情绪未消。

沈清央眼睛和鼻尖泛着红，她攥紧手里的创可贴外包装，窸窸窣窣的声音拨动过分沉寂的空气。

片刻，他闭了闭眼，松手。

“我们冷静几天吧。”

门被推开又关上，脚步声在身后远离。

沈清央站在原地，良久，她弯腰捡起那些碎瓷片。

梳妆台上还倒扣着刚写好的书签。

兵荒马乱的生日，她深吸一口气，靠着椅背，失神沉默。

两天后，徐行知因事飞上海。

他心情不佳，虽然不至于影响工作，但没心思赴别人的应酬，下午开完会便回了酒店。

在健身房里待了快两个小时，洗去一身疲惫后，时间尚早，徐行知独自一人去了顶层的露天酒吧。

黄浦江夜色如醉，密密麻麻的人流交织在霓虹中，看得人兴致索然。一杯酒没喝完，他接到陈雪的电话。

“徐总，您在房间吗？褚总有资料让我交给您。”

徐行知转了转杯子：“这就来。”

陈雪在套房门口等了不到十分钟，楼梯转角出现男人清挺高挑的身影。因为暖气足，他上半身只穿了件深色毛衣，从铺着厚厚地毯的静谧长廊中走来，让人无法移开目光。

她偏身退后一步。

徐行知抬手刷开房门。

陈雪跟着进去，把怀里抱着的资料放下：“这是下周发布会的最终流程，褚总说请您再看看有无问题，也好叫人再改。”

“知道了。”徐行知拎到手里，长腿交叠在沙发上坐下翻看。

过了一会儿，面前身影还未消失，他抬头：“还有事吗？”

陈雪立于圆木茶几旁，一身职业装身形窈窕，顿了顿，她微笑道：“没事，只是突然想起前些日子沈律帮了我，我还没跟她道谢，不知道什么时候能回北城请她吃饭。”

文件搁于膝上，徐行知淡淡地抬眸。

陈雪被他这一眼看得掌心冒汗。

徐行知翻过一页，语气平静：“陈秘书，你很聪明。但如果一味地把聪明用于窥探上司的私事上，只会得不偿失。”

陈雪静了一瞬，转身悄然离开。

在上海待了几天，回北城时赶上初雪，飞机延误，深夜时分才缓缓降落。

徐行知回家睡了一觉。

从苏州回来后，他没在北城待多久，因此也没动这里的东西，保洁只打扫，所有物件都留在原本的位置。

鞋柜里粉色的女式拖鞋，浴室洗手台上被用过几天的牙刷和毛巾，衣柜里没带走的睡衣……她不过在这里住了几天，就无孔不入地留下痕迹。

徐行知转身，目光投向深灰色的床品。

洗浴用品和皮肤留下的香气早已随着时间流逝消散得一干二净。

他面无表情，松了领带，转身去客房睡。

第二天，徐行知和关柏言一起去一个慈善拍卖。

某个老总太太办的，为附庸风雅，特地选在积雪这天，还请了个评弹班子。

红墙黛瓦里吴语袅袅，徐行知懒得说话，连敷衍人的心思都没有，坐到角落有一下没一下地翻拍卖册。

关柏言端来茶：“沈小姐呢？不带过来玩？”

徐行知抬头瞥了他一眼。

关柏言眉毛微挑，从这神情里品出几分味道：“闹别扭了，还是人家不理你了？”

徐行知收回目光。

徐行知的长相和性格，让他的女人缘一向好，难得三番五次看见他因为同一个人吃瘪。关柏言边乐边安慰：“情场失意，事业得意，你也别太难过了。”

他坐下来，又说：“真闹别扭你哄哄呗？姑娘家家都心软，有什么难的？”

徐行知合上拍卖册：“你再说话，我不奉陪了。”

“别别别，这大雪天上哪儿去？”关柏言斟茶，“今天有不少我感兴趣的古玩，陪我掌掌眼。哦对了，上次你拍的那个彩纹胆瓶，我刚才还看见了一个几乎一模一样的。”

“在哪儿？”

关柏言倾身把拍卖册翻了几页，手指轻点：“你看，是不是特别像？我看过来历了，应该是同一批烧制的。”

徐行知视线停了两秒。

在他恍神的工夫里，一道女声柔柔落地：“行知。”

来人拢着羊绒披肩，长发蓬松，关柏言被惊艳了一瞬：“这位是？”

江影扬唇，不请自来地坐下：“我刚回国，关先生不认得我也是正常的。万德集团的董事长是我爸爸。”

平常交集不多的企业，关柏言反应了一会儿，从人际圈中调出一个认识的：“江盛是你……”

江影笑容微淡，平声道：“我哥。”

“那就认识了。”关柏言笑，“我和江总有过一面之缘，只是没听他说起过自己还有个妹妹。”

江影维持礼貌，神情不屑。

徐行知手指心不在焉地轻点滑凉的纸面，听到江影跟他说话，略微回了一点神。

关柏言：“你们认识？”

“老同学。”江影看着徐行知，“好久不见，听说你前段时间回加州了，怎么都不跟我说一声？”

“没待太久。”徐行知打开手机。

见他的注意力不在自己身上，江影眉间掠过不开心：“没关系，以后可以常见了。”

手指下滑，停顿。

徐行知看到裴亦昨天发的朋友圈。

餐厅的食物照，从裴亦的角度拍到对面握着筷子的素白手腕，那一叶红玉髓在灯光下颜色明亮刺眼。

屏幕左上角的时间无声无息滑过一分。

距他们上次在家里见面冷战，已经过去整整一周。

初雪飘了两三天才停。

沈清央和孟希坐在摆满各色瓷器的工作室里，看男人戴上手套，一块一块地查看摊在布上的碎瓷片。

工作室灯光暗，原木色显得空间更加沉寂。孟希忍不住先开口：“表哥，能修吗？”

那天把碎掉的胆瓶收好，沈清央就想起孟希好像有个表哥是做古玩修复的，于是托孟希问了问。谁知对方当时去了南方参加行业聚会，一直到昨天才回来。

雪一停，沈清央就迫不及待带着东西上门。

孟希表哥是个慢性子，扶了扶眼镜，给出回答：“能修，你要素修还是金缮？”
沈清央和孟希齐齐蒙住。
他指指墙边两排木柜：“银纹是素修，金纹是金缮。”
两者相比，金缮将残缺处修出别样的美，且看上去更加精致，沈清央毫不犹豫地选择了金缮。
孟希表哥点点头，用布将碎片包起来，起身慢慢往楼上走。
“表哥——”孟希喊，“要多久啊？”
轻飘飘的声音落下来：“短则六个月，长则一年。”
沈清央人都呆了几秒。
她没想到要这么久。离开工作室，两人在附近找了个地方吃饭。孟希安慰她：“古董嘛，难免要精细些。”
短暂的震惊后，沈清央也恢复理智，点点头：“没关系，我可以等。”
“这瓶子看上去不便宜啊。”孟希问，“你多少钱买的？”
“不是我买的。”
“那是谁？行知哥吗？”
沈清央默认。
孟希肉疼：“怎么摔了？他生气了没？”
他的确生气了，但生气的恐怕不是因为这个。
沈清央低头搅了两下吸管，热饮冒出雾蒙蒙的气，一如她这段日子的状态。
睡不好觉，一闭上眼就是徐行知。
他的人、他的声音、他颤着的呼吸，以及渐渐平复的那句——
“我们冷静几天吧。”
然后就真的冷战到现在。
她不主动找他，他也不来联系她。
沈清央如常上班，偶尔和裴亦吃饭，可是每天晚上回到家，Ewelyn 的存在都会让她再多想一次徐行知。
她没有经历过这种事。
大学时期的徐行知远比现在要好说话，几乎万事不跟她计较，撒个娇也就完了。
沈清央的嘴唇搁在杯壁边缘出神，孟希点完菜，合上菜单：“你想什么呢？”
“嗯……”
沈清央视线失焦，脱口而出：“希希，你想过结婚吗？”
孟希被呛到：“你跟徐行知都打算结婚了？”
“还没有。”
“那你怎么突然问这个？”
“只是好奇。”沈清央抬眼，“那你对婚姻有期待吗？或者说，你害怕吗？”
孟希支脸：“期待？还好吧。害怕倒是没有。我爸妈感情还挺好的，但我姑姑就遇人不淑了。所以，我觉得还是要看人。”
沈清央慢慢地点头，表示赞同。

孟希微微思索："我其实想找我爸那样的男人结婚，如果实在没有，就找一个我爱的，或者是特别爱我的，这样才不亏。"

人生苦短啊。

和孟希分别时，外面的大雪停了。雪路难行，沈清央没开车，踱步慢慢往地铁站走。

冷风吹着，吹得人越来越清醒。

雪天等地铁的人比以往还多，她不赶时间，就找了一张长椅坐下。

手机接连振动，沈清央打开微信查看，见是林竹拉的那个吃瓜小群一直在冒出新的红点。

这群最开始只有她、林竹、蒋姝三个人，后来林竹陆续又拉了几个，就变成了八卦群。

沈清央很少在里面发言。

林竹：[聊天记录]

林竹：[聊天记录]

林竹：速看！

沈清央随手点开，眼皮一跳。

最上方是一段视频，酒店走廊的监控。一男一女进了同一间房，根据左上角的时间水印，一个小时后，女人推门出来，还抚了抚自己的领口。

即使人脸打着马赛克，沈清央也轻易辨认出是徐行知和陈雪。

聊天记录里都在讨论是维斯哪位高管潜规则，也有不少见过的人认出是他。

情色绯闻永远最能引起人们的好奇心和讨论度，这边群里林竹和几个人也聊得热火朝天。

年轻清贵的知名人物，徐行知行事低调，或许不为普罗大众所熟知，但跟科技金融圈沾点工作关系的人却是无人不知无人不晓。

他一向爱惜羽翼，名声极好。

沈清央脸色微变，甚至都没看完，行动先于想法一步拨通了徐行知的电话。

"嘟嘟"两声，电话接通。

她大脑一片空白，急切道："你在哪儿？"

"咚——"耳边一声台球入洞的声响。

男人不紧不慢的口吻："你要来找我吗？"

台球室。

球一个个被击落袋中，光线昏暗，房间寂静。

关柏言推门而入，看着眼前往球杆上抹巧克粉的人，又气又好笑："你倒是气定神闲，外面都快翻天了。"

清了最后一个球，徐行知直起身："外面雪大吗？"

"早停了。"关柏言说，"你的流言倒是闹得挺大的。"

这事来得意外又突然，视频据说是从维斯内部传出。关柏言也是来之前才从下属那儿听说，没想到正主比他清静。

"到底怎么回事？酒店的监控怎么会流出来？"

徐行知落座沙发：“你问我这个受害人？”

“不然我问谁？”关柏言也坐下，“那视频女主角是谁啊？我怎么看着有点眼熟？”

“陈雪。”

“褚少云的秘书？”

徐行知说是。

关柏言忍不住在心里“啧”了一声。

褚少云的秘书漂亮到圈内尽人皆知，没想到和她传流言的不是褚少云，倒是徐行知。

他不解：“他的秘书怎么会跟你扯上关系？什么时候的事？”

“上周。”徐行知言简意赅，“出差住在云会的时候，她来给我送了趟文件。”

“送文件送了一小时？”关柏言恍然，“视频是假的？”

徐行知淡声道：“倒也不是完全假的，只是时间水印动了点手脚而已。”

陈雪进去再出来最多不超过三分钟，视频里改成了一个小时。

听到这里，关柏言放下心来：“既然是假的就好办了。云会酒店不是万德旗下的产业吗？你和那位江小姐既然是老同学，找她调段原本的监控视频，还不是轻而易举。”

徐行知眉目不动，笑都懒得笑：“的确是万德旗下的产业。”

所以，酒店监控为什么流出来。

闻言，关柏言神情微顿，变得微妙：“是她？她图什么啊？”

他回想起那位明媚倨傲的江大小姐，戏谑道：“我昨天才见过江盛，他说他妹妹自小被家里宠着长大，性格骄傲。她给你惹出这么棘手的麻烦，该不会是想让你去求她吧？”

除了情债，关柏言实在想不到其他的理由，万德和维斯的公司业务向来没有任何交集，只能是私人恩怨。

徐行知波澜不惊：“没可能。”

他平生最恨受人威胁，更何况对方手段如此拙劣。

关柏言抱着看好戏的心态，知道江影一定得不偿失了。虽然认识不久，但他很清楚徐行知的性格。

他的让步，只对他愿意和在意的人。

“那你打算怎么——”

话没说完，包厢门忽然被敲响。

穿白衬衫、黑马甲的服务生推开门：“徐先生，楼下有位姓沈的女士找。”

风雪停歇，台球厅一楼的暖气出了问题，工人正在维修。前台给沈清央端上一杯热水，请她稍等。

沈清央道谢，接过热水抿了一口。

一路过来，她原本发热的头脑渐渐冷静。翻看着群里那些对徐行知的讨论，知道再着急也没办法立刻让流言消失。

只是不知道，他怎么样了？

她相信徐行知能解决，但遭此无妄之灾，难免心烦。

更重要的是，整整十天，他们之间没有只言片语的交流。

那天在徐家话说到那个份上了，彼此之间都陷入了僵局。徐行知这一步退得彻底，留给她想清楚的空间。

沈清央垂眼，手指微微摩挲腕上的那条手链。

她很少戴饰品，这条手链却从戴上那天起就没摘下。轻飘飘的软金属绕成一圈束缚在手腕之上，也像一同束缚住了脉搏和心跳。

发呆的时候，她习惯搭上去抚摸。

轻轻吐出一口气，沈清央收敛思绪，服务生刚好走到她面前："您好，我带您上去。"

她说好，放下热水，跟服务生上楼。

刚走没两步，迎面遇上关柏言，她点头致意，对方也回以和善的微笑。

简单擦肩而过，沈清央被带到走廊上的一间包厢前。

定了几秒，她轻轻推开门。

一丝暖意泄出。

沉郁安静的深色空间内，徐行知正在摆球，毛衣袖口卷上去，手腕青筋明晰漂亮。

球桌边缘搁了杯酒，喝到一半。

沈清央关上门，站在原地等他摆完。

不远不近的距离。

徐行知定好位置，撤掉球框，眼也不抬地问："你来跟我分手的吗？"

沈清央盯着他轮廓好看的侧脸："你会同意吗……"

"啪——"

那酒杯应声而碎。

液体蜿蜒，徐行知微微侧脸，明暗不清。

她很轻地眨了下眼，抬脚走过去。刚要踩上玻璃时，那堆碎片忽然被人踢开，整个人重心忽然悬空，落入男人怀里。

徐行知低头，力道不轻："走路不看脚下吗？"

"你不是在吗？"

沈清央嘴角弯起，顺势搂上他的脖子："我知道哥哥不会让我踩上去的。"

软软凉凉的香气贴近，她语气里透出狡黠和笃定。徐行知偏眸瞥了她一眼，把人放到台球桌上坐着。

摸了摸沈清央的脸，冰冰凉凉的，他几不可察地皱了下眉。

沈清央怕冷，刚降温的时候就穿上了羽绒服。这两天下雪，她出门穿得更厚，手套、围巾、毛线帽，把自己裹得像个毛茸茸的雪人。

她摘下手套和帽子，抱住他的胳膊。徐行知反过来拢住她的手，掌心热度源源不断传递。

沈清央把下巴抵在他手背上，双眼如雪洗过一般清亮。

"哥，我看到你的绯闻了。"

"绯闻"两个字刚出口，她又觉得不合适："不，是谣言。"

徐行知轻抬她的下颌："你怎么知道是谣言？"

"难道不是吗？"

"这么相信我？"

沈清央愣了下。

她对徐行知有近乎盲目的信任，在看到的那一刻就知道不会是真的。

视线交会几秒，她解释："我当然相信你。陈秘书虽然漂亮，但不是你喜欢的类型。"

徐行知一手撑在她身侧，目光落在她脸上："这么了解我，那你说说，我喜欢什么类型？"

沈清央一顿，她坐在球桌边沿，相当于整个被徐行知圈在怀里。不想回答这个由自己挑起的问题，她双手攀上男人的肩，凑到他唇边亲了一下。

徐行知下意识搂住她的腰，沈清央的羽绒服已经脱掉，里面是一件米白色的羊绒打底衫，修饰出女人柔软的薄肩细腰。

他偏头噙住她的唇，加深了这个吻。

久违的温柔缠绵，徐行知身上熟悉的佛手柑气息混着酒气，沈清央沉溺其中，有些迷惘。

房间内只有他们两个人，安静到只能听见彼此的心跳和呼吸。思念融化在漫长湿润的吻中，结束时沈清央眼皮轻颤，胸口起伏得厉害。

她靠在徐行知肩头，抱了一会儿，想起正事："那个监控视频都快传遍了，你怎么还有闲心在这里玩桌球？"

"不然我该干什么？"徐行知绕着她的头发，"去跳黄浦江吗？"

沈清央蹙眉想推开他。

徐行知把她按回怀里："不着急，明天再说吧。"

"你要怎么澄清？"

"跟陈雪谈。"他漫不经心。

沈清央想想也是，让女方来澄清更有力度。她补充道："还有那家酒店，他们无缘无故把监控流传出去是要负法律责任的。"

徐行知嘴角微扬，捏了捏她的脸。

两人静静地拥抱着。沈清央的手指在徐行知的背上绕了绕，慢慢地出声："我还有别的话想跟你说。"

"什么？"

她松开手，低头摸他的手指："那天我情绪太激动了，可能有些语无伦次，我不是不相信你，只是——"

抬头看到徐行知的目光，沈清央嗓音微卡。

余下的音节都湮灭。

她手指滑入他指缝，轻声说："哥哥，我舍不得你。"

那天他走后，沈清央在桌前坐了许久。混混沌沌中，她想清楚了一个问题，比起不可预知的未来，她更舍不得眼下的他。

或许将来有一天他们都不喜欢对方了，但此刻的相爱是真的。

昏暗的光线里，徐行知手指抚上她的眉头，一厘一厘描摹她五官的轮廓。

他抬起她下巴，落下一吻。

不会有那么一天的。

“央央，”他看着她的眼睛，“如果没有这个意外的谣言，你还会来找我吗？”

沈清央微怔，随即点了点头：“我下午把胆瓶送去修复，原本打算和孟希吃完饭就去找你的。”

外面积雪重重，室内温暖如春。

徐行知的无名指被勾住。

她在他怀里仰头，认真地说：“徐行知，我们结婚吧。”

CHAPTER 13 / 雪夜缱绻

沈清央一个字一个字，说得十分郑重。

细瘦手指圈住他的，像是戒指。

漫长的对视。

逆着光，沈清央看不清男人的神情。她莫名紧张起来，微微吞咽口水。刚想再问一次时，徐行知俯身，单臂收拢抱紧她。

重量压到她肩膀上，他低声说：“好。”

……

身体变热，沈清央把自己的胳膊解放出来，搂住徐行知的腰。

他的毛衣轻薄，轻而易举感受到布料下肌肉的纹理和触感，沈清央指尖随意地绕了两下，后颈被人扣住：“好摸吗？”

她下意识地点点头。

很快察觉到说错话，徐行知低头吻住她的唇，掌心迫使她仰起脑袋。

因为悬空坐着，沈清央不得不双手向后撑住球桌，徐行知托着她的腰，热乱气息中，她差点仰倒过去。

徐行知把人抱起来，闷在她颈窝里笑。

“你还笑。”沈清央觉得很丢人，耳尖都红了。

“没人看见。”他咬上她耳尖，懒散地道，“再亲一会儿。”

“不要，”沈清央推推他，“放我下来。”

徐行知也没想在这种地方继续跟她闹，抬手理了理她凌乱的头发和衣角，把人抱了下来。

地上还有碎玻璃和水迹，他按铃叫服务生来清理，随后问她饿不饿。

“不饿。”沈清央看旁边的方形茶几上只有酒和水果，“你吃晚饭了吗？”

“没有。”

“那我陪你去吃。”她捡起自己的羽绒服套上。

台球厅二楼有自己的餐厅，和包厢昏暗的光线不同，餐厅干净明亮。关柏言正坐在窗边的位置，边用电话沟通工作，边切牛排。

看见他们，他招手欢迎。

“沈小姐，”关柏言对她很客气，“想吃什么随便点，记在我账上。”

沈清央礼貌地回笑，偏头见徐行知翻开菜单，不是很在意的样子，便知道他们关系好。

她不饿，只点了一小份巧克力可丽饼，慢慢地戳着。

徐行知在桌下把玩着她的手。

沈清央想抽回来，又怕动作太大被关柏言发现，只能用一只手划手机，回孟希的信息。

孟希问她到家了没有。

她模棱两可地回了个“嗯”。

刚回完信息，方琴的电话打了过来。

沈清央接起电话：“琴姨。”

“清央，几点回家？”方琴说，“我看天气预报说过一会儿又要下雪，早点回来吧。”

“我……”

指尖被男人不轻不重地捏了一下。

她回头和徐行知对视了几秒，改口：“琴姨，那我不回去了。我在孟希家睡，正好明天还要跟她一起出门。”

“也好，大晚上又下雪也危险。你大哥本来说要去接你，那我让他别去了。”

说着，方琴又不放心：“希希现在是自己住吧？”

“是的，琴姨。”沈清央说，“您早点休息，不用担心我了。”

“好，那你们俩注意安全。”

挂掉电话，沈清央在男人的掌心挠了挠，似乎在问他满意了吗？

这顿饭没吃多久，徐行知晚上素来胃口不好。他们跟关柏言在门口告别，司机把车开过来的时候，天上果然如方琴所言飘起了雪。

沈清央在车上哈气，画了个圈，听到身后的徐行知笑了一声。

下了车来到徐行知家，暖气开着，两人在玄关处亲了一会儿身上就冒出汗。沈清央脱掉自己的羽绒服，抬手去搂徐行知，额角在他皮肤上蹭了蹭。

徐行知轻捏她后颈，下颌抵在她颈间：“明天去领证？”

“明天周日，民政局不上班。”沈清央觉得他身上太热了，想推开他，“我去洗澡。”

“一起洗吧。”徐行知把人抱起来。

黑暗里，她被压到浴室的墙上，雾气缭绕间，看到徐行知的眼神。

他和三年前真的不太一样。

各方面都更强制，像要把她嵌入骨血中。

沈清央有幸领教过。

她不由自主想起以前的他。

不允许她失神，徐行知咬住她的唇，沈清央回神，被眼前男人湿润黝黑的眉眼蛊惑，比起从前，更添引人沉沦的情色。

他问这几天她有想过他吗？

她感知和思绪都混乱，点点头，又摇摇头，最后被逼着把他想听的话都说了一遍。

洗完澡出来，沈清央彻底失了力气，虚弱地趴在徐行知的肩上，咬了一口：“流氓。”

“喝水吗？”

“……喝。”

徐行知忍不住勾唇，两指戳出她的梨涡，语调闲适：“要喂你吗？”

“不要。”沈清央拥着深灰色的被子，就着他的手低头喝水。

长发披在肩上，她穿的还是那天晚上他买的睡衣，很舒服，也很合身，连颜色都是她喜欢的。

徐行知的另一只手慢慢地替她梳理着头发。

深夜静谧，沈清央喝完半瓶水，忍不住问：“你买的什么牌子的水？好好喝。”

她上次就这么觉得了，喝起来有股淡淡的清甜。

“是吗？”徐行知把她的头发拨到肩后，慢条斯理地抬着她下巴吻下去，“哥哥尝尝……”

第二天上午，沈清央睡到十点。

窗帘是拉着的，卧室幽静舒适，几乎听不到一点杂音。她不知道徐行知是怎么在这样的环境里每天都不睡过头，掀开被子，穿鞋走出去。路过客厅角柜时，视线忽然一瞥。

角落里摆着一个彩纹小胆瓶，和她碎掉的那个几乎一模一样。

沈清央愣住，伸手摸了摸。

她想起自己昨晚冲动之下做的决定。

或许，并不是冲动。

沈清央在书房里找到徐行知。

他在打电话，转头看到她，拎起一件外套披到她身上。沈清央听到电话那头的女声，下意识地问：“陈秘书？”

陈雪也听到沈清央的声音，顿了一下。

徐行知掐掉电话：“我现在去见她，你要一起吗？”

沈清央点头：“好啊。”

于是吃过饭，两人在一家咖啡馆和陈雪见面。

看到沈清央也在，陈雪的神情有一丝异样。徐行知手上翻着菜单，给沈清央点了一杯牛奶。

“陈秘书，”沈清央打开手机，“这监控视频传得这么厉害，对你们俩名誉都有损，我认为——”

“沈律。”陈雪打断她。

沈清央声音顿住，她以为陈雪要说解决方案，毕竟桃色绯闻永远是对女方的伤害更大，尤其他们还在一个公司。

没想到陈雪端起杯子喝了一口咖啡，看向徐行知淡声道：“这件事的结果，要看徐总的诚意如何。”

沈清央愣住。

她扭头去看徐行知的反应，他好像并不惊讶，平静地看了陈雪一眼。

陈雪顿了顿，语气放缓：“清央，上次褚太太对我的态度，你也看见了，现在又出了这样的事，我不会在维斯再待下去了。既然都要走了，总得要些补偿。”

沈清央反应过来，她要钱。

店员把徐行知点的牛奶端上来，徐行知摸了摸杯壁温度，将牛奶推到沈清央面前，像是没有听到陈雪的话。

沈清央无法理解："陈秘书，这件事你也是受害者，如果不澄清，你也会受伤害。"

陈雪轻笑："我想我和徐总的名誉价值不同。"

沈清央皱起眉。

陈雪则看向对面的男人，他自始至终不说话，一直看着沈清央的反应。她为他对峙，他嘴角笑意加深。

沈清央深深地呼了一口气，梳理思路刚想说话，手机铃声响起来。她低头看，来电人是一位非常重要的客户，还不能挂掉。

徐行知抬手摸摸她的头发："没关系，去接吧。"

他的眼神让沈清央冷静下来，相信他能解决，于是她拿上手机去店外接电话。

她离开后，徐行知笑容变淡。

他微掀眼皮，波澜不惊地问："江影给了你多少钱？"

陈雪笑道："徐总既然知道是江小姐让我做的，就应该清楚找我没用，监控的原视频在江小姐手里。"

徐行知的身体往后靠："陈秘书，你很聪明，我也不想跟你绕弯子。你既然敢把视频发出来，就一定留了原件。"

陈雪握着杯子的力道慢慢收紧，她跟在褚少云身边四年，多少有些了解这位在外人看来随和斯文的徐总的过往。

因年轻时创业被人狠狠负过，所以宁教我负天下人，不叫天下人负我。

那位江小姐深爱他，只是想小小地威胁一下，好让他来求自己帮忙，从来没想过要在大众面前毁他名誉。

所以一开始，陈雪只把视频发在了公司内网。

维斯员工没人想失去自己的高薪工作，连褚太太那天在公司大闹的事都没传出去半分，更何况是这样没头没尾的视频。

陈雪的指甲刮过掌心，朝玻璃门外看了一眼，从随身包里掏出一份离职申请。

她微笑道："徐总，公司对辞退员工的补偿一向是N+2，既然您心想事成，不如给我3N吧。"

徐行知看着她，缓缓笑了一声，眸色轻蔑，抬手签字。

"就按你说的办。"

回家路上，车先开去了中药房。

沈清央帮方琴取了代煎的中药，回到车上，她已经看到群里在转发陈雪的澄清证明。

原来那条监控原视频时间相差只有两分钟，陈雪条理清晰地列出了自己那晚的行程和证明，在社交平台上公告请大家勿要再传播流言。

效率之快，声明之清晰，让沈清央这个专门做文书工作的也不得不佩服她的能力。

翻了翻群里大家的交谈，沈清央退出群，上网查结婚流程。看到结婚证和结婚照时，她心里不免还是有些紧张。

她犹豫片刻，问徐行知："你哪天有空？我们去拍个结婚照。"

徐行知偏头："民政局不能拍吗？"

"民政局拍得不好看……"

他笑，伸手揉她的脑袋："好。"

毕竟是人生唯一一次的体验，沈清央既然做了决定，就会认真对待。她咨询了几个结过婚的朋友，对比之下选中一家摄影馆。一切准备工作完成，领证时间预约在了十二月初的周一。

周日晚上家庭聚餐，裴亦提了一盒活螃蟹来蹭饭。

沈清央在岛台帮忙切水果，切一片，裴亦吃一片，她忍无可忍，睨了裴亦一眼。

裴亦见好就收，挽起袖子："我来切，央央你去休息。"

这还差不多，沈清央把刀递给他。

方琴端着汤从厨房出来："清央，饭快好了，去楼上喊你哥下来吃饭。"

这一向是她的任务，沈清央应好，洗了洗手，上楼。

徐行恪还没回来，在家的只有徐行知。他是半个小时前到家的，因为前两天在上海出差，所以从机场直接回来，先上楼洗澡换衣服。

沈清央先敲了敲门，听到徐行知说"进来"。

她推开门，徐行知刚洗完澡，黑发还是湿的，手指在扣衬衫扣子。

微微的潮湿蒸发在暖气中。

这气氛明明很正常，沈清央脑子里却莫名其妙冒出些别的。

她脚步停在门口："哥，琴姨让我喊你下楼吃饭。"

慢条斯理地扣上最后一颗纽扣，徐行知从镜中看那靠在门口不敢进来的姑娘，嘴角轻轻勾起："要通知他们，我们准备明天领证结婚吗？"

听到这句话，沈清央差点没站稳。

徐行知从衣柜里拿了件开衫外套穿上，走过来，径直牵住她的手。

十指相扣，沈清央被拉着走，快走到楼梯口时，她费力地拽住他："哥，等、等等。"

徐行知瞥了她一眼。

"徐行知，"沈清央及时改口，"太突然了，要不然再等等？"

徐行知一只胳膊搭上楼梯栏杆："等什么？"

"等……"沈清央一时也说不上来。明天就要去领证了，这是她自己做的决定，也没有后悔，但如果现在就贸然牵着手下去，她很怕把徐教授吓得血压飙升。

"再等几天。"她迟疑，"等我们领完证后，缓缓再说。"

徐行知姿态懒散，摇摇头。

沈清央瞳孔微微放大，刚想继续跟他讨价还价，忽然听见开门声。

玄关处，徐行恪携人进来，喊了一声"妈"。

他的角度正对楼梯上方，沈清央很怕方琴抬头，会直接撞破他们。她仰头哀求地看着徐行知，一点一点地把自己的手从他的掌心抽出。

"我先下去了。"她从他身边绕开。

方琴擦擦手，从厨房中出来，见儿子身边还站着一个女人：“行恪，这是？”

徐行恪脱着外套，闻言答道：“我女朋友，于微。”

沈清央下楼时，刚好听到“女朋友”这句话，她颇为吃惊。徐行恪平日一向全身心忙于工作，很少在意感情方面的事，竟然不声不响带了个女朋友回来。

“清央，”徐行恪看到她，招招手，“这是我妹妹。”

于微先说了一声“伯母好”，随即凤眸转向沈清央：“妹妹好。”

她身材很好，气质妩媚慵懒，和徐行恪大相径庭。

“于微姐。”沈清央请她坐下，自己去岛台给客人倒水。

方琴则有些措手不及，事发突然，徐行恪事先并未跟她提过。嗔怪地瞥了儿子一眼，方琴招呼于微坐下，问她喜欢吃什么，自己再准备两个菜。

“我没有忌口。”于微轻轻笑道，“伯母随意就好，不用拿我当很重要的客人。”

“说的什么话。”方琴拍拍她的手。

于微的态度算不上多热络，方琴想问的话一时也问不出口，只好笑笑让沈清央陪她聊天。

徐行恪卷起衣服袖口，去厨房帮忙。

门一关，方琴忍不住说道：“你怎么带女朋友回来也不提前说一声，早说妈妈好准备准备。”

“没什么好准备的，她不在乎这些。”

“那也显得我们家太不知礼数。”方琴问，“以前怎么没听你提过这姑娘……你们什么时候认识的？”

徐行恪在流水下从容地冲洗着蔬菜：“认识很多年了。”

“同学吗？哪里人？”

“大学同学，南方人。”

方琴问一句，徐行恪答一句，他语气十分平静，听不出沉浸在恋爱中的喜悦。

方琴放下手中的东西，回头视线扫过于微的背影，踌躇道：“行恪，不是妈妈要多话。但是这姑娘，看上去和你不大合适……”

“那您觉得什么样的和我合适？”

徐行恪关了水龙头，语气温淡：“妈，您着急我的婚事，我就给您带个女朋友回来。于微她性格如此，不是故意对您不礼貌，您谅解一下。”

方琴微愣，摆摆手：“妈妈不是那个意思。”

“我知道。”徐行恪擦着手，轻声说，“妈，您年纪大了，好好照顾自己就行，我即将调任外省，这才在走之前把于微带回来给您见见。”

方琴眼眶不知不觉湿润：“怎么要调任外省了？”

徐行恪扬唇，笑容淡淡，温声解释：“是升任。要往上走，这是必经之路，您难过什么？”

方琴不懂儿子的事业，听他这么解释，才破涕为笑，但仍然叹了口气：“罢了，你们都长大了，各自有各自的工作和生活，我和你爸的确管不了这么多了。”

另一边客厅，徐教授和裴亦回来，看到于微，不免也惊讶。

徐行恪不久前才说过近几年不打算考虑感情的事，转眼就带了个女朋友回来。徐教授心里虽然狐疑，但更多的是高兴。

裴亦不着调，张口就喊嫂子。

没过多久，徐行知也从楼上下来，不知是不是出差累了，他兴致不高，对谁的搭话都淡淡的。

六点多，准时开饭。

有裴亦在的地方永远不会冷场，方琴一向喜欢他的性格，听说他去上班了，关心他最近生活如何。

沈清央懒得搭理裴亦，他上个班一上午能发十条信息骚扰她。

目光看向对面的徐行知，他戴着一次性手套不紧不慢地在处理螃蟹，手套材质是 PVC，无比贴合细瘦的手指。

只是蟹肉和蟹黄剥在白瓷碟中，不见他吃一口。

沈清央盯着他看了几秒，没得到一个回应的眼神。她抬脚，脚尖在桌下轻轻地踢了他一下。

摘下手套，徐行知微微掀睫，拉开椅子起身去洗手。

沈清央气馁地坐好。

徐行知这一离开去了挺久，裴亦凑过来，跟沈清央说："行知哥怎么还没回来？他剥的螃蟹都快凉了，要不我帮他解决？"

沈清央："你敢吗？"

"不敢……"裴亦嬉皮笑脸地压低声音，"但是你敢。我们分了吧，等他回来了，就说是你吃的。"

说着，他已经伸手把那碟子端了过来。

对面的徐行恪侧目，注视裴亦把碟子放到沈清央面前。

他神色平静，收回目光。

于微眼尾微挑，溢出一声轻笑。

徐教授和颜悦色："小微怎么突然笑？"

于微勾唇："没什么伯父，只是觉得家里气氛真好。"

徐教授听了很高兴："那以后常来。"

晚餐结束，徐行恪送于微回家。沈清央发现于微的围巾落在沙发上，于是拿上送到门口。

所幸两人刚出门，于微走到阶梯上，接过："谢谢妹妹。"

"于微姐客气。"

围巾搭在胳膊上，于微视线在沈清央身上短暂停留。廊下亮了一盏暖灯，映得她眉目温暾细致，皮肤质感如玉。

徐家三兄妹，唯独她气质不同，不比两个哥哥难以接近。

于微莞尔，挥手离开。

客厅里，裴亦闲来无事，摆了棋盘拉着沈清央下棋玩。

两个人棋艺都马马虎虎。徐教授啜着茶，负手站在旁边看了一会儿，很快忍不了两个臭棋篓子你一步我一步，和方琴出门散步去了。

徐行知接完电话回来，身上挟了淡淡的烟味。

沈清央托着脸思索下一步该怎么走，身旁的沙发忽然陷下去，偏眸看到徐行知，他神思懒怠，屈指有一下没一下地点着鼻梁。

踟蹰不下，她勾住徐行知的衣角轻轻拽了拽。

徐行知睁开眼，对上一双亮盈盈的眸子。

他似笑非笑，指腹抵住她的手指，一点点往外推。

裴亦一直在等沈清央走下一步，冷不丁发现对面两个人手指缠绕的小动作，他的手抖了抖，干脆装没看见。

沈清央摸到徐行知的指尖，轻抿唇："我不知道该怎么走了。"

"我也不知道。"他声线懒散。

男人皮肤微凉，显然是刚从外面回来。沈清央用掌心给他暖了暖，讨好地弯眸笑。

二人坐同一张沙发，距离很近，片刻凝滞的对视。

徐行知凉凉地抬眸，在棋盘上帮她走了一步。

裴亦目瞪口呆，叫屈："央央，你不能这么作弊，退回去重新下。"

"不要，退回去我也是走这步。"沈清央愉快地收棋，"我赢了，下次吃饭你请。"

送走裴亦，沈清央收了棋盘。茶几上有几个杯碟，她端去厨房清洗。

徐行知也在厨房。

杯碟在流水下简单地冲了冲，沈清央走过去："你晚饭没吃多少，要不要吃夜宵？"

徐行知抽了张厨房纸擦干她的手："我剥好的螃蟹被谁吃了？"

"我呀。"她靠近，眼睫弯弯，"不是剥给我的吗？"

湿润的纸团被丢进垃圾桶，徐行知单手环住她腰身，压向料理台："好吃吗？"

沈清央点点头。

徐行知刚洗完澡，身上有清润好闻的香气。浅白衬衣与深灰开衫，他很少穿得这么居家，看上去像个英俊温和的知识分子。

可动作不是。

沈清央清楚感觉到腰间被禁锢的力道。

"哥，"她手指玩着他的毛衣前襟，"再给我一点时间，让我做好心理准备，想想怎么跟爸爸和徐教授说。"

徐行知目光滑过她素白的指尖："多久？"

沈清央动作一顿："要给时限吗？"

徐行知反问："让我收空头支票吗？"

他真的不太好商量。沈清央指尖绕了绕，干脆把他衣襟上的扣子都扣到一起："怎么就是空头支票了？明天我都要跟你去领证了，有国家法律抬头的证明，我们是夫妻。"

"夫妻"两个字一出，灯影轻晃，狭窄空间里平添了几分暧昧。

沈清央也是出口才察觉到，她尾音一顿，咽了下去。

几秒的安静。

沈清央有些不自然，想从男人怀里离开，下巴却被徐行知抬起，他在她嘴角落下半强迫般的一吻。

沈清央身体动弹不得，听到徐行知说："瞒着他们，你怎么搬出来？你见过哪对新婚夫妻分居的？"

沈清央呼吸放轻："我没打算跟你分居，天瑞府那套房子已经交付了，我很快就能搬出去了。"

"很快是几天？"

"大概……一个月。"

徐行知摇头："这周末。"

"徐伯伯不会同意的。"

"我去说。"

沈清央仰头："你不能——"

"不会。"徐行知低头，又亲了她一下，"等价交换，哥哥给你时间。"

他言出必行。沈清央放下心来，启唇回应这个吻，温柔的、眷恋的。她在沉浸中解开徐行知衣襟前被自己扣上的扣子。

厨房玻璃门映出两人交叠的身形。

这个姿势不好亲，徐行知将她抱上料理台，吻了吻沈清央发红的耳尖，他退开。

沈清央迷迷糊糊地睁开眼，看了眼墙上挂钟的时间，徐家夫妇散步应当快回来了。

她想下去，却被徐行知按住。

没看到他何时拿在手里的女戒，排钻素圈，光芒内敛，精致低调。

正正好的尺寸，套入她无名指。

沈清央眼睁睁地看着这个动作，大脑空白，心跳似乎漏了一拍，随即跳得更快。

像温水氤氲，加热沸腾。

托起一份责任。

她缓慢回神，目光接触几秒，倾身搂住徐行知的脖子。

徐行知接住人，捏了捏她的脸颊："喜欢吗？不喜欢换一个。"

沈清央摇头，下巴抵在他肩头上。

她很少对人许诺，因为承诺意味着责任与负担，会让她有心理压力。

静默几秒，有热气拂过徐行知耳边。

她睫毛痒痒地扫过他皮肤，轻声呢喃："我会做好的。"

次日上午。

填表，登记，递交复印件，流程走得很快。

钢印打下，结婚证到手。

走出民政局，冬日的太阳微微有些刺目。沈清央捏着红色小本恍惚了一会儿，下意识转了转自己无名指上的戒指，又伸手去摸徐行知的。

第一次见他戴戒指，修长明晰的手指，白金色的素戒，格外好看。

是爱人的束缚。

指尖来回摸了几下，抬头对上徐行知的视线，沈清央眨眨眼，心头划过一丝奇妙的触感。

她是学法的，对法律格外敏感。一纸证书将两个人绑在一起，从此在法律上便是休戚与共。

她眼里明明灭灭闪着光，徐行知低头，轻捏她的鼻尖："想什么呢？"

沈清央回神，掌心搭在封面上："没什么，只是觉得好快。"

以兄妹身份相处了这么多年，骤然成为夫妻，她一时不知要如何相处。

徐行知一顿，捏她指尖的手右滑改成捏脸，俯身附在她耳边："不快，我已经等了很多年。"

假只请了半天，领完证，沈清央便回律所上班。

最近下雪，又接近元旦，所里项目都是收尾期，大家多多少少都有些懈怠。

到了工位，桌上放着一个粉色包装的纸盒，沈清央坐下，好奇地打开，里面装满了各色糖果和巧克力。

"这是……"

蒋姝抱着马克杯靠过来，挤挤眼："隔壁组佟律的喜糖啦。你上午不在，她说下周结婚请大家吃几颗喜糖。"

听到"结婚"这两个字，沈清央莫名心虚。

蒋姝剥了一颗巧克力，小声吐槽："你看人家佟律多大气，糖果和巧克力都是贵的，还没发请帖强迫大家参加婚礼。去年与她同组的赵扬结婚，律所里人手一张请帖，不去都得给他微信转份子钱。"

沈清央侧头："我们不去吗？"

"佟律没发请帖，估计是不请同事。这样多好，本来也不是亲朋好友。"

沈清央表示认同，点头之交的同事而已，保持恰当的距离感更好。

她打开手机，在微信上给佟律发了句祝福，对方回了感谢。

蒋姝含着巧克力，含混不清地感慨："说到婚礼，我毕业后真是一直在参加大学同学的婚礼，我妈也天天催我结婚，真是烦。工作这么忙，我上哪儿结婚去？指望天上掉个男人嘛……"

她说着说着，忽然顿住。沈清央放下手机，抬头，见蒋姝的视线滞住，张大了嘴巴。

"清央，你这、这、这……这是……"

又细又白的左手无名指上光芒熠然。

沈清央心里"咯噔"一声，忘记戒指的事了。

戴在无名指，又是一排暗钻，精致程度怎么看都价值不菲。她深吸一口气，对蒋姝弯弯唇。

蒋姝差点从椅子上滑下来：“你要结婚了？”

沈清央伸手抵住她的唇：“不是要。”

是已经。

蒋姝倒吸一口凉气，沈清央平时性格安静随意，追她的人不少，但鲜有入眼的，至于自己介绍过的那个发小，不提也罢。

“你你你——”

“我上午请假就是去领证，”见到别人这么惊讶，沈清央反而淡然下来，“也不算太突然。”

“这还不突然！哪个男的啊？你什么时候认识的？谈了多久？”

什么时候认识的？这还真不好说。

就在沈清央迟疑的工夫里，手机上忽然来了客户的电话，她晃晃手机，对蒋姝说：“有机会再跟你说。”

蒋姝“啊”了一声，只能望洋兴叹。

中午吃饭时，林竹也看见了沈清央手上的戒指。她倒是淡然得多，认为闪婚没什么大不了，只是同样好奇对方是谁。

问家境、学历、长相好不好，沈清央都说“嗯”。

林竹敏感地察觉到什么：“该不会是我们认识的人吧？”

沈清央叹了口气，身边都是人精一样的人，很难瞒过她们的眼睛。

她慢腾腾地吃完一颗虾仁，擦擦手，干脆承认：“你们认识。”

“谁？”林竹和蒋姝齐齐开口。

“徐行知。”

林竹一口饮料差点喷出来。

蒋姝反应慢，对这个名字迟钝了几秒，呆住：“是我认识的那个徐行知吗？”

沈清央点头。

安静了几秒，对面的两个人脸色翻来覆去变换复杂，最后化为兴奋，开始拉着她问东问西。

沈清央就知道会是这个结果，随便扯了点儿，涉及隐私的不肯回答。

林竹拉着她：“姐妹，能睡到这样的极品帅哥，真是人生无憾了。”

蒋姝则义正词严：“什么时候办婚礼？我一定去，不心疼份子钱包个大红包。”

沈清央摸摸戒指：“要办一定给你发请帖……”

自从有了戒指，她摸手链的习惯被转戒指代替，偶尔脑子里会冒出念头，好奇徐行知工作的时候会转戒指吗？

之后两天，风雪停歇。周三晚上，沈清央下班回家，吃完饭被徐教授叫到书房。

徐教授的书房是古板正派的风格，红木桌上有专业书籍和学生的论文。

沈清央找了一张圈椅坐下，徐教授端着玻璃茶杯来回走了好几圈，一直叹气。

沈清央忍不住了，扶着徐教授坐下：“您别走了，走得我头晕，到底是怎么了？”

徐教授坐下，又重重地叹气，面色复杂地盯着她看了一会儿，拍拍她胳膊：“清央，你天瑞府那套房子交付了吗？”

“上个月就交付了。”

“那装修呢？”

沈清央一顿。

那套房子是精装修交付，可以直接抬软装家具进去，也可以拆了重装。

她去看过，有些地方不是很满意，正准备找设计师进行改动。

但徐教授现在问这个……察觉到什么，她模棱两可：“差不多了。”

“能住人吗？”

沈清央心虚地点头。

徐教授揉揉眉心，满眼不舍：“你爸昨天给我来了电话，说他今年回国过年，让你提前搬去那儿住，让房子有点人气。”

沈清央眼皮微颤，小声道：“您愿意我搬出去吗？”

徐教授瞪了她一眼：“我不舍得，你就不搬了吗？”

还有话他没说出来，虽然他拿眼前的姑娘当亲女儿养了十多年，但到底不是亲生。如今孩子们都长大了，两个哥哥都没结婚，外面难免有闲话。

沈清央试探：“那我……”

徐教授一下子像老了几岁：“我年纪大了，你大哥最近太忙。过几天我让行知去看看你那小区安全性怎么样，回头搬家方面有什么事都找你哥。你们兄妹关系一直好，有他在我也放心。”

沈清央乖乖说好。

事情解决得这么轻易，不知道徐行知打电话跟她爸说了什么，在拿捏人心思方面，他一向胜过她许多。

他人在外出差，事情倒是一样没少做。

约了搬家公司周六搬家。周五，孟希生日，下班后，沈清央陪她过生日。

地方定在裴亦的酒吧，除了沈清央，孟希没再叫别的朋友。她每天上班要和很多人打交道，下了班就不喜欢社交。

沈清央到的时候，孟希正在尝裴亦新调的酒。

“央央！”裴亦冲她招手，“来这儿坐。”

沈清央提着蛋糕走过去。酒吧很热，她脱了外套，在高脚椅上坐下：“不开个包厢吗？在这里切蛋糕？”

“还给我买蛋糕了。”孟希伸手抱沈清央，开心一笑，“在哪儿都行，中午在我爸妈家许过愿了。”

“那我们直接吃。”沈清央小心地抽出来，交给裴亦让他找服务生切。

不一会儿，蛋糕装在银质托盘里被端上来。

三人边吃蛋糕边聊了一会儿天，沈清央翻开菜单想点些喝的，手指渐次划过那些名字好听的酒。

她有些心痒。

虽然酒量不行，但酒精和尼古丁一样，碰了就上瘾。

她工作忙，好久没碰过了。

“喝吗？”孟希抬手敲敲自己的杯子，怂恿，“我觉得我这个还蛮好喝的。”

“是吗……”沈清央犹豫，“可是我开车过来的。”

“停这儿呗，我送你回家。”裴亦挑眉，“我最近新请了不少驻唱，长得都不错。”

孟希被吸引：“长得多不错，有帅哥吗？”

“一米八五，男模身材。”

他们俩的话题开始变歪，沈清央从调酒师那儿拿到自己的酒，上下分层，浅绿与橘黄，十分漂亮。

她找角度拍了张照片，发给徐行知。

他没回，于是沈清央收起手机，专心喝酒。

八点多，裴亦说的驻唱乐队上台。

光线摇曳，也看得出长得的确都不错，孟希欣赏了一会儿，点评裴亦：“你不该开酒吧，应该去开会所。”

“我开的是正经酒吧！”裴亦得意一哼，“你懂什么？这叫特色。现在酒吧这么多，没营销的点怎么鹤立鸡群让人记住？”

孟希“嘁”了一声：“果然是耳濡目染，这么会做生意。”

沈清央靠着吧台，在酒精和音乐的麻痹下，思绪完全放空。

一杯酒喝完，她又点了一杯名字好听的。

她眯眯眼，视线落到敲架子鼓的年轻男人身上。

不知道是不是灯光昏暗的原因，她总觉得，鼓手垂眼的眉目轮廓有点像徐行知。

黝黑深邃，如琢如磨。隐隐约约，越看越像。

沈清央支着脑袋，随手捞起叉子戳了戳裴亦：“那个鼓手叫什么？”

裴亦一惊：“你看上他了？”

“不行啊。”他劝她，“我不敢帮你骗行知哥。”

……

沈清央懒得再跟他说话。

她脑袋晕晕乎乎的，摸出手机给徐行知打电话，机械女声标准地播报着对方手机已关机。

沈清央把手机丢回去。

后面一个小时，她支着脸听歌。酒吧喧哗热闹，听久了，酒精涌上来，让人脑袋越来越涨。

吧台上，手机屏幕亮起，跳了好一会儿，沈清央脸埋在胳膊里毫无所察，还是孟希帮她接起来。

孟希酒量虽然好，但仍被环境浸出三分醉意，懒洋洋地开口：“喂？”

电话那头顿了一秒，声线温和：“清央呢？”

这声音有些熟悉，孟希拿下手机，看了眼来电人，顿时清醒了。

“行知哥，”她瞬间变正经，捂着手机往安静的地方走，“清央在这儿呢。”

他温声道："在哪儿？"

"裴亦的酒吧。"

挂掉电话，孟希过去推了推沈清央："你哥要来接你。"

沈清央反应了一会儿，起身慢吞吞地套上外套："那我去外面等他。"

"外面冷。"

孟希对自己姐妹的酒量了如指掌，好在酒吧进门处有一处歇脚的地方。她扶沈清央在沙发上坐下，对面是玻璃墙，刚好可以看到外面的情况。

胃里有点难受，沙发旁的圆几上有个果盘，沈清央趴在沙发扶手上，一颗接一颗地捏蓝莓吃。

酒精在胃里翻涌，身体有些发热，没几分钟，她又把羽绒服脱了下来。

不知道过了多久，有阴影落下，清冷的寒气与温暖的空间格格不入。

徐行知弯腰，捏住小醉鬼的下巴："喝了多少？"

"……"

沈清央仰头，男人的轮廓在吊灯下影影绰绰看不清，挺拔的身形，好看的眉眼，若有似无的凉意，让她很想贴到他身上汲取。

她抬手，手指试图去碰他的脸。

碰不到，沈清央气馁。

徐行知拾起沙发上的羽绒服给她披上，俯身把人抱起来。

沈清央醉得茫然，脸埋在他怀里嗅了嗅，四季酒店豆蔻木棉的香气，远不是她所熟悉的佛手柑味道。

她已经忘记自己是在等谁。

徐行知抱着人走出酒吧。

沈清央慢吞吞地抬头，温热的指尖顺着他的下颌摸到脸颊。

他低头看她。

沈清央眼睛水润润的，蕴含着几分疑惑："你是那个鼓手吗？"

她又摸了摸他的眉骨，真诚地说："你长得真的挺像我哥哥的。我认识你们老板，让他给你加工资好不好？"

冬日的夜晚，车流如织，冷风安静地呼啸着。

徐行知闻到她呼吸之间温热的酒气。

他似笑非笑，在她柔软的唇上落下一吻："好。"

沈清央还想张口，脑袋被按进男人怀里。徐行知不想让她继续在室外说话，拉开车门把人塞进了副驾驶座上。

身上束着安全带，熟悉的座驾和空间。沈清央倾身摸了摸空调出风口的车载香氛，又摇摇晃晃地瘫回去。

徐行知发动车子。

他开得稳，座椅又舒服，沈清央在车上睡了一觉。再被抱出来的时候，她迷迷糊糊地掀开眼皮，看了徐行知一眼，胳膊挂上他的脖颈："你什么时候回来的……"

徐行知按开电梯，漫不经心地回答："在你要给鼓手加工资的时候。"

……

沈清央茫然地看着他。

睡了一会儿，她已经完全忘记自己刚才说过什么话。

电梯上行，到了公寓门口，徐行知捏着她的手指按上指纹感应处。

一圈蓝色亮光闪烁，门随着提示音打开。

沈清央还没反应过来，人已经被压在玄关处。

“唔——”唇齿被顶开，她软绵绵的，使不上力气抵抗。一吻结束，玄关光线亮起。

沈清央张口呼吸，继续迷茫地问：“什么鼓手？”

徐行知皮笑肉不笑地掐了下她脸颊上的软肉：“你问我？”

沈清央还是不记得，歪着脑袋，费力地想了好一会儿，恍然大悟：“你说那个乐队的鼓手，他和你长得有一点像，但是……”

肌肤滑腻，徐行知掌心流连。

她似乎还有些遗憾：“我没和他说上话。”

力道陡然重了点儿。

沈清央“嘶”地抽气，抬起一双湿润的眼睛。

徐行知咬她唇尖：“我不在，你给自己找替身是吗？”

沈清央眨眨眼，脑子不甚清醒：“没有，他没有你长得好看。”

徐行知喉间溢出一声冷笑。

她抽抽鼻子，脸颊在他颈窝里蹭了蹭：“哥，我胃里好难受，想喝水……”

冰箱里食材不多，徐行知切了苹果和橙子，和冰糖一起煮沸后，加了一点蜂蜜。

盛出放温，沈清央慢腾腾地喝了半碗。

她踢掉了拖鞋，窝在徐行知家的单人沙发里。黑色柔软的皮质，躺下像陷进了云里，根本不想起来。

喝完，唇边湿润被徐行知的手指慢条斯理地抹掉。他从她手里拿掉碗，俯身把人抱起来。

眨眼工夫，位置颠倒，沈清央坐在男人腿上。

她被迫仰头，继续玄关处未完的吻。

人晕晕的，本能地做出回应。她双手勾着徐行知的脖子，舌尖递过去，含住他的唇。

她很快被压制吸吮，徐行知尝到酒精和水果混杂的甜味，沉醉又清甜。

分开了好几天，他并没打算放过她。

“央央。”

气声扫过耳郭，沈清央睁开眼，被徐行知带着给方琴发了条信息。

她眸色迷蒙，单纯地看着徐行知。

他比她更了解她的身体。

更要命的是，人是食髓知味的动物。

与他分开后的三年，或许可以不想，但再次破戒，便很难再清心。

暖光下，两人四目对视，沈清央睫毛轻颤，脸颊越来越热。

“央央，”徐行知看着她，语气诱哄，“脱掉吧。”

沈清央依言照做，抱住徐行知，脸埋入他颈窝。

……

断断续续到了半夜，沈清央累到困倦睡着。

窗外飘起细雪，不过几分钟便停了。酒意后知后觉涌上来，胃里空空的，沈清央被饿醒。

她掀开被子想下去找点吃的。

胳膊被人从后面拉住，男人嗓音低哑：“怎么了？”

“饿……”

缓了几秒，徐行知撑起身，按亮床头的台灯。

暖黄的光线里，大眼瞪小眼，那姑娘一脸真诚。

徐行知按开手机，看了眼时间。

半夜两点。

他揉揉眉骨，笑了。

沈清央本无意打扰他，回身抱了抱徐行知，嗓音温软：“不用管我，我自己下楼买。”

徐行知搂着她，闭了一会儿眼：“想吃什么？”

沈清央退开，深夜里，两人瞳孔中倒映出彼此的身影。

她眨眨眼。

十分钟后，徐行知换好衣服。

沈清央往身上套了一件长款羽绒服，被他牵着手出门。

她惦记他家楼下那间通宵营业的拉面店，之前短暂住在这里的几天吃过一次，而后便念念不忘。

地面覆着一层薄雪，踩上去有“咯吱咯吱”的声音。

小区里人迹寥寥，偶尔有刚下班回来的，再就是打着瞌睡的门卫。

拉面店里气氛安静温馨，飘着骨汤的香气，沈清央点了经典款的拉面打包带走。

徐行知付完钱，老板说请他们等几分钟。

挑了个位置坐下等待，徐行知拧开一瓶温水递给她。

沈清央正好有些渴，一边喝一边摸他的戒指，时不时还转两下。

“酒醒了吗？”

“……嗯？”

看到那眼神，徐行知就知道还没有。

他捏着她柔软的指尖，没忍住嘴角勾了一下。

沈清央的注意力集中在他戒指上，心里话脱口而出：“哥，你戴戒指之后会喜欢转它吗？”

她支着脸，仰眸：“转的时候，你会想到我吗？”

徐行知低眼：“你会想到我？”

沈清央点点头，随即“唔”了一声：“难怪结婚都要戴戒指呢，的确会下意识约束自己。”

“约束你不能跟什么鼓手聊天吗？”

“才没有……”沈清央嘟囔，“你怎么还记得？”

取餐台号码声响起，提示他们的餐好了。

徐行知过去取餐。

老板是个三十多岁的女人，看着眼前身形、气质出众的男人，一边打包一边搭话：“你们感情真好。”

她开深夜餐厅，多见失意者独身前来，少见专门陪女朋友来买的，而且看那姑娘的穿着，明显是从家里出来的。

徐行知接过打包袋，颔首淡笑。

他回身找沈清央，见她已不在原处，而是蹲在地上跟另一个等餐的姑娘聊了起来。

那姑娘自己出来的，牵了一只毛色雪白的萨摩耶。

“它很乖的。”姑娘热情地邀请，“要不要摸摸？”

沈清央说：“不了，我担心我老公过敏。”

“那好可惜。”

她弯唇笑：“还好，他更重要。”

徐行知走近，俯身把人从地上拉起来。

养萨摩耶的姑娘顺着阴影抬头，眼里忍不住掠过一丝惊艳。

沈清央挥手和她说再见。

走出面馆，夜晚冷风迎面而来。

沈清央把脸缩到围巾里。

走了没两步，徐行知忽然停下，把她打横抱起来。

突如其来的悬空，沈清央心一跳，胳膊搂上去。

她疑惑地看他。

“抱你回去好不好？”

沈清央歪头看了徐行知一会儿，问：“胳膊会酸吗？”

徐行知嘴角微扬，慢悠悠地说：“你亲哥哥一下就不会。”

CHAPTER 14 /

缘心世上无完人

这一觉睡得格外沉。

第二天上午，沈清央被搬家公司的电话吵醒。

她迷迷糊糊地摸到手机接起电话，对方说什么，都回答“嗯”。好不容易挂了电话，她拿被子盖住脸，又眯了一会儿。

几分钟后，她一鼓作气起床洗漱。

拜醒酒汤和那碗面的功劳，宿醉醒来并没有头痛。沈清央从床尾捡起衣服换上，到客厅时，遇见徐行知从储藏室出来。

“醒了。”他走过来，自然而然地碰了碰她的脸，“吃早饭吗？”

沈清央点点头。

她坐到大理石岛台前，边喝温好的牛奶，边看徐行知洗手煮馄饨。

不过几分钟，一碗热气腾腾的小馄饨出锅。

徐行知将馄饨端到她面前：“吃完回家收拾东西搬家。”

沈清央被呛了下，但木已成舟。她点点头：“搬家公司刚才也给我打电话了。”

“你约了搬家公司？”徐行知笑了笑，“你知道搬到哪儿吗？”

“不是这里吗？”还能搬去哪儿？

沈清央吹吹馄饨，微信上收到了徐行知发来的一个高档小区地址。

天悦国际，一个很有名的豪宅小区，是观越所处的核心商圈附近为数不多的住宅区。

据她所知，邹瑾去年才买了那儿的房子。

“这是什么？”她点开，看到一间住宅的动态图。

“我们家。”

沈清央舌尖被烫到，手忙脚乱间，接过徐行知递来的冰水，听到他补了一句：“这里离你工作的地方最近，先住一段时间看看，要是不喜欢之后再换。”

她张大嘴巴，消化了几秒这个信息：“你什么时候买的？”

徐行知轻描淡写道：“忘了。”

“装修完有一段时间了。”他伸手捏她的脸，笑一声，“专门找人通风过，放心住。”

“你……”

“你以为之前我说结婚是开玩笑吗？”徐行知低头帮她吹凉勺子里的馄饨，送到她嘴里，“这里只是离维斯近，我们不住这儿。”

沈清央眼也不眨地和他对视着，咀嚼咽下。

上午十一点整，两人和搬家公司的人同时抵达徐家。

沈清央约的是孟希推荐的一家日式搬家公司，价格略贵。但据孟希说，服务周到细致，可以做到一比一还原。

“沈女士是吗？”车上下来三个工人，为首的那个拿着单子来找她签字，“您来确认下地址和时间，没什么问题我们就上去开始打包了。”

“地址……可能要换一个。”

工人诧异，但保持客气：“是终点地址更换吗？那麻烦您在平台上修改，价格会重新计算。”

沈清央说好，按照指示更换了地址，带着几名工人进入家门。

方琴和徐教授都在楼下，知道她今天要搬家，徐教授周身气压很低，报纸三个字看不进去俩，方琴一直在旁边安慰他。

沈清央过去说了两句软话，便赶着带工人去卧室打包东西，只留下徐行知在楼下。

徐教授微微顺了点儿气：“你去看过那房子了吗？安全性怎么样？”

徐行知从容不迫地回答：“上午去了，各方面都还不错。”

闻言，徐教授又重重叹了口气，摆摆手：“上去帮清央看着，她一个人别忙不过来。”

“好。”徐行知起身。

方琴目送他的身影消失在楼梯转角，心里莫名冒出一股不对劲来，推了推徐教授：“你不觉得行知和清央最近走得太近了吗？”

尤其这几天，几乎同进同出。

徐教授不在意：“他们兄妹俩不是一直都挺亲近的？”

方琴想了想也是，一家人里，沈清央一直更亲近徐行知。兴许是从小就认识的原因，她待这个哥哥，比对自己和徐行恪更依赖。

工人效率很快，一个小时后，沈清央的东西被装入车厢。

按徐教授的意思，她并未把全部衣物带走，以后周末、逢年过节总要回来住几天的，那卧室也不会有人去动。

临走前，碰到徐行恪从外面回来。

他手里拎着公文包，知道她最近要搬家，只是没想到这么快。

沈清央正清点着包里的证件，闻声抬头：“大哥。”

徐行恪温声问：“要我帮忙吗？”

话音刚落，徐行知从入户门走出来。

沈清央同时弯唇笑着回答：“不用了，大哥，琴姨说你最近很忙，我自己可以的。”

兄弟俩的眼神交错过一瞬，徐行恪平静地点头，抬脚进门。

门外传来搬家公司的车开走的声音。

徐行恪如常地和两位长辈打过招呼，上楼回卧室。

他推开阳台门，一阵风吹过。

他看见楼下的两个人。
沈清央被风迷了眼，勾着徐行知的手指晃了晃。
她仰头，等徐行知帮忙解决。
是对他从未有过的撒娇和信任。

新房子家具齐全，有工人在，沈清央没动太多手，只看着自己的东西一点点填满空置的房子。
最后工人们离开时，是徐行知结的账。
零零碎碎地把杂物收拾完，晚上洗完澡，沈清央忽然想到，以后她每天可以多睡半小时。
对打工人来说，这简直是天降甘霖。
调了闹钟，她没忍住，在徐行知过来时搂住他，开心地跟他说谢谢，自己以后不用那么早起了。
她人在床上，徐行知顺着俯身环住那截纤腰，慢条斯理道："那今天晚点睡？"
怀里的人僵了一下。
沈清央退开："哥，我一直觉得你对其他事都很有自制力。"
听懂言外之意，徐行知笑出声。
掌心轻掐上她的细颈，他低头附在她耳边："央央，我要是对你没有自制力，你早就下不来床了。"

第二天早上，沈清央没开车，徐行知顺路把她送到了写字楼下。
天气越来越冷，几步路冻得手脚冰凉。到工位上，沈清央放下包，端上马克杯去接热咖啡。
上午事情不多，主要是上个项目的收尾总结。
写完总结打包抄送到接收人邮箱，她准备歇会儿的时候，手机铃声忽然响起，邹瑾让她去办公室一趟。
抬手轻叩两下，沈清央推开邹瑾办公室的门："邹律，您找我。"
"来了。"邹瑾和颜悦色，"有客户找你。"
对面软皮沙发上一个西装革履的男人双腿交叠，笑着说："沈律，还记得我吗？"
沈清央愣了两三秒，很快从记忆库中检索出自己何时见过眼前的男人。
大半年前，徐行知刚回国，她智齿发炎，他带她去陈泊那儿拔牙。
诊所里，她曾主动递出一张名片。
迟疑着关上门，沈清央礼貌地微笑："当然记得。"
邹瑾介绍："这位是万德集团的副总，江总。"
江盛的视线扫过她无名指上的戒指，笑道："我来得不巧，听邹律说，你正准备休婚假。"
邹瑾低头喝茶。
沈清央接收到上司的意思，改口说自己暂时没这个打算。

坐下来聊了几分钟，江盛很快坦白来意。

万德想收购一家建筑公司，他希望由邹瑾牵头团队，沈清央来负责具体的尽调。

秘书递上资料，邹瑾翻了翻，说晚点给江总答复。

江盛走后，沈清央被留在邹瑾的办公室。

“我知道你刚结婚该休婚假，但机会难得。江总指名道姓要你来负责，跟我说信任你的能力。”邹瑾说，“以我的意思，不如做完这一案。正好到年底，你的级别也该升到中级，到时候再休假不是两全其美吗？”

沈清央不假思索地说“好”。

邹瑾露出笑容：“我就知道你分得清轻重。”

沈清央没太犹豫，她和徐行知在一起的时间还长，但工作上的机会转瞬即逝。

合同签完后，以她为核心的尽调小组开始拟调查清单。

其中有两个新来的实习生，邹瑾让他们跟着打下手。

目标公司建和建工倒是很配合，事无巨细地提供清单上所需的材料。

那两周沈清央忙着走访，夜里回到家还在看材料，常常熬到很晚。

元旦前夜，徐行知洗漱完，推开书房门，见沈清央脑袋埋在一堆材料复印件里。

他走过去，合上电脑，俯身把人抱起来。

她揉着眼醒来：“我的文件……”

“都保存了。”徐行知亲亲她的额头，“睡吧。”

沈清央闭上眼，枕在他肩头：“今晚是跨年吧？”

“嗯。”

“别人都出去跨年了，我们就在家里睡觉吗？”她打着哈欠。

徐行知好笑地看着她困得睁不开的眼皮，将她放到床上，隔着衣服捏了捏她柔软的胸口：“不想睡的话，我们做点别的？”

沈清央立刻埋在他胸膛屏息睡觉。

再醒来，是因为实习生的电话。

“沈律！”那实习生是跟着她打杂的，语气焦急，“万德的人昨晚给我发信息，让我通知你今天上午十点到他们集团总部开会汇报进度，我现在才看见。”

沈清央缓了一会儿，撑着额头，起身：“昨晚？为什么不直接跟我说，要你通知我？”

实习生不知所措：“我不知道，是一个企业微信账号半夜一点给我发的，自称小江总的秘书，我昨晚十一点就睡了……”

沈清央挂掉电话。

现在已经是十点，今天元旦，本该是休息日。

徐行知昨晚说上午去一趟公司，下午回来带她去关柏言的滑雪场玩。

休息泡汤，沈清央起床洗漱，赶到万德时，迟到了四十分钟。

路上，她翻了翻尽调小组的群信息，他们都是上午九点接到的电话，知道要开会。

唯独她没有接到电话。

推开门，偌大的会议室无比安静。

除了她，都到了。

沈清央和长会议桌最上首的女人对上视线。

江影靠着办公椅，长腿交叠，似笑非笑地朝她瞥来一眼："不愧是江盛请来的律师，开个会都要人等四十分钟。"

沈清央从容不迫地道歉："抱歉，是我让大家久等了，不知道江总在哪里？"

"不用找他了。"江影微抬下巴，"建和的收购从今天起由我负责。既然沈律不守时、不用心，就让观越换一个人来负责尽调吧。我已经致电樊律了。"

她说的人是律所大老板。

这番话轻描淡写，没能及时通知的实习生看向沈清央，已经快吓哭了。

沈清央和江影对视。

对方眼里写满了挑衅，目光扫过她手上的戒指，添了几分不悦。

走出万德，沈清央接到邹瑾的电话。

"江总说，他妹妹执意要接手，他也没有办法……樊律那边也来了电话，所有违约金小江总一力承担，我们也没有什么办法。"

默然几秒，沈清央说"知道了"。

中午十二点，徐行知从公司回家。

搁下车钥匙，他听到客厅里传来说话声。

走过去，原来是电视大屏上正在播放着美剧。

沈清央正盘腿坐在地毯上，背靠沙发，怀里抱着一桶哈根达斯。

听到声音，她回头看了他一眼，没说话。

徐行知坐到沙发上，手抚上她的头发："怎么突然不开心，工作累了？"

沈清央转身，挖了一勺冰激凌递到他唇边。

徐行知张口吃下，顺手抽走了她怀里的冰激凌桶。

再吃，生理期不知道要多难受。

沈清央也没拦，趴在男人的膝盖上，指尖绕着他的领带。

"到底怎么了？"徐行知把人抱到腿上，"不想上班就不上了，哥哥养你。"

他的语气轻描淡写，沈清央忍不住笑："我花你的钱还少吗？"

无论是从前还是现在，只要跟他在一起，她分文不必出。

说着，徐行知夹着一张信用卡塞入她指间。

"这是什么？"

"副卡，刚办下来的。"

沈清央捏着薄薄一张卡片，好奇："无限额吗？"

徐行知笑出声："你应该刷不到。"

他摩挲着她的脸颊，在唇上亲了一下："现在可以说了吗？"

说了一会儿话，沈清央已经冷静得差不多了，倾身把下巴搁在徐行知的肩上："没事，工作上出了点儿问题，我可以解决的。"

"什么问题？"

徐行知扳过她的脸："你不说，我总有办法从你同事那里问到。"

四目对视几秒，沈清央不得不如实描述。

要说委屈，倒也不多，只是可惜自己过去这么多天的努力。

说完，她看着徐行知，认真地道："相信我，我真的可以解决的。"

江影新挑的律师姓阎，也是邹瑾组里的人，素来和沈清央不对付。

交接的时候，沈清央抱着电脑来到会议室，将项目有关的所有资料都抄送给他。

而后，便看着他审阅文件。

这位阎律在所里也算出名，工作能力一般般，又不是五院四系的学历，能到今天的级别，全凭大老板是他姑父。

沈清央慢慢喝着咖啡。

时间一分一秒地流逝，喝到一半，她搁下杯子："阎律慢慢看，我还有工作，先走一步。"

"等等——"

沈清央抬头。

阎律迟疑："这些是你一周内做完的？这么多，不会有什么问题吧？"

"您看出问题了？"

就是因为没看出，所以他才问的。

沈清央笑容淡淡："这些调查报告是截至昨天上午十一点小江总将我停职之前写的，每一份都有时间记录。从我进观越实习那天起，我经手的文书从无一处错漏，阎律大可放心。"

说完，她合上电脑起身。

关上会议室的门之前，沈清央回身，慢声补了一句："希望阎律一切顺利。"

沈清央回到工位，手在鼠标上握了很久。

林竹带了一盒黄油曲奇来安慰她："楼下蛋糕店新做的，尝尝。"

"谢谢。"

林竹弯腰，手搭上椅子："别太难过了，休婚假跟你老公去度蜜月不好吗？睡男人不比工作来得幸福。"

"……"

送走林竹，沈清央拉开椅子，到楼梯口透气。

办公区的暖气烘得人头脑发晕，在窗边吹了一会儿冷风，她接到一个电话。

看到来电人，沈清央意外："江总？"

"沈律。"江盛语含歉意，"昨天的事我听说了，我向你道歉。"

沈清央默然。

江盛叹气："也是我不好，家父把小妹宠坏了，她从小跟我不对付，从我手里把项目抢走。你是我专门请来的人，她为难你是跟我作对，并非针对你这个人，还望沈律不要介怀。"

沈清央不知道还有这一层，微微一顿，指腹摩挲着栏杆。

江盛继续说："不过这样也好，沈律可以休婚假了，新婚快乐。"

“谢谢。”沈清央静了几秒，浅浅地呼出一口气，“不过我有件事想跟江总说，建和建工的资产构成可能有问题。他们的不动产大多在河北，我前天晚上熬夜看了部分租赁合同，租赁主体和实际承租人不一致，我怀疑他们利用空壳公司伪造资产。除此之外，经营业务方面也有不少问题。”

她缓慢说完，电话那头有片刻的停顿。

江盛徐徐笑道：“沈律果然不负我所望。那不知道能否劳烦你就这些出一份文书给我，我尽力给你一个交代。”

挂掉电话，沈清央回到工位，打开邮箱把准备好的文件发给了江盛的秘书。

周五，江影从电梯里出来，员工侧身喊“小江总”，她冷淡地点点头。

她与江盛同为副总，因为年龄差别就要在称谓前面加个“小”字，当真令人不痛快。

高跟鞋穿过走廊，秘书等在办公室门口，压低声音：“董事长来了。”

江影停步：“爸怎么来了？”

秘书伸手替她开门，犹疑：“董事长看上去心情不佳，您小心应对。”

江影无所谓地点点头，推门走进去，笑意盎然：“爸。”

江董在真皮沙发里合着眼：“让你的秘书出去。”

不用她再开口，秘书已经自觉地关上门离开。

江影不解：“爸——”

“啪！”

一个巴掌迎面甩到脸上。

江影不可思议地捂住脸。

这一巴掌不轻，她素来娇生惯养，脸上霎时出现红印。

“您为什么不分青红皂白打我？”

“你干的什么蠢事？”

江影眼里泛泪：“我干什么了，您要这么打我？我最近为了建和的收购忙里忙外，昨天到凌晨才睡觉。”

她不提还好，一提江董越发冷笑：“流程走得还顺利吗？”

“顺利啊。”

“你知不知道建和资产都是空的。”

“我——”江影愣住。

江董强压下怒气：“徐行知前段时间和女秘书的谣言，是你伪造监控传出去的？”

江影脸色一变：“您怎么知道？”

“还真是你。”江董气得眉心突突跳，“你怎么能蠢到这个地步？”

“是谁跟您说的，徐行知吗？”

江董冷睨女儿一眼：“他昨晚亲自给我打的电话。”

江影面上浮现出震惊、难堪和嫉妒，多种复杂情绪交织，挥手砸了桌上的茶具：“他早就知道是我做的，一直都不跟我计较。我不过小小为难一下那个姓沈的律师，他就心疼了？”

她不能接受，她认识徐行知这么多年，却始终得不到一点特别的对待。

“我早几年便跟你说过，趁早断了对徐行知的念头。他非等闲之辈，不可能受人胁迫，你非得跟他交恶吗？”

江影辩驳：“我没有……”

“你还没有！”江董怒气极盛，“你明知道那个姓沈的律师是他太太，你当着那么多人的面为难她，换了一个什么都做不好的蠢货来。你知不知道你哥以你公私不分为由上呈董事会，要停你的职。”

江影呆住，面色青白，猛然回过神：“爸，江盛陷害我！建和的收购案明明是他的，也是他跟我透露沈清央在。他肯定一早知道建和的资产是空的，他也知道我喜欢徐行知，他故意的……”

江董大失所望：“他故意又如何？人家设个圈套，你就迫不及待跳进去了？小影，你太让爸爸失望了。”

江影带了哭腔：“爸！”

江董摆摆手：“是我宠坏你了。你的确难当大任，总经理的位置还是由你哥来坐吧。你差点造成这么大的损失，我要给董事会一个交代，别留在总部了，去下面的子公司吧。”

去接沈清央下班的路上，徐行知接到关柏言的电话。

“晚上有空吗？江盛想请你吃个饭。”

徐行知淡淡道：“江总的饭，我恐怕吃不起。”

关柏言无奈地斡旋：“他也是没办法。江董偏爱幼女尽人皆知，江盛在集团兢兢业业那么多年还只是副总，他妹妹一回来就跟他同级，眼看着总经理的位置也是他妹妹的……也是巧了，因为上次监控的事，江盛才知道他妹妹喜欢多年的人就是你。”

“地址发给你了。”关柏言说，“不至于不给我个面子吧。”

车停在写字楼下，徐行知降下窗户，一支烟的工夫，沈清央发来信息问他在哪儿。

他下车，朝小广场边缘路灯下的年轻姑娘走过去。

沈清央是被蒋姝和林竹架在这儿的。

听说徐行知来接她，她们俩一定要陪她一起等，美其名曰怕她自己无聊。

夜风中，男人身形挺拔，因为从公司过来，挺正式的白衬衣搭黑色大衣，从凛冽冬日里走来，让蒋姝和林竹心神一震。

上次见徐行知还是一年前的饭局。

那时他刚回国，远在天边的人物，一顿饭就足以留下深刻印象，没想到现在成了同事老公。

“你们好。”徐行知温和地淡笑。

沈清央手被他牵过去，硬着头皮在大庭广众下介绍：“我同事。这是，我老公。”

清醒状态下说出那两个字，真的有些难以启齿。

徐行知莫名笑了一声。

“徐总好，徐总好。”蒋姝和林竹八卦之心十分满足，“我们就是来送送清央。清央，周一见。”

沈清央掌心冒汗：“周一见……”

一路牵手回到车里，沈清央试图转移注意力：“哥，我们去哪儿吃饭？”

徐行知：“不叫老公了吗？”

“……”

他慢条斯理地替她扣好安全带：“反正已经是第二次了。”

沈清央微蒙，她怎么不记得第一次是什么时候。

这纠结很快被抛之脑后，因为徐行知说带她去见江盛。

包厢里，江盛见到两人相携而入，神情有些微妙。

他很快调整为周到的微笑，打了招呼，请他们入座。

关柏言看了眼靠着椅背的徐行知，从进门起他就一点笑容都没有。认识这么久，第一次见徐行知对人冷脸。

徐行知对人一贯温和，毕竟多个朋友总比多个敌人好。

他一言不发，江盛只能转向沈清央，端起杯子：“我以茶代酒，向沈律赔罪。”

沈清央一头雾水，侧眸看徐行知，他把玩着打火机，毫无反应。

江盛三言两语地把事情解释了一遍。

沈清央一震，难怪江盛会这么突兀地找过来，还指名要她……她微微沉吟：“那接手的阎律？”

江盛轻笑：“我跟你们大老板有点交情。”

沈清央恍然大悟。

她也端起茶杯：“江总客气了。没什么要赔罪的，您又没少我的代理费，我还因此升职了。”

关柏言出言缓和：“都是小事。恭喜沈小姐升职，吃饭吃饭，这顿记我账上。”

这顿饭没吃太久，离开餐厅沈清央在附近顺手买了杯奶茶。到了车边上，徐行知忽然停步，伸手揉了揉她的脑袋。

“嗯？”她仰头。

“不生气？”

沈清央咽下奶茶，看得很开：“我为什么要生气？如果江师姐能公私分明，那江总的计划根本就会落空。”

徐行知嗤笑：“他就是捏准了江影会为难你。”

沈清央咬着吸管，心头划过一丝几不可察的不快：“是啊，谁让她那么喜欢你？”

徐行知低眸，几秒后，手指摸上她的脸：“吃醋了？”

“没有。”

气息落下，他捕捉到她口中未喝完的奶茶，茉莉味的。

沈清央慢半拍，回应这个吻。

一月温度很低，路边深蓝色的灯带在寒风中闪烁。北城的冬天几乎看不到星星，唯有半轮弦月钉在天幕。

亲完，徐行知扣着她的腰，把人裹进大衣里，松散地笑：“你还挺黑白分明的。”

体温交替，沈清央缓和呼吸，手指无聊地解他的领带。

“哥哥说过的，君子缘迹不缘心，缘心世上无完人。”

CHAPTER 15 /
他的公主殿下

周日，沈清央陪徐教授和方琴去医院体检。

每年一次的全身筛查，人上了年纪之后都不爱做检查，生怕查出什么不可治愈的大病来。沈清央年年都要好言好语劝好久才能把徐教授劝来。

医院是徐行知约的，他昨天上午飞去了香港，是以今天只有沈清央和徐行恪陪两位老人过来。

检查做完，报告要等几天才能出来。

“新房子住得还习惯吗？我看你都瘦了。”回程的路上，徐教授忍不住问沈清央。

沈清央无奈地捏自己的脸：“哪里瘦了？我一到冬天就长肉。”

方琴：“你别理他，他就是爱操心。我昨天包了点儿你爱吃的小馄饨，你回家带走。”

“谢谢琴姨。”

把他们送回家，沈清央再次出门。

刚走到楼梯下，徐行恪叫住她：“清央——”

她转身。

“要去哪儿？不在家吃午饭吗？”徐行恪问。

“我前天和孟希约好了。”

徐行恪一顿，点点头。

沈清央对他弯弯唇：“大哥再见。”

孟希最近搬新家，吃完饭，两人在商场三楼遇到一家家具店，便一起饶有兴致地进去逛。

店铺装修柔和，家具不是时下最常见的黑白包豪斯风，颜色颇为丰富温暖。

孟希目标明确想买柜子和灯具，导购跟在她身边介绍，沈清央自己漫无目的地转着。

逛到角落，她被吊灯下的一张沙发椅吸引目光。

梅子青色，两侧有扶手，深陷的轮廓看上去包裹性很好。

沈清央想在家里置个读书角，这张椅子放上去正合适。

她支着脸停留了几秒，立马有导购过来邀请她试坐。

“小姐，您眼光真好，这是我们设计师今年的主打新品，店里只剩这一张了。”导购热情地道。

孟希闻声过来：“你要买这个吗？”

沈清央坐上去试了一下，比她想象中更舒服：“还不错，你要不要试试？”

孟希最爱帮人挑东西：“我来，我来。”

她前后晃晃，左右摸摸，而后替沈清央问导购：“这椅子多少钱？能帮忙送到家吗？”

“店内家具都是包配送的。”导购笑容更盛，说出了一个数字。

沈清央和孟希齐齐陷入沉默。

孟希起身，挽住沈清央的胳膊：“我们再看看别的吧。”

沈清央也觉得好贵。

又看了看店内其他的沙发椅，都没有那张梅子青让人惊艳。

一眼钟情的东西，越得不到，越是念念不忘。

孟希看出她喜欢：“你年终奖快发了吧，要不然狠狠心？”

她再狠心也不够。

孟希挑了几盏漂亮的小灯具和几个斗柜，结账时，沈清央还在挣扎，末了突然想起来：“你们店能刷信用卡吗？”

店员说：“当然可以。”

孟希眼睁睁地看着她刷卡付了钱。

“徐行知的卡。”沈清央解释。

孟希双手合十：“老天爷，请赐我一个同样的哥哥，不，老公吧。”

敲定配送时间和地址，孟希接到上司电话，沈清央在店里休息区坐着等她。

刚才头脑发热买下沙发椅，现在后悔没有提前问徐行知的意见。她在聊天框里打字犹豫的时候，一阵高跟鞋声从身旁经过，随后是店员殷切的讨好声：“江小姐。”

沈清央抬头，和江影目光相撞。

她率先收回，关上手机，准备去找孟希。

江影却走过来拦住她：“看到我被停职，你很开心是不是？”

“你想多了。”

“沈清央——”

沈清央转身：“江小姐，我和你无冤无仇，你为什么要一直针对我呢？”

“无冤无仇……”江影居高临下，“我当初真是瞎了眼，才会相信你的话，相信你们是兄妹。”

沈清央不解：“如果你喜欢徐行知，应该去追他，而不是来找我。你为难我有什么意义吗？”

江影一向心高气傲，怎么忍得了这样的指摘：“少拿一副胜利者的姿态来教导我。”

“胜利者？”沈清央目光从江影身上扫过，“江小姐，论学历、家世、长相，我都不如你。从世俗来看，你更成功吧。”

江影冷笑：“那又如何？我跟徐行知认识这么多年，我伪造监控传他谣言，他都不计较，却为了你给我爸打电话，丝毫不顾及我跟他的朋友情分……”

沈清央怔在原地：“那监控是你弄的？”

江影抬起下巴，与她擦肩而过：“是我。”

孟希接完电话回来，见沈清央在原地发呆，走过去碰碰她：“清央？”

沈清央应了一声，慢半拍地跟孟希一起下楼。

她一直在出神思考，孟希不知道她怎么了：“你……”

沈清央突然停步。

一股难言的烦躁感涌上心头，她皱眉问孟希：“他为什么不生气？”

晚上八点，裴亦回到自己的酒吧。

他拨开人群，在角落的卡座找到沈清央：“哟，今天怎么有空过来了，早说啊，我跟他们出去吃饭了。”

沈清央转着桌上的金属球沉默。

裴亦觉得奇怪，凑过去：“央央，央央？央央！”

沈清央踢了一下桌角：“闭嘴，吵死了。”

裴亦霎时噤声，片刻，小心翼翼地问：“祖宗，谁惹你了？”

沈清央心里烦，几个小时都没能冷静下来，喝了两杯酒，越喝越心烦意乱。

手机被搁在桌面，铃声被酒吧音乐掩盖，来电人显示徐行知。

她挂掉。

隔了几分钟，他再次打来。

她干脆关机把手机摔在沙发上。

原地焦躁地转了几圈，她心情不爽，连带着看卡座的沙发也不爽。沈清央又踢了一脚：“丑死了，你就不能换个好看点的？”

“你上次还说好看呢……”

裴亦目睹她罕见的脾气，不敢继续招惹。但徐行知的电话打到了他手机上：“清央在哪儿？”

“我这儿……”

男人干脆利落：“电话给她。”

裴亦不得已把沈清央拉到走廊安静的地方：“你跟行知哥生气，别拉上我，有话好好说。”

手机扣到耳边，沈清央一言不发。

徐行知周围不算安静，像是在机场，低沉的嗓音伴着电流远远传来：“怎么了，不开心吗？谁惹我们央央了？”

他没计较她挂那两通电话的事，先问原因。

一如既往的纵容。

所以他念及情分，也纵容了江影给他惹的麻烦。

沈清央头一次觉得自己这么不冷静，强烈的占有欲上头，她气恼：“问我干什么？你不去安慰安慰江小姐吗？既然她做什么你都能包容，你怎么不跟她在一起，跟我结婚干什么？”

徐行知声音顿住：“央央……”

“徐行知，我不想跟你说话！”

“啪——”

电话挂断。

香港国际机场里，徐行知放下手机。

被挂断的“嘟嘟”声还没结束。

他盯了几秒，无声地扬唇。

沈清央连家都没回，一直在裴亦酒吧里待着。

酒吧越到后半夜越热闹，卡座音乐震耳欲聋。她觉得吵，索性去楼上包厢睡觉。

两杯酒喝得人不清醒，她闭上眼，脑子里混混沌沌想起很多年前的那个下午。

江影来敲门，送徐行知的衣服。

她记得那衣服上有女生的香水味，和江影身上的如出一辙。

他收下了，毫无介意之色。

二十多年人生里，沈清央几乎没对人发过脾气。无论什么事，她都能换位思考理解别人。可是这次，她真的控制不住。

她知道自己在无理取闹，可没法说服自己看开。

包厢里隐约透着外面的音乐，沈清央无论如何都睡不着。烦躁到半夜一点，她准备叫个代驾回家。

下楼梯时，她撞见拿着手机来找她的裴亦：“我哥说西侧高架上发生车祸了。他从那儿经过看见车牌号好像是行知哥的，你要不要打电话问问？”

沈清央脚步一停。

她缓缓扭头，盯着裴亦。

裴亦被她的神色吓到：“我哥说现场太乱他没看清，行知哥的电话也打不通，但看救护车的方向是往北医三院去了……”

半夜两点钟，徐行知拿到检查报告。

软组织挫伤，没伤到骨头。有个人酒后醉驾，在高架上追尾一连撞了七辆车。

受伤最严重的车主现在还在抢救。

半夜的急诊室闹哄哄的，徐行知靠着椅背，等司机过来，手机没电关机，他也懒得管。

走廊上人来人往，消毒水与血腥气弥漫。穿堂风吹过，一阵急匆匆的脚步声传入耳中。

他睁开眼。

怀里猝不及防扑进一个人。

温热的眼泪顺着颈间皮肤蜿蜒。

沈清央紧紧地抱着他，一开口哭腔跟着泄出来：“吓死我了……”

无法形容刚才的感受，巨大的恐惧侵袭全身，她从来没这么害怕过，害怕看到的是躺在病床上的徐行知。

徐行知有片刻的怔然，手扶上她的腰：“你怎么过来了？”

哭着喘了口气，沈清央确认眼前人完好无损，才慢慢松开他。

她两眼通红。

徐行知抬手，指腹擦拭她的眼泪：“有新闻？”

沈清央缓了一会儿：“不是，裴琛哥。”

他凝视她，手指下滑，改为摩挲她的脸。

良久，他把人按到肩头，垂眼笑了：“哭什么？怕哥哥死了吗？刚才电话里不是还说不想跟我讲话了？”

不提还好，一提沈清央后知后觉地觉得丢人。从徐行知怀里离开，她看到他的衬衣袖子卷起，包扎好的纱布隐隐渗出血。

她拿起座椅旁的报告查看。

徐行知放下衬衣，套上大衣外套，过来牵她的手。

沈清央挣扎了一下，没甩开。

快走出医院时，她接到徐行恪的电话。

“……喂，大哥。”

“清央，我接到裴琛的电话，他说——”

“已经没事了。”沈清央说，“徐行知没事，只是外伤。这么晚别惊动徐伯伯和琴姨了。”

徐行恪沉默一瞬：“你们在一起？”

她今晚心情大起大落，此刻情绪不高，无心遮掩：“嗯。”

“大哥，”沈清央提了一口气，“你也别担心了，早点休息吧。”

挂断电话，代驾也到了。

徐行知用她的手机给司机拨了个电话叫他不必再来。坐进后座，这车沈清央开久了，车厢内丝丝缕缕浮着属于她的香气。

一开始，沈清央想坐得离他远点。

然而力气悬殊，她被徐行知拉到身边。碍于代驾在，她不好反抗。

就这么沉默着。

徐行知身上有淡淡的消毒水味和血腥气。

手被他握着，沈清央刚一侧头，视线便被他捕捉到。

她抿抿唇，移开目光。

车一路开入小区，代驾师傅离开。

沈清央想下车，手还没推开车门，就被扯回去。

车库光线远远落过来，徐行知面庞棱角被模糊。他掌心扣住她的后颈，按下来，温柔地吻了一下：“还在生气吗？”

沈清央不说话。她眼帘垂着，睫毛纤长，极少见的赌气模样。

徐行知猜到她知道了什么，附到她耳边解释：“我不是不跟江影计较，是懒得耗费精力。既然有更便捷的解决方法，就没必要去找她。”

沈清央抬起眼：“可是江盛的事你明明很生气。”

徐行知背靠座椅，把她的长发拨到肩后：“因为他利用的是你。”

车里响着音乐，是沈清央半路觉得太安静，用手机蓝牙遥控打开的。

此刻随机播放到《A Sorta Fairytale》，她记得徐行知以前经常听。

女声慵懒而有力量，沈清央更无法平复心境。

她不知道自己是不是在吃醋，但只是很想亲徐行知，确认他的皮肤、温度和心跳。

跨坐在他腿上，她低头在他唇上不轻不重地咬了一下，手攀上他的肩，去解他的领带。

徐行知笑了一声，喉结轻滚，拢住她的手帮忙一起解。

“不上楼吗？”

听到这句话，沈清央停下。

昏暗车厢里，她皮肤很白，眼尾微微泛着红，对视几秒，她趴在徐行知颈间咬了一口。

他搁在她腰间的手力道收紧。

“哥。”

“嗯？”

“我想问你一个问题。”

徐行知眉梢轻挑，偏头：“什么？”

沈清央微顿，看着他的眼睛：“你能不能告诉我，你的第一个性幻想对象是谁？”

脱口而出的同时，沈清央整个脑子停止转动。

她直勾勾地盯着徐行知。

狭窄封闭的空间，只剩呼吸与心跳交错。闻言，徐行知眼皮极淡地下压一瞬，接着懒洋洋地回答：“不能。”

沈清央眉心一跳：“为什么？”

徐行知抬眸：“我为什么要告诉你？”

“你为什么不告诉我？”

徐行知掌心抚着她的腰线：“沈律，你不知道人人都有隐私权吗？”

“徐行知——”沈清央心生浮躁，“我是你老婆！”

“是吗？”

察觉到男人眸子里明晃晃的笑意，沈清央意识到自己刚才说了什么话。

她越发气恼，狠狠咬上徐行知的唇。

原本是想发泄，下一秒身体被锢住动弹不得。唇齿纠缠加深，徐行知抱着她亲了好一会儿。

离开那张潋滟柔软的唇，他的气息流连至她颈侧，轻轻磨着耳垂：“你真想知道吗？”

狭窄空间里，两人身体紧密相贴，沈清央身体僵了又僵。

但她今天昏了头，忍不住问到底：“是我认识的人吗？”

徐行知在她颈间笑了一声，炙热气息轻扫而过。

今天不上班，沈清央贪图轻便穿了羊绒裙打底，修身款式，勾勒出极漂亮的胸型。

徐行知隔着衣服捏了两下，解开最顶端的贝母扣，指尖顺着细腻皮肤去捕捉她的心跳，慢条斯理地回答：“你应该认识。”

“是谁？”

他贴着她耳郭：“你猜呢，央央？”

沈清央脑子里轰然一声，意识到是自己，绯红从脸颊蔓延到脖子，低声咬唇："变态。"

徐行知无辜："你非要问的。"

她……

沈清央脸颊埋入男人胸膛，深深地喘气。

身体渐热，情绪却冷静了一点儿，她拾回一点理智："不能在这儿……"

到处都是监控，何况她的车里也没有套。

"知道。"徐行知声音喑哑，浅尝辄止后，脱下大衣裹在沈清央身上，把她抱下车。

"你的胳膊——"

"皮外伤。"他附耳又补了一句，"哥哥就算残了，也抱得动你。"

一梯一户的设计，进门时，徐行知注意到门边放着一个巨大的正方形纸箱。

他懒得管，解锁进去。

扑面而来的暖气化解了寒冷，北城的冬日一贯漫长，沈清央被压到床上亲的时候，手胡乱摸到徐行知的衬衣纽扣，忽然想起问："你的行李箱呢……"

"没带。"

她迷蒙地"啊"了一声。

他千里迢迢回来，只是为了哄她。

意识到这件事，沈清央心口热度攀升。

……

凌晨五点，徐行知洗过澡，找了截纱布重新绕在手臂上。门口的纸盒被弄进来，原来是一张沙发椅。

梅子青色，挺漂亮，应当很衬她的肤色。

他倒了杯水端进卧室，把沈清央的脑袋从被子里托出来，喂她喝水。

沈清央打着哈欠，困倦中听到徐行知的手机一直在响，对方显然催得很紧。

她含混不清地呢喃："现在走吗？"

"周五回来。"徐行知低头吻掉她唇边的湿润，"睡醒试试床头柜上的项链。"

沈清央压根儿没听清他后半句话。

迷迷糊糊地睡到八点半，被闹钟叫醒时，她痛苦地闭上眼，足足过了十分钟才清醒。

洗漱完从浴室出来，沈清央一眼看到床头柜的长条形包装盒。

打开，是一条红宝石项链。

她很自觉地试戴，艳红如血的吊坠衬得皮肤吹弹可破，并不过分隆重，而是恰到好处的点缀。

拍了一张照片发给徐行知，她顺便提醒他伤口不要碰水。

之后一周，组里做年终总结。

年前最后的工作日，大家都格外懒散，互相分享今年打算怎么过。

林竹说："我是不打算回老家，否则就我这样快三十岁还不结婚的，简直罪人一个。”

蒋姝深有同感。

“清央就不一样了，已婚人士。”她们俩促狭。

沈清央这些日子已经习惯了她们俩的打趣，淡然自若。

人的底线和阈值，果然是会被不断拉低的。

周五下班，方琴打来电话说晚上家庭聚餐，让她顺路去接于微一趟。

沈清央欣然应下，到了地儿，按照方琴给的电话拨过去。没一会儿，于微敲敲她的车窗，笑着打开车门。

“于微姐。”沈清央把副驾驶座位上的包拿到后面。

“麻烦你了，我说可以打车去，方阿姨坚持让我坐你的车。”

“不麻烦，我顺路。”

于微补了补口红，她五官美艳，笑起来摇曳生姿。她递给沈清央一支口红：“妹妹，送你。上次见面仓促没来得及送见面礼。”

沈清央推辞不过收下。路上，两人自然而然聊起徐行恪，于微好奇：“我看你们兄妹关系很好，你是很小就住在徐家吗？”

“十三岁，大哥没说过吗？”

于微摇头：“没有。我只知道他有个妹妹，一直以为是亲妹妹。”

沈清央弯唇：“也差不多，大哥一直对我很好。”

于微挑起一抹意味不明的笑。

车驶入小区，刚停好徐行恪也回来了。

看见于微，他短暂地皱眉。

于微走过去挽他的胳膊，眨眨眼：“方阿姨让我过来的，忘记告诉你了。”

徐行恪神色平淡：“你注意分寸。”

沈清央先他们一步进门，去厨房帮方琴的忙。

方琴边削雪梨，边随口问：“行知说他的航班八点落地，让我们不用等他。他又去哪儿出差了？”

“香港。”

不假思索的答案，说出口，两人俱是一愣。

方琴偏身，面露疑色：“清央……”

沈清央麻利地端上托盘：“我去榨果汁。”

她心虚，吃饭的时候不敢看方琴，方琴也没再问。

晚饭结束，沈清央主动帮忙收拾桌子。

把椅子推回去时，有部手机掉到她脚边。她捡起来辨认，是徐行恪的。

不知道徐行恪送于微有没有走远，沈清央连忙追出去。

铁门前的路灯坏了，工人还没来修。沈清央走到海棠树旁，忽然听到前方模糊的交谈声。

“下次她再让你过来，你推说有事就行。”

“为什么？”于微嗓音慵懒，很有辨识度，“我很喜欢你们家。方阿姨，还有妹妹。”

“于微。”徐行恪语气淡淡，暗含警告。

于微笑问：“我做得不好吗？既然是假扮女友，自然要讨你家人欢心。”

“你做得已经够多了。”

“我觉得不够。”

徐行恪失去耐性，皱眉看她。

于微在夜风中凉笑：“徐行恪，在我面前就不必装得道貌岸然了吧？你找我帮忙，到底是为了安家人的心，还是为了断你自己的念头？”

徐行恪眉头皱得更深：“你在说——”

话被打断，于微上前一步，从他外套的口袋中翻出皮夹。

徐行恪猝不及防，她已经抽出最里面的照片，玩味道：“你日日摩挲的这张照片，从前说是亲妹妹。只是不晓得你那‘亲妹妹’知不知道你这大哥的心思？”

徐行恪眸色瞬间变冷，攥住她的手腕。

于微嗤笑一声，目光犀利：“徐行恪，你这么多年不谈恋爱不结婚守着她，却不敢越过雷池一步。你有没有想过，你不可能永远困着她。”

照片猛地被人夺去。

月色隐约而青白，夜幕沉寂。

徐行恪将照片归于原位，冷静道：“你喝醉了，我送你回家。”

这句话彻底激怒了于微，她冷笑几声，抬手狠狠指着眼前的男人：“好！徐行恪，你最好能忍一辈子。”

说完，她从徐行恪手里拽出包带，转身就走。

徐行恪站在原地，于簌簌夜风中沉默。

身后的海棠树下忽然传来细微的动静，是枯叶被踩碎的声音。

他全身僵住，像被绳索套牢。

沈清央缓缓地从阴影中走出：“大哥。”

嗓音艰涩，像被冷风刮过，她张了张口，只能发出这两个字。

大脑像一片糨糊，她无论如何也不会想到，她一直视若亲兄长的大哥，竟然存了这样的心思。

遮羞布被彻底扯掉，徐行恪隐于黑暗中，发出音节：“……你听到了多少？”

沈清央垂眸：“都听到了。”

胸膛冰凉，混混沌沌堵着一口气，徐行恪呼出，很轻地扯唇：“也好。”

太累了，日日见她的眼睛依赖地望向另一个人，好像整个世界，她只看得见徐行知。

皮夹被重新放入口袋，徐行恪上前一步，想如往常一样摸摸她的头顶。

沈清央下意识躲开。

徐行恪的掌心落空。

她一愣，随即想解释：“我只是……”

“我知道，你只是不习惯其他人的接触。”徐行恪苦笑着说，“不必解释，我都明白。”

到了这个地步，他依然是温和的，刻骨的习惯难以改变。

沈清央默然，思绪乱糟糟的，她不知道该说什么：“大哥……”

徐行恪幽幽地看着她，面色复杂：“清央，你知不知道，你从小就喊我‘大哥’，喊行知却是‘哥哥’。”

不加序齿的哥哥，她从一开始就划定了亲疏，将他排在世界之外。

沈清央怔忡，这样小的细节，她从来没在意过。喊徐行知哥哥不过是因为从小就那么喊，在他们两家还未遭遇变故时，她便跟在徐行知后边唤哥哥。

手指无意识蜷缩，她心里微微发凉，察觉到一种无法挽回的征兆。

徐行恪自嘲一笑，目光望向她身后灯火温暖的房子，神色渐渐变得平静。

早该给自己一个解脱。

“清央，你不必觉得难做。年后我就要去外省就任，此后再见，只有逢年过节而已。”

该祝他步步高升，仕途坦荡。

静默良久，沈清央抬头，轻声说：“大哥对我的关切和照顾，我永远都记得。”

她一向记恩不记仇，徐行恪轻叹一口气，掌心落到她头顶：“好。那大哥祝你从此万事顺利。”

雪白的车灯破开黯淡的冬夜，枯叶被碾出“沙沙”声。

徐行知推开入户门，客厅里亮着灯，电视上在播放晚间新闻。

听见动静，方琴起身：“行知回来了，吃饭了吗？我给你热点饭菜。”

“在飞机上吃过了。”徐行知脱下外套，“您不用麻烦了。清央呢？”

方琴明显一顿。

倒是徐教授说：“楼上卧室，你找她吗？”

徐行知往楼上走：“她托我买了样东西。”

方琴面色微变，手里的毛衣理不下去了，往沙发上一坐，皱眉叹气。

徐教授视线移过来：“你怎么了？”

方琴睨他一眼，语气忍不住加重：“你真是年纪大了，又瞎又聋！”

楼上，徐行知象征性地敲了两下门。

沈清央正在书架前翻找书籍，刚想说请进，门已经被推开。

她偏身，看见来人，眼眸一亮。

“哥——”

徐行知伸手接住扑过来的姑娘，低头轻嗅她发间的气息：“这么热情？”

沈清央仰头，拽拽他的领带，嘴角轻撇。

无声的撒娇，徐行知被可爱到，捏着她的后颈亲下去。

沈清央启唇回应，环住男人的腰。亲了一会儿，她被托抱起来，陷入沙发。

分开时，彼此看着对方的眼睛，呼吸暖而沉。

徐行知拨开她的衣领，指尖压着红宝石吊坠磨了磨。

殷红的颜色衬得肤如凝脂，沈清央怕痒，生理性想往后缩，撞上他的臂弯。吊坠被拎起，徐行知低头吻了吻嵌在她皮肤上的印记。

酥酥麻麻的触感，沈清央脑袋后仰，贴着徐行知的耳朵故意问：“好看吗？”

她发现，他好像很喜欢给她戴红色的首饰。

徐行知轻轻捏她的腰：“你戴什么都好看。”

沈清央弯唇，为了防止事情朝不可控制的方向发展，她扣好衣领，跟他说正事：“我爸昨天给我打电话，他们明天回来。”

“几点落地。”

“下午三点。”

徐行知懒懒地玩着她的手指：“那我们去接机。”

沈清央一顿，见他神色淡然，不像开玩笑的样子，忍不住提醒：“我还没跟徐伯伯说呢。”

徐行知抬眼。

沈清央迟疑：“如果让徐伯伯最后一个知道，恐怕他会气晕……”

徐行知盯了她几秒，盯到沈清央话音消失：“你为什么这么看着我……”

他的手上移，虎口卡住她的小脸，嘴角轻勾：“这次做好心理准备了？”

沈清央的睫毛缓慢地扇了扇：“琴姨好像已经发现了。”

今时不同往日，她和徐行知住在一起，每次回家都是同进同出，敏感的人稍微注意一点就能发现端倪。

所以晚饭前被方琴试探出来时，沈清央发现自己竟然没有预想中的惊慌失措，反而有一种尘埃落定感。

她伸手抱住徐行知，脸颊在他颈边蹭了蹭：“我们一起去说吧。”

徐行知搂住她的肩，垂眼含笑：“好。”

确定了之后，心里好像有一块巨石落地。

坐了几个小时的飞机，徐行知说要先去洗个澡，沈清央便趁这个时间继续找那张在苏州买的手绘书签。

他生日那天两个人吵架，她情绪极度不稳定，忘了自己把书签塞到哪里了。

搬家的时候，她把抽屉翻了一遍，也没找到。

当时以为丢了，沈清央觉得有些遗憾。今天又回到这里，她突然想起当时好像是随手塞到一本书里去了。

至于是哪本书，搬家那天兵荒马乱，所有的书都被一股脑堆到书架上。

手指沿着书脊滑过，沈清央一本本翻找，终于在一本散文集里找到那张书签。

墨痕早干，她坐在书桌前，想了想提笔在“生日快乐”下面又添了一行字：新年快乐！

写完，书签完整地放入长方形礼物盒里。

沈清央翻出丝带系了个蝴蝶结。

刚整理好，手机来了个电话，沈清央接起：“喂。”

来电人是裴亦：“央央，有空吗？”

“有啊。”她在等徐行知，闲着没事干。

裴亦“嘶”了一声，可怜巴巴地道：“我嗓子不舒服，你能陪我一起去药店买药吗？”

“好。”沈清央应允。

套上羽绒服，她在门口见到裴亦。大冷天的，裴亦也穿了件黑色的长款羽绒服。

裴亦从家里给她带了一盒草莓，又红又甜，两人一边吃一边往药店走。

“你爸今年回来过年啊？”裴亦遗憾，“那我们岂不是没法一起打麻将守岁了。”

沈清央咬着草莓尖，含混不清地应了一声。

“那行知哥怎么办？你们都领证了，难道要分开过年吗？”

“应该要分开的。”她还不确定她爸对他们的事会是什么反应。

“好吧，那你把年初三的午饭留出来，和我女朋友一起吃饭。”

沈清央差点咬到舌头：“什么女朋友？”

“我之前跟你提过的！”

“那位祝小姐？”

裴亦得意地哼哼了两声。

沈清央盖上盒子，擦擦手：“还真让你追到了，什么时候的事？”

“前天晚上。”

……

两人聊着天走到了小区外的药店，裴亦向店员要了润喉片、冰袋和云南白药喷雾。

沈清央没等他，去旁边的便利店买了几串关东煮。

她吃夜宵的坏习惯无论如何也改不掉了，就算晚饭吃饱了，还是有另一个胃留给夜宵。

裴亦买完东西来找她，两个人一起坐在便利店里的长木桌上吃关东煮。

吃完，沈清央随手翻了翻裴亦买的东西。

她觉得奇怪：“你买冰袋和红白瓶干什么？你磕着哪儿了吗？”

裴亦心虚地笑笑。

沈清央皱眉看着他。

过了几分钟，裴亦才慢腾腾地说：“行知哥让我买的，他让我把你带出来……”

沈清央蒙住：“把我带出来干什么？”

裴亦：“我不知道。”

足足愣了好一会儿，沈清央意识到什么，连忙起身推开玻璃门折返。

等她回到徐家的时候，已经晚了。

客厅里弥漫着未消散的怒气，徐行知不在，方琴正在帮徐教授顺气。

“孩子们都大了，也不是什么了不起的事，你说你这么生气做什么？再说了，就算生气你也不能打他啊，万一……”

“万什么一！”徐教授怒道，“我就该把他打死。”

沈清央转过玄关时，恰好听到这一句。

她脸色一变，对上两位长辈的目光，脱口而出：“您还打人了？”

见到她回来，徐教授没好气地哼了一声。

沈清央抿唇，抬脚就想往楼上走。

“站住！”

沈清央装没听见。

徐教授气得拔高音量：“你给我站住！”

那姑娘身形晃了晃，终于停下。

坐到徐教授身边，沈清央看到靠在茶几上的金丝楠木手杖，那是徐教授去年生日的时候别人送的，质地温润，手感极好。

她问："您就是拿这个打我哥的吗？"

徐教授一听她说话就来气："你还记得那是你哥呢？"

沈清央抿抿唇，重新说："您就是拿这个打徐行知的吗？"

眼看着气氛剑拔弩张，方琴连忙出声劝："好了好了，清央，没多重，你徐伯伯就气上头打了几下。"

"要不是你拦着，我非打死他。"

沈清央没忍住："又不是他一个人的错，您为什么要打他？"

徐教授冷笑，自己的儿子他还能不了解："不是他的错？他要是没点心思，规规矩矩当个哥哥，我不信你还有本事强迫他？"

"……"

沈清央争辩："那您也不能打他啊。"

"我打了又怎么样？"徐教授缓着气，抬手戳她脑袋，"真是女大不中留。这才多久胳膊肘就朝外拐了？"

沈清央抿嘴，睫毛动了动："我们都已经结婚了……"

一提起这个，徐教授血压更高："混账！"

二十分钟前，他那好儿子拿着结婚证搁到他面前，不疾不徐地说自己以后会照顾好清央的。

看到证件上的一对璧人，徐教授短暂愣了几秒，随后火气直冲头顶。

没离婚前，两家的确开过要订娃娃亲的玩笑，后来发生变故，这事便没再提。直到沈清央住进来，和两个哥哥一直是以兄妹相处。

他的两个儿子，事业风生水起，性格都算不上多良善，但好在对这个妹妹一向照顾有加。

沈清央秉性温良，徐教授一直希望她以后的男朋友能简简单单的，两个人相处和睦。

哪知道……

沈父明天回来，他简直无颜面对好友。

徐教授闭着眼，平复怒气。

沈清央求助地看向方琴，方琴嗔怪地看了她一眼，下巴朝徐教授的方向轻抬。

沈清央硬着头皮坐过去，放软声音："徐伯伯，您这么生气，是觉得我配不上他吗？"

"你——"

"还是说您不喜欢我？"

徐教授被气笑了，点点她的额头："小丫头片子。"

打小话不多，现在反而学会了四两拨千斤这一套。

沈清央弯唇露出两个梨涡："那我上去看看我哥了？"

"不许去，他死不了。"

方琴打圆场："去吧去吧，大过年的别真伤着。"

“谢谢琴姨。”沈清央拿上冰袋和红白瓶起身，想到什么，又回头。

“徐伯伯。”她试探着问，“我爸那儿，就拜托您了？”

沈清央离开后，徐教授面色复杂地叹了口气。

方琴给他泡了一杯绿茶：“你说你，动这么大气。清央这么好，顺理成章真是一家人了，你不高兴吗？”

徐教授揉揉额头：“现在高兴归高兴，我也怕亲家结成仇家，万一行知以后对清央不好，我和她爸这么多年朋友……”

“呸呸呸！”方琴白了他一眼，“哪有你这么说人家新婚夫妻的。”

徐教授想起刚才的情形：“你看他像认真的吗？草率地带清央领证结婚，拿两家长辈当空气，连句保证都没有。”

方琴却不这么认为：“事靠人为而不靠言说。行知要真想做什么，就算提前告诉你，你拦得住吗？”

她宽慰：“儿孙自有儿孙福，我们顾好自己就行了。”

楼上卧室，沈清央在等徐行知。

他这回是真洗澡去了，外套搭在衣架上，手表也解了下来。

沈清央心里堵得慌，在房间里走了一圈，无聊地拿起徐行知的手机尝试解锁。

她先试了徐行知的生日，又试了自己的，本是无心，岂料真的解开了。

屏幕解锁，沈清央和十七岁的自己面面相觑。

少女一袭米白色英伦风束腰长裙，挽起的长发编进了一圈花形蕾丝带，双手叠于膝上，安静地坐在沙发角落。

沈清央怔住。

久远的记忆被调出。

那是高二学年初始的艺术节。

班里话剧社的人要排一出《傲慢与偏见》，几位主演人物都定了，女主角姐姐简·班内特的演员在艺术节前几天不幸崴到脚，沈清央被孟希拉去救场。

好在剧本是经过改编的，简的戏份和台词都很少，大多时候只充作背景板陪衬，沈清央便应了下来。

演出前几天，她把租来的长裙带回家清洗。

偌大一个袋子，回家时，撞上徐行知。

他那时已经步入大学，上课时间很少回家。

“哥哥。”提手断了，沈清央抱着纸袋。

徐行知弯腰捡起地上的珍珠色腰封。

那裙子是英伦风的设计，腰收得紧，裙摆很蓬。

沈清央看到他拿在手里，脸腾地变得有些红，小声解释：“是演出服。”

徐行知放回去：“什么演出？”

“学校艺术节，话剧《傲慢与偏见》。”

“你演女主？”

“不是……”她莫名羞耻，“我演女主的姐姐。”

静了几秒，沈清央听到他轻笑了一声。

她其实很想问他有没有空来看，但碍于自己只是个龙套，没好意思问出口。

那天演出时，也确实没有看见徐行知的身影。

照片里的这一幕，重头戏是男女主的相见，一张沙发上挤了姐妹三人，沈清央饰演的简坐在边缘。

当时她似乎在出神。

可照片只拍下了她一个人，四周黑暗，光线聚在她身上。

沈清央盯着手机壁纸，思绪飘浮。

一道开门声把她拉回了现实。

沈清央一僵，飞快地把手机搁回桌上，然而徐行知已经推门进来，将她的动作尽收眼底。

“查岗呢？”徐行知用毛巾擦着头发，顺手关上门。

“没有。”

“屏幕还没暗下去呢。”他提醒。

“……”

沈清央稍微有些绷不住。

徐行知笑了，放下毛巾走过来，从背后抱住她：“看到什么了？”

沈清央偏眸：“你的手机壁纸。”

“是吗？”他手指划动屏幕，那张照片再次现于眼底。

沈清央瞥一眼赶紧收回，将他手机屏幕翻过去：“这张照片哪儿来的？你不是没去吗？”

“谁告诉你我没去？”

她转身面对他，茫然：“我没看到你啊？”

徐行知捏捏她的脸：“那么大个礼堂，你上哪儿看见去？我就待了十分钟。”

彼时他在礼堂最后面，旁边拍照的师弟与他相熟，便把相机借他拍了一张照片。

气氛沉静两秒，沈清央看着徐行知的眼睛，心底有一块角落无声无息地塌陷。

她踮脚抱他，闷声问：“徐伯伯打你哪里了？”

徐行知轻笑：“心疼了？”

沈清央“嗯”了一声。

她努嘴：“为什么不跟我一起？有我在，徐伯伯肯定不会打你了。”

徐行知掌心扣着她的脑袋，从容地道：“不让他出出气，不好跟沈叔交代。”

抱了一会儿，沈清央推推徐行知，让他把上衣脱下来。

从袋子里拿出冰袋，她捏开：“你还挺未卜先知的。”

徐行知喉间溢出一声笑，单手掀起衣角脱掉。明亮的光线下，他的身体线条一览无遗，沈清央动作轻顿。

她晃了晃手里的冰袋，感觉温度下来了，丢给他自顾自道：“你自己冰敷吧，我回去洗澡睡觉了。”

人还没起来，又被拉回去。

徐行知揽着沈清央的腰，把人抱进怀里，落下暗含暧昧意味的一吻：“结婚证都给他们看过了，我们别欲盖弥彰了。”

次日中午，吃过饭，两人前往机场。

过年期间的北城比以往清静了许多，少了忙忙碌碌的打工人，取而代之的是满城的红对联和福字。

接机口人潮涌动，时不时便见到喜极而泣的欢呼和拥抱。沈清央被徐行知牵着手，掌心隐隐冒汗。

徐行知捏捏她的手：“紧张？”

沈清央点点头。

算起来，父女俩快有三年未见了。

早些年沈父每年都回来过中秋和春节，再婚有了夏夏之后便减少了回国的频次。后来遇上疫情，父女俩一连三年都没见面。

她都快忘记爸爸的样子了。

沈清央看了眼手机时间，深呼一口气。

与此同时，通道里随着人流走出一家三口。

青春年华的少女走在父母中间，蹦蹦跳跳说着话，比她十来岁时要明朗活泼得多。

沈清央神情有些恍惚。

腰被徐行知搂住，他带着她走上前去，温和得体地开口：“沈叔。”

沈清央回神：“爸，瞿阿姨。”

瞿阿姨客气地跟她握手，慈爱一笑：“这就是清央啊，你爸总提起你，果然漂亮又懂事。”

沈清央礼貌地笑笑。

沈崇鬓边生了白发，但沉稳干练。他这些年辗转不少国家，身上自有一份不同于普通人的阅历在。

视线将沈清央从头端详到脚，沈崇松开行李箱拉杆，伸手把女儿拉过来，感慨地拍了拍她的后背。

“清央，好久不见。”

沈清央也轻声道：“爸，好久不见。”

短暂地抱了一下便分开。

夏夏是第一次跟着回国，乌溜溜的眼睛好奇地打转，甜甜地叫了一声“姐姐”。

沈清央友好地把准备好的礼物给她。

“先上车吧。”徐行知终于开口，主动接过行李箱。

沈崇一直没忽视他，眯着眼打量眼前的年轻男人，没说话。

上车的时候，他拦住拉开副驾驶座车门的沈清央：“去后面坐，看看爸爸给你带的礼物。”

“哦……”沈清央换了位置，夏夏兴高采烈地递给她一个盒子，叽里呱啦介绍这串项链的珍珠多难得。

沈清央心不在焉地听着前座的两个人说话。

沈崇语气平静，一直在问徐行知公司方面的细节。

从好友家知根知底的孩子骤然变成女婿，让沈崇对徐行知的心态一下子发生了变化。

他问一句，徐行知微笑着答一句，无可挑剔的周到。

沈清央按捺不住地插嘴：“爸，徐伯伯给您打电话了吗？”

沈崇回头看她，面色十分和悦：“是啊，他昨晚跟我聊了半宿，定了明晚咱们两家一起吃饭。”又转向徐行知，“行知的伤怎么样了？你爸也真舍得。”

徐行知平稳地开车：“好多了。”

“那就好，大过年的照顾好自己。”沈崇靠回去，轻飘飘地说，“清央留下来跟爸爸一起过年。”

沈清央不得不说好。

车开到天瑞府。

沈崇的意思是要住原来的房子，租住的那家远房亲戚十一月底便已经搬走了，但沈清央去看过，老房子暖气不足，水电也老化，就劝他住天瑞府。

买房子和装修都是沈崇出的钱，没道理放着不住。

车停在单元楼下，沈清央下车：“爸，你们先上楼吧，门锁密码我发给夏夏了。”

沈崇瞥她：“你留在这儿干什么？”

沈清央摸摸鼻子。

“你先跟瞿阿姨和夏夏上去，”沈崇说，“我跟行知说几句话。”

沈清央看了眼徐行知。

他握握她的手，淡然道：“天气冷，去吧。”

沈清央无可奈何。

三人的身影消失在门禁后，沈崇抬手：“我多年没回国了，行知，陪我去买包烟吧。”

徐行知关上车门：“您请。”

新小区，入住居民不多，但物业仍弄得喜气洋洋，很有过年的气氛。

安静地走了一段路，沈崇突然开口：“什么时候开始的？”

徐行知敛眸：“她成年后。”

沈崇似笑非笑地看他。

徐行知从善如流：“我的错。”

沈崇收回视线，淡淡道：“当年决定让清央借住的时候，我也考虑过这个问题。但你是我从小看着长大的孩子，我知道你有主见有分寸，现在看来是我看错了。”

徐行知不语，推开便利店的门。

沈崇继续说：“清央心思简单，我其实不是很赞同你们在一起。她从小就没有特别大的志向，适合过安稳的生活。”

“而你，”他摇摇头，“我不敢赌你的良心。”

徐行知从收银员手里接过烟，付了钱。

走出便利店，沈崇呼出一团白雾，侧目：“为什么不说话？”

徐行知回答：“您说得都对。”

沈崇笑了：“你爸妈都是厚道人，加一起也不及你聪明。既然认同我的话，那选个日子离婚吧。”

徐行知也笑：“您做事也太干脆利落了。”

冬日的傍晚有一种灰暗的白，路灯早早亮起，将人的影子拉得很长。

徐行知说：“沈叔，恕晚辈说句冒昧的话，论起陪她的日子，您未必有我长。”

沈崇眼色微沉：“哦？你是说我不是个好父亲。”

“我自然不是这个意思，您出国前尽心尽力为清央打点好一切，知道哪条路对她最好。这些年衣食供应，也都一分不落地往我们家打钱。”

沈崇打断：“恭维的话不必说了。”

徐行知笑了笑：“我不喜欢对人许诺，承诺是最虚无缥缈的东西，您也未必想听。”

沈崇掸了掸烟灰：“实际行动也不必做，我的女儿不缺钱，不需要你的任何财产。”

徐行知静了一瞬，直截了当：“离婚是不可能的。沈叔，您应当清楚，只要我不愿意，这婚不可能离成，我可以无限期地跟您拖下去。”

“你威胁我？”

“不，我只是希望您相信我。”

沈崇说：“你自己也说承诺不可信。”

徐行知眉目平静：“不管可信与否，您都只能相信。”

沈崇转身，目光犀利地打量他。

徐行知补充道：“另外，无论您说再多，跟我结婚的是清央，她的人生，您要尊重她的意见。”

空气有片刻的凝滞。

沈崇掐了烟，正色问：“如果有一天——”

“不会有。”

沈清央在卧室陪夏夏整理行李。

夏夏没回过国，对一切都感到新奇，尤其对她这个素未谋面的亲姐姐。扭捏了几分钟后，两人很快熟悉起来。

“姐姐，”夏夏好奇地问，“和你一起的那个哥哥，我要喊姐夫吗？”

沈清央点头：“对。”

夏夏眨着眼：“可是爸爸不让我喊。”

……

沈清央心不在焉地陪夏夏玩了一会儿，打开手机给徐行知发信息：我爸跟你说什么了？

隔了几分钟，徐行知回复：随便聊了点儿，你今晚留下吗？

沈清央：对。

他问：需要什么生活用品？我回家给你拿。

大过年的，沈清央不想让他跑来跑去，于是说：不用，洗漱用品也都有。

那个灰色头像轻闪：好，明天我来接你。

发完信息，沈崇也回来了。

他神色自若，沈清央也看不出什么，估计真的就是随便聊了几句。

年夜饭订了一家老牌酒楼，瞿阿姨是个很好相处的人，夏夏性格开朗没什么隔阂，一顿饭融洽结束。

饭后回到家，夏夏的舅舅一家来拜访，这时候沈清央就是外人了。

沈崇把她叫到书房。

一张储蓄卡交到沈清央手里，她微惊："爸……"

"拿着。"沈崇说，"你从小爸爸就亏欠你很多，没什么能弥补的。"

沈清央摇摇头，坚定地推回去："您不欠我什么，这钱还是留给夏夏吧。"

沈崇深深地看她："清央，你实话告诉爸爸，你有多少东西是徐行知买的，为什么爸爸给的你不肯收？"

连这套房子，她都拱手让出。

沈清央默然，不知该如何解释："爸，您打给我的钱已经够多了。我早就成年，有工作有收入，怎么还能再要您的积蓄？"

他按按眉心，问道："既然你和徐行知感情这么好，那你告诉爸爸，为什么你们到现在才结婚，想必中间也少不了波折吧。"

沈清央垂眼："是我的问题，和他无关。"

再多的，她不肯说了。

父女分离多年，沈崇也不能指望她跟自己交心。

他盯着女儿良久，在心里叹了口气，不得不承认，在他们之间自己才是那个外人。

罢了。

沈崇把储蓄卡塞到沈清央手里，和颜悦色："既然你喜欢，爸爸相信你的眼光。记着无论什么时候，爸爸都在你身后。"

从书房离开，沈清央推开阳台门。

趴在栏杆上，吹了一会儿风，她有些出神。客厅里的欢声笑语模糊而遥远，让她想起某一年过年，自己和裴亦玩骰子，结果把零花钱输得一干二净。

裴亦一辈子的精力就花在吃喝玩乐上了，什么都不会，就这些东西玩得好。

她难过得连春晚都看不下去，气鼓鼓地吃葡萄，一扭头瞥见徐行知在沙发上懒洋洋地玩手机。

她往嘴里塞了颗葡萄，他余光瞥过来一眼，波澜不惊："都输完了？"

她点头。

他嗤笑一声："输就输了吧，赢得起也得输得起，否则别人会看不起你。"

她委屈道："可是我的零花钱都没有了。"
他随口哄道："剥个葡萄，哥哥补给你。"
冷风吹过，等沈清央回过神的时候，她已经给徐行知拨去了电话。
响了几秒，那边接起。

徐家客厅。
看见来电人，徐行知从一片嘈杂中起身，边上楼边接她的电话。
徐家过年一向热闹，几个邻居叔叔伯伯们都聚在一起打麻将，其他人则看春晚聊天，吵得他头疼。
关上卧室门，徐行知得以清静："怎么这时候打电话来，想我了？"
他本意只是逗逗她，没想到那姑娘承认："有点。"
徐行知的视线被床头打着蝴蝶结的长方形礼物盒吸引。
沈清央描摹着栏杆上的花纹问："你在干什么？"
电话那头一片安静。
久久得不到回答，沈清央疑惑："喂？"
徐行知的手指慢慢划过书签上的一行行娟秀字体。
从生日快乐，到新年快乐。
想必是她出门前特意放在这里的。
他唇畔渐渐浮上笑意，轻声说："我在想，用什么理由才能跟你一起守岁。"
电流声入耳，沈清央抬头，吹走一片雪花。
她装模作样地思忖："就说，你想我想得睡不着。"
徐行知笑出声，将礼物盒盖回去："哥哥的确想你想得睡不着。"
"央央，"他说，"跟家里人说一声，我现在去接你。"

外面飘起了小雪，映着万家灯火，越发显得温暖。
沈崇并未拦她，只是嘱咐她注意安全。
估算着徐行知过来的时间，沈清央提前下楼等他。
没多久，茫茫雪夜中，驶来一束车灯。
徐行知撑着伞下车。
沈清央眨眨眼，刚想走过去，抬脚的瞬间又迟疑了。
徐行知已经走到她面前，顺着沈清央的视线，看到她衣角下新买的小羊皮靴。
他轻扬眉，俯身把人抱了起来，而后慢条斯理地说："知道我们公主殿下新买的鞋不能碰水。"
沈清央开心地弯弯眸，双手搂住徐行知，附到他耳边："看见书签了吗？"
"看见了。"徐行知亲了亲她微凉的脸，"迟了好久的生日礼物。"
"明年一定不会迟了。"沈清央补道，"生日快乐。"
徐行知抱着她往停车的方向走："不想听这句话。"
"那你……"
话说到一半，撞上徐行知的目光，她噤声。

雪花顺着伞面滑落，周围静悄悄的，路灯温馨的光线守卫着每一户合家欢。

片刻，沈清央搂紧，脸埋入他脖颈，一字一句用气声说：“我爱你。”

徐行知的吻落到她头顶，低喃：“我也爱你。”

EXTRA 01 /

婚后热恋日常

年初一，两家人一起吃了饭。

沈崇和徐教授多年至交好友，如今又成为亲家，自然免不了一番把酒谈心。

初二上午，沈清央和徐行知要去林家给庄敏拜年。

平时上班累，一到假期沈清央就想睡觉。从温暖的被子中被捞出来，她挂在徐行知身上，打了好一会儿哈欠，才勉强清醒。

徐行知比她起得早，身上有清爽的凉气，沈清央的鼻尖在他的下颌边蹭了蹭，闻出是他常用的须后水的味道。

“醒了吗？”

“嗯……”

徐行知捏捏她的腰：“车上再睡。”

沈清央也知道不能再拖了，昨晚打过电话的，庄敏一定从早晨就开始期待。

洗漱完，她彻底清醒，咬着三明治上车。

徐行知倾身帮她扣上安全带，顺势低头咬了一口她的三明治。

沈清央微顿，忍气吞声。

他挑唇：“什么表情？”

“我哪敢有表情？”沈清央默默的，“你做的三明治，当然随便吃。”

“是吗？那我再尝一口。”

她撕掉一小条面包边塞到他嘴里：“好了。”

起得晚了点儿，加上堵车，到林家时已经十一点。

林清宇在单元楼下等他们，见到车里下来的两个人时，瞪大了眼睛。

庄敏只说了姐姐要带男朋友过来，并没说对方的名字。

他不可置信地揉揉眼。

沈清央走到他面前：“清宇。”

“姐，”面对徐行知，林清宇涨红了脸，“我没看错吧。”

徐行知和悦道：“好久不见。”

冲击来得太大，林清宇憋了半天，弱弱地冒出一句：“徐总……”

徐行知说道：“不用这么客气。”

“姐夫”两个字无论如何也叫不出口，林清宇喉咙堵了下，转身开门带两人上楼。

他边走，边在心里恍然大悟，原来当初自己能去维斯实习全靠姐姐。

开了门，庄敏正好端着水果从厨房出来。

“妈。”
“庄阿姨。”
看着眼前相携的一对璧人，庄敏面色复杂。
她和连云当年的确交好，先后结婚生子，后来人生轨迹相差越来越大，渐渐也就没了联系。
至于徐行知，和沈崇离婚后，她也再没见过。
因为没能力抚养女儿，所以对沈清央寄养在徐家这件事，她无权发表任何意见。如今看来，连云的孩子的确出色，容貌举止都更像他妈妈。
庄敏压下心里的酸楚：“来了，坐吧。”
沈清央递上买的礼物：“林叔叔呢？”
“出去买菜了。”庄敏让林清宇去倒水，“行知也坐，不知道你喜欢吃什么，先切了点水果。”
徐行知淡笑颔首：“您客气，我都可以。”
林清宇倒水回来，端给徐行知时，还是紧张。一直觉得遥不可及的人突然成了自己姐夫，这感觉像做梦一样。
徐行知随口问他现在工作怎么样。
林清宇问一句答一句，坐得挺直。
徐行知缓声道：“别那么紧张，我现在不是你上司了。”
林清宇吞咽口水：“我知道。”

闲聊了一会儿，林老师回来，和庄敏一起进厨房忙碌。
庄敏不让沈清央插手，她只能跟徐行知在客厅里吃水果。林家很小但布置很温馨，生活痕迹也很重。
阳台上养着些绿植，沈清央走过去拨着玩，顺便揶揄徐行知：“清宇好像很怕你，你在公司很严苛吗？”
徐行知好笑道：“他平时根本见不到我。”
“那就是你名声不好。”
徐行知单手揽住她的腰，低头：“有多不好？”
唔，沈清央认真地想了想，他名声还真挺好的，每次都听维斯的人说他对人很温和。
虽然不太对，但某种程度上徐行知的确很少生气。
她还在想着，睫毛上被男人落下一吻。
沈清央顿时一惊，朝客厅看去，幸好林家人都在厨房，没人注意到。
她揪下一片薄荷叶，在徐行知的鼻尖晃了晃，用口型说“不许再亲了”。
话没说完，徐行知攥住她的手腕，慢悠悠地又亲了一下。

回到庄敏面前，徐行知又变得很斯文有礼貌。
比起沈崇，庄敏和他交谈的问题要日常很多，比如他们现在住哪里，日常家务谁负责之类的。
沈清央替他回答，有家务阿姨，一天来一次负责清洁和晚饭。

父母两人看的重点不同，一顿饭结束，庄敏的心完全放了下来。

感情好不好，细节是无法掩饰的。沈清央对她尚且颇为疏离，跟徐行知说话时却隐隐露出小女儿情态。

两人没逗留多久，午后便道别离开。

上次没去成的滑雪场现在有了时间，徐行知开车带她过去。到了地方，关柏言一家也在，沈清央跟他太太打了招呼。

滑雪服是提前准备好的，全新的。

沈清央那套是粉色的。

她换好，徐行知来帮她调整护具。戴护目镜时，沈清央仰头，淡粉的唇，双眸清亮。

徐行知盯了几秒，手上动作慢下来。

他还是没忍住，把护目镜推上去，扣着她下巴抵在墙上亲。

沈清央头盔都戴好了，笨拙地仰起脑袋，戴着手套的双手推在男人胸膛前，被徐行知拉到他腰上环住。

试衣间外有人敲门，问他们好了没。

沈清央听出是关柏言的声音，含唇咬了下徐行知。他置若罔闻，顶开她的唇齿。

分开时，他下巴搁在她肩上平复呼吸。

滑雪服布料冰凉硬挺，沈清央抱着徐行知，跟他商量："哥，你不能白亲我。"

徐行知退后。

她拽住他的衣服："你要教我滑雪。"

徐行知还以为什么事，捏捏她的脸："教练比我教得好。"

"不。"沈清央摇头，"我不敢。"

这和滑板不一样，要危险得多，她很怕自己摔死。

徐行知轻笑一声："行啊，不过我当老师很贵的。"

沈清央巴掌大的脸抬起，因为戴了护目镜显得更可爱："我已经付过报酬了。"

徐行知把她的护目镜推回去扣好，慢条斯理地说："不够。"

到了雪场，换上箍至小腿的雪鞋，沈清央的行动变得笨重。

作为纯新手，徐行知先给她选了双板。

他不算个好老师，但因为学生是她，所以足够耐心。

相较于单板，双板入门更简单。沈清央大学时玩过轮滑，很快掌握了平滑和刹车。

滑了几趟回来，她还是更想玩单板。

徐行知往她膝盖上绑了个新护具。

单板果然难度更高，和在平地玩滑板不太一样。沈清央学最基础的后刃落叶飘，被徐行知带着来来回回滑了几趟，他一松手，她就重心不稳要摔。

他扶住她，掰着她的腿讲发力要领。

旁边有一对年轻姑娘也在玩，穿紫色滑雪服的女生目光频频朝徐行知的方向看，最后干脆牵着小姐妹，大胆地过来问："您好，请问您是教练吗？"

沈清央的胳膊还被徐行知握着，侧身回答：“不是，这是我老公。”
紫衣姑娘霎时尴尬慌乱：“对不起对不起，我以为是你找的教练。”
沈清央笑着说“没关系”。
两个姑娘着急忙慌地走远。
紫衣姑娘被同伴嘲笑：“让你花痴，我就说人家不像教练。”
“总要试试嘛，万一是呢……”
小插曲很快过去。
静下心认真学了一会儿，沈清央开始放开徐行知，慢慢自己尝试。
他跟在她身后护着。
转弯刹车太难，一连几次，沈清央都摔进徐行知怀里。
她有点气恼，干脆拽着他一起躺在雪地上。白茫茫一片，她爬过去捧着徐行知的脸咬了一下发泄。
徐行知笑了一声，摘掉手套，捏她的脸：“怎么还气急败坏？滑不好就把气撒老师身上。”
“太难了，我学不会。”
“你已经学得很快了。”徐行知调整她的头盔，“这么短的时间，学得比其他人都快。”
沈清央半信半疑：“真的假的？”
“不信你去问问。”
这话激励了沈清央，喝水休息了一会儿，她重新起来练习。
目之所及是辽阔的雪场，耳边是人们的欢声笑语，两个小时后，沈清央终于能脱离徐行知，自己滑行一段很远的距离。
凉风自由地吹过脸颊，给人一种畅快的治愈和满足感。
徐行知单臂靠着栏杆，目光追随那道飘扬的身影。粉白相间的滑雪服，长发飞舞，让他想到几个月前她在维斯总部楼下球场里玩滑板的样子。
隔了几个月，小蝴蝶朝他滑过来。
沈清央张开双手，一个青涩但稳当的刹车，稳稳地停在了徐行知面前。
她摘掉护目镜，冲他扬了扬下巴，像一个等待老师夸奖的好学生。
徐行知弯唇，抬手鼓掌。
天色渐暗，他直起身，踩着单板拎起来，搂住她：“还玩吗？”
“饿了。”沈清央卸力靠着他，“想回家吃饭睡觉。”
“不回家，”徐行家带着她往回走，“带你去一个放松的地方。”

见到关柏言夫妇，沈清央才知道滑雪场下面还有一个半山温泉酒店。
她正好累得全身发酸，徐行知和关柏言有事要去见人，沈清央便和关太太一起在酒店的餐厅简单吃了晚饭。
关太太年长她几岁，二人能聊的话题不多，吃完饭后，各自回房。
酒店依山而建，私汤设在房间阳台，远远地能眺望雪场。
夜幕降临，周围亮起昏黄的氛围灯。沈清央趴在温泉边沿，捣鼓酒店配的音响，放了喜欢的音乐后，她心满意足地转身。

玩了一下午，手机上有不少信息。沈清央逐个回复，同时跟孟希聊了几句。

孟希：温泉？请接通我的视频。

沈清央给她回了个比叉的表情包。

孟希跟着父母回老家过年，被七大姑八大姨唠叨得烦，忍不住跟沈清央打了个电话吐槽："真的烦人，一群亲戚，自己家日子都过不好，还要来操心我的。"

"什么时候回来？"

"不知道呢，我爸妈想多待几天，我现在就想走。"

她们聊了小二十分钟，不久，客房门被人刷卡打开。

音响里放着音乐，沈清央没听见脚步声。

直到身旁的水面被人轻拨，男声落下："跟谁聊呢？"

孟希敏锐地问："行知哥回来了吗？"

沈清央偏头："对。"

"那我不打扰你们的二人世界了。"孟希识趣地拖长尾音。

通话结束。

沈清央把手机搁到一边的木托盘里，转身问徐行知："你们吃晚饭了吗？"

水面清澈，波纹浮动。她穿的是楼下买的泳衣，白色吊带款式。

然而因为泡得久了，全身皮肤都微微泛着粉。

徐行知的掌心在她后颈上摩挲，随意摇头。

沈清央还想说什么，唇被人俯身吻住。

他嗓音低哑："等会儿再吃吧。"

她尝到男人口腔里酒的味道。

几乎是毫不迟疑的深吻，酒精渡入，热气缭绕，沈清央头脑忍不住地眩晕。

没多久，徐行知抱着她回房，顺手关掉了还在放着音乐的音响。

中途有电话打来，不知是谁的手机，两个人都没管。力竭之后，她裹着浴袍靠在徐行知怀里。

研究了一会儿客房服务的小册子，她打电话叫了夜宵。

很快，餐车送进来。

和牛、蟹肉冬茸羹、巧克力榛子慕斯，另外还送了一些小菜。

沈清央打开手机，挑了部电影投屏到电视上。

徐行知环着她，切下一小块牛肉递到她嘴边。

深夜时分，窗外十分寂静。沈清央专注地投屏，直到牛肉入口，她才发觉味道很好。

"好吃。"她转身。

徐行知又切了一块抬手喂给她。

吃完夜宵，两个人靠在沙发上看电影。

主要是沈清央看，徐行知懒懒地回了几封来自国外的工作邮件，再一低头，见那姑娘已经在他怀里睡着了。

白里透粉的脸颊，指背刮一下，手感柔软。

徐行知放下手机，把电影暂停，拨拨她的头发，睡梦中的人秀眉微蹙。

他低眸笑，轻声："还看吗？"

“不看了。”沈清央半梦半醒地打了个哈欠，搂住他，“困了……”

春节第三天，沈清央如约见到了裴亦的女友。
她久闻这位祝小姐大名，美术天才，性格清高。一见面，果然漂亮得不食人间烟火。难怪能让裴小少爷心心念念那么多年，锲而不舍地追到国外。
只是据说家境不好，因而自尊心有些过分强。
人还是很懂礼貌，刚见面时握手，祝小姐轻声说：“裴亦常跟我提起你。”
沈清央弯唇，有意无意地转了下戒指。
祝小姐面露疑惑，见她的戒指戴在无名指上，于是试探着问：“这是订婚戒指吗？好好看。”
沈清央笑：“不是，我已经结婚了。”
裴亦在一边没什么心眼子地点菜，顺口插话：“她老公就是我跟你说过的行知哥，很厉害的。”
祝小姐的神色彻底松下来。
一顿饭颇为愉快，结束后，沈清央很有不当电灯泡的觉悟，主动提出离开。
只是还没走出商场，她接到连云的电话。
“连姨？”
“清央。”连云含笑道，“新年快乐啊。”
沈清央停步，颇为惊喜：“连姨，新年快乐。”
“听说你爸今年回国过年了？”
“对。他前几天回来的。”
“代我向他问好。”简单寒暄后，连云说起正事，“现在正好过年，往年行知都会来我这儿，你们今年打算过来玩吗？”
消息这么快传到连云那里，沈清央不意外，但不免有些赧然。
连云却比她还自然，温柔道：“我跟行知提过了，他说看你的意思，所以我打电话来问问你。”
沈清央在心里算了算来回时间，年假天数肯定是不够了，如果要去，只能休婚假。
“连姨，我晚点问问我上司看能不能休婚假。”
“好。如果能来记得提前告诉我。”
沈清央说好。
挂掉电话，她斟酌着给邹瑾发了一段新年祝福，并附加提出休婚假的请求。
邹瑾年前就答应过，因此很痛快地批了。
从扶梯下来，负一层有家炒货店。沈清央等徐行知来接自己，于是进去逛了逛。
在店员邀请试吃的盛情之下，她买了五六样小零食。
结完账，徐行知也到了。
沈清央拎着购物袋在一楼楼梯口等他。
她挨着垃圾桶剥板栗吃，两三分钟后，面前落下阴影，耳垂被人拨了拨。
沈清央抬头，嘴里被塞进一颗巧克力。
细腻润滑的可可香在唇齿间化开，她眼眸微亮。

“好吃吗？”

“好吃。”

徐行知慢条斯理地将锡箔纸丢入垃圾桶：“从陈泊那儿拿的，车上还有。”

沈清央舔舔唇，手中刚好剥好一颗板栗，递到他唇边。

黄澄澄的栗子，徐行知眼皮微掀，扬了扬唇，咬住之后，弯腰在她唇上蜻蜓点水地亲了一下。

“……”

等沈清央反应过来的时候，她已经被男人揽着肩带上了扶梯。

这人还慢悠悠地问她：“看什么电影？”

下午没什么事干，刚好有喜欢的片子上映，沈清央就买了两张票。

扶梯上升至终点，她先一步迈出去：“没买你的票。”

“那现在买。”

“没钱。”

徐行知伸手把人搂回来，见招拆招：“哥哥给你报销。”

电影院在商场五楼，取完票还剩二十多分钟才开场，两人找了个沙发坐着等，沈清央提起自己接到了连云的电话。

徐行知不意外：“你想去吗？”

她把请好假的截图在他面前晃了晃。

徐行知勾了勾唇，打开手机订机票。

趁他专注的间隙，沈清央捏出一颗黑糖青梅递到他唇边。

徐行知张口，很快皱眉。

他旁边的姑娘乐出声来。

“不好吃吗？”沈清央眨眨眼，摊开纸巾让他吐出来，“我觉得挺好吃的啊，又酸又甜的。”

徐行知瞥了她一眼，如常咽下。等进入影院，全场光线暗下的时候，他扣住沈清央的后脑勺，和她分享酸酸甜甜的味道。

订的位置是软包情侣座，每座之间都有隔板，电影片头曲响起，沈清央才敢发出一点声音。

“徐行知……”她压着气息抗议。

徐行知贴着她的嘴唇：“好吃吗？”

“不好吃。”

他含住她的唇，湿润又温热。

沈清央屏住呼吸。

昏暗光线里，四目相对，她不知道哪儿来的反骨，用手捂住自己的唇，瞪着徐行知：“流氓。”

徐行知笑了一声，轻而易举地掰开她的手指吻下去，掌心贴着纤细的腰线摩挲：“这才叫流氓。”

看完电影，两人回家收拾行李。

机票订了最近一班，晚上十点出发。时间不算太宽裕，沈清央往行李箱里收东西时，还接到了徐教授的电话。

“清央啊，晚上来家里吃饭吗？有几个亲戚会来……”

沈清央点开免提，歉然：“徐伯伯，今晚去不了。忘了跟您说了，我们今晚要出国。”

“什么！”徐教授声音陡然提高，一听就带着火气，“这小子又要带你去哪儿？”

沈清央放下衣服，连忙解释：“是去连姨那儿，她希望我们过去住几天。”

听到久违的名字，徐教授霍然哑火。

片刻后，他出声：“去她那儿啊……那去吧，路上注意安全。”

“好，那我先收拾行李了。”

因为是冬天，衣服比夏天要厚重许多。沈清央的行李箱被塞得满满当当，于是把化妆品和护肤品都放进了徐行知的箱子里。

原本黑白灰风的简洁行李箱，突然多出一堆彩色的瓶瓶罐罐。

徐行知倚着岛台喝水，等她放完，好笑地问：“还有吗，公主殿下？”

“没有了。”沈清央摸摸鼻子。

徐行知扣上加固带，把行李箱拎起来。

果然重了不少。

收拾停当，两人把家里的智能设备断电。沈清央摸摸 Ewelyn 的羊角，跟它说再见。

“主人再见！”Ewelyn 发出欢快的声音，“希望主人会想念 Ewelyn。”

“会的。”沈清央触到羊角后的关机键长按。

机票买的是东航的双人座，两个连在一起的位置，中间隔板降下去后，放平的座椅变成了双人床。

两边的门关上，私密性很好。

沈清央还是第一次体验这样的座椅。吃了点东西后，她打开小窗板，看窗外的风景。

万丈高空，城市霓虹逐渐缩成越来越模糊的像素点。

沈清央转身，落进徐行知怀里。

她穿了件酒红色的毛衣，软软糯糯的质地显得很温暖，巴掌大的小脸趴在徐行知的膝头，让人很想用指尖丈量大小。

徐行知也这么干了。

触感极好的皮肤，他捏一下又捏一下。沈清央按住他的手，对着虎口留下一圈牙印。

“又咬。”徐行知懒散地勾笑，把人抱过来，“你是小狗吗？”

沈清央跪在他身上，搂着男人的脖子：“那你别捏我的脸了。”

徐行知扬眉。

她认真地道：“孟希跟我说，用手碰脸会让皮肤变得不好。”

“是吗？”徐行知笑出声，热息贴着她的耳郭，“那换个地方捏。”

沈清央肩膀微缩，开始后悔。幸好徐行知只是逗逗她，并没有真的在飞机上做什么。

二十个小时后，飞机落地纽约。

连云和周秉诚亲自来接机，沈清央走出通道便看到了他们，连云张开手给了她一个拥抱："路上累不累？"

她身上的香气很温柔，让沈清央想到妈妈的感觉，不由自主地放软语气："不累。"

短暂的拥抱完，沈清央又跟周秉诚打招呼："周先生。"

周秉诚故意沉下脸："不改口吗？"

连云给了他一个白眼，拉过沈清央的手："别理他。累了吧？回家洗个澡休息休息。"

一路上驶过熟悉的风景，依旧拐入那座小镇。与夏天相比，冬天小镇里的童话感更强。

树枝被雪覆盖，连云解释说昨晚刚下过大雪。

到了门口，管家把两个人的行李箱提进别墅。沈清央在玄关处扶着徐行知的手换鞋，听到连云说："清央，你上次住的那间卧室我没让人收拾，这次跟行知住一间吧。"

她动作一顿，耳尖微红。

徐行知从容地说"好"。

连云叮嘱："晚上邻居会过来一起烧烤，你们先去洗个澡休息休息。"

沈清央点点头，不太敢看连云，在长辈面前，她很难自然。

卧室里只有一个浴室，徐行知留给沈清央，拿上衣服去别的房间。

洗完澡，他被连云叫到楼下。

徐行知打开冰箱拿了点儿食材出来，一边处理，一边听连云讲话。

"清央爸妈都知道了吗？"

"嗯。"

"沈崇没意见？"

"没有。"

连云睨他："你少忽悠我。沈崇的性格我还不了解，他能没意见？"

徐行知面色不变："一开始有，后来没有了。"

连云瞥了眼儿子，气笑了。她不用想也知道国内几个人的反应，偏偏再生气都没有办法。木已成舟，偏偏还是从小最不把长辈们的话放心上的徐行知。

沈清央洗澡比徐行知慢点，她裹着浴巾出来，蹲着找睡衣，结果翻来翻去，发现忘记带了。

……

行李箱里只有毛衣、长裤和长裙。

她将目光转向徐行知的行李箱，从里面找了件衬衫穿上去吹头发。

楼下，徐行知端着做好的意面和沙拉上楼。推开门，看到穿着他衣服站在床边的人。

宽大的白色衬衫遮去所有曼妙，半干的长发披着，一双腿又长又直，衣角晃动间更惹人遐想。

听见动静，沈清央转身，关上吹风机：“我忘带睡衣了。”

徐行知笑出声，放下东西走过去，帮她吹头发：“没关系，就这么穿。”

搁在一旁的食物飘出诱人香气，沈清央注意力被吸引：“你做的吗？”

“是的。”

“差不多了。”她摸摸发尾，“八分干，够了。”

徐行知停下吹风机。

沈清央想从他胳膊下离开，腰却被圈住，她的腿碰到床边，整个人掉进羽绒被里。

徐行知的吻有点强势地落下来，瞬间让她呼吸凌乱。察觉到衬衫扣子被解开，沈清央喘着气咬他的唇：“不可以，待会儿还要下楼。”

仿佛是为了印证她的话，与此同时，卧室门被敲响，传来连云的声音：“清央，洗完澡了吗？”

沈清央偏头回答：“刚洗完。”

连云说道：“楼下篝火烧起来了，你来看看你想吃什么，我让人给你烤。”

“好的，连姨。”她还躺在床上，“我这就下去。”

徐行知听着怀里姑娘强装镇定的声音，忍不住勾唇，在连云走后抱着人躺了一会儿。

沈清央戳戳他：“哥。”

“嗯？”

“真的要下去了。”

“好啊。”徐行知侧身，懒懒散散地捏她鼻尖，“喊声‘老公’就放你下去。”

“我——”沈清央叫不出口。

挣扎片刻，她把脸埋入徐行知的颈窝，勾着他的手指：“哥哥。”

徐行知挑唇：“别跟我讨价还价。”

从前百试不爽的方法不灵了，沈清央抬头，绕绕他的衣角：“徐行知，我好饿，意面要凉了。”

屋子里暖气很足，她说这话时，脸颊因为热气粉扑扑的。

徐行知用手指梳理她的头发：“在滑雪场的时候不是喊得挺顺口的？”

那是对别人。

沈清央抿唇，露出一个讨好的笑，用水汪汪的眼睛看着他。

这是她一贯的撒娇办法。徐行知盯了两秒，徐徐开口：“央央，我也可以用别的办法让你喊……”

话音未落，腰被人抱住。

清淡的柠檬香洗发水钻入他怀中，沈清央懂识时务者为俊杰，浅浅地呼吸一下，她闭上眼，声音微弱：“老公。”

两人迟了片刻下楼。

庭院中燃着篝火，周围支起食物台和户外烧烤炉。连云和周秉诚的朋友们也已经到了，徐行知带沈清央过去。

沈清央一个都不认得，徐行知喊什么，她就跟着喊什么。

长辈们都很友善，打过招呼之后，边聊天边吃东西。

沈清央坐在徐行知旁边，看着他给自己烤鸡翅，同时画蛇添足往上面洒各种喜欢吃的调料。

厨师送来烹饪好的黑虎虾，沈清央戴好手套剥了一只，递到徐行知唇边。

等徐行知偏头启唇时，她手往后撤，一下，两下。

看他落空，她忍不住笑得眉眼弯弯。

徐行知腾出一只手箍着沈清央的腰固定，低头含住虾肉的同时咬了咬她的指尖。

隔着手套，男人唇舌触感温热。

露天场所，沈清央刹那间耳尖变红，紧急缩回手。

“再剥一只。”

“不要。”

徐行知拿过一个瓷碟将烤好的鸡翅放上去，擦了擦手威胁：“那我现在亲你了。”

“……”沈清央重新戴上手套。

他们俩的交谈和举动远远落进刚从走廊出来的连云和周秉诚夫妇眼里。

周秉诚停步，颇为不满：“他们俩也太腻歪了。”

连云瞥他：“人家新婚夫妻，你少多事。”

“我们刚结婚那会儿也没见你给我剥虾，要不现在给我剥一个？”

连云直接忽略周秉诚的话，朝沈清央走过去。

“清央，果汁和新开的葡萄酒，你自己挑。”连云笑吟吟的。

“谢谢连姨。”沈清央脱掉一次性手套擦了擦手。

果汁是鲜榨的，清爽解腻。沈清央喝了两口，听到连云问：“你们打算什么时候办婚礼？”

冷不丁被问到这个问题，沈清央一脸茫然。

她和徐行知工作一个比一个忙，结婚是冲动直接领证，压根儿没考虑过婚礼的问题。

“没时间。”沈清央说，“我婚假最多只能请下来几天，来不及。”

连云看向儿子。

徐行知说：“现在穿婚纱太冷了。”

连云赞同：“六月吧，四个多月时间也够准备。”

周秉诚走过来，搭上连云的肩，挑眉：“婚礼吗？我看不如在这边办……”

沈清央原本咬着吸管，听到这句话顿了一下。

连云忍无可忍地斜睨他，转头温声跟沈清央说：“他开玩笑的。你们的婚礼自然是办在北城。这件事你和行知不必来忙，我会和你爸商量着办的。”

徐行知抿了口酒，补充：“婚纱就不用您操心了。”

“哦？”

"我们月底去见设计团队。"

连云笑笑："也好，让清央自己来做主。"

在他们你一言我一语里，沈清央手里的橙汁慢慢见底。

她换了徐行知的酒来喝，在连云和周秉诚走之后，靠在徐行知身上，问他："我们真的要办婚礼吗？"

徐行知微微调整姿势，胳膊环着她，似笑非笑："你难道想跟我隐婚吗？"

"我不是那个意思……"沈清央仰头，唇被葡萄酒润得红通通的，"我要穿什么样的婚纱？"

他指尖从她唇上抚过："看你喜欢。"

沈清央启唇咬了下，在篝火的暖色下仰头："你想让我穿什么款式的？"

"我吗？"徐行知云淡风轻地坐着，不加掩饰的放肆口吻，"我更喜欢你不穿。"

后面几天，沈清央打卡了纽约的许多知名景点。

工作以后她难得有完完全全放松的假期，加上有徐行知一起，不用担心任何突发意外。

只是，第二天开始便没有住在连云家，而是住进了曼哈顿区的安缦酒店。

沈清央原本以为徐行知是懒得开车过桥回新泽西。

后来才知道他是觉得连云那儿人太多。

住在酒店就放松得多，开放式的空间，几座屏风隔开。因为是冬天，壁炉熊熊燃烧着温暖的火焰。

异国他乡，醉生梦死。

沈清央二十多年的人生里，所有堕落的日子都拜徐行知所赐。

大学时需要掩人耳目，现在则完全不用。因为时差原因，徐行知偶尔会在夜里接到来自国内的工作电话，他抱着她，一边听对方讲话，一边把玩她的耳垂。

沈清央趴在徐行知肩头，咬着唇防止声音溢出，晕眩地听着他条理清晰地将任务吩咐下去。

说的什么，她根本听不懂。

后面他挂了电话，专心来与她缠绵，十指紧扣，压入长绒地毯。

"央央。"喑哑的声音。

"……嗯？"

"喊哥哥。"

"哥哥……"她意识涣散。

"喊老公。"

她也照说。

徐行知抵着她湿腻腻的颈窝闷笑："真乖。"

那晚是喝了不少酒，醒来沈清央忘得七零八落，洗漱时看见徐行知的剃须膏，突发奇想要帮他刮胡子。

徐行知扣上衬衫纽扣，弯腰，双手撑着盥洗台配合她。

沈清央研究了一会儿剃须刀，认真专注地帮他一点点刮掉白色泡沫。

她仰着头，晨光里格外清透漂亮的一张脸，踏实做一件事时格外细致妥帖。

徐行知抬手抚那头长发。

沈清央被这突兀的动作吓到，手抖了一下，抬眸瞪他："别动，万一刮伤了。"

徐行知挑唇："我伤了你心疼吗？"

沈清央转身用湿毛巾擦掉剩下的泡沫，满意地摸了摸："我可惜。"

可惜这么好看的一张脸。

在纽约和新泽西逗留五天之后，两人飞去圣何塞。

正好赶上圣何塞雨季里难得的几日晴天，蓝天白云，微风万里。

依旧是住徐行知的那间公寓，只不过这次不同的是某人不需要再睡沙发。

早上，沈清央在迷迷糊糊中被亲醒，听到徐行知低声在耳边问她陪他去公司吗？

她睡眼惺忪地摇头，困得睁不开眼。

徐行知"啧"了一声，关上灯重新给她掖好被子。

这段时间的生活作息极度不健康，直到快十一点，沈清央才悠悠转醒。

洗漱完吃了午饭，她开徐行知的车去边聿家。

落地那天和边聿一起吃了晚饭，答应了 Claire 今天去陪她玩。

工作日，徐行知和边聿都在公司。Claire 的学校因为安全检修放假一天，正好没大人陪她。

"姐姐——"刚下车，小姑娘就跑出来迎接她。

沈清央弯腰接住 Claire，晃晃手里的袋子："给你买了草莓蛋糕，你喜欢吃草莓吗？"

Claire 芭比般的五官皱成一团："喜欢，但是爸爸不让我吃，说牙齿会坏掉。"

"没关系。"沈清央带坏小姑娘，"我们偷偷吃，吃完姐姐给你刷牙，不让你爸爸知道就好了。"

"Uncle 也不让我吃。"

"也不告诉他。"

Claire 眼睛一亮，趴在沈清央脸上"吧唧"亲了一口。

两个人在花园里玩了一整个下午，Claire 抱出相册，指给沈清央看自己的妈妈。

那是个非常漂亮的女子，金发碧眼，Claire 和她长得很像。

小孩子的记忆非常浅薄，只是随着成长，她也逐渐懂得死亡是什么。

沈清央揽着她摸摸头。

随着相册一页页往后翻，翻到边聿和妻子结婚时的记录照片，角落里徐行知的身影偶尔会被捕捉到。

沈清央视线停住。

那是属于别人的热闹，徐行知只是配角，然而她的注意力全部集中在他身上。

年轻男人，笑容疏淡，气质沉寂。

沈清央怔住。

零星的几个瞬间，她好像窥见了他这几年的生活。

“姐姐。”Claire 抱着她的胳膊摇晃。

沈清央回神，低头问：“Claire，你知不知道——”

问到一半，她噤声。Claire 才几岁，她哪懂人过得好不好。

傍晚六点多的时候，边聿下班回来，沈清央把女儿还给他。边聿道谢：“麻烦你了。”

“不麻烦，Claire 很可爱。”

边聿笑着叹口气：“我总是麻烦你们夫妻俩。”

见沈清央露出疑惑表情，他解释：“之前我妻子去世的时候，Claire 和我父母多亏了行知照料。”

沈清央说：“你把 Claire 照顾得很好，她妈妈会放心的。”

“多谢。”边聿凝视她，“行知比我运气好。沈小姐，你也是。”

从边聿家离开，到公寓的时候，恰好徐行知也刚到家。

他把工作带了回来，陪她吃过饭之后去书房。

洗完澡，沈清央接到一个客户的电话。对方不知道她在休假，临时有急事找她。

沈清央借用徐行知一台不常用的笔记本电脑帮对方过了合同。

关掉电脑，沈清央绕着整个公寓走了一圈，最后停在卧室落地窗前看夜景。

不知为何，她心情忽然有点乱。

沈清央窝在卧室的沙发上迷蒙地睡了过去。

梦里，她看见徐行知的背影，离她几步左右的距离，然而无论她怎么喊，他都不回头。

她追上去，那身影直接消失在雾里。

沈清央陡然从梦中惊醒。

卧室暖融融的，她出了一身的冷汗。梦里的无力和惊恐被带到现实。

她心跳得很快，缓了好一会儿，趿上拖鞋去书房找徐行知。

推开门，正好看到徐行知指间夹着烟，靠在窗边打电话。

电话那头的人理解能力似乎很差，徐行知的话重复了两遍。

听到开门声，他看过去，掐了烟，挥散烟雾，径直走过来抱她，顺口对手机里的人说：“让产设自己看看好看吗？还敢拿给我看。”

说完，他直接挂了电话。

沈清央甚少听到他在工作里用这么重的口气说话，不禁好奇：“什么东西啊？我看看有多难看。”

徐行知调出图给她看。

第一眼，沈清央觉得自己的眼睛受到了污染。

过于花花绿绿的童趣风格，饱和度极高的颜色，与维斯的风格相去甚远。

徐行知关掉手机，揉揉眉心，对她解释：“新来的。”

沈清央莞尔，噩梦带来的阴霾一扫而空。她勾着徐行知的脖子被他抱到人体工学椅里，她歪头：“我觉得 Ewelyn 外观就很好看，又酷又可爱。”

徐行知环着她关掉电脑上的各种文件：“我做的。”

“那是不是卖得很贵？”

“不对外售卖。”

电脑彻底关机，屏幕光源消失，沈清央后背靠上书桌边沿。

她仰头，尝到徐行知口腔里清苦的烟草味道。

安静纯粹地亲了一会儿，沈清央察觉到徐行知的心情在渐渐变好。她把下巴搁在他肩头，对他吹耳边风：“哥，你对烟很上瘾吗？”

“一般。”没有对她上瘾。

“那戒掉好不好？”

“好。”

如此干脆的答案，沈清央微微后仰，神色怀疑：“真的假的？尼古丁很难戒。”

徐行知不置可否：“我试试。”

“戒不掉怎么办？”

他垂眼看她，神情中隐隐有对戒烟难度的不屑。

沈清央身上只有一件睡裙，察觉到凉意，她睁大眼睛抗议：“你不能用我……”

徐行知封住她的唇，耳鬓厮磨间低笑：“央央，食色性也，总要有一样得到满足。”

婚假结束后，回到北城生活一切如常。

自从徐行知答应戒烟，沈清央便真的没再见他碰过。

在绝大多数事情上，他的确有让人敬佩的自制力。

只是，工作和应酬总有让人心烦的时候。沈清央给自己设的读书角彻底变成两个人用，徐行知总是抱着她坐在那张梅子青色的沙发椅上，让她念书给他听，念不了两句，便低头吮她的唇。

一本书翻来覆去半个月都看不完，读书角彻底沦为不健康活动的场所。

月底，两人去见婚纱设计团队。

沈清央叫上了孟希一起，试样衣，选择面料，讨论刺绣细节。孟希兴致勃勃，仿佛回到了小时候玩芭比娃娃。

徐行知作为陪衬，在沙发上喝锡兰红茶，同时翻看当季成衣手册给沈清央选了几件。

结束后，他家公主送了他一个离别吻，转身跟孟希逛街吃晚饭去了。

大周末的，徐行知懒得回公司，于是开车去找关柏言打球。

这天晚上，沈清央跟孟希顺道看了场电影，八点多才回家。

到家时，徐行知在洗澡，浴室灯亮着，水声“哗哗”。

客厅的沙发上放着几个纸袋，她随手翻了翻都是女装成衣，毫无疑问是给她的。

沈清央抱去衣帽间试。

八点半，徐行知从浴室出来。他方才听到那姑娘来来往往的脚步声，出来却不见人，于是想往客厅去找。

哪知一转身，撞上从衣帽间出来的沈清央。

她穿的是一条米色吊带裙，亮钻珠帘自雪白的肩头向下，坠着品牌金属

Logo 的黑色皮带掐出纤细的腰线，盈盈一笑间既优雅又少女。

沈清央把长发弄到肩后，弯唇露出甜甜的梨涡：“好看吗？”

衣服胸线太低，月牙般的伶仃锁骨一览无遗。

徐行知靠着卧室门框，欣赏了几秒，抬手让她过来。

人搂到怀里，他捏着金属 Logo 隔着衣服刮了刮她皮肤。

沈清央怕痒，身体往旁边缩又被拉回来。

徐行知扣住她的腰，低头热气拂过她耳郭：“帮哥哥戒个烟？”

“……”

沈清央刚系上的漂亮腰带被解开。

珠链从肩头滑到臂弯，丰盈曲线在真丝材质的长裙下毕露。徐行知从她的睫毛亲到锁骨，正准备进行下一步时，被一阵欢快的音乐制止。

两个人的呼吸都僵了半秒。

四目对视，沈清央笑弯了眼：“是 Ewelyn。”

小机器人准时准点，勤勤恳恳地提醒她吃钙片。

徐行知闭上眼，深深呼吸，将她的肩带拨上去。

卧室里灯光开得很暗。沈清央下床，按了一下 Ewelyn，而后从瓶中倒出两颗钙片。

一颗给自己，一颗给徐行知。

男人把她拽进怀里，幽幽地问：“谁把它拿到卧室里的？”

“我。”沈清央莹白的指尖点点他的下巴，忍着笑，“因为要给我们 Ewelyn 充电，徐总别生气，生气老得快。”

徐行知掐她两颊软肉，语气凉凉：“要它有什么用？”

沈清央轻轻挑眉，没点破某人这还是他送的生日礼物。

三月，两人同时进入上半年工作最忙碌的时候。

沈清央没什么不良嗜好，工作再烦顶多吃吃柠檬糖和冰激凌。徐行知却不一样，他偶尔在晚上接到工作电话，一边说话一边转打火机，修长手指间银光凛凛。

沈清央使坏，故意夹一支烟凑在他唇边。

徐行知瞥她一眼，抬手攥住她手腕，轻而易举地把人压制在怀里。

听他处理完工作，通话结束，沈清央枕着他胳膊，抬手解开他衬衫的顶扣：“哥哥要我帮忙吗？”

徐行知低头，刚想亲下去，嘴里被塞进一颗冰冰凉凉的糖果。

他皱眉，怀里姑娘眼神纯良，唇边漾出笑意：“戒烟糖，我亲自买的。”

徐行知指尖陷入她梨涡，似笑非笑：“这就是你说的帮忙？”

“不然呢？”

他俯身撬开她唇齿，把戒烟糖渡过去。

沈清央蹙着眉，偏头就吐了出来。

好难吃，薄荷里还带点苦味。

徐行知笑了笑，把人从沙发上捞起来。

“别吃了，”沈清央把一整盒都扔进垃圾桶，“我明天重买。”

“那现在呢？”
“什么现在？”
徐行知捡起沙发上掉的那支烟咬在唇边，作势要去点。
“哎——”沈清央按住，“你干什么？”
他挑唇睨她：“你勾我的。”
静了片刻，沈清央慢吞吞地凑过去吻他，顺手摘掉那支烟。
“那就换种方式解瘾。”

那几个月，两个人能见面的机会并不多。
沈清央新接手一个案子，每周都要飞去南方。一忙起工作，她几乎是完全忽略徐行知。
发现他的不愉快，是在春天的某个夜里。
沈清央把工作带回家，在书房聚精会神忙到十点多。
门被人推开，她闻见咖啡和热牛奶的香气。
徐行知一手撑着她椅背，一手搭着桌沿，面前是两杯热饮。
沈清央仰头和他对视，眨眨眼：“咖啡是你亲手煮的？”
他淡声道：“选一个。”
还有这么多合同，怎么说也要看到十二点。沈清央顶着颇有压力的注视，把牛奶倒进咖啡里，对徐行知露出一个笑。
他瞥她一眼，坐进斜对面的沙发里。
直到零点沈清央才合上电脑。
那人在沙发里翻着她平时看的书。
春夜寂静，外面落了雨。沈清央伸个懒腰，走过去迎面瘫进徐行知怀里。
徐行知一手拎书，一手把人抱上来。
“困了。”她脸颊埋入他颈间。
徐行知看了眼时间，面色不豫，掌心轻揉她的腰：“还知道累呢。”
“不累。”
徐行知喉间溢出一声颇凉的笑，抱着她回卧室。
沈清央搂着他脖颈，仰头贴着他耳郭吹气：“真的不累，有哥哥给我做后盾，我知道实在不想干的时候可以辞职。”
短短几句，把徐行知想说的话堵了个干干净净。
徐行知被气笑了，低头捏她鼻尖：“跟谁学的甜言蜜语？”
沈清央竖起四根手指发誓：“真心话。”

婚礼定在六月初九，万事皆宜的好日子。
桩桩件件由连云亲手经办，期间她数次飞回国，两家父母聚在一块儿吃了饭。
四个人多年不见，是非恩怨随时光淡去，因为孩子们的婚礼再次同坐，心平气和地商量事宜。
徐教授提出的许多意见，都被连云一一否决。
她淡然地端起茶杯，嘴上毫不留情：“你要真那么舍不得那些旧俗，就自己再办一次婚礼，少来祸害行知的。”

徐教授气得差点拍桌子：“那是我儿子！”

连云斜睨，云淡风轻：“是你一个人的儿子吗？”

说完，她转头对沈崇和庄敏微笑：“你们放心，种种布置我都问过清央的。”

这场饭局算不上多愉快，但沈清央并不知情。她的婚纱改了两次，设计团队为给她保留惊喜，最终成品直到婚礼当天才露面。

孟希亲手给她戴上头纱，感慨：“真精致啊，是金钱的味道。”

沈清央看着整面镜子里的自己，也觉得有些陌生。

她有些期待徐行知的反应，孟希说不能让徐行知提前看到，所以每次试婚纱他都无缘得见。

戴好头纱，裴亦走进来，墨镜推上去，表情夸张：“央央，好美啊！”

沈清央冲他抬抬下巴：“你小心别踩到我的裙角。”

裴亦说道：“怎么会！”

她接过手捧花，掀开帘子的那一刻，心跳不由自主地加快。

仅此一次的仪式，很难不紧张。

听到动静，徐行知转身。

层层叠叠的雪白裙角，像雪山一隅。

她眼里映着他。

“哥。

“哥？”

沈清央又叫了一声。

徐行知回神，朝她走过来。

沈清央把手放到他掌心，好奇地询问：“刚才你在想什么？”

门外远远传来宾客交谈声与音乐，婚礼是在户外举办，自由而无拘。

“我在想。”

徐行知俯身，将吻印在她额头上。

“我爱你。”

EXTRA 02 /

如堕·徐行知篇

“这世界永不缺登山者。

“你无法迈过的，总有人可以。”

约翰带领的徒步小团一行共六人，四男两女，其中只有两名华裔。

作为被各大权威杂志和全球户外爱好者们公认的顶级徒步路线，挑战位于尼泊尔境内的 EBC 环线是每个徒步爱好者心中的梦想。

从简陋又危险的卢卡拉机场出发，所有人脸上都写满了期待和兴奋。

颠簸的飞行让徒步开头便充满了刺激，从飞机上下来时，林恒脸色惨白，扶着雕像干呕。

作为团里唯二的华裔，他性格既不开朗，也不是徒步爱好者，与团里其他人说不上话。

好在领队约翰周到负责，会及时关注照顾他的身体状况。

一天、两天，蓝天白云下绿林环绕，呼吸着新鲜空气，连徒步都觉得很轻松。随着路程的前进，他们逐渐被雪山包围。

第三天，为了让大家能适应 4000 米的海拔，团队在南池休整一天。

气温下降，林恒在房间休息了一会儿，换上厚衣服下楼吃饭。

旅馆餐厅还算可以，简单的方木桌椅，挂件装饰颇具当地风情。一想到这是座跃然于几千米高山里的城市，就忍不住赞叹夏尔巴人的神奇。

晚餐大家聚在一起，约翰拿出地图讲解后面的路线。

林恒边听边忍不住去看那个哑巴男人。

团里就他们两个中国人，来的第一天林恒便想和他交流，奈何他性格太冷，还是个哑巴。

旅馆光线昏沉，来自世界各地的徒步者齐聚一堂，各种语言在热气中聚拢。

年轻男人坐在角落，穿着纯黑色的冲锋衣，眉眼微垂玩着手里的东西。

一丝表情也无的面庞依然令人瞩目。

林恒心说真可惜，这人要不是个哑巴，不知该多受女孩喜欢。

晚餐结束，大家各自回房休息。

旅馆房间两人一间，林恒的房伴是个澳大利亚人，那个哑巴男人则一直和领队约翰同住。

第四天，出发前往海拔 3500 米的天波切。

十月，高山杜鹃早已凋谢，过了铁索桥，正式开始永无止境的上山之路。

从这里，热水供应开始收费，景色变得荒芜而壮阔。

第六天的丁波切，冲锋衣无法抵御寒冷，从雪山吹来的风有种冰冷感。林恒因为高反而睡不着觉，套上羽绒服下床。

旅馆推开门便可见雪山，深夜的小院一片寂静。

那个哑巴男人居然在。

林恒走过去，搬了一张简陋的塑料椅坐在他身旁。

院里都是石子，踩上去“咯吱咯吱”作响。然而直到林恒坐下来，那个男人也没有看他一眼。

林恒也不在意，问他：“你冷吗？”

问完想起他不会说话，林恒拿出一张照片，拢着风点燃。

火苗吞噬殆尽，或许是因为知道眼前人不会给回应，林恒自顾自地说起生活和博士毕业的困境，以及自己为何而来。

絮絮叨叨说到一半，年轻男人突然开口：“读博这么难吗？”

低沉嘶哑的声线，让林恒一下子愣住。

他足足憋了几分钟，不可置信：“你不是哑巴啊？”

年轻男人波澜不惊地瞥了他一眼。

苍天啊，林恒发誓自己不是故意的，从行程开始就没见到这人说过一句话。团里两个姑娘一直试图对他暗送秋波，但都得不到丝毫回应。

大家都以为他是哑巴。

“抱歉。”林恒说。

男人起身回旅馆。

第七天的山里有很多小动物，诸如老鹰、雪雉和不少叫不上名字的野生动物。

脚下只剩泥土和碎石，休息的间隙里，林恒迎着山风把一张照片压入石头下。

他跟那个“哑巴”男人说：“这是我师兄的照片，走完 EBC 是他的梦想。”

男人未搭话。

林恒继续说：“你昨天问我读博很难吗？我师兄读了七年，上个月跳楼自杀了。”

年轻男人平静地望着山谷：“死是最懦弱的解决方法。”

林恒笑：“你这人真冷血。”

“不然呢？”他淡淡道，“我和你师兄素未谋面，难道要为他哭丧吗？”

林恒侧目。

这话说得更无情，可他竟奇异地不生气，听多了公式化的安慰和宽解，如实的叙述更让他心静。

可能有些人天生拥有让人信服的力量。

林恒好奇地问道：“可以问一下你叫什么名字吗？”

男人没做出回答。不过这很容易，林恒去找了领队约翰询问，终于得知了他的中文名字。

徐行知。

晚上入住丁波切，雪山下的旅馆窗边有一本留言册，林恒下楼要热水时，恰好看到徐行知靠在窗边，微弓着身子写字。

徒步者多结伴，盖因天地之间太孤独。他却总是一个人出神沉默。

很难接近的一个人。

他随手写了点儿东西，静滞片刻，合上留言册离开。

林恒实在控制不住自己的探究欲，走过去翻开寻找。

一行被画掉的中文，林恒仔细分辨了一会儿才认出来。

沈清央，生日快乐。

林恒想起来今天是十号，这明显是个女生名字。

原来这么冷血的人也有牵念。

只是既然写了，为什么又要画掉?

最后一天，终于到达珠峰大本营。

大家都精疲力竭，但更多的是兴奋和欢呼，纷纷在冰川前打卡拍照。

这里是环线的终点，也是登珠峰的起点。

约翰说，山就在那里，所以会有源源不断的人前赴后继。

林恒压下最后一张照片，走到那个叫徐行知的男人身旁，跟他说后会无期。

萍水相逢一场，是该后会无期。

那人看了他一眼，缓缓地说：“这世界永不缺登山者。你无法迈过的，总有人可以。”

林恒怔忡。

徐行知收回目光，语气平淡：“轻生没有意义。”

他竟然看出了他的念头，林恒苦笑：“活着也没有意义。”

徐行知似乎不喜欢劝人，不置可否。

林恒却对他有强烈的好奇心：“能问吗，沈清央是你什么人？”

徐行知瞬间皱了下眉。

他坦诚：“抱歉，我偷看了你的留言。”

五千米之上的冰川吹过寂静的风，几秒后，林恒得到一个极冷的答案。

“陌生人。”

那年跨年夜，徐行知从北城回到新泽西，陷入低烧。

北城大雪，新泽西也一样。

她过得很好，如愿考完试，和室友出去聚餐回来时说说笑笑，轻松又惬意。

他等了那么久，明明白白的自取其辱。

低烧反反复复，意识昏沉时，想起从前的点点滴滴。

在沈清央住进徐家前，徐行知对她印象并不深。

两家父母虽然交好，她于他来说却只是一个叔叔家的妹妹而已。

后来某一天，徐教授忽然叮嘱他：“清央以后和我们一起生活，你当哥哥的，凡事让着她点。”

于是自那天起，生活里多了个小姑娘。

徐行知对方琴和徐行恪并不感冒，不过是同一屋檐下名义上的亲人而已。

他们对他也是一样，疏离客气。

半路家人，能相敬如宾已经很不错。

可沈清央不一样。

起初，她很乖，存在感很低，小心翼翼地说话做事，生怕被任何人讨厌。

家里全是长辈，每一个她都很生疏，于是自然而然地喜欢跟在徐行知身边。

吃饭要坐在他旁边，生病了来找他，大大小小的麻烦，她解决不了的，都小声喊“哥哥”。

好在课业对徐行知而言并不繁重，他能腾出手来照顾她。

小姑娘的确娇气又麻烦，身上时不时出现瘀青，磕到桌子都能几天不消，更别说其他的三病两痛。

徐行知都不记得给她煮过多少次红糖水。

后来两个人慢慢长大，沈清央步入高中，渐渐有些疏远他。

他那时临近高考，也无暇再分心。

那年期末，沈清央考得很差，比她平时成绩退步不少。

徐行知向来不爱劝学，人各有主张，何必白费口舌。

对沈清央，他也秉承一样的态度。

只是小姑娘自己貌似很羞愧，那晚直到深夜，卧室的灯都亮着。

徐行知路过瞥见门没关，推开瞧见她趴在书桌上睡着了。

他走过去，想叫醒她。

视线却触及草稿纸上满页的“徐行知”。

差点忘了，她正值青春期。

徐行知慢慢抽出那张草稿纸，揉成团丢入垃圾桶。

生活如常过着，只是他时不时能抓到沈清央偷看自己的一眼。

她瞳孔黑白分明，乌圆圆的，每次被抓包都快速缩回去，以为自己藏得很好。

其实耳垂早就红透了。

他很想笑，索性听之任之，并未制止她一步步试探着的亲近。

华高艺术节晚会，徐行知闲来无事，想到那天抱着礼服裙的沈清央，索性去看了一眼。

舞台帷幕缓缓向两侧拉开，中世纪风的布景里，少女一袭束腰长裙，双手叠于膝头，温柔安静地坐在沙发一角。

长发绾起，编织着蕾丝花带，露出光洁饱满的额头和纤瘦细致的五官。

他在黑暗里定定地盯了几秒。

原来不知不觉间，她都长这么大了。

当晚，他梦见她。

从未发现，原来她一颦一笑，如此合他心意。

时间和记忆如流水般逝去。

在起家的激光雷达技术做到市场第一时，维斯开始不断尝试开拓新的业务线，将目光转向辅助性人工智能。

还清债务后，徐行知成立了一家私募基金，做科技行业的创投。

他眼光好，钱从手里淌过，变成各类回报极高的投资。

与此同时，边聿结婚生女。

徐行知参加他的婚礼及女儿的周岁宴，小小的 Claire 在地毯上爬来爬去，最终摸起亮晶晶的珠宝首饰。

周围人调笑，说 Claire 以后必定生活富有，无忧无虑。

小姑娘是混血，一天比一天长得可爱，很喜欢徐行知，会说话时就会扑进他怀里软软地喊“Uncle”。

她有美满的家庭，有爱她的父母，几乎要完全幸福地长大。

然而天不遂人愿，在 Claire 两岁时，她妈妈查出绝症。

边聿和妻子年少相识，几乎要散尽家财，还是没能留住卿卿的性命。

消息传来的那天，徐行知匆匆赶到医院，看到的是跪在病床前双目空空的边聿。Claire 不知所措地站在病房门口，不知道发生了什么。

见到他来，Claire 仰头，她似乎也被悲伤感染，问是不是妈妈离开了。

徐行知半蹲下来，把小姑娘抱进怀里轻哄。

有温热的眼泪浸湿他的衣襟，让他恍惚间想起某年某月，景山上的沈清央。

医院的人来请边聿签死亡知情书，边聿仿佛在此刻才回神，撕掉了那张薄薄的纸，崩溃痛哭。

后事由徐行知帮忙料理，他把 Claire 带回家照顾了一段时间。

边聿整日借酒浇愁，状态极差。

两周后 Claire 说想爸爸，徐行知带她回家。

别墅还保留着边聿妻子走之前的模样，徐行知在二楼卧室找到他，踢开地上的空酒瓶，把昏昏沉沉的边聿拎出来。

他平静地问边聿：“那是你女儿，如果你不打算要她了，我可以托人办个领养证明。”

Claire 跑过来，搂住边聿的脖颈，委屈地说“爸爸，我好想你”。

边聿怔怔地抱住女儿，闻着小姑娘身上柔软的香气，捂住脸，慢慢流下眼泪。

“行知，”他嘶哑地恸哭，“我永远失去她了，是永远。”

永远。

徐行知看着眼前相拥的父女俩，慢慢转身。

他有些透不过气。

人之所以会有遗憾，是因为认知会发生变化。

这些年，徐行知不是没想过，当时楼梯间里沈清央去拉他的袖子，究竟是想解释些什么。

如果，如果他没有撂下狠话，一切会不会不一样？

她不爱他，不是她的错。

那天晚上，徐行知久违地做了一个梦。

梦见躺在病床上的人变成了沈清央，素白的面庞，了无生机。

他骤然从梦中惊醒，恐惧蔓延全身每一个细胞。

他倒出一支烟，手指颤抖，却怎么也点不着。

他都快忘记自己什么时候染上的烟瘾，大约是维斯刚起步的那段时间，难以纾解的躁郁总要有地方发泄，后来，演变成了习惯。

黑暗的房间里，烟终于点燃，徐行知打开家庭微信群，一条条听她的语音。

鲜活生动的声音，他慢慢冷静。

花了那么长的时间在爱恨里挣扎，直到这一刻，徐行知才明白，究竟什么更重要。

回国的准备工作有条不紊。

公司运行自有高级经理人接手，公寓安排家政定期清理。离开的那天，Claire 来送他。

“Uncle。”小姑娘眉心紧蹙，依依不舍道，“我舍不得你。”

徐行知揉揉她的脑袋。

边聿把女儿抱走，谆谆跟她解释：“Uncle 也有舍不得的人。”

飞机起飞前，徐行知看到微信群里的信息。方琴“艾特”沈清央，嘱咐她感冒还没好不要吃冷的东西。

她在下面回复说自己已经不难受了。

北城乍暖还寒，沈清央体质一般，每逢换季都会生点病。

十几个小时的飞行，徐行知再次拾起回忆。

他的贪恋、无底线的纵容，放任她的喜欢，明明闻到她抱来的那件衣服上有清晰的女生香水味，还是如常收下。

然后如愿以偿看到少女郁闷又难受。

邻座的妈妈在陪孩子背词：梦入江南烟水路，行尽江南，不与离人遇。

好熟悉的一句，似乎当年姑苏城里她也念过。

二月天，北城雾霾严重，徐行知下了飞机，不得不戴起口罩。

按下门铃，他静静地在门口等待。

一秒，两秒。

门从里面打开。

沈清央穿着白色羊绒衫，面色微怔，漂亮得温暖又柔软。

廊下的穿堂风将她的气息送到他面前。

门内门外。

病愈的人不是她。

是他。

EXTRA 03 /

无名信笺·徐行恪篇

清央：

见字如晤。

记得你高中时经常说想去海边玩，然而每次都因种种原因未能成行。

如今大哥的住所推窗见海，海鸥之下，碧波平静。

祝新年愉快。

2.1

清央：

晚间整理书房，无意翻出一支钢笔，是你高中时送我的生日礼物，距今已过十年。

我尝试灌墨重写，然而它的笔尖早在五年前就已经报废。

想过更换新的笔尖，又觉得没有必要。

旧物不如如旧。

祝好。

2.10

清央：

公事缠身，越累的时候越睡不着。

一楼房东院子里有一棵海棠树，和家里的那棵很像。记得第一次见到你，你尚且年幼，怯生生地喊“大哥”。

你恐怕不知道，我从前和你琴姨还住在出租屋的时候就曾幻想过有妹妹。那时邻居家有个年纪小的女孩，可惜她太聒噪，远不够安静听话。

爸一再嘱咐我要爱护你，不要让你寄人篱下觉得孤独难过。

可惜到后来，我已分不清爱和爱护。

祝好。

3.31

清央：

春天到了，阳台买的三角梅开了花，郁郁葱葱垂下露台像一角红色瀑布。

你很喜欢养花，跟我说是因为周而复始，总有期待。

那是你的生命力，你对生活的热情。

而我喜欢看你说话时的眼睛。

祝好。
4.5

一转眼四个多月，我从未有这么久没见过你。昨天跟我妈打电话，她说你给她买了一台按摩椅，用起来格外舒服，又说恐怕亲女儿也没有这么贴心。

是了，前年冬天我用眼过度得结膜炎，也是你注意到，买了眼药水送给我。

清央。

祝好。

5.10

我总觉得在做梦，仿佛推开门有你转身喊大哥。

其实只有我一人。

于微说得对，我留得住你一时，留不住你一辈子。

那三年是我偷来的浮生。

5.12

同事来做客，邀请我今年端午去他家里同过，不要回北城。

沿海城市总有新鲜的螃蟹和虾。

我已经寄些回家。

行知虾壳过敏，想来不用我提醒你也会注意，你对他的事总是上心。

想来你不知道，你的目光很喜欢追随他的身影。

清央。

祝好。

5.28

端午如约赴宴，清蒸螃蟹太腥，黄酒温了也一般。

为了不扫主人兴致，我含笑吃了很多。

同事已有妻女，他家长辈问我打算什么时候结婚。

很烦人，我最烦被别人插手私事。

夜半起身，想来你应该也是如此烦我的。

清央，请原谅三年前我的那番话。

我只是自私地想留你在身边，仅此而已。

祝端午安康。

6.5

入夏了，有些感冒。

沿海城市气候潮湿，我直到如今也不太能适应。家里的食物总是放不了太久就会发潮，房东送了自己烘焙的曲奇送我，我不爱吃，除了弃之如敝屣仿佛没有更好的办法。

如果你在，它大约会成为你的夜宵。

祝安。
6.21

转眼半年，听说你们婚礼将近，就定在这个月14号。
我翻看日历，那日是六月初九，万事皆宜的好日子。夏天又到了，从前爱穿白裙子的少女竟然已经穿上了婚纱。
大哥没什么好送你的，送什么都是赘余。
7.1

路过街边一家金店，鬼使神差地走进去，店员向我推销婚庆八宝。
金镜、金秤、金梳、金剪，愿新人同心如意，前程似锦。
我还是买了。
于你虽无用，总归是心意。
7.2

北城的夏天还是这么热。
婚礼办得真好。人年少渐长，总在参加婚礼。
行知与他妈妈真像，你们更像一家人。我有时会想为何你一开始就将亲疏远近划得如此明白，后来才知那是我缺失的岁月。
人生匆匆，既定的出场顺序无法改变。
没有如果。
清央，新婚快乐。
7.14

于微来看我，她带了酒，自顾自地喝，也不管露台风急。
我看着她红着眼质问我为什么不喜欢她的样子，仿佛看到了自己。
只是我不会如此去问你，我希望自己永远在你那里做可靠的大哥。
于微骂我懦夫、胆小鬼。
她说得对。
我曾经想过摒弃犹疑，在你十九岁生日。
然而那晚家中停电，所有人都聚在门口。我无意中回头，看见你偷牵行知的手，而他低头，在黑暗中吻你。
7.29

下班回到家，书房被人动过。
于微酒醒，烧了我所有的信笺。她任性妄为，从不在乎我是否会生气。
也好，本也不可能寄给你。
忆相逢，几回魂梦与君同。
7.30

昨晚应酬喝了酒，头疼至今。闻到桂花香才知已是秋日。

突然有些怀念北城的秋。

不知你好不好，想来也无须我操心。

清央。

祝安。

9.10

清央：

生日快乐。

10.10

前些日子赴南方出差，见到几个老同学，大家都已结婚生子。

其中有位朋友的女儿很乖巧，也不怕生，笑起来嘴角有两盏甜甜的梨涡。

清央，这世界上有那么多人。

那么多人。

10.21

这阵子总是梦见你。

或许是因为我妈频频在电话中提起，她见你和行知在一起，免不了对我一番唠叨。

我不喜欢她唠叨，又总想从她口中得知你的只言片语。

清央，你已经很久没有喊过我大哥。

11.17

一年四季，又至年末，我另寻了地方准备搬家。新家宽敞，然而离海却远。

清央，常伴者无味。

12.9

下午，搬家公司将东西都送去了新家，我归置好之后，回来拿走最后遗落的物品。

深冬凛冽，推开窗户，海边没什么人。

我看了一会儿。

准备离开时，栈桥边出现一个粉色的身影，纤瘦昳丽，我记得你有一件同样的大衣。

她回过身来，是全然陌生的面庞。

清央。

祝安。

12.22

乔迁之喜，朋友来温居，纷纷调侃缺个女主人。

我送走他们，去超市买生活用品，结账时被送了两个柠檬。
黄澄澄的，摆在家里，好看也好闻。
清央。
祝好。
12.23

柠檬枯萎了。
12.31

下雪了。
最近工作很顺利，人却不大舒服，烧得迷迷糊糊。
头痛。
行知很爱你，我一直都知道。
听说他不肯要孩子，担心会让你难受。这点上我们还真是亲兄弟。
比起生命的延续，爱人的相守更重要。
祝安。
1.07

病好后休了几天假，陪于微去见她的家人。
我告诉她等待无意义，她却永远左耳朵进右耳朵出。
也罢，她假扮过我的女友，就当我还一次。
1.15

又要到新年了，清央。
2.4

“大哥，好久不见，新年快乐。”
一年到头，唯见你这一面。
你更活泼了，或许是我的错觉，又或许不是，你总是和行知在一起更开心。
2.10

又一年春天了。
此后锦书休寄，一曲清歌满樽酒，人生何处不相逢。
清央，伏惟珍重。
祝好。
2.21
徐行恪顿首。

EXTRA 04 /

回忆录

01 初吻

“央央，央央，央央？”

沈清央把脑袋埋入被子中。

“央央！”

“裴亦！”少女彻底崩溃，“噌”地坐起来，不管不顾地捞起一个枕头往床边的人身上砸，“大早上号什么！”

裴亦闪身一躲：“不早了，姑奶奶，都快十一点了。”

“多少？”

“十一点。”

沈清央抱着枕头揉眼，整个人还处于没睡醒的晕乎状态中。恍神了几秒后，她再度倒下去：“我再睡一会儿。”

裴亦转着她书桌上的望远镜玩，闻言“哎”了一声：“不能睡了，谢师宴快迟到了。”

谢师宴。

对哦，前几天刚高考完，班里同学一起凑钱包了个宴会厅办谢师宴来着。

沈清央深吸一口气，再度扶着脑袋坐起来，头隐隐作痛，好似顶着千斤重。

正准备下床让裴亦出去，她脑海中忽然闪过一些片段。

她掀被子的手停住。

昨晚同学聚会，她第一次喝了酒。

很晕，记得是裴亦送她回来的。

后来人换成了徐行知，雷声“轰轰”，廊外雨下得很大，她踮脚

沈清央僵在原地。

她都做了些什么。

有些机械地转向裴亦，她怀抱着最后一丝那是梦的期待：“裴亦，昨晚你送我回来的时候是谁出来接的我？”

裴亦将望远镜对准窗外，眯起一只眼：“行知哥啊。”

“还有呢？”

“昨晚你们家好像只有行知哥在。”

沈清央朝他扔过去一个玩偶：“我是说后来呢？”

“哎哟——”裴亦转身接住玩偶，疑惑，“后来，什么后来？行知哥打电话找你，我把你送回来之后就走了。”

完了。

沈清央仰躺望天，手指不自觉地摸上自己的唇，竟然是真的。

她还天真地期盼着那是梦。真实而又窒息的溺水感，她不会换气，徐行知俯下身来迁就她，掌心紧扣她的腰，那热度久久不能消散。

“是央央的初吻吗？”吻完，他指腹抚摸她红肿的唇，柔声问。

沈清央面色青白，心里闪过一阵阵绝望。

裴亦没注意到她精彩纷呈的表情，拈着望远镜，看了眼时间：“我下楼等你，快点哦祖宗，再耽误真的要迟到了。”

“知道了。”她有气无力。

在房间磨蹭了二十分钟，沈清央把头发扎起又披下，衣柜里挑来拣去，最后换上一条奶黄色的无袖连衣裙。

华高对着装管理严格，在学校一律穿校服，能穿私服的机会很少。

这条裙子是高考前庄敏给她买的，今天是第一次穿。

走到楼梯口，沈清央放慢脚步。

客厅里，裴亦正在跟方琴东拉西扯，除此之外没有其他人。

她说不上是失望，还是松了一口气。

“起来了。”方琴看见她，招招手，“我听你哥说你昨晚喝酒了，小姑娘家家以后少喝酒，难受吗现在？”

沈清央微蒙：“还好。琴姨，我哥呢？”

“他刚出门，给你煮的面在餐桌上，让我叮嘱你吃了。”

一碗还冒着热气的三鲜面，显然徐行知并没走太久。

沈清央心不在焉地坐下拿起筷子。

他是躲她吗，还是……单纯不想见她？

谢师宴吃了两个多小时。一开始，沈清央还惦记着徐行知，后来被同学们拉去玩密室逃脱，便完全将他抛之脑后。

晚上十点，她尽兴而归。

对于刚高考完的这群孩子，家长们通常都自由放任，让他们享受人生中最轻松的一段时光。

因此，开门看到徐行知的时候，沈清央略有些茫然。

他坐在廊下的藤椅中，圆桌上有台笔记本电脑，屏幕亮光将他的轮廓映得格外清晰。

“哥……”

“回来了。”青年偏头，嗓音温淡。

沈清央下意识捏着衣角，解释：“我们今天同学聚会，我跟琴姨说过的。”

徐行知笑了：“我知道，你过来。”

他这一笑瞬间勾起了沈清央的所有记忆，她慢吞吞地走过去，见徐行知指尖轻叩桌上的白色方形盒子：“给你的，新手机。”

“啊？”

“不想要吗？”

“不不不，不是。”沈清央心花怒放，连忙坐下打开盒子。

徐行知顺手将笔记本电脑调了个方向：“这也是你的。”

她还沉浸在新机指引中，闻言随口问：“是哥哥不想要了的电脑吗？”

徐行知无奈地弯唇：“是新的，我提前帮你下点东西。”

居然是新的，沈清央摸了摸触摸板，屏幕上是设置 ID 和密码的页面。

她看了眼徐行知，眼睛亮晶晶的，伸手在键盘上打字。

少女黑发披肩，皮肤被淡黄色布料衬得又白又嫩，在夜晚仿佛透着光。

徐行知指尖无规律地点着桌子。

弄完个人信息，沈清央抬眸，撞上他的目光，一下子愣住。

那目光说不上来，与平日不同，让她想起昨晚的那个吻。

她的耳尖有些发热，莫名小声：“哥？”

“嗯？”徐行知略抬下巴，“改完了吗？”

“改完了。”

他从后面合上笔记本屏幕。

两人之间没了遮挡视线的阻碍，沈清央心口微紧，开始没话找话：“哥，高考成绩要 25 号才出。”

“怎么了？”

她心虚：“你送我这些，万一我没考上 A 大怎么办？”

徐行知手肘撑着桌面：“对自己没信心吗？”

那倒不是。

但对于顶级学府，谁也不敢说有百分之百的把握。

沈清央很轻地抿了下唇，刚准备开口，下巴忽然被人拿手机盒挑起。

青年垂眼，睫毛在眼睑下投出一小片疏淡的阴影，他支着脸靠近，几乎要再次吻上她。

一毫之距停下。

沈清央手脚像被缚住，动弹不得，下意识屏息。

直到他轻笑，慢声问道：“如果考不上，央央就不打算负责任了吗？”

……

她耳朵热到通红，几乎是脱口而出：“什么责任？”

紧接着，唇被人蜻蜓点水地亲了一下。

徐行知云淡风轻地说：“这个。”

心跳刹那间剧烈，几乎要跳出胸腔，沈清央很想闭上眼，然而她深深呼吸了一下，强迫自己直视徐行知。

真好看。

他愿意笑一笑的时候整个人都温柔得不得了，让人心甘情愿被蛊惑。

“没有……”沈清央缓慢眨眼。

少女眼眸柔软清亮，毛茸茸的像某种小动物。徐行知凝视几秒，将手机盒换成自己的手。

比想象中更细腻的触感。

他捏捏她小巧的下巴，压下笑意，看着她的眼睛，慢条斯理地问：“那央央负起责任，跟哥哥谈个恋爱好不好？”

02 情窦诗

七月初，录取结果出来后，沈清央和几个相熟的同学一起报了团毕业旅行。

到第三站苏州，她便走不动了。

行程太紧太赶，她从没一天走过这么多路，脚踝被擦伤，还磨出了不少水泡。

徐行知到的时候，看见的便是一个蔫了吧唧无精打采的少女。

他走过去，弯腰。

沈清央坐在酒店大堂的沙发里，抬头看见来人，委屈得眼泪差点掉了下来。

又可怜又可爱的模样，徐行知好笑地揉揉她的脑袋：“怎么回事？”

“不想玩了。”

“那换家酒店住？”

沈清央吸吸鼻子点头。

路上，她一股脑地跟他倾吐无良旅行团做的恶事。推销物品强买强卖、中途换车换酒店，拿人钱不干人事。

徐行知听着，到了酒店，先让沈清央上去洗澡，自己去药店买了点儿东西。

沈清央洗完澡出来，被抱到床边坐着。

徐行知握着她小腿查看脚踝磨伤和水泡。

沈清央靠着他的臂弯，整个人完全被笼罩在青年怀里，能感受到他的心跳和温度。

似乎有些过分亲密了。

她身体微动，想往旁边挪挪，又被环住腰扣紧。

沈清央被箍住，脑袋后仰：“哥，我们这样是不是有点太近了……”

徐行知拧开软膏，往棉签上挤了点儿：“近吗？”

“有点……”

他下颌压着她肩头，勾唇淡然道：“那你别乱动，哥哥快点涂完。”

他说得也对。沈清央乖乖听话，一动不动。

只是在碘伏擦过伤口时，她不可避免“嘶”地抽气。

“很疼？”

少女泪眼汪汪地说“不疼”。

徐行知侧眸，在她的眼角亲了下，手上动作放轻。

初长成的少女身段玲珑，哪儿都软。沈清央为分散注意力，绕自己的浴袍带子玩，解开，再系个蝴蝶结。

她以为浴袍很宽大，然而领口却是松散的，抱着她的人一垂眼，风光清艳。

沈清央毫无所察，只是在徐行知收起药膏和冰袋时，忽然感受到异样。

似乎……是初中学到的生理知识的具象化。

她僵了一下，还没来得及反应，就被徐行知吻住唇。

他将药袋丢到床尾，托着她的下颌撬开唇齿。

青年的气息毫无预兆地闯进来，沈清央头脑发晕，被压进柔软的被子里时，迷迷糊糊感觉到腰间一松，有人挑开了她的浴袍蝴蝶结。

与此同时，徐行知不轻不重地咬了下她的脸颊软肉。

她不自觉溢出轻咛，听到自己发出的声音后，耳朵爆红，搂着徐行知把自己的脸埋入他脖颈。

偏偏他低着声笑，唇轻轻亲着她耳垂："央央的声音真好听。"

沈清央害羞到恨不得原地挖个洞钻进去，双手捂住他的嘴，眸光水润润地瞪着他："不许说话。"

徐行知眉眼清黑，含着笑，从善如流："好，不说。"

他咬咬她的指尖，倾身关掉最亮的主光源，只留床头灯带。

昏暗模糊的夏夜里，绵长的银河倾泻入室内，写尽了情窦初开的美好。

03 黄金时代

大一学年的期末考试结束当晚，沈清央跟裴亦在校外大排档放肆吃小龙虾喝冰啤酒。

当晚，她闹起肠胃炎，肚子疼得嘴唇发白。

好在校医院凌晨有急诊，孟希陪她看了医生，医生给开了两瓶药打点滴。

药水作用起得很快，孟希看她面色好了不少，好奇地问："你晚上吃了什么不干净的东西？"

沈清央报了那家店名。

"那家店啊……"孟希同情地拍了拍好友的肩，"很不干净的，你居然还敢去吃。"

沈清央内心悔恨，掏出手机给裴亦发信息问他的情况。这少爷作息一向昼夜颠倒，不仅炫耀自己安然无恙，还反过来嘲笑她。

沈清央差点动手拉黑他。

点滴要打一个多小时，凌晨万籁俱寂，后半程沈清央和孟希都昏昏欲睡。

直到面前落下阴影，有人用手背探了探她额头。

沈清央迷糊地睁开眼，看到来人瞬间清醒。

徐行知站在她面前，面色冷淡。

她张了张嘴。

孟希也在这时候醒过来，打着哈欠喊了一声"行知哥"。

徐行知神情稍霁，温声说："辛苦你陪清央过来，回宿舍睡觉吧，我在这里就可以了。"

孟希作为他们两人关系的知情者，自然是一万个放心，挥手说了"拜拜"便离开。

她走后，气氛有些凝滞。

药水从软管缓缓流入血管，徐行知给沈清央倒了一杯热水，盯着她略有些发白的嘴唇。

沈清央手指试探着拽了拽他衣角："你怎么过来了？"

徐行知瞥她："我是死的吗？"

要不是看到裴亦PO在朋友圈的聊天记录，他还不知道这姑娘大半夜来了医院。

“不是……”沈清央露出一个讨好的笑，小声说道，“你最近实验室不是很忙吗？我不想打扰你。”

徐行知不说话。

她凑近，仔细看他的眼角：“哥哥，你看你熬夜熬得都长皱纹了。”

徐行知被气笑，偏头捏她的脸：“被你气的。”

点滴打完后，徐行知付了药费。走出医院，半夜两点的夜幕深黑，道路两侧只剩路灯荧荧。

刚走没两步，沈清央小腿抽筋。

徐行知扶住她，弯腰揉了两下：“疼吗？”

“麻。”

“那背你走。”

她弯眸，趴上徐行知的后背。路灯下，两人的身影融为一体。

沈清央贴着他的耳朵，极小声道：“别生气了。”

徐行知似笑非笑：“对啊，再生气皱纹不是更多。”

“我开玩笑的，哥哥最好看了。”

他无声地扬唇。

肩上的少女打了个哈欠，声音渐低。

星光漫天，徐行知背着她走入绿荫道，走向他们的黄金时代。